Théona Coupiret

(Au secours), J'veux pas avoir 30 ans

L'Ivan

À V.

Il suffit d'un atome pour troubler l'œil de l'esprit.
William Shakespeare, *Hamlet*

— Trois euros trente, Madame, annonce la boulangère.

Lisa écarquille les yeux. Il ne peut s'agir que d'une erreur, la boulangère a sûrement servi la cliente suivante par mégarde. Lisa regarde derrière elle et, à son plus grand étonnement, la prochaine personne dans la file se trouve être un homme à la barbe grisonnante. Elle se retourne vers la commerçante et croyant à une blague, s'oblige à esquisser un sourire en attendant sa chute. Mais rien ne vient, la boulangère la regarde de son habituel air affable.

Le sang se retire de ses joues. Dans son désespoir, Lisa souhaiterait percevoir chez la commerçante une pointe d'ironie ; même un éclat de méchanceté la rassurerait, mais non, la boulangère, immuable, attend patiemment ses sous.

Lisa, les mains tremblantes, réussit tant bien que mal à sortir quelques euros de sa poche.

— Tenez, gardez la monnaie, dit-elle en tendant les pièces.

— Merci, mais il n'y a même pas le compte… Ce n'est pas grave, chuchote gentiment la boulangère, vous me donnerez le reste la prochaine fois…

La tête basse, Lisa s'avance vers la sortie. Sa journée commence bien…

— Madame, vous oubliez vos croissants !

Lisa sursaute. Ce n'est pas possible ! Une fois pourrait encore passer pour une erreur, mais deux ? Pressée de quitter cette boulangerie au cœur aussi sec qu'une biscotte, elle ne se donne pas la peine de répondre et bouscule dans sa précipitation un vieux monsieur qui, la cigarette éteinte au bec, entre dans la boutique.

— Hé ! Faites attention, ma petite dame !

Lisa sent sa gorge se serrer. Jusqu'ici, elle avait réussi à se maîtriser mais là, trop c'est trop !

— Vous n'allez pas tous vous y mettre ! C'est MADEMOISELLE ! crie-t-elle avant de franchir la porte sous les regards stupéfaits de tous les clients.

Vous savez que le mot « miss » en Angleterre veut dire mademoiselle. Mais vous savez qu'il veut dire aussi ratage.
Hervé Lauwick, *Les femmes vues de près*

Lisa arrive chez Marie encore sous le choc du « Madame » qui résonne dans sa tête. Madame, Madame... Et puis quoi encore ? J'aurais préféré qu'elle m'appelle Monsieur à ce compte-là ! songe-t-elle.
Son amie lui ouvre la porte et l'accueille sans même un regard.

– Tu pousses le bouchon un peu loin, Lisa ! Deux heures de retard alors que tu n'as qu'à traverser la rue ! Quelle est l'excuse du jour ? Tes pieds étaient en panne ?
Lisa la suit dans l'appartement et retrouve sa bonne humeur : Marie est la personne la plus douce qu'elle connaisse et ses fausses colères la font toujours sourire. Depuis qu'elle attend son deuxième bout de chou, son amie est encore moins capable de les simuler correctement. Lisa parie d'ailleurs qu'elle ne tiendra pas plus de trente secondes. Elle prend un air de petite fille coupable et l'embrasse chaleureusement. Marie fait mine de bouder puis rapidement s'éclaire d'un large sourire.

– Gagné ! s'exclame Lisa.
– Quoi ?
– Non rien... Ton ventre n'a pas grossi depuis hier ? Tu as entendu parler de ce bébé qui a atteint la taille adulte en une nuit ? C'était un garçon, je crois...
– N'importe quoi ! répond Marie en riant. Si tu crois que je ne te vois pas venir... Une bonne fois pour toutes, je ne connais pas le sexe du bébé et Étienne non plus !
Lisa lève les épaules, déçue. Tant pis, elle réessaiera demain. Marie finira bien par craquer !

Les deux amies se connaissent depuis le lycée, la seconde plus précisément. Marie venait d'emménager à Paris, après avoir passé son enfance à Toulouse. Son père, gendarme, avait réussi à obtenir sa mutation en moins d'une semaine en invoquant un drame familial : son épouse, montée faire du shopping sur la capitale, avait décidé d'y rester.
C'est bien des années plus tard que Marie avouera à Lisa que sa mère avait rencontré un dentiste au rayon lingerie du Bon

Marché, qui lui avait tourné la tête. Son père était parti la récupérer à la carabine et avait menacé le dentiste de lui faire sauter toutes ses dents. Depuis, le lieutenant-colonel achète lui-même les soutiens-gorge de sa femme et, sur la route, profère volubilement son insulte favorite : « Encore un satané de dentiste parisien au volant ! » au grand dam de son épouse qui, en plus de porter des sous-vêtements trop petits, endure tous les jours le souvenir de son escapade.

    –   Où est mon filleul préféré ? Il dort encore ? demande Lisa.

    –   Non, Étienne l'a emmené chez mes parents avant d'aller à l'agence. Si tu étais venue à l'heure, tu aurais pu le voir !

Étienne et Marie étaient tombés amoureux sur les bancs de la fac, littéralement. Marie faisait des études de psychologie à Jussieu et Étienne était passionné d'arts graphiques. Après avoir raté une énième fois le concours des Beaux-arts, Étienne s'était amusé à taguer les bancs de toutes les universités parisiennes avant d'en publier des clichés sur son site Web. Au premier regard, Marie avait été subjuguée par son physique d'Apollon et son côté rebelle au grand cœur.

Une fois les bancs laissés de côté - ils étaient devenus sacrés depuis sa rencontre avec Marie - Étienne s'était penché sur d'autres formes de mobiliers urbains, du réverbère aux arrêts de bus en passant par les boîtes aux lettres et les colonnes Morris. Ses graffs étaient devenus si omniprésents que la Mairie de Paris avait fini par lancer un avis de recherche afin de l'empêcher d'agir. Les médias s'étaient rapidement emparés du buzz et avaient crié au nouveau Basquiat, provoquant du même coup l'intérêt des agences de publicité pour son travail.

Étienne avait depuis rebouché ses bombes aérosol et était devenu l'un des directeurs artistiques les plus recherchés de Paris. Toutefois, parfois, il lui arrivait encore de répondre à l'appel de la rue et de taguer, ici ou là, une voiture de police ou une borne anti-stationnement pour son plus grand plaisir.

Marie avait demandé à Lisa de venir, théoriquement de bon matin, afin de passer la journée à faire les cartons en prévision de leur déménagement le lendemain. Étienne avait enfin accepté de quitter leur 40 m^2 d'Oberkampf, situé à deux pas de chez Lisa, pour s'installer dans une jolie maison d'architecte à la périphérie de Paris.

Depuis la naissance de Yanis, Marie souhaitait vivre au grand air mais n'avait rencontré jusque-là que réticences de la part de son mari. Avec la venue du second, Étienne s'était résolu à contrecœur à déménager - ayant tout de même le sentiment de planter sa tente sur la pelouse des conformistes et des bourgeois - mais avait toutefois mis une condition : plutôt mourir que d'acheter un quatre-quatre !

    — Tiens… Yanis m'a donné ce dessin pour toi, dit Marie en lui tendant une feuille. C'est ton portrait !

Lisa admire une grande tache verte à trois pattes.

    — Oh oui, très ressemblant ! À deux ans et demi, mon filleul est le seul à avoir perçu ma vraie nature ! Dis-moi, ajoute Lisa après une légère pause, tu ne trouves pas que j'ai pris un petit coup de vieux ces derniers temps ?

Marie s'approche de Lisa et scrute chaque zone de son visage.

    — Honnêtement ? demande-t-elle très sérieusement.

    — Oui, honnêtement ! affirme Lisa inquiète.

    — Lève-toi pour voir !

Lisa s'exécute.

    — Fais un tour sur toi-même !

Elle obtempère.

    — Pose ta main gauche sur ta tête et touche ton nez avec le pouce !

Lisa regarde son amie, médusée. Marie rit aux éclats en tenant son gros ventre.

    — Mais non ! Au contraire, je trouve que tu rajeunis de jour en jour ! Ce n'est pas la venue prochaine de ton anniversaire qui te travaille ?

    — Quel anniversaire ? demande Lisa.

Tout d'un coup, la réalité la frappe de plein fouet.

    — Mon dieu ! C'est vrai ! Je vais avoir 30 ans ! Mais c'est horrible !!! crie-t-elle en s'effondrant sur le canapé.

    — Il fallait bien rejoindre le club un jour… déclare Marie en se dirigeant vers la cuisine.

Lisa tente de se lever pour suivre son amie mais ses jambes refusent de la porter. Son souffle est de plus en plus saccadé, sa respiration haletante.

    – On le fête chez Momo ? lance Marie de loin. N'oublie pas qu'il exige au moins deux semaines d'avance pour louer son resto...

Lisa déboutonne le col de sa chemise et essaie de prendre de grandes inspirations. De grosses gouttes de sueur coulent le long de ses tempes.

    – Tiens, je viens de me rendre compte que ton anniversaire est pile dans 30 jours ! s'écrie gaiement Marie de la cuisine.

Lisa a le sentiment d'étouffer, son cœur bat la chamade. Elle n'entend rien d'autre qu'un sifflement aigu dans ses oreilles. Marie revient au salon et voit son amie le souffle court, pâle comme un linge.

    – Ça ne va pas, ma puce ?

Lisa, à court d'oxygène, n'arrive pas à parler. Marie se souvient en un éclair de ses cours de premiers secours et court dans la cuisine prendre un sac en papier. Lisa, à l'agonie, happe l'air comme un poisson rouge hors de son bocal. Marie pose au plus vite le sac contre sa bouche et la fait respirer dedans. Peu à peu, Lisa reprend son souffle.

    – Eh bien, tu m'as fait une peur bleue ! s'exclame Marie en voyant son amie retrouver ses couleurs. Que t'est-il arrivé ?

Lisa, trempée, retire sa chemise et enfile le T-shirt que lui apporte son amie.

    – Aucune idée. C'est la première fois que ça m'arrive... C'est peut-être une crise d'hypoglycémie. Je n'ai pas pris mon petit déj' ce matin...

Marie la regarde sceptique.

    – Hum... Suis-moi que je te prépare quelque chose à manger.

    – Tu n'aurais pas un verre plutôt ?

    – Lisa, il n'est même pas midi !

    – Bon, un chocolat chaud fera l'affaire...

Dans la cuisine, Marie s'assoit en face de son amie et l'observe dévorer une grosse tartine de Nutella en s'en barbouillant plein les joues.

  – Bon, raconte ! Qu'est-ce qui ne va pas ? Tu angoisses à l'idée d'avoir 30 ans ?

Lisa sourit, penaude. Son amie la connaît par cœur !

  – Pas du tout ! ment-elle en évitant son regard. Mais je préfère éviter le sujet…

  – Comme tu veux… Si tu te sens d'attaque, au travail ! dit Marie en se levant. Les cartons nous attendent !

Quand un homme se trompe de chemin, la vie se charge de le remettre à sa place.
Lisa Carducci, *Nouvelles en couleurs*

Marie déplie un carton tandis que Lisa s'amuse à crever du papier bulle en faisant bien attention à ne pas tricher en utilisant ses ongles. Elle commence par une rangée et rapidement ne peut plus s'arrêter. Le petit éclatement provoque en elle un frisson comparable à celui qu'elle ressentait lorsque, petite fille, sur le chemin de l'école, elle croisait des boules de gui tombées à terre durant la nuit et s'évertuait à les éclater en y sautant à pieds joints. Il lui arrive, encore maintenant, d'en écraser une et d'entendre ce petit « pop » qui lui procurait tant de plaisir jadis. Mais ces rencontres, teintées de la magie de l'enfance, se font de plus en plus rares sur les trottoirs d'aujourd'hui…
Marie lui arrache des mains le papier bulle - ce petit bonheur, elle le sait pour s'y être hasardée, est dangereusement addictif - et le remplace par du papier journal.
Après avoir emballé des dizaines d'assiettes plates, creuses, à dessert, l'argenterie de la grand-mère, les fourchettes, couteaux, petites et grandes cuillères, les pelles à gâteaux, les louches, flûtes, gobelets à whisky, verres à bordeaux, verres à bourgogne, gobelets à orangeade et verres à eau, les bols, tasses à thé, café et cappuccino, les moules à tarte, à muffin et à cannelé, Lisa, essoufflée, rejoint Marie qui fait des mots croisés confortablement installée sur le canapé.

– Ta cuisine est une vraie liste de mariage ! Vous avez beaucoup trop de vaisselle ! Tu as pensé à en revendre ?

– Entre nous, Internet est déjà passé par là ! Ne le dis surtout pas à Étienne, mais de temps en temps, je troque quelques coupes Baccarat contre des paires de Chaton Botté.

– Tu as échangé des Baccarat contre des chaussures pour enfants ? Mais, ça vaut au moins des Louboutin !

– J'ai maintenant d'autres priorités que d'acheter des chaussures que je ne porterais plus de toute façon ! Mais, je ne m'oublie pas… murmure Marie en se dirigeant vers la chambre.
Elle revient avec une paire flambant neuve d'espadrilles compensées en toile fleurie.

– En effet, je vois que maman se fait plaisir ! lance Lisa avec un sourire ironique. Si tu ne les portes pas, j'ai une idée… On a la même pointure…

Son téléphone sonne, Lisa regarde l'écran et pousse un soupir.

– Bas les pattes, jeune fille ! s'écrie Marie. Elles sont à moi ! Ce sont les plus belles de ma collection…

Lisa étouffe un petit rire et se décide enfin à décrocher son portable. À peine a-t-elle le temps de dire « Allô » qu'une voix stridente jaillit du combiné. Elle descend machinalement le volume au plus bas et, résignée, endure patiemment l'interminable monologue de sa mère. Entre deux respirations de celle-ci, elle réussit à glisser quelques paroles :

– Non, maman, je viendrai seule ! Oui, j'apporterai les viennois… Non, en fait, je pensais tenter une autre boulangerie pour chang… Oui, les croissants seront aussi bons ! À dimanche. Embrasse papa…

Après avoir lu un article dans un magazine féminin sur les brunchs new-yorkais, Lysette, la mère de Lisa, s'était empressée d'échanger le traditionnel déjeuner familial à heure fixe contre un brunch ouvert aux retardataires et aux amis, à condition que ces derniers soient différents chaque dimanche.

Tout le monde y avait trouvé son compte, Lysette ne tentait plus d'épater la galerie avec ses expériences culinaires, souvent désastreuses, et le reste de la famille pouvait enfin déjeuner tranquillement sans se sentir coupable de n'avoir pas eu, une fois de plus, le courage de lui dire qu'elle n'avait décidément rien de Julie Andrieu.

Le brunch dominical était maintenant un moment privilégié chez les Mandi qu'oncles, tantes, cousins, cousines ne manquaient sous aucun prétexte. Il était l'occasion d'échanger les derniers potins de la semaine et surtout, pour les oncles, d'admirer la nouvelle conquête du frère aîné de Lisa qui, ayant pris sa mère au mot, amenait chaque dimanche une fiancée différente, toute intimidée de rencontrer sa future belle-famille.

– Tu vas au brunch dimanche ? demande Marie en se caressant le ventre. Je pensais que tu le boycottais à cause de ce qu'il s'était passé la dernière fois…

– Non, c'est oublié… Ma mère s'est excusée. Surprenant, non ?

– Très ! conclut Marie en reprenant ses mots croisés.

Marie, entre deux grilles de mots croisés, jette un coup d'œil sur son amie qui s'applique avec soin à ranger les livres de la bibliothèque dans un carton.

– Le Madame de Lafayette… demande Lisa en lui montrant un vieil exemplaire de poche de *La Princesse de Clèves*, ne serait pas à moi, par hasard ? Et celui-ci aussi ! Ça fait au moins dix ans que je le cherche ! J'étais persuadée que Keiji me l'avait piqué pour se venger d'avoir rompu avec lui…

– Montre…

Lisa lui tend le dernier tome d'*À la recherche du temps perdu* et au passage une feuille rose tombe sur le canapé. Marie la ramasse et la porte instinctivement à son nez.

– Mmm, elle sent encore le parfum… Il s'agit sûrement d'une lettre d'amour d'un de tes anciens prétendants… Je m'en souviens, tu t'en servais toujours comme marque-page…

Marie, sans attendre, déplie la feuille. Au fur et à mesure de sa lecture, ses yeux s'arrondissent. Elle tente de reprendre contenance mais un léger trouble, qui n'a pas échappé à Lisa, brouille encore son regard.

– Je te le confirme, c'est ton exemplaire ! Tiens… dit Marie en lui rendant le livre après avoir glissé la feuille sous sa cuisse.

– Et la lettre ? Laisse-moi voir…

– Quelle lettre ?

– Celle que tu viens de cacher !

Lisa tente de récupérer la feuille rose mais Marie la faufile rapidement dans son généreux décolleté.

– C'est un vieux machin… Tu préférerais ne pas savoir…

– Mais, si ! Dis-moi ce que c'est ou… ou… je te vole tes espadrilles !

– Oh non, pas mes espadrilles ! Bon, si tu le prends ainsi… C'est une liste !

– Une liste ? Tu as entre les mains *The* Liste, celle où j'ai mis tous les noms ? s'écrie Lisa, paniquée.

– Quels noms ?

Marie ouvre grand la bouche d'étonnement.

—   Lisa ! Tu tiens une pareille liste ? Comment se fait-il que je ne sois pas au courant ? Et surtout, tes ex tiennent sur une liste ? Tu ne me cacherais pas certaines choses ?

—   Je ne te cache rien du tout ! répond Lisa avec un sourire plein de mystère. En attendant, c'est toi qui refuses de me montrer cette feuille !

—   Lisa, je suis ta meilleure copine ?

—   Oui...

—   Tu as confiance en moi, n'est-ce pas ?

—   Oui...

—   J'ai toujours été de bon conseil ? Je ne suis pas conseillère d'orientation pour rien...

—   Oui, je l'admets. Mais, je ne vois pas le rapport...

—   Écoute, je pense que tu devrais oublier ce papier et continuer à ranger les livres. On a déjà assez perdu de temps !

—   Quoi ? Mais, tu plaisantes ! Donne-moi cette liste ! s'écrie Lisa en plongeant la main dans le corsage de son amie. Elle déplie la feuille avec hâte tandis que Marie guette chacune de ses réactions, prête à tout instant à brandir le sac en papier. Lisa commence à lire et peu à peu le sang se retire de son visage, le sel de la mer, les étoiles du ciel, l'oxygène de l'air. Elle tourne vers Marie le regard vide des gens abandonnés par l'espoir, porte les mains à ses oreilles et pousse un infini cri sans son.

Ce n'est pas tant l'aide de nos amis qui nous aide que notre confiance dans cette aide.
Epicure

Entre crise de panique ou catatonie, Marie préfère de loin la première réaction. Ce n'est pas le mutisme de son amie qui l'inquiète, ni sa suractivité : depuis cinq heures, elle l'a observée vider à grands pas son appartement en rangeant la totalité de la bibliothèque dans les cartons puis débarrasser, fiévreusement, les étagères de leurs bibelots. C'est lorsqu'elle l'a vu emballer les jouets de Yanis dans du papier bulle, sans même en éclater une seule - une seule !- que Marie a réalisé la gravité de l'heure.

À bout de ressources - Lisa n'a pas semblé être consciente de sa présence et, comble du comble, n'a même pas touché au chocolat chaud qu'elle lui avait préparé - Marie n'a trouvé d'autre solution que d'appeler à l'aide. Cela fait plus de trois heures qu'elle a passé son coup de fil et elle espère que les secours ne tarderont pas à arriver.

Elle regarde sa montre tandis que Lisa, n'ayant plus trouvé de nouveaux objets à empaqueter, s'assoit sur le canapé.

– Ça va ? demande timidement Marie espérant que cette fois-ci son amie sortira de son silence.

Lisa pousse un long gémissement et prend sa tête entre les mains.

– Tu aurais dû la brûler, en faire de confettis ou l'avaler d'une traite mais surtout ne jamais me la donner ! Qu'est-ce que je vais faire maintenant ?

Marie la regarde soulagée : premières paroles depuis le début de l'après-midi… Il y a du progrès !

– Mon horoscope m'avait bien prévenue ! gémit Lisa. Venus est en conflit avec mon Soleil natal ! Forcément, toutes les conditions étaient réunies pour que cette journée se passe de mal en pis…

Marie pose sa main sur la cuisse de son amie et lui murmure des paroles rassurantes. La sonnette de son appartement retentit et elle pousse un long soupir de soulagement : les renforts arrivent ! Elle se lève pour ouvrir mais Lisa, contente de trouver un prétexte à s'agiter, vole vers l'entrée.

Lisa ouvre la porte et, de surprise, manque de trébucher.

    – Carla ! s'écrie-t-elle. Que fais-tu à Paris ? Tu n'es pas à Londres ?

    – Marie a appelé le 911 donc j'ai sauté dans le premier Eurostar !

    – Je suis tellement contente de te voir... s'exclame Lisa en enlaçant son amie.

    – Tu n'as pas l'air si mal ! Je pensais te trouver dans un bien pire état...

    – Tu sais, alors ?

    – Je sais...

Lisa connaît Carla depuis sa plus tendre enfance. Leur rencontre est l'une des anecdotes préférées de sa mère. Lisa n'en a pas le moindre souvenir mais l'a tellement entendue que, par moments, elle a l'impression de se la rappeler.

Tous les matins, en voyant son grand frère prendre son cartable Tam's et enfiler ses Kickers, la petite Lisa, du haut de ses deux ans et demi, demandait à sa maman quand elle irait à l'école. Lorsque le grand jour est arrivé, c'est en petite robe de velours rouge, souliers vernis et chaussettes à revers en dentelle qu'elle a passé les grilles de la maternelle et, déterminée, elle s'est échappée de la main de sa mère pour courir vers la classe des grands. Au moment de franchir la porte de la classe, elle a retiré tous ses vêtements et s'est sagement assise, cul nu, parmi ses petits camarades sous les regards ahuris des parents et de l'institutrice. Une petite fille aux longues tresses d'une bonne tête de plus que Lisa s'est approchée d'elle et lui a demandé :

    – Tu veux que je te prête mes habits ?

Lisa a regardé sa salopette jaune fluo, lui a souri de ses minuscules quenottes et a répondu :

    – Oui.

Et de là est née leur amitié. Lisa a dû rejoindre la classe des petits mais, depuis ce jour, Carla est devenue à jamais la grande sœur qu'elle avait rêvé d'avoir.

Carla jette nonchalamment son Birkin sur le canapé, déboutonne sa veste Vivienne Westwood et embrasse tendrement Marie.

— Oh ! Mais, qu'est-ce que je viens de sentir ? s'écrie-t-elle en touchant le ventre de son amie. C'est officiel, alors ? C'est un boxeur !

— Ah non ! Tu ne vas pas t'y mettre toi aussi ! sourit Marie.

Malgré la Manche qui les sépare, Marie, Lisa et Carla sont restées inséparables. Dans le trio, cette dernière est la philosophe, la réfléchie, la tempérée. Celle dont les paroles ne peuvent qu'être les bienvenues en cette heure de crise. D'ailleurs, elle ne perd pas de temps et va droit au but en réclamant la liste. Lisa, la main tremblotante, lui tend la feuille rose en guettant sa réaction.

— Hum… murmure Carla en secouant la tête.

Marie et Lisa échangent un regard soucieux.

— Alors ? demandent-elles en chœur.

— Alors, comment se fait-il qu'aucune d'entre nous ne se soit souvenue de cette liste ? Toi, Lisa, je peux le comprendre, tu étais complètement saoule lors de tes 20 ans mais nous… Ne t'inquiète pas, l'heure est grave mais pas désespérée !

— Pas désespérée ? s'écrie Lisa. Mais, j'ai 30 ans dans 30 jours ! Comment voulez-vous que je réussisse à accomplir ma liste des choses à faire avant 30 ans ? Ma vie est finie !

Lisa plonge sa main dans la coupelle de fruits secs et en avale une poignée.

— Si tu continues comme ça, oui c'est certain ! déclare Carla en éloignant le mélange apéritif. Je te rappelle que le numéro 10 est de toujours rentrer dans le jean de tes 20 ans ! D'ailleurs, regarde ce que j'ai amené !

Elle sort de son sac un jean 501 taille 36 où un grand 20 est inscrit sur la fesse droite.

— Oh mon dieu ! s'exclame Lisa. C'est le jean que je portais lors de mon anniversaire !

— Je m'en sers de jean test depuis tellement d'années que j'avais complètement oublié qu'il était à toi ! Dès que j'ai des difficultés à fermer un bouton, quelques jours de detox et tout rentre dans l'ordre, explique-t-elle en croisant ses longues jambes fuselées. Lorsque Marie m'a annoncé que vous aviez retrouvé ta liste, j'ai tout de suite eu un flash ! Tiens, je te le rends…

    – Carla, tu crois que je peux faire tout ce qui est sur la liste avant mes 30 ans ? s'inquiète Lisa les yeux pleins d'espoir.

    – Tu connais mon positivisme légendaire ! Si j'ai réussi à épouser Hubert alors tout est possible ! Lorsque je lui ai annoncé que je devais me rendre à Paris de toute urgence à cause de ta liste, il m'a demandé de te rassurer en te disant que la seule liste ayant de la valeur est celle des indices boursiers ! Rappelez-moi pourquoi j'ai épousé un banquier déjà ?

    – Parce que tu ne peux pas imaginer ta vie sans lui ! déclare Marie.

    – Ah oui ? C'est une assez bonne raison ! sourit Carla. Bon les filles, il est presque 20 heures et je meurs de faim. On va chez Momo ?

    – Un vendredi ? Tu sais bien que c'est sa belle-sœur qui cuisine ! Pourquoi pas un italien ? propose Marie.

    – Va pour l'italien ! dit Carla en se levant.

Lisa se lève à son tour, prend la liste posée sur la table basse, y jette un œil et suit ses amies les bras ballants.

Les filles se souviennent du jour de leur naissance et en oublient l'année.
Proverbe yiddish

Marie croque dans un gressin tandis que le serveur apporte les plats sur la terrasse encore illuminée par le soleil printanier.

– Tu restes à Paris pour le week-end ?

– Oui, je rentre à Londres dimanche, répond Carla. J'en profiterai pour vous aider à déménager demain…

Alors que ses deux amies continuent leur conversation, Lisa plonge sa fourchette dans son risotto et essaie de séparer chaque grain de riz. Marie et Carla échangent un regard et l'observent faire un long moment. Elle s'attaque ensuite aux petits pois et les parque un à un sur le coin de son assiette.

– Hum, hum, toussote Carla. On ne te dérange pas trop ? On peut revenir une fois que tu auras trié les dés de carotte si tu le souhaites…

Lisa lève un regard vide vers son amie.

– Euh, désolée, j'étais en plein dans mes pensées…

– Oui, on a remarqué ! s'exclame Marie.

– Oh, les filles ! Qu'est-ce que je vais faire ? Comment le temps a-t-il pu passer aussi vite ? J'ai encore l'impression d'avoir 20 ans ! Je ne veux pas avoir 30 ans…

– 30 ans est juste un chiffre ! Carla et moi aussi sommes passées par là et je te promets que c'est moins terrible que ça en a l'air. L'important est d'être en phase avec soi-même…

Marie regrette déjà d'avoir prononcé ces derniers mots. La réaction qu'elle craignait ne se fait pas attendre.

– C'est facile à dire lorsque l'on a accompli tout ce que l'on souhaitait faire ! Mais, regarde, s'écrie Lisa en lui tendant la liste. Je n'ai pratiquement rien fait ! Je ne peux pas rattraper dix ans de ma vie en 30 jours ! Je n'y arriverai jamais !

Marie regarde Carla, l'air impuissant.

– Au lieu de te focaliser sur ce que tu n'as pas encore réalisé, concentre-toi sur ce que tu as déjà fait et tu verras que ta liste ne te semblera pas si insurmontable ! dit Carla.

Elle prend la feuille et la consulte longuement.

– Bon… Ce ne sera pas facile mais avec de la bonne volonté, un peu de courage, une touche de chance et beaucoup d'obstination, je suis sûre que tu peux accomplir toute ta liste en 30 jours !

    –   Tu le penses vraiment ?

Carla a un petit temps d'hésitation mais se reprend rapidement.

    –   Bien sûr ! Tu as déjà réalisé certains des points et pas les moindres… Le numéro 4 par exemple *Avoir un métier qui me passionne* ! Tu crois que tout le monde possède sa propre galerie à 29 ans ? En soi, c'est déjà une magnifique réussite !

Lisa hoche la tête, peu convaincue.

    –   Carla a raison ! Et qui aurait cru que toi, Lisa Mandi, puisse réussir un jour à avoir ton permis ? Tu étais plutôt mal partie…

Oui, c'est vrai ! réalise Lisa. Alors qu'elle n'y croyait plus, elle avait finalement réussi à décrocher le sésame tant espéré.

Lisa se souvient de son premier jour de conduite. Elle avait 18 ans et passait les vacances d'été chez sa grand-mère :

    –   Ce n'est pas de ma faute ! crie Lisa au jeune gendarme afin de couvrir la sirène de l'ambulance. J'avais absolument confiance en mon moniteur ! Quand il m'a dit d'aller tout droit, je suis allée tout droit sans me poser de question ! Je voyais bien qu'il n'y avait pas de route mais j'ai pensé qu'il voulait élargir mon horizon et tenter le tout-terrain ! Je lui avais dit, lors de mon inscription, que j'adorais les rallyes automobiles… En fait, je ne sais vraiment pas ce qui lui est passé par la tête…

Lisa observe le dépanneur accrocher les câbles à la Citroën C3 gisant au fond du fossé.

    –   Je vois… lance le gendarme l'air sceptique. Donc, si je comprends bien, vous avez suivi les instructions de Monsieur Martinez ?

    –   Tout à fait, Monsieur le gendarme !

Le dépanneur s'y reprend à plusieurs fois et réussit finalement à déloger la Citroën. Le constat est sans appel : la voiture-école est bonne pour la casse. Les ambulanciers déposent Monsieur Martinez sur la civière et celui-ci lance, au passage, un regard foudroyant à Lisa.

    –   Je l'ai toujours dit ! *Femmes au volant, mort au tournant* ! Mais, jamais, en 25 ans de carrière, je n'étais encore tombé sur un pareil spécimen ! hurle-t-il tandis que les secouristes s'apprêtent à le monter dans l'ambulance.

– Je suis vraiment désolée pour votre jambe… Avec un bon plâtre, vous serez comme neuf en un rien de temps ! dit-elle en posant sa main sur la sienne dans un geste rassurant.

– Éloignez cette chauffarde de moi ! hurle le moniteur hystérique.

– Attention votre bras ! Il y a un morceau qui dépasse…
Le moniteur se cogne contre la portière. Aïe, il a dû se faire mal, le pauvre ! songe Lisa.

– Oh mon bras ! Mon bras ! C'est de sa faute ! crie-t-il en pointant un doigt accusateur sur Lisa. Abandonnez la conduite avant qu'il ne soit trop tard. Vous êtes sans espoir ! Quand on dit tout droit, c'est tout droit… en suivant la route ! Monsieur le gendarme, cette fille est un danger public ! Un danger public…
Les ambulanciers demandent au gendarme s'ils peuvent l'emmener à l'hôpital.

– Oui, allez-y ! Il a l'air en état de choc… Donc, vous n'aviez pas vu qu'en face de vous se trouvait une forêt ? demande le jeune gendarme en revenant vers Lisa.

– Si… Mais… Écoutez, cette histoire est un terrible malentendu ! À l'avenir, je vous promets d'être beaucoup plus prudente. Je ne ferai plus une confiance aveugle à mon moniteur…

– En tout cas, vous avez beaucoup de chance de n'avoir rien de cassé…
Lisa le regarde étonnée. Occupée à se justifier, elle n'avait pas remarqué le charme certain de ce jeune homme en uniforme.

– Oh mon dieu ! s'écrie-t-elle en faisant mine de s'évanouir.
Le gendarme la retient par le bras.

– Que se passe-t-il ? Vous n'allez pas bien ?

– C'est une catastrophe, je me suis cassé un ongle ! minaude-t-elle en lui montrant son doigt. Oh là là, mais quelle journée ! Et je fais comment pour rentrer chez mémé Binette ?
Le jeune homme la regarde un instant, l'air pensif. Elle en profite pour nonchalamment réajuster son décolleté.

– Je vous raccompagne ! Je passerai récolter la déposition de Monsieur Martinez une fois qu'il se sentira mieux.

– Vous me laissez conduire ? Parce qu'avec cette histoire, je n'ai pas terminé ma leçon… Et si je veux passer mon permis avant la fin de l'été, chaque minute compte, n'est-ce pas ? demande-t-elle en battant des cils.

Le gendarme l'escorte vers la voiture et Lisa en profite pour caresser le capot en connaisseuse.

– Très jolie voiture ! Solide et racée, un peu comme vous…

Le jeune homme remet sa casquette en place et bombe le torse.

– C'est une Peugeot 306 S16 spécialement équipée pour la gendarmerie !

– Ah oui ?

Lisa s'assoit sur le siège passager et se met à toucher tous les boutons.

– Oh, j'ai l'impression d'être dans K 2000 ! D'ailleurs, on ne vous a jamais dit que vous aviez un petit air de David Hasselhoff ? En beaucoup plus beau, bien sûr ! Moi, c'est Lisa et vous, votre petit nom ?

– Antony…

– Ravie de faire votre connaissance, Antony !

Elle se penche vers le volant et effleure le gendarme au passage.

– Quel énorme volant ! s'exclame-t-elle en faisant mine de le tourner. Même votre manche est plus long ! Vous faites toujours tout en plus grand chez les gendarmes ?

Elle caresse longuement la boîte de vitesses tout en fixant des yeux le jeune gendarme. Antony essuie les deux gouttes de sueur qui perlent sur son front et démarre la voiture sur des chapeaux de roue. Lisa appuie sur la sirène et les deux échangent un sourire très… complice.

La première heure de conduite s'était finalement plutôt bien finie !

– Oui, mais je dois vous rappeler que j'ai mis quatre ans et plus de 150 heures de conduite pour finalement avoir mon permis ! À ce rythme-là, j'aurai terminé ma liste dans 200 ans ! dit Lisa en avalant une gorgée de vin.

Le serveur leur demande si tout va bien et Marie lui répond qu'elles sont très satisfaites.

— Il y a 40 défis sur ta liste, tu en as réalisé combien jusqu'à présent ? s'enquiert Carla.

Lisa prend la feuille posée près de la salière et se met à compter.

— En comprenant le job de mes rêves et le permis de conduire, dix, au total…

— Tu vois, ce n'est déjà pas si mal, il ne t'en reste plus que 30 ! s'exclame Marie la bouche pleine de tagliatelles.

— Écoute, tu as 30 jours pour réaliser 30 défis ! Ta galerie est en travaux. Profite de ce temps libre pour en réaliser un par jour ! Et dans un mois, lors de ton anniversaire, nous trinquerons à ta réussite ! s'exclame Carla.

C'est vrai, se dit Lisa, vu sous cet angle, sa liste lui paraît moins impossible. Oui, mais…

— Le défi numéro 2 est « se marier » ! Comment voulez-vous que j'y arrive ? Je ne vais pas épouser le premier venu sous prétexte que c'est écrit ! Et je ne parle pas du numéro 3… murmure Lisa en se remettant à trier les dés de carotte.

Carla et Marie se jettent un regard inquiet. Cette dernière se lève de sa chaise, s'assoit près de Lisa et pose sa main sur son épaule.

— Si vous êtes toutes les deux d'accord, comme nous avons écrit cette liste à trois, je propose que chacune d'entre nous dispose d'un joker…

— C'est une très bonne idée ! approuve Carla. Je mets mon joker sur le défi numéro 2 !

— Et moi sur le 3 ! renchérit Marie.

Lisa lève les yeux avec une lueur remplie de reconnaissance. Elle a vraiment les amies les plus formidables qui existent.

— Et toi, Lisa, quel est ton joker ? demande Carla d'un ton léger.

— Je ne sais pas encore. Je me le réserve en cas de pépin…

Carla lève son verre.

— Alors, à l'accomplissement de tes défis !

– À l'accomplissement de mes défis ! répète Lisa en fixant bien les yeux de ses amies.

Elle n'a pas envie, en plus, d'attraper sept ans de malheur sexuel !

À l'impossible nul n'est tenu.
Proverbe latin

Même si j'ai déjà perdu deux jours, il ne faut surtout pas
paniquer ! Rome fut bien construite en un jour ! Et le monde en
sept ! Les filles ont raison, je peux très bien accomplir ma liste
à temps ! Lisa contemple le boulevard Haussmann à travers la
vitre du bus en tortillant une mèche de cheveux. Et puis que
sont 30 ans à l'échelle de la création de l'univers ? Une goutte
d'eau dans l'océan, un grain de sable dans le désert, une miette
dans un grille-pain, une aiguille dans une botte de foin, une
écharde dans un doigt, une poussière dans l'œil... Comparée à
l'âge de la Terre, je ne suis qu'un petit poussin à peine éclos !
Oui, il n'y a vraiment aucune raison de s'en faire ! dit-elle en
rongeant l'ongle de son pouce.
      – Tout à fait, Mademoiselle. Que sommes-nous à part de
la poussière qui redeviendra poussière ?
Lisa tourne la tête vers un vieux monsieur tout de beige vêtu.
Concentrée dans ses pensées, elle ne l'avait pas vu s'asseoir à
ses côtés.
      – Cela m'arrive aussi très souvent de parler tout seul,
sourit-il très gentiment.
      – Oh, pardonnez-moi, j'ai dû penser tout haut...
Ses joues s'enflamment et pour cacher son embarras, elle fait
mine de chercher un baume à lèvres dans son sac.
      – Y   a-t-il   quelque   chose   qui   vous   tracasse,
Mademoiselle ? Je vais jusqu'au terminus et j'avoue n'avoir
rien contre un brin de conversation.
      – J'aurais adoré bavarder, mais je descends au prochain
arrêt... s'excuse Lisa en se levant.
      – Alors à bientôt ! Et n'oubliez pas, vous avez la chance
d'être jeune, alors profitez-en et surtout regardez du bon côté...
Lisa hoche la tête et lui fait un petit salut de la main. Regardez
du bon côté ? Mais, que veut-il dire par là ? songe-t-elle en
descendant du véhicule. Elle jette un dernier coup d'œil au
vieux monsieur et se rend compte qu'en dehors de lui, le bus
est complètement vide.

Lisa est arrivée à destination pour son premier défi et, oui, elle compte bien en profiter au maximum ! Elle a voulu commencer par celui qui lui mette le plus de baume au cœur : le numéro 23. Il fait partie de ceux qu'elle pourrait faire et refaire à l'infini, contrairement à d'autres, qui lui donnent des sueurs froides à l'avance. En fait, elle voit ce défi comme un cadeau offert à elle-même, il y a dix ans…

Même sans se souvenir de sa liste, Lisa avait toujours rêvé de réaliser cette petite fantaisie, mais les circonstances n'avaient jamais été jusque-là favorables. À son premier job, elle s'était dit qu'il s'agissait du bon moment, oubliant qu'il fallait payer les trois mois de caution de son nouveau logement, ses premières factures et diverses autres dépenses qu'elle n'avait pas imaginées en vivant chez ses parents. Ensuite, à chaque fois que l'occasion s'était présentée, un nouvel imprévu financier était venu l'en empêcher. Après, il y avait eu la galerie et sa priorité avait surtout été de rembourser ses dettes.

Lisa sait que son métier n'est ni le plus lucratif ni le moins risqué. Mais elle l'adore, et pour rien au monde ne souhaiterait en changer, même si, certains soirs, son dîner se résume à un plat de coquillettes sauce à l'eau…

De temps en temps, très tôt le matin, seule à la galerie, elle caresse les murs, regarde les œuvres exposées, tape le sol du talon afin de se convaincre que tout cela est bien réel et remercie sa bonne étoile. Elle fait exactement le métier qu'elle voulait faire !

Il est vrai qu'elle a eu de l'aide et beaucoup de chance : elle a rencontré les bonnes personnes au bon moment et, au fur et à mesure des années, a réussi à tisser un réseau solide d'amis qui la soutiennent quand l'un de ses protégés a des difficultés à percer.

Lisa a pour son travail une force et un bon sens qui, elle le sait, lui font parfois défaut dans d'autres aspects de sa vie. Mais, sa galerie est son *Tara* à elle, et concernant ses affaires, elle est irréprochable.

Elle est connue de ses artistes pour défendre leurs intérêts comme une louve. Grâce à cela, la plupart lui sont restés fidèles, même ceux dont la notoriété a dépassé le cercle parisien. Elle est respectée, dans le milieu, pour la solidité de ses jugements et son instinct, « son don d'avoir la petite seconde d'avance » comme ses clients de la première heure aiment lui faire remarquer. Elle préfère toutefois mettre son succès sur le seul compte de ses artistes.

Alors que certains de ses collègues galeristes n'ont pas survécu, après quatre ans, elle a aujourd'hui le luxe de s'agrandir et de rénover. Et même si ses affaires ne sont pas à l'abri des aléas du marché, elle parvient à se verser un salaire tous les mois, ce qui est bien, vraiment très bien. Oui, elle a eu de la chance, mais elle a surtout beaucoup travaillé.

Hier, en rentrant du brunch dominical, Lisa a tout vérifié : le solde de son compte est positif et sa machine à laver n'a pas l'air de vouloir rendre l'âme. Donc, rien, absolument rien, ne peut l'empêcher d'accomplir son défi du jour.

— À nous deux Galeries Lafayette ! Aujourd'hui, c'est shopping à gogo ! s'écrie-t-elle joyeusement en regardant les vitrines du grand magasin.

Elle se mord les lèvres. Il y a tout de même un bémol, sa liste précise bien deux limites : « Dépenser *10 000 francs* en fringues *sans culpabiliser* ». Elle se promet donc de ne payer ses achats qu'en liquide de façon à ne pas dépenser un centime de plus et, pour compenser sa prochaine folie acheteuse et rééquilibrer son karma, de n'acheter à partir de demain que des produits du commerce équitable pendant euh… un mois !

Lisa se dirige vers un distributeur afin de retirer la somme allouée mais est rapidement découragée par la longue file d'attente. Elle tente sa chance dans une rue perpendiculaire au boulevard Haussmann et marche quelques dizaines de mètres. Fantastique ! s'écrie-t-elle en voyant une machine de libre. Elle insère sa carte bancaire, compose fébrilement son code secret et sent l'émotion l'envahir. « Oh mon dieu, 1 500 euros ! Je n'ai jamais retiré autant d'argent de toute ma vie ! » *Veuillez patienter pendant que nous traitons votre demande.* « Oui, oui, je patiente, je patiente ! » dit-elle en songeant que l'appareil ne doit pas être habitué à distribuer une telle somme d'un seul coup. Après deux minutes, le message se paralyse et l'écran s'éteint.

– Oh fichu distributeur ! Et bien sûr, c'est toujours à moi que ça arrive !

Lisa appuie sur le bouton « annuler ». L'écran se rallume et demande à nouveau la carte.

– Mais, je l'ai déjà insérée !

Elle presse, comme une furie, la touche mais rien ne se passe.

– Oh non ! Ce n'est pas possible ! Pas aujourd'hui ! Ma carte ! Rendez-moi ma carte !

De rage, elle tape le clavier des deux poings sous les regards ahuris des promeneurs ameutés par ses cris. Un homme d'une quarantaine d'années portant un chapeau de feutre court vers elle.

– Calmez-vous, Mademoiselle, vous allez esquinter votre manucure ! Ces distributeurs avalent les cartes quand ils n'ont plus de billets. Vous devriez vous rendre demain à la banque et ils vous la redonneront aussitôt... la rassure-t-il en essayant de la détourner de la machine.

– Alors là, ils ne vont pas garder ma carte ! Je suis sûre qu'il s'agit d'un distributeur piraté ! J'ai vu un reportage au journal l'autre soir. Il y a une façade sur l'appareil et la carte se trouve juste derrière. Si j'avais simplement un petit tournevis, je pourrais la récupérer...

Lisa fouille dans ses poches, cherche dans son sac et sort de sa trousse à maquillage une pince à épiler.

– Ça devrait faire l'affaire !

L'homme au chapeau tente de la raisonner mais ignorant ses protestations, elle fait pénétrer la pince à l'intérieur de la fente.

– Oh oui, je la sens ! Je peux presque la toucher. Plus que quelques millimètres...

À peine a-t-elle achevé ces dernières paroles qu'une alarme puissante s'échappe du distributeur faisant fuir à toute allure l'homme au chapeau. Lisa déglutit sa salive, range la pince au fond de son sac et s'éloigne de l'appareil en faisant profil bas.

– Mademoiselle, s'il vous plaît !

Elle baisse la tête et continue à marcher en direction des Galeries.

– Mademoiselle, arrêtez-vous, s'il vous plaît ! la somme une voix froide et autoritaire.

Ignorant l'appel, elle presse le pas vers le grand magasin mais une main se pose fermement sur son épaule avant qu'elle n'aille plus loin.

  – Mademoiselle, je vous parle ! dit le policier sur un ton menaçant.

Le cœur battant la chamade, Lisa se retourne vers l'officier en uniforme et mime la surprise.

  – Oh, Monsieur l'agent, vous tombez à pic ! J'allais justement vous appeler ! annonce-t-elle avec un grand sourire au policier qui, lui, ne sourit pas du tout. Ils ont raison de dire que la police va, maintenant, au-devant de la population. On n'a pas même le temps de commettre un délit que vous êtes déjà là ! Enfin, je n'ai pas voulu dire que j'avais commis un crime, bien entendu ! ajoute-t-elle en riant nerveusement.

  – Vous alliez appeler la police en entrant dans le grand magasin ? demande-t-il l'air sévère.

Lisa cherche ses mots et réussit à bredouiller quelques paroles à peine audibles.

  – Euh oui… Je voulais demander le numéro à l'agent de sécurité ! Vous savez avec tous les différents numéros des renseignements, des pompiers, du plombier, je suis un peu perdue moi… dit-elle en battant des cils.

Le policier l'observe impassible et lui ordonne de le suivre. Lisa marmonne « flûte, crotte, zut » dans sa barbe et cache sa tête derrière son sac pour échapper aux regards des curieux.

Escortée du policier, elle monte dans une fourgonnette située non loin du guichet automatique et, en entrant, fait face à trois agents : deux hommes et une femme qui détournent leurs yeux des moniteurs vidéo et la saluent d'un geste de la tête. Un policier avec un gros diamant à l'oreille lui montre une place sur l'une des banquettes et ferme la porte du fourgon derrière elle.

  – Vous allez m'arrêter ? Je peux tout vous expliquer !

Lisa regarde un des écrans et se voit en train d'essayer d'enlever sa carte bancaire avec la pince à épiler.

  – Mais, c'est moi dans la télé !

Elle contemple son image, assez satisfaite : elle aurait quand même dû mettre un peu moins de blush mais son petit haut est parfaitement coordonné à son jean…

    – Mon dieu ! s'écrit-elle en s'approchant du moniteur vidéo. Ça ne peut pas être moi ! C'est quelqu'un qui me ressemble étrangement, un sosie ou une sœur jumelle, peut-être ! Mes parents nous auraient séparées à la naissance parce qu'elle était maléfique ! Oui, ça existe, ajoute-t-elle en remarquant l'air perplexe des policiers. Je l'ai vu sur le câble chez une copine ! Deux frères jumeaux séparés au berceau : l'un est devenu juge, l'autre *serial killer*. Ils se sont rencontrés pour la première fois lors du procès du deuxième par le premier ! Je vous assure que ce n'est pas moi ! Je n'ai pas d'aussi grosses fesses que cette fille. La preuve, regardez !

Lisa montre son derrière moulé dans son jean aux trois policiers qui ne se privent pas pour le reluquer.

    – Si on m'avait donné un euro à chaque fois que j'entends cette excuse, je pourrais prendre ma retraite demain ! s'exclame le policier au diamant en se marrant.

    – Je vous l'accorde, dit un agent moustachu en faisant un petit clin d'œil à Lisa, l'écran grossit un peu.

    – Un peu ? Mais, vous voulez rire ! Cette fille a un cul d'hippopotame ! Dites que ce n'est pas moi… S'il vous plaît… Dites que ce n'est pas moi…

    – Je suis désolé, Mademoiselle, le derrière que vous voyez sur l'écran est bien le vôtre !

Tous les policiers, à l'exception de la femme, se tordent de rire. Lisa, la mine dépitée, s'effondre lourdement sur la banquette.

    – Hé, Mademoiselle l'hippopotame, je pourrais avoir votre nom ou vous êtes satisfaite de votre nouvelle identité ? sourit le moustachu.

    – Lisa Mandi. Mais, je vous en prie, n'écrivez rien ! Je comprends que sur l'écran avec ma pince à épiler, je puisse paraître suspecte mais je vous jure que je n'étais pas en train de cambrioler le distributeur !

Les policiers la fixent placidement.

    – De toute façon, je connais mes droits et ne parlerai qu'en présence de mon avocat ! Vous ne pouvez pas me retenir contre ma volonté et en plus je suis certaine qu'il est illégal de filmer les gens à leur insu !

Les trois policiers se tapent les cuisses de rire.

— Vous regardez beaucoup trop la télévision, Mademoiselle Mandi. Dans la vraie vie, ça ne se passe pas comme ça ! explique l'agent à la boucle d'oreille.

La femme policière s'adresse à Lisa pour la première fois.

— N'écoutez pas mes collègues, ce sont de vrais farceurs ! Vous voulez une petite tasse de thé ? L'eau vient du thermos mais elle est encore chaude…

— Quel parfum ? demande Lisa en faisant la moue.

— Marco Polo rouge de chez Mariage Frères. Et j'ai des cookies Laura Todd pour l'accompagner, tentée ?

— Ah oui, avec plaisir ! Ce sont mes préférés !

Thé Mariage frère, cookies Laura Todd… Ça va la vie dans la police ! Et pourquoi pas une livraison de plateaux-repas de chez Fauchon pour déjeuner ? Et tout ça, bien sûr, au frais du contribuable ! songe-t-elle en croquant le biscuit.

— Mmm, un délice ! s'exclame Lisa.

— C'est un cadeau de mon petit ami. Il sait que je ne peux pas me passer de cookies quand je suis en planque.

— Vous avez déjà essayé ceux au chocolat blanc et à la noix de coco ?

— Oui, mais je préfère ceux aux pépites de chocolat noir. Je fais de temps en temps la recette mais les originaux restent tout de même meilleurs ! Si l'envie vous vient un jour d'essayer, je peux vous la donner. Le secret est dans la cuisson…

— Euhm, désolé d'interrompre votre conversation de bonne femme, mais on a une affaire sur le dos là, informe le policier qui a emmené Lisa dans la fourgonnette.

— Si je plaide coupable, je pourrai avoir un autre cookie ? Ils sont vraiment à se damner !

— Coupable ? s'exclame le moustachu. Vous avez un délit à confesser ?

— Ben, je ne sais pas… Pourquoi m'avez-vous arrêtée alors ?

— Nous vous avons fait venir pour une déposition, annonce la policière.

— Ah oui ? Vous n'allez pas me jeter en prison ? Mais, je peux quand même avoir un autre cookie ? Et l'enregistrement alors ? Je ne comprends pas… souffle Lisa.

–   Vous pensez vraiment que la police n'a rien d'autre à faire que d'arrêter les personnes qui se défoulent sur les distributeurs quand leur carte est avalée ? Les prisons seraient pleines à craquer ! Par contre, je pourrais très bien vous flanquer une grosse amende pour tentative de destruction de guichet automatique ! menace le moustachu.

–   Tentative de destruction ? C'est moi qui devrais porter plainte contre la banque pour kidnapping de carte bancaire ! Je fais comment, moi maintenant, sans moyen de paiement ? Toute ma journée est fichue ! Je me faisais une telle joie…

Lisa sort un mouchoir en papier de son sac.

–   J'ai attendu cette journée toute ma vie ! 29 ans et demi, vous imaginez ? sanglote-t-elle en regardant les policiers tour à tour. Oui, oui, je sais, les gens sont toujours choqués quand je dis mon âge ! Vous trouvez aussi que je fais plus jeune ?

Les policiers ne répondent pas.

–   C'est très gentil de votre part.

Elle sèche ses larmes et esquisse un sourire. La voyant consolée, la policière lui demande si elle est prête à faire sa déposition.

–   Oui, bien sûr ! consent Lisa en s'allongeant sur la banquette avant de fermer les yeux. Aujourd'hui devait être une journée très particulière pour moi, vous savez. Il y a dix ans, à l'occasion de mon vingtième anniversaire, j'ai écrit une liste des choses à faire avant d'avoir 30 ans. Et devinez quoi ? J'en avais complètement oublié l'existence jusqu'à ce que je tombe dessus, il y a trois jours, pendant le déménagement de ma meilleure amie. Et pile 30 jours avant le jour J ! Mais, le souci, ajoute-t-elle en reniflant, est que je n'ai même pas accompli un quart des actions de la liste ! Aujourd'hui, j'étais censée réaliser mon vieux rêve d'enfance : dévaliser les magasins. Et me voilà sans carte bancaire ni même un ticket de bus ! Que vais-je devenir ? Votre divan n'est pas très confortable, entre nous, rajoute-t-elle en se mouchant bruyamment. Vous n'auriez pas un Kleenex, j'ai utilisé le dernier ?

Deux des policiers lui tendent un mouchoir en papier. Lisa les remercie avec un petit sourire et se mouche de plus belle.

    – J'espère que ma déposition vous a été utile. En tout cas, je vous remercie de m'avoir écoutée, dit-elle en lançant un énorme soupir. J'ai l'impression qu'une grosse boule vient d'être enlevée de mon estomac !

Tout à coup, les portes de la fourgonnette s'ouvrent brutalement et un policier en civil regarde Lisa, étonné.

    – Elle est toujours là ? Vous n'avez pas encore recueilli sa déposition ?

    – Si, si, répond Lisa avec fierté, on vient de finir ! Je peux partir maintenant ? demande-t-elle en se levant.

    – Rasseyez-vous, Mademoiselle, déclare avec fermeté l'agent qui l'a emmenée dans la fourgonnette. Nous souhaiterions votre déposition concernant votre petite aventure avec le distributeur de billets et non vos états d'âme pour savoir si oui ou non vous allez réussir à faire du shopping aujourd'hui !

    – Oh ! Mais, que voulez-vous que je vous dise ?

    – Nous voudrions que vous identifiiez un individu, répond doucement la policière.

L'agent moustachu lui donne un catalogue de photographies d'hommes d'une quarantaine d'années.

    – Avez-vous déjà vu une de ces personnes ? s'enquiert la policière.

Lisa parcourt l'album et s'arrête sur un des portraits.

    – Vous le reconnaissez ?

    – Non, mais j'aimerais bien ! Il est plutôt mignon, vous ne trouvez pas ?

Elle reprend son feuilletage et commente les photographies en des termes plus ou moins flatteurs.

    – Celui-là a vraiment une tête de bandit ! Je n'aimerais pas le croiser dans un coin sombre. Oh, mais je reconnais cet homme ! Il est très gentil ! Il a essayé de m'aider avec ma carte !

    – Vous attestez formellement que cet homme est bien celui qui vous a abordé près du guichet automatique ? demande l'officier à la boucle d'oreille.

    – Oui, tout à fait, Monsieur l'agent. Sur la photo, il n'a pas de chapeau mais c'est bien lui ! Il a aussi été victime du satané distributeur ?

– Au contraire, Mademoiselle, vous venez d'identifier un des membres d'un influent réseau de pirates de distributeurs de billets. Vous n'avez plus qu'à signer votre déposition et vous êtes libre de partir faire les magasins ou autre chose.

– Et pour ma carte alors ? Que dois-je faire ?

– Je vous conseille de faire opposition auprès de votre banque et vous en recevrez une toute neuve très bientôt, répond le moustachu.

Très bientôt, très bientôt… mais ils n'ont rien compris ! Si je n'arrive même pas à faire du shopping, je suis mal partie pour le reste de mes défis ! J'ai déjà perdu deux jours à cause du déménagement de Marie et du brunch interminable chez mes parents, je ne peux pas me permettre d'en perdre un autre ! songe Lisa.

En sortant de la fourgonnette, elle croise le pirate au chapeau de feutre menotté et entouré de deux grands policiers. Elle se dirige droit vers lui vaillante et déterminée :

– Ah, merci beaucoup de votre aide ! Vous venez juste de détruire un rêve de petite fille, pauvre cloche ! s'écrie-t-elle en écrasant de la pointe de son talon le mocassin du pirate.

Celui-ci prend son pied dans les mains et se met à sautiller sur une jambe.

– Aïe ouille ouille ouille aïe aïe aïe…

Lisa s'éloigne, sous les regards médusés des policiers.

Dans la fourgonnette, le moustachu demande à un de ses collègues :

– Tu peux me dire exactement à quoi on vient d'assister ? Cette nana a clairement pété un plomb !

– Ne m'en parle pas, répond l'un. Mais, ce n'est rien comparé à ma belle-sœur ! Une semaine avant ses 30 ans, Aïssata a décidé que sa vie ne lui convenait plus, qu'elle manquait de but et de spiritualité, qu'il fallait qu'elle retourne aux vraies sources de l'existence et bla-bla-bla. Donc, elle a quitté mon frère, pris un aller simple pour l'Inde et s'est réfugiée dans un monastère bouddhiste. David n'avait rien vu venir ! Il a pensé que c'était une lubie et qu'elle reviendrait au bout d'une semaine. Imagine, elle n'avait jamais quitté Carcassonne. Le choc dans la famille, je ne te dis pas ! Au bout de six mois, elle n'était toujours pas revenue ! Mon frère, qui en était fou, est parti la rejoindre. C'était ça ou il la perdait ! Il a tout lâché, vendu sa petite entreprise et la maison, fait la bise aux parents et paf deuxième aller simple vers Ladakh ! Ils nous envoient une carte postale chaque Noël. C'était il y a six ans... et ils ne sont plus jamais revenus depuis. Alors la petite qui veut se ruiner en faisant du shopping, c'est de la gnognotte à côté !

    – Oh, moi aussi, j'ai entendu parler d'une histoire un peu semblable, dit le policier à la boucle d'oreille. C'est la cousine du beau-frère de la voisine de ma sœur. Elle s'était toujours trouvée trop plate et a demandé à son mari de lui offrir une nouvelle poitrine pour ses 30 ans. Au départ, il n'était pas pour, tu comprends le touché n'est pas le même. Et finalement, elle arrive à le convaincre et il devient de plus en plus emballé à l'idée de voir son épouse avec une bonne grosse paire de seins. Sa femme passe sur le billard, se fait faire deux énormes melons. Le mari n'a qu'une hâte : les essayer. À peine arrivée à la maison, sa femme lui annonce qu'elle a rencontré quelqu'un à l'hôpital et qu'elle le quitte ! Et devinez quoi ? Eh bien, elle l'a plaqué pour l'infirmière !

    – Ah ça, c'est dur ! commente un des policiers.

    – Et le pire, c'est qu'il n'a même pas eu la chance de profiter des nouveaux nichons !

Les policiers s'étouffent de rire.

    – Et toi Nadia, demande le moustachu en s'adressant à la policière. Tu ne vas pas bientôt avoir 30 ans ?

    – Si, dans deux mois.

    – J'espère que tu ne vas pas nous préparer un coup tordu ! s'inquiète-t-il en lui donnant une tape amicale sur l'épaule. Ah les femmes... Vous venez vraiment d'une autre planète !

Les autres policiers soupirent de concert.

On rencontre sa destinée souvent par les chemins qu'on prend pour l'éviter.
Jean de La Fontaine, *Les Fables*

Lisa décide de ne pas se laisser abattre par la petite mésaventure de sa carte bancaire. Pas le premier jour de ses défis ! Non, il faut persévérer ! Elle fait donc toutes les banques dans le périmètre des grands magasins dans l'espoir d'en trouver une ouverte le lundi. Mais, c'est peine perdue.

Soudain, elle se rappelle que la Société Générale près de son domicile est fermée le samedi. Il y a donc de fortes chances que l'établissement soit ouvert aujourd'hui. Il n'est pas trop tard, il y aura encore le temps, ensuite, de revenir faire les magasins…

Elle prend le bus en direction du boulevard Voltaire, fait un grand sourire au chauffeur en guise de ticket, prie, pendant tout le trajet, pour ne pas se faire contrôler et, arrivée à bon port, le souffle court et le pouls frénétique, se demande pourquoi sa liste comporte tant de défis à haut potentiel d'émotions fortes alors qu'il lui suffit de truander dans un bus pour avoir une puissante décharge d'adrénaline.

Quand elle s'avance vers la banque et aperçoit des clients en sortir, Lisa recommence à croire que la chance existe. Finalement, il n'y a peut-être pas de force obscure venue malicieusement l'empêcher de réaliser son premier défi. Elle franchit le seuil de l'établissement, pleine d'un nouvel espoir :

– Ce n'est malheureusement pas possible, affirme d'une voix monocorde la jeune femme au guichet. Nous ne pouvons pas vous fournir immédiatement de carte de remplacement. Votre nouvelle carte vous sera envoyée directement à votre domicile, en recommandé avec accusé de réception dans les cinq jours ouvrés. Comme nous sommes lundi, vous recevrez votre carte… lundi prochain.

– Lundi prochain ? Je ne suis pas très forte en calcul mais c'est dans sept jours !

– Si vous enlevez le week-end de fermeture, cela fait bien cinq jours, Madame, soutient la guichetière raide comme un bâton.

– C'est Mademoiselle… Je n'ai pas d'autres cartes. Je fais comment pendant une semaine ?

– Notre banque a dû vous fournir un chéquier et vous pouvez toujours retirer de l'espèce dans une de nos 200 branches parisiennes, récite la jeune femme comme une automate.

– Alors, j'aimerais 1 500 euros, s'il vous plaît.

– Je suis désolée, Madame, mais pour toute somme supérieure à 1 000 euros, vous devez nous donner un préavis de 24 heures. Si vous souhaitez retirer 1 000 euros, j'aurais besoin d'une pièce d'identité et d'un relevé d'identité bancaire, débite la jeune femme sans cligner les paupières.

Lisa sort sa carte d'identité de son portefeuille ainsi qu'un petit morceau de papier froissé et les tend à la guichetière.

– Un reçu de carte bancaire vous irait en guise de RIB ? s'enquiert-elle en se doutant d'avance de sa réponse.

La jeune femme secoue négativement la tête et Lisa, résignée, quitte l'établissement le moral aussi vide que son porte-monnaie. Ce n'est décidément pas mon jour. La terre entière est contre moi ! Je ne suis peut-être pas destinée à accomplir cette liste ! songe-t-elle les épaules basses et l'air abattu. Telle une somnambule, elle marche en fixant ses pieds sans entendre les coups de klaxons ni les pneus crisser à son approche. Son seul souhait, maintenant, est de rentrer à la maison et d'oublier cette maudite liste. Elle aura essayé ! Ce n'est tout de même pas de sa faute si la vie est pleine d'obstacles infranchissables !

– Hé oh ! Les passages cloutés ne sont pas faits pour les chiens ! crie un chauffeur.

Lisa lève les yeux et réalise, horrifiée, qu'elle se trouve au milieu du boulevard, encerclée de part et d'autre par la circulation. Elle ne sait plus vers quel côté regarder. À droite, une voiture l'évite de justesse, à gauche, une autre la frôle. Perdue, se demandant s'il est préférable de rester immobile, revenir en arrière ou essayer de traverser la route, elle ferme les yeux dans l'espoir qu'en les rouvrant elle se trouvera, comme par magie, sur le trottoir.

En entrouvrant un œil, elle constate avec dépit en être toujours au même point. Comptant alors sur le sens civique des conducteurs - ils ne vont tout de même pas lui foncer dessus - elle tente un pas en avant. Au lieu de ralentir, une Twingo klaxonne puissamment et manque de l'écraser. À bout de ressources, Lisa revient à sa position initiale perdant tout espoir de regagner le trottoir en une seule pièce.

Tout à coup, les voitures se mettent à freiner. Lisa n'en croit pas ses yeux et reste figée. Elle sursaute lorsqu'une main la prend par le coude. Elle tourne vivement la tête et reçoit un choc au cœur : derrière elle, se tient un grand brun aux magnifiques yeux marron. Il siffle et fait des grands signes afin de stopper la circulation.

  – Je ne vais pas pouvoir les retenir plus longtemps. Suivez-moi !

Lisa se laisse emmener sans résistance. Elle a l'impression de flotter sur du coton. Les voitures, les klaxons, l'agressivité des automobilistes ne l'effraient plus, comme si tout cela n'avait pas existé. Elle est maintenant en sécurité près de cet homme, cet inconnu qui la protège. Ils traversent la route et arrivent sains et saufs sur le trottoir.

Des petites mamies se mettent à applaudir le jeune homme et commentent la scène avec entrain :

  – Elle doit être aveugle, je l'ai vue fermer les yeux. Elle n'avait pas l'air de voir du tout.

  – Elle a dû égarer sa canne et son chien est parti la récupérer…

  – Mais, non, c'est sûrement une tentative de suicide. Regardez-la, maigrelette comme elle est, elle ne doit pas être très bien. Je l'ai vue l'autre jour à la boulangerie, elle a fait une crise, je ne vous dis pas.

  – Pas du tout ! Moi, je la connais bien ! Elle est distraite, c'est tout ! Elle ne regarde que ses pieds depuis que son petit ami est parti !

  – En tout cas, ce jeune homme est un héros. Je vais téléphoner à la télé pour qu'ils fassent un reportage sur lui. Vous le connaissez ? Il est du quartier ?

Les passantes récupèrent leurs cabas pleins de fruits et légumes et se dispersent en se disant à demain.

  – Comment… ? Comment… ? bafouille Lisa.

Elle se promet de ne plus jamais traverser la route sans regarder. Elle a rarement eu aussi peur.

– Je vous ai vue au beau milieu du boulevard. Vous aviez l'air tellement paniquée que j'ai pensé que vous ne vous en sortiriez pas toute seule. Et puis, je n'ai pas pu résister à l'idée de secourir une jolie fille en détresse, murmure le jeune homme avec le sourire le plus craquant qu'elle ait jamais vu.

Sa voix rauque et suave, sa bouche, l'éclat familier, mais qu'elle n'arrive pas à reconnaître, de ses yeux… Mmm, cet homme lui fait un effet bœuf !

– Oh, mais je maîtrisais parfaitement la situation… affirme Lisa en sentant ses joues s'empourprer.

Le beau sauveur lui lance un regard narquois.

– Mais, merci beaucoup ! Vous m'avez un petit peu sauvé la vie…

Elle lui tend la main et reçoit au contact de sa paume une forte décharge électrique. Ils se regardent et semblent surpris, l'un autant que l'autre, par la fulgurance de cette sensation. Troublée par la vague de chaleur qui la submerge et l'envie irrésistible de se jeter dans ses bras, Lisa retire précipitamment sa main et se met à toussoter. Elle ne sait pas ce qu'il lui arrive. Il s'agit peut-être du contrecoup de sa frayeur. Son sauveur la fixe d'un drôle d'air. Elle reconnaît maintenant la lueur de ses yeux : ce sont les éclats croquant des noisettes de ses chocolats préférés !

– Si ce n'est pas trop indiscret, je peux vous demander ce que vous faisiez sur la route en pleine heure de pointe ?

Lisa se reprend mais ne peut détacher son regard de ses beaux yeux.

– Oh… J'étais dans mes pensées et j'ai marché tout droit sans réfléchir…

– Hum… Laissez-moi vous offrir un petit remontant, vous avez l'air d'en avoir besoin ! Dure journée ?

– Horrible, ne m'en parlez pas ! Merci pour le verre mais je préfère rentrer chez moi. Je n'habite pas très loin d'ici…

– Non, non, j'insiste ! Et puis si nous étions au Japon, comme je vous ai apparemment sauvé la vie, vous deviendriez automatiquement mon esclave… lui dit-il avec son charmant sourire. Allez, vous me le devez bien !

Lisa fait mine de réfléchir. Elle observe les muscles que sa chemise bleu sombre laisse deviner, sa barbe de quelques jours, ses cheveux bruns qui donnent envie d'y glisser la main, ses petites rides aux coins des yeux, son regard rieur aussi tentant qu'un pot de Nutella, sa bouche fine mais charnue, pure invitation aux baisers et en vient à la conclusion qu'elle n'a absolument rien contre l'idée d'être l'esclave sexuelle de cet homme-là.

– Comme vous insistez, ce serait avec plaisir. Et c'est vrai que j'ai bien envie d'un bon chocolat chaud avec plein de chantilly !

– Un chocolat chaud ? C'est votre idée d'un remontant ? demande-t-il l'air amusé. On peut aller dans ce café, à l'angle. En plus, on n'a même pas besoin de traverser…

Son beau sauveur lui sourit et se met soudainement à remuer les oreilles dans tous les sens. Lisa le regarde, abasourdie, puis pouffe de rire.

– Pardonnez-moi. J'avais très envie d'entendre votre rire ! Mon arme fatale marche à tous les coups pour égayer les adorables demoiselles… dit-il en remuant de nouveau ses oreilles.

Lisa rit de plus belle - tout de même légèrement jalouse de ces autres demoiselles - et, dans le mouvement, une mèche de cheveux lui tombe sur le visage. Son bel inconnu approche une main de sa joue et remet délicatement, en prenant son temps, la boucle derrière son oreille. Elle peut sentir la douceur de ses doigts. Ils se regardent et se sourient.

En marchant à ses côtés, Lisa caresse les cheveux qu'il a effleurés. Elle ne sait vraiment pas ce qui lui arrive…

Alors qu'ils s'apprêtent à rentrer dans le café, le téléphone de son beau sauveur se met à sonner. Celui-ci décroche au bout de la première sonnerie et s'éloigne légèrement de la porte d'entrée.

– Oui, OK, j'arrive dans moins de 10 minutes ! Non, ne t'inquiète pas, je serai là avant que tu ne sois en salle de travail… À tout de suite. Moi aussi, murmure-t-il en raccrochant. Mince, je suis sincèrement désolé mais je dois partir… dit-il la mine embarrassée.

Lisa a du mal à cacher sa déception.

–   Tout va bien ?

Elle a entendu les bribes de la conversation et espère de tout cœur que ce ne soit pas ce qu'elle croit.

–   Oh oui ! Qu'y a-t-il de plus beau que la venue d'un nouveau né dans la famille ?

Lisa n'a même pas le temps d'encaisser le choc, qu'en deux temps trois mouvements, son sauveur l'abandonne à l'entrée du café et s'élance de l'autre côté de la rue. Elle le regarde, pantoise, zigzaguer entre les voitures. Tout d'un coup, il s'arrête au milieu de la chaussée et se retourne.

–   Je ne connais pas votre nom ! crie-t-il alors qu'une voiture s'avance vers lui.

–   Lisa. Et vous ?

Elle entend un son inaudible.

–   Pardon ?

Il répète son prénom - mais les coups de klaxon masquent sa voix - puis court vers le trottoir et s'éloigne jusqu'à ne plus devenir qu'un petit point bleu parmi les passants.

L'amour est une question de timing, il faut beaucoup de chance pour tomber sur la bonne personne, au bon moment, au bon endroit.
Wong Kar-wai

Zut, alors ! C'est bien ma veine ! Comment aurais-je pu imaginer, un seul instant, qu'il allait avoir un bébé ? Je n'ai pas rêvé, il flirtait bien avec moi… Il n'était tout de même pas simplement gentil… Mais, quel homme, quel homme ! Zut, alors ! souffle Lisa en donnant un petit coup de pied dans un caillou.
Elle rejoint la rue Oberkampf et passe devant un chocolatier. En contemplant les rochers au praliné de la vitrine, elle est soudainement prise d'un éclat de lucidité : le fait d'avoir un enfant ne l'empêche peut-être pas d'essayer de séduire tout ce qui passe ! Mais, quel salaud ! Quel salaud ! Il guette la jeune fille en détresse, la secourt, espérant que, reconnaissante, elle s'offre à lui ! Quand je pense que j'ai failli tomber dans le panneau ! Ah, les hommes sont vraiment prêts à tout ! Mais, tout de même, songe-t-elle en se demandant s'il est raisonnable de s'offrir un mini-rocher, il était vraiment craquant !
Les éclats de noisettes lui faisant de l'œil, elle ne résiste pas à la tentation. Flûte ! Je n'ai pas un kopeck ! réalise-t-elle en entrant dans la boutique. Dépitée, elle sort de la chocolaterie. Tant pis, il est pris ! Fais-toi une raison, ma petite Lisa ! De toute façon, tu as d'autres chats à fouetter, ce mois-ci, que de penser aux garçons ! Mais, zut alors, il était vraiment pas mal ! Elle regarde la route de gauche à droite et fait attention, cette fois-ci, à bien traverser sur le passage clouté.

Arrivée dans son appartement, Lisa se met à fouiller dans toutes les pièces.
   — Un chéquier, un chéquier… Il doit bien être quelque part !
Elle examine chaque placard de sa chambre, vide une à une ses boîtes de rangement contenant de vieux albums photo, des cahiers d'école, des bibelots achetés pendant ses voyages qui ont directement atterris dans les cartons sans passer par la case étagère, et plein d'autres objets du passé qu'elle ne s'est jamais

décidée à jeter. L'espace d'un instant, elle est tentée de se laisser aller à la douce nostalgie que suscitent ces souvenirs lorsqu'elle tombe sur une grosse boîte intitulée *Banques*. Alors là, je m'épate ! Je ne savais pas que j'étais si bien organisée à la maison... Elle y trouve à l'intérieur plusieurs classeurs. Je me disais bien... songe-t-elle en reconnaissant l'écriture de sa mère sur les étiquettes. Il faudrait, tout de même, que je récupère ce trousseau de clés que je lui ai remis en cas d'extrême urgence et qu'elle clame toujours avoir perdu ! Pour le coup, Lisa n'est pas mécontente de l'intrusion de sa maman. Elle entrouvre le classeur *compte courant* quand son œil est attiré par un second classeur.

    – *Compte courant d'urgence* ? s'exclame-t-elle surprise.

Elle s'empresse d'ouvrir le dossier et tombe sur un Post-it jaune *: Mon bouchon, la vie est parfois pleine d'imprévus et c'est important de pouvoir y faire face. Comme nous savons que tu préférerais te laisser mourir de faim ou, pire encore, manger des surgelés (Quelle horreur ! Tu crois que je n'ai pas vu les pizzas dans ton congélateur !) que nous demander de l'aide, papa et moi avons décidé de partager entre ton frère et toi une partie de ce que mémé m'a légué. Ce n'est pas la peine de venir nous en parler, d'ailleurs, j'ai déjà un trou de mémoire et je nierai tout !*

Papa et maman qui pensent à toi (et à ton équilibre nutritionnel. N'oublie pas de prendre tes compléments alimentaires et de te brosser les dents.)

    – Ah, maman, maman...

Lisa s'essuie une larme du revers du doigt. Elle n'avait jamais connu son grand-père maternel, disparu deux ans avant sa naissance, mais avait été extrêmement proche de mémé Binette qui racontait les plus fabuleuses histoires des nombreux pays où elle avait vécu avant de poser ses valises dans le cœur de Papi Loukoum. Ses célèbres rots, à la plus grande joie de ses petits-enfants, faisaient trembler sa fille et les murs de la maison et Lisa gardait un merveilleux souvenir de sa tendre grand-mère.

Le jour de ses 25 ans, Mémé Binette l'avait fait asseoir sur ses genoux et lui avait remis une enveloppe contenant un chèque. Sept mois plus tard, elle les quittait. Trop tôt, beaucoup trop tôt.

Toutefois, elle avait eu le temps de voir le rêve de sa petite-fille se réaliser. Grâce à la donation de sa grand-mère, qui lui avait permis d'emprunter le reste des fonds nécessaires, Lisa avait pu ouvrir sa propre galerie.

Lisa est tentée de replacer le classeur dans sa boîte. Après tout, aujourd'hui, il lui suffit de trouver son chéquier ou mieux encore un RIB et elle pourra retirer son propre argent. Mais curieuse de savoir quelle somme ses parents lui ont offerte, elle détache le Post-it et découvre, les yeux écarquillés, le montant du relevé.

    – Mon dieu !

Elle sort de la pochette plastique une enveloppe et en déchire délicatement les pointillés.

    – Oh, merci, merci ! crie-t-elle en découvrant une carte bancaire.

Elle pourrait, tout simplement, utiliser cette carte et ensuite remettre les 1 500 euros de son défi shopping dans le compte d'urgence, une fois sa nouvelle carte reçue ! Oui, c'est une très bonne idée ! Elle regarde le bout de plastique, émerveillée, et l'embrasse plusieurs fois. Tout d'un coup, une angoisse l'envahit.

    – Mais, je n'ai pas le code !

Elle tourne prestement les pages du classeur, trouve une autre enveloppe, la décachette avec fougue et y découvre les quatre numéros gagnants.

    – Bingo ! crie Lisa en sautant en l'air.

Elle regarde l'heure. Il est un peu tard, elle remettra son défi au lendemain. Mais, finalement, cette première journée n'aura pas été si mauvaise…

Il est plus facile de ne rien dépenser que de dépenser peu.
Jules Renard

— Quoi ? ? ? Tu as dépensé 10 000 euros !!!
Lisa décolle l'oreille de son téléphone portable. La voix de Marie, d'ordinaire si agréable, lui ferait presque regretter la douce mélodie des tiroirs-caisses qui a rythmé sa journée shopping. Elle a bien tenté d'appeler Carla, mais son téléphone était sur messagerie. D'ailleurs, elle a regretté que son amie ne soit pas à Paris pour partager ce défi. Elle aurait été fière d'elle : Gabrielle, Christian, Louis, Jean-Paul, Miuccia, Donatella, désormais Lisa peut tous les appeler par leur petit nom. Les boutiques de Chanel, Dior, Vuitton, Gaultier, Prada et Versace sont devenues, le temps d'une journée, son aire de jeu. Et Lisa s'est bien amusée : avenue Montaigne, elle a joué les indécises, essayant des dizaines de tenues pour finalement ne rien acheter. Avec 1 500 euros de budget, de toute façon, elle ne serait pas allée bien loin. Rue du Faubourg-Saint-Honoré, les choses ont commencé à se corser. Elle est passée faire un petit tour chez Colette, pour voir leurs nouveautés, et a craqué sur une magnifique robe asymétrique en soie anthracite à 1 356 euros. Et comme Sabine, la vendeuse qui lui a promis de la tenir informée des ventes presse qu'elle tient de son amie journaliste à Vogue, l'a convaincue de ne pas partir sans acheter également les sandales assorties : total de la facture 1 758 euros. Lisa aurait pu, aurait dû, s'arrêter là. Elle était déjà à plus de 200 euros hors budget. Mais, peut-on véritablement qualifier de défi shopping, une malheureuse robe et une pauvre petite paire de chaussures ? Non ! Dans défi, il y a D comme Dolce & Gabanna, E comme Emmanuel Ungaro, F comme Fendi et I comme Yves Saint-Laurent. Et justement, elle n'a qu'à passer la porte de leur devanture pour rendre hommage à leurs sublimes créations. Ce qu'elle a fait, il faut le dire, sans trop d'hésitation.

— Tu étais censé dépenser seulement 10 000 francs soit 1 500 euros pour ton défi, pas te mettre à découvert pour le restant de ta vie ! rouspète Marie.
Oups ! Lisa avait oublié qu'elle s'était promis de rembourser chaque centime de son compte d'urgence. Mais, elle y pensera

plus tard, ce n'est pas le moment de se gâcher le plaisir. D'autant plus que pour faire un pied-de-nez au destin, elle a décidé de terminer son défi aux Galeries Lafayette, là où tout a failli ne jamais commencer, en comptant s'offrir encore une ou deux petites choses…

– Mais, justement, j'ai dépensé exactement ce que disait la liste ! Combien coûte une baguette aujourd'hui ? Un euro, voir plus. Et à combien était la baguette, il y a dix ans ?

– Ben, je ne sais pas, avoue Marie.

– Pas plus d'un franc, j'en suis sûre ! Donc, si tu prends le prix de la baguette comme référence, 10 000 francs équivalent à exactement 10 000 euros et pas du tout 1 500 euros, comme tout le monde pourrait le penser !

Lisa n'est pas peu fière de son raisonnement et a presque réussi à se convaincre toute seule. Mais le silence de son amie révèle qu'il lui faut trouver des arguments encore plus solides. Elle pourrait avouer lui avoir trouvé une paire d'espadrilles faite main en chanvre molletonné mais ne veut pas gâcher la surprise…

– Tu sais bien qu'avec l'augmentation des prix due à l'euro, la crise de la vache folle, la grippe aviaire, porcine, féline, canine, le baril à 200 dollars, le pack de Contrex au même prix, la crise, la récession, l'inflation, l'indexation, la vie est au moins dix fois plus chère qu'il y a dix ans ! Je crois même avoir entendu le prix Nobel d'économie dire que 10 000 francs équivalent en fait à 15 000 euros si on prend tous ces paramètres en considération. J'ai donc dépensé moins que ce que j'aurais dû ! En plus, j'ai contribué à la croissance économique !

– OK, je me rends ! soupire Marie. Je n'ai jamais entendu un amas de bêtises pareil mais au moins ta théorie tient à peu près la route.

– Je suis contente que tu m'approuves, souffle Lisa de soulagement.

Si cela n'avait pas été le cas, elle n'aurait plus dormi la nuit, songeant à tous les enfants qu'elle aurait pu sauver avec cet argent et résultat, aurait dû passer le reste de sa vie à faire ses courses chez Artisans du Monde. Sa liste disait bien « Dépenser 10 000 francs en shopping *sans culpabiliser* ».

– Bon, ben, j'y retourne. Je vois un adorable cardigan en cachemire bio qui me fait de l'œil. Je crois que je suis amoureuse…

– Allô, Lisa ? Tu ne m'as pas dit que tu avais déjà dépensé 10 000 euros ?

– Oui, mais il m'en reste encore 5 000, non ? Tu viens de dire que 10 000 francs équivalaient à 15 000 euros !

– Non, mais je n'ai jamais…

– Choupette, je te laisse. Une fille dévore des yeux mon gilet et il n'en reste plus qu'un de cette couleur. À la guerre comme à la guerre !

Marie n'a même pas le temps d'objecter que Lisa raccroche, récupère ses nombreux sacs et se précipite sur son objet de convoitise… trop tard.

– C'est un superbe cardigan que vous tenez là ! susurre Lisa.

La petite brune, joliment couverte de taches de rousseur, sourit gaiement.

– Oui, je trouve aussi ! Il est un peu hors saison mais cela fait des mois que j'en cherche un taupe. Touchez ! La qualité du cachemire est exceptionnelle et pour un prix tout à fait convenable…

Lisa manque de s'étouffer en apercevant le montant sur l'étiquette.

– …En plus, c'est un 38, pile à ma taille !

– 38 ? s'étonne Lisa en pensant malicieusement qu'il est justement pile à sa taille, à elle. Mais, vous faites plutôt un 36 voire un grand 34 !

– Oh, vous pensez ? demande la jeune fille dont le visage s'éclaire subitement. C'est vrai que j'ai perdu du poids. Vous ne devineriez jamais que je pesais six kilos de plus, il y a trois semaines !

– Ah oui ? répond Lisa en louchant sur le gilet, se demandant si oui ou non la jeune fille va se décider à le lâcher.

– Et aujourd'hui, je peux même porter le jean de ma sœur de 14 ans !

Tout à coup très intéressée, Lisa détourne les yeux du cardigan et toise sa silhouette.

– Vraiment ? Vous rentrez dans le jean de votre petite sœur et tout ça en trois semaines ?

Elle repense au jean test de ses 20 ans qu'elle n'est parvenue à enfiler que jusqu'à mi-cuisse et regrette qu'à l'époque, ils n'aient pas encore eu la merveilleuse idée d'y introduire du lycra. Elle aurait peut-être réussi à fermer un bouton…

– Quel est votre secret ?

La jeune fille regarde autour d'elle, s'approche de Lisa et murmure :

– Ma cousine, que je déteste, soit dit en passant, s'est mariée le week-end dernier. Il y a trois semaines, en feuilletant, par hasard Métro, j'ai vu une petite annonce qui promettait de faire perdre rapidement du poids. D'habitude, je n'y fais pas attention mais j'étais tellement désespérée que j'ai finalement appelé le numéro. Vingt jours plus tard, j'étais métamorphosée ! Sans sport ni sensation de faim, et en utilisant uniquement des produits naturels. En plus, même le chocolat est permis !

– Vous avez perdu six kilos en mangeant du chocolat ? s'écrie Lisa.

– Euh oui… Mais en petite quantité, sans faire d'excès. Vous avez une amie qui souhaite perdre du poids ? s'enquiert-elle en observant la silhouette de Lisa.

– Ma voisine ! ment-elle. Elle a quatre kilos bien accrochés dont elle n'arrive pas à se débarrasser.

– Attendez, je dois avoir la carte quelque part…

La jeune fille sort une carte de visite de son agenda.

– Dites-lui d'y aller de ma part, ajoute-t-elle en écrivant son nom sur la carte, elle aura 10 % de remise sur les produits.

Lisa la remercie et l'embrasse avec effusion. Elle s'éloigne du rayon, s'arrête un instant pour lire la carte et se rend compte avec bonheur que la boutique se trouve non loin des grands magasins.

En descendant l'escalier roulant, elle se rappelle avoir oublié quelque chose. Elle remonte les escalators quatre à quatre dans le sens contraire à la marche, se précipite sur le stand cachemire et arrache le gilet des mains d'une cliente.

– Je suis désolée mais ce cardigan est déjà réservé…

Lisa s'enfuit, honteuse mais pas trop. Après tout, elle l'a vu en premier !

L'avenir est quelque chose qui se surmonte. On ne subit pas l'avenir, on le fait.
Georges Bernanos, *La liberté pour quoi faire ?*

Lisa est aux anges. Elle vient d'accomplir un deuxième défi et cela dans la même journée ! À ce rythme, son retard pourra presque être rattrapé !

Elle a pensé, au départ, reporter ce défi à un autre jour afin d'avoir, une nouvelle fois, l'occasion de se faire plaisir mais, finalement, la tentation a été trop grande.

Elle pose un œil bienveillant et protecteur sur son chouchou qu'elle aime déjà avec passion, son nouveau meilleur ami qui, dorénavant, sera à ses côtés jour et nuit, qu'il vente, neige ou pleuve ; avec qui elle partagera tous ses secrets et pour qui elle sera prête à se battre comme une lionne s'il se trouvait en danger. Et si, par mégarde, il venait à se perdre, une part d'elle-même disparaîtrait avec lui.

Il est si doux, si souple, si solide, un peu lourd, mais elle l'aime comme ça. Il n'est peut-être plus de la dernière tendance mais elle s'en moque car cela fait tellement longtemps qu'elle le désire, qu'elle le veut, qu'elle rêve de... son nouveau sac : le Paddington de Chloé.

Lisa raye le numéro 24 de sa liste « Acheter un sac de créateur ». Voilà, c'est fait ! Maintenant, elle peut s'attaquer au défi numéro 10 et faire un tour à la boutique de produits naturels ! Elle n'ose pas formuler les mots *produits de régime* qui lui donnent, tout de suite, envie de dévorer une religieuse ou deux.

En sortant des Galeries Lafayette, elle demande son chemin à un passant qui, par chance, connaît précisément la rue : rentrer dans le jean de ses 20 ans n'est plus qu'à quelques pâtés de maison. Toutefois, y arriver, en moins de quatre semaines, ressemble à une mission impossible... À l'heure actuelle, ma seule solution pour enfiler un jean taille 36 serait de l'acheter chez H&M ou de porter un 36 américain ! songe-t-elle.

Lisa marche quelques centaines de mètres, tourne à gauche puis prend la deuxième à droite et arrive dans une ruelle sombre et déserte. Ils ont dû installer leur boutique dans cette allée pour des raisons de discrétion. C'est vraiment très bien pensé, finalement ! se dit-elle.

Impatiente, elle accélère le pas : 56, 58, 60, voilà, j'y suis, 62 rue Toussaint-Louverture ! Elle entre dans une cour pavée, joliment fleurie et voit sortir d'une minuscule maisonnette une jeune femme à la silhouette élancée.

— Vous y allez aussi ?

Lisa acquiesce, gênée.

— Vous verrez, c'est vraiment bluffant ! C'est votre première fois ?

— Non, pas vraiment, j'en ai déjà tenté plusieurs...

Chaque année, à l'approche de la belle saison, Lisa essaie de s'alléger d'un ou deux kilos afin de prévenir les dégâts éventuels de son alimentation de vacances, composée de chichis, chouchous et autres spécialités de « haute gastronomie ».

— Je vous assure que vous ne serez pas déçue... affirme la jeune femme avant de s'en aller.

Lisa franchit la porte de la maisonnette et aperçoit trois femmes, plus minces les unes que les autres, assises dans un petit corridor décoré coquettement. Elle les regarde discrètement et les salue d'un geste de la tête. Brushing impeccable, manucure soignée, vêtements de créateur... Heureusement que j'ai 10 % de réduction ! Elle prend place à côté de la plus jeune et feuillette machinalement un des magazines posés sur la table basse.

— Hum, hum...

Lisa lève les yeux et voit une dame à la queue de cheval argentée la dévisager de la tête aux pieds de ses grands yeux émeraude. Oh là là, je ne pensais pas avoir autant de kilos à perdre !

— Je ne crois pas vous connaître, lance sèchement la dame en soulevant un sourcil. Vous avez rendez-vous ?

Lisa a l'impression d'être une mauvaise élève qui, en allant au tableau sans savoir sa leçon, se rendrait compte être venue à l'école en chaussons.

— Je suis désolée, je ne pensais pas que c'était sur rendez-vous. C'est une amie qui m'a recommandé cet endroit. Amandine...

– Amandine ? Il fallait le dire tout de suite ! Je vais bien pouvoir réussir à vous caser entre deux clientes ! Que diriez-vous d'une petite tisane pour patienter ? Elle a d'excellentes vertus détoxifiantes !

Lisa la regarde un peu déstabilisée par sa soudaine volte-face, puis fait un grand sourire.

– Avec plaisir !

La dame lui tend gentiment une tasse et disparaît dans un long couloir, suivie par une des clientes.

– Vous avez beaucoup de chance, chuchote sa voisine. Normalement, il faut attendre des mois pour voir Madame Lorna. Votre amie doit être très appréciée !

– Sûrement, répond Lisa très surprise du délai de rendez-vous. Je ne me doutais pas que la méthode était si personnalisée…

La jeune femme opine de la tête.

– Beaucoup de stars font appel à elle. Certaines viennent même d'Hollywood pour la consulter…

Lisa imagine mal Halle Berry s'envolant de sa luxueuse villa pour atterrir dans une loge de gardien reconvertie en salle d'attente, afin d'avoir des conseils en diététique.

– Pourtant, je pensais que Los Angeles avaient les meilleurs spécialistes…

– Croyez-moi, Madame Lorna est unique !

Devant l'enthousiasme de la jolie cliente, Lisa a hâte que son tour arrive. Elle prend une gorgée de l'infusion et songe que si la taille 36 a ce goût-là, elle pourrait facilement s'y accoutumer !

Après plus de deux heures d'attente, l'enthousiasme de Lisa laisse place au doute. Elle se pose des questions sur ce défi. C'est un fait, son corps n'est plus le même qu'à 20 ans : ses hanches se sont légèrement arrondies, sa taille est plus dessinée, sa peau un peu moins ferme et elle a redécouvert la mini-jupe, abandonnée à 25 ans, avec l'arrivée des leggings. Mais, à bien y penser, elle se sent bien dans son corps, mieux peut-être qu'il y a dix ans. Bien sûr, perdre un ou deux kilos ne lui ferait pas de mal mais a-t-elle vraiment besoin de rentrer dans son jean test ?

– Vous vous en alliez, Lisa ?

Lisa sursaute et aperçoit Madame Lorna la fixer de ses deux pierres précieuses. Elle ne comprend pas pourquoi cette femme a le don de la mettre si mal à l'aise.

– Non… bafouille-t-elle. Je pensais juste… euh…

– Dans ce cas, veuillez me suivre…

En la suivant, Lisa croise la jeune cliente et remarque ses yeux bouffis. Elle se demande ce qui a bien pu la faire pleurer. Elle a peut-être fait quelques écarts… Madame Lorna doit être une coach minceur vraiment très stricte !

Les deux femmes pénètrent dans un long couloir aux murs entièrement tapissés de miroirs de taille et de forme différentes. Madame Lorna ouvre une porte dérobée et monte les premières marches d'un escalier en colimaçon.

– Oh ! Je n'aurais jamais imaginé que la maisonnette menait aux étages ! s'écrie Lisa.

– L'arrière-grand-oncle de ma mère a aménagé ce passage pendant la guerre. Vu de l'extérieur, les appartements où nous allons ne se voient pas. Aujourd'hui, il s'agit d'une petite curiosité mais à l'époque cela a sauvé bien des vies !

Madame Lorna étant assez proche de l'âge de sa mère, Lisa fait un rapide calcul et se demande de quelle guerre il peut bien s'agir.

Elles entrent dans une pièce sombre uniquement éclairée à la bougie et Madame Lorna s'assoit derrière une table en bois pleine de trous de termites. Sur le petit guéridon, près du mur, un bâton d'encens laisse échapper un effluve riche et épicé. Lisa est frappée par l'apparence de la pièce qui ne ressemble en rien à une boutique minceur.

– Asseyez-vous.

Lisa prend place sur un petit tabouret et manque de tomber en y posant les fesses. Même les meubles me disent de perdre du poids ! songe-t-elle.

– Que puis-je faire pour vous ?

– Eh bien voilà, dans quelques semaines, je vais avoir 30 ans et vous savez, les années passant, avec le travail, l'absence de sport, les sorties aux restaurants…

– On a tendance à se perdre un peu…

—   Oui, exactement ! s'exclame Lisa ravie du judicieux choix de mots.

—   Rassurez-vous, vous n'êtes pas la seule. Avez-vous une méthode favorite ? Molybdomancie, Yijing, Kori ou préférez-vous une approche plus conventionnelle ?

—   Hum, je ne sais pas. Je ne connais que les méthodes classiques. Que me conseillez-vous ? Je souhaiterais toutefois des résultats rapides et efficaces.

—   Je vois… Je pense savoir quelle méthode vous conviendrait le mieux. Mais, je vous préviens, je ne peux que vous guider…

—   Oui, oui, je suis consciente que c'est à moi de faire tous les efforts.

—   C'est bien que vous le preniez dans ce sens. C'est une attitude très positive !

Lisa sourit, maintenant totalement en confiance, et comprend pourquoi certaines stars font le déplacement d'Hollywood. En quelques minutes, Madame Lorna l'a totalement remotivée ! À bas les kilos ! Vive la taille 36 !

Madame Lorna sort un paquet de cartes d'un tiroir. Lisa fixe le jeu et contemple la pièce et la dame assise en face d'elle d'un œil totalement différent.

—   Je suis bien au 62, rue Toussaint-Louverture ?

—   Oui…

—   Mais… vous êtes bien spécialisée en produits naturels… je veux dire… produits de régime ? demande Lisa en lui tendant la carte d'Amandine.

Madame Lorna la fixe de ses grands yeux émeraude sans jeter un œil à la carte de visite. Lisa se sent de nouveau comme une petite souris voulant se cacher sous le tapis.

—   C'est la boutique au fond de la cour… Mais, rasseyez-vous, Lisa ! Si le destin m'a mise en travers de votre chemin, c'est sûrement pour une bonne raison…

Elle lui tend le jeu de tarot. Lisa regarde les cartes, hésite… puis finalement se rassoit.

La destinée ne vient pas du dehors à l'homme, elle sort de l'homme même.
Rainer Maria Rilke

Après avoir quitté le cabinet de voyance, Lisa s'éloigne de la rue et rejoint les grands boulevards. Fatiguée de porter sa dizaine de sacs et n'ayant pas le courage de prendre le bus pour rentrer à la maison, elle fait signe à un taxi. De toute façon, après ses dépenses d'aujourd'hui, son porte-monnaie n'est plus à 15 euros près !

— Oh mince !

Le chauffeur la regarde à travers le rétroviseur et lui demande si tout va bien.

— Oui, oui, j'ai juste oublié d'acheter mes produits de régime...

— On se prépare pour l'été ? Ma femme aussi s'y est mise. Chaque année, j'y ai droit... Je dois manger mon saucisson en cachette maintenant, grogne-t-il.

Le taxi continue à se plaindre des petits plats allégés que son épouse lui fait subir mais Lisa ne l'écoute déjà plus. Elle regarde par la fenêtre le jour tomber puis les lumières de la capitale s'allumer et repense aux prédictions de Madame Lorna. Elle n'a jamais cru en la voyance, tout au plus à l'horoscope, néanmoins la voyante a touché juste sur certains événements de son passé : elle a effectivement eu le cœur brisé. Mais qui, à son âge, ne l'a pas eu ne serait-ce qu'une seule fois ? Cependant, les détails de Madame Lorna l'ont troublée, notamment les circonstances de sa rupture. Lisa a dû l'interrompre. Elle ne voulait pas remuer le passé.

Toutefois, elle a aussi eu souvent l'impression que la voyante parlait d'une autre. Elle n'est nullement angoissée et n'a pas du tout tendance à se décourager aux moindres obstacles !

Concernant son avenir, en dehors d'un improbable voyage au Pérou qu'elle prédisait dans les prochains mois, Madame Lorna a été plus évasive. Elle a annoncé que Lisa allait vivre une période de changement qui la bouleverserait profondément, sans préciser si cela était pour le meilleur ou le pire. Ses dernières paroles résonnent encore dans sa tête : « Vous êtes dans une période charnière de votre existence. Les choix que vous ferez engageront le reste de votre vie… ».

Lisa a, elle aussi, la conviction que les semaines à venir seront importantes mais la met sur le compte de l'arrivée imminente de ses 30 ans. Qu'est-ce que cela pourrait être d'autre ? Elle voit à travers la fenêtre une affiche publicitaire d'Air France et secoue la tête d'incrédulité : moi au Pérou ? Enfin ! N'importe quoi !

En arrivant au pied de son immeuble, Lisa a déjà mis aux oubliettes les prédictions de Madame Lorna tout comme elle a oublié l'horoscope de ce matin. Elle monte chez elle et croise dans les escaliers son voisin du dessous vêtu uniquement d'une petite serviette autour de la taille.

– Lisa ! Ça fait longtemps que l'on ne s'est pas vus ! s'exclame Jean-Philippe, des gouttelettes d'eau perlant encore sur son torse.

– Oh, oui ! Au moins depuis… hier ! répond-elle sans s'arrêter.

Lui aussi doit avoir des dons de voyance ! C'est tout de même étrange que, ces derniers temps, à chaque fois que je monte ou descends les escaliers, il soit toujours à sa porte ! Elle se demande parfois s'il ne guette pas son passage derrière l'œilleton.

– Tu étais où ? Tu as le temps de prendre un café ? Un arabica en provenance directe du Kenya, une pure merveille ! Il est plus doux que le plus doux de tes baisers. Enfin, j'imagine, ajoute-t-il avec un clin d'œil.

Lisa baragouine une histoire de maux de tête et continue son chemin. En plus, la seule idée de poser ses lèvres sur les siennes lui donne instantanément envie de se brosser les dents.

La première fois qu'elle avait rencontré Jean-Philippe, il y a cinq ans, il portait un jean slim bien moulant et un débardeur qui laissait apparaître sa parfaite musculature. Mmm, très mignon le nouveau voisin, avait-elle pensé. Puis, elle l'avait vu parler aux déménageurs et particulièrement au grand baraqué qui devait avoir trop chaud pour mettre un T-shirt et avait eu une tout autre opinion de lui.

Le soir même, en toute bonne voisine qui se respecte, elle avait sonné à sa porte avec une jolie tarte aux abricots confectionnée par ses soins. Ce qui n'était, à la base, qu'une visite de convenance teintée d'un soupçon de curiosité - sa véritable intention était de savoir s'il était gay ou non - s'était transformé en une longue et passionnante discussion.

Lisa avait appris que Jean-Philippe était un ancien ingénieur en informatique qui avait tout quitté pour se consacrer à sa passion : la photographie de mode. Il était désormais free-lance et en attendant de shooter pour *Vogue* et *Numéro*, réalisait des catalogues de supermarchés et, en période faste, ceux de vente par correspondance.

Quelques semaines après leur rencontre, Lisa l'avait présenté à ses amies et le charme avait tout de suite opéré. Jean-Philippe ne manquait plus alors de passer voir Carla à Londres lorsqu'il devait y faire des prises de vue. Celle-ci pensait d'ailleurs, tout comme Lisa, que son voisin était totalement gay. Marie, elle, ne le voyait qu'en compagnie de Lisa et le croyait secrètement amoureux de son amie.

Pendant plusieurs mois, Lisa avait essayé d'en savoir plus mais Jean-Philippe changeait constamment de sujet. Elle avait imaginé qu'il n'était pas à l'aise avec sa sexualité et qu'il se confierait en temps voulu. De toute façon, ils étaient amis et qu'il soit homo ou hétéro lui importait peu.

Ils étaient devenus si proches que certains soirs, Lisa prenait la clé de son voisin cachée sous le pot de fleurs devant sa porte d'entrée et préparait le dîner en attendant son retour. Quand il rentrait chez lui et sentait le bon fumet, il avait l'habitude de dire : « Que m'a préparé ma petite femme, aujourd'hui ? » avant de l'embrasser sur les deux joues. Un parfait petit couple ! Il se délectait alors des amourettes sans avenir de Lisa et était toujours la première épaule sur laquelle elle épanchait ses larmes, à l'époque plutôt vite séchées. Lui n'abordait jamais aucun aspect de sa vie sentimentale et Lisa avait appris à ne plus lui poser de questions.

Les choses avaient commencé à changer, trois ans auparavant. En rentrant un soir, épuisée mais heureuse, elle s'était précipitée chez Jean-Philippe pour lui raconter sa dernière rencontre. Il l'avait accueillie tout sourire et avait mis en route sa machine à expresso. Au fil de la conversation, elle avait avoué que pour la première fois elle pensait être réellement amoureuse. Contre toute attente, Jean-Philippe lui avait demandé de partir en prétextant une prise de vue très tôt le matin. Lisa avait été un peu surprise mais avait cru, sur le coup, qu'il était vraiment fatigué : ils ne s'étaient pas vu depuis plus de sept jours, sa semaine avait dû être difficile.

Pensant remettre leur conversation, le lendemain, Lisa avait acheté les ingrédients pour lui cuisiner son plat préféré : un gratin de christophines. Elle avait soulevé le pot de fleurs et s'était rendu compte que la clé n'y était plus. Elle avait donc frappé à la porte et bien que le son de la télévision fût audible, son voisin n'avait pas répondu. Songeant qu'il était peut-être sous la douche, elle avait glissé un mot sous la porte en lui disant de passer à la maison pour dîner.

Elle avait attendu toute la soirée.

Quelques jours plus tard, en le croisant, Jean-Philippe l'avait tout simplement ignorée. Lisa en avait été profondément blessée. Elle avait bien cherché à comprendre mais n'avait reçu de sa part qu'indifférence et dédain. Depuis, ils se reparlaient, mais leur amitié n'était plus la même. Enfin, c'est la vie ! songe Lisa en entrant dans son appartement.

Quand on donne un baiser à quelqu'un c'est qu'on avait envie d'être embrassé soi-même.
Sacha Guitry

Marie arrive chez Lisa à 11 heures du matin et la trouve blottie sous la couette sans aucun désir de se lever et criant, à qui veut bien l'entendre, avoir commencé une grève de la vie pour protester contre son horrible et injuste sort de future trentenaire. En contestation, elle a décidé de passer les prochaines années dans son lit et de n'en sortir qu'en cas d'urgence. C'est-à-dire, lorsque les poils de ses demi-jambes auront atteint la longueur de ses cheveux et quand ses ongles seront si grands qu'elle pourra allumer la télévision du salon sans utiliser la télécommande.

La tête plantée sous son traversin, Lisa peste contre cette liste qui lui rappelle son manque de prise de risque dans la vie. Comment penser autrement alors qu'elle a été incapable, en dix ans, d'accomplir des choses aussi simples que siffler avec ses doigts ou gober une huître ! N'est-ce pas Socrate qui disait « qui n'a goûté une huître, n'a goûté à la vie » ? Ou est-ce, peut-être, son poissonnier ? En attendant, voilà comme elle se sent : comme un mollusque amorphe qui n'a jamais été fichu de s'aventurer en dehors de sa coquille !

– Et puis c'est trop tard, s'écrit-elle. Je ne viendrai jamais à bout de cette liste !

Marie, pour le coup, est assez surprise par la réaction de son amie. Lisa a découvert la liste cinq jours auparavant et a déjà accompli deux défis : « Dépenser 10 000 francs en shopping sans culpabiliser » et « Acheter un sac de créateur » ! OK, elle a commencé par les plus faciles mais un défi est un défi ! Et concernant son retard sur le planning, il est encore temps d'inverser la tendance…

Lisa écoute d'une oreille les arguments de son amie puis engloutit de nouveau sa tête sous les oreillers. Marie utilise alors les grands moyens : elle va dans la cuisine, allume la gazinière, verse du lait dans une casserole, ajoute trois cuillerées de cacao et deux sachets de sucre vanillé, saupoudre la cannelle et la noix de coco râpée et attend que la bonne odeur du chocolat chaud embaume tout l'appartement. Lisa sort un œil de sous l'oreiller, un orteil de sous la couette et ne pouvant résister un instant de plus, rompt par gourmandise sa grève de la vie.

À la deuxième tasse, elle est d'attaque pour accomplir le défi du jour…

— De tous tes challenges, celui-ci est mon préféré, avoue Marie en passant la porte cochère de l'immeuble de Lisa. Il est super fun et en plus on ne sait jamais où il peut t'emmener… Ce défi pourrait être le début d'une nouvelle histoire…

Marie traîne par le bras Lisa qui avance à reculons vers la rue Oberkampf.

— De toute façon, il s'agit beaucoup plus de ton fantasme que du mien, s'exclame cette dernière narquoise. Je me demande vraiment pourquoi j'ai accepté de le mettre sur la liste. Il faut être complètement tordue pour avoir une idée pareille !

— Pardon ? Je te rappelle qu'il y a des choses bien plus osées sur cette liste, qui ne viennent absolument pas de moi !

— Plus osées qu'embrasser un parfait inconnu dans la rue ? J'en doute beaucoup !

Marie s'arrête de marcher et lui demande de sortir la liste pour lui prouver ses dires.

— Le numéro 22, par exemple, est plutôt coquin, non ? Et poser nue ? Ah non, bien sûr, tu vas me dire que c'est au nom de l'art ! Et je n'ose même pas prononcer tout haut le numéro 30, petite cochonne ! Je serais tout de suite arrêtée pour atteinte aux bonnes mœurs.

— Le 22 de toute façon, je l'ai déjà fait. Et le 30 est uniquement pour ne pas mourir idiote. Il faut bien tenter au moins une fois dans sa vie !

Les deux amies remontent la rue vers Ménilmontant. L'air printanier est doux et les Parisiens ont pris d'assaut les terrasses ensoleillées des cafés. Après avoir arpenté la rue afin de trouver deux places de libre, elles repèrent finalement une table aux premières loges.

— Ici, c'est parfait ! On a une vue superbe sur les passants ! s'exclame Marie enthousiaste.

Elles se faufilent entre les tables et s'assoient côte à côte pour bien profiter du spectacle de la rue. À leur gauche, un couple d'étudiants se dispute sur le choix du film du soir tandis qu'à la table voisine, un homme en costume-cravate lit une bande dessinée en finissant sa coupe de fruit. Après avoir commandé un diabolo-grenadine et un jus d'abricot, Lisa et Marie enfilent simultanément leurs lunettes de soleil et s'attellent à la recherche du parfait *homo erectus parisianus* :

— Lui, par exemple, il est plutôt mignon, non ? demande Marie en pointant un Adonis du menton.

— Bof, bredouille Lisa. Il est un peu trop grand.

— Qu'est-ce que ça peut faire qu'il soit grand ou pas ?

— Ben, je n'arriverai jamais à atteindre ses lèvres.

— Et celui-ci ? Il est à la bonne taille ou il a de trop petits pieds ?

— Regarde sa barbe ! Je vais faire une réaction allergique, je le sais d'avance…

Une demi-heure plus tard, le défilé continue et les lèvres de Lisa n'ont pas franchi la frontière de son diabolo-grenadine. À part un charmant jeune homme qui aurait pu trouver grâce à ses yeux, elle a refusé les dizaines de candidats proposés par Marie, sans même un second regard.

— Et le brun musclé, là, il te convient ? s'enquiert cette dernière en reluquant la bave aux lèvres une gravure de mode en débardeur moulant.

— Il est trop… Je ne sais pas. Trop tout !

— Mais, il est parfait ! Je ne te comprends pas ! Trop petit, trop poilu, trop gras, trop maigre ! Ce n'est pas un casting pour *la vache qui rit* ! Tu as toujours quelque chose à redire ! Si je n'étais pas une épouse respectable, je ne me serais pas fait prier pour embrasser certains d'entre eux !

— Ce n'est tout de même pas de ma faute s'il n'y en a aucun à mon goût ! De toute façon, ce défi est nul !

— Tu veux retourner dans ton lit et continuer ta grève de la vie ? demande Marie en regardant son amie sérieusement.

— Non, je n'ai pas dit ça…

–   Alors, si tu veux réussir, il va falloir que tu y mettes un peu plus du tien ! En fait, je me rends compte que tu n'es qu'une poule mouillée ! Avoue, t'es pas cap !

Le cœur de Lisa fait un bon de cent kilomètres. Elle se retrouve replongée dans l'atmosphère du lycée où avec leur bande de camarades, elles réinventaient les actions-vérités de leur enfance en beaucoup plus risqué. Elle reconnaît sans grande fierté avoir souvent été dans la catégorie des « vérités », proférant aux passages plus d'un mensonge. Mais, aujourd'hui, elle n'a ni 8 ans, ni 16 ans, et ne peut pas laisser passer un affront pareil !

–   Je n'en reviens pas ! J'étais décidée, tout à l'heure, à traverser la rue au risque de me faire écraser par un vélib pour embrasser ce type ! Et tu me dis que je ne suis pas cap ! J'ai abandonné uniquement parce qu'il avait une copine !

–   Je suis sûre qu'au dernier moment tu aurais dit qu'il avait des poils aux oreilles !

–   Tu sais quoi ? riposte Lisa avec des yeux de feu. T'es pas cap toi-même ! Et pour la peine, je vais aux toilettes !

Marie regarde son amie se diriger à l'intérieur du café avec un sourire amusé. Elle en profite pour sortir de son sac son portable et envoie un texto. Quelques secondes plus tard, elle consulte son téléphone avec beaucoup de satisfaction.

–   Tu me jures que si j'embrasse un garçon dans la rue, n'importe lequel, tu feras de même ? demande Marie alors que son amie se réinstalle à leur table.

Lisa l'observe surprise. Elle ne croit pas une seule seconde que sa meilleure amie, mariée, maman d'un petit garçon et, qui plus est, enceinte, va se jeter dans les bras d'un inconnu et l'embrasser avec fougue. Ravie d'avoir trouvé une excuse pour reporter ce défi, elle lui tend la main pour sceller leur accord.

–   Juré !

La menace écartée, Lisa se sent étrangement libérée. Elle compte bien maintenant passer le reste de l'après-midi à se soucier uniquement des éventuels nuages qui pourraient voiler le ciel et est ravie de constater que son amie est dans la même disposition d'esprit lorsque celle-ci interpelle le garçon de café afin d'avoir le menu.

Trois quarts d'heure plus tard, Lisa attrape de la fourchette les derniers copeaux de parmesan de sa salade Caesar et Marie, après avoir dévoré une bavette à l'échalote confite accompagnée de ses petits légumes de saison, entame sa deuxième pâtisserie. Les deux amies rient en se rappelant une anecdote de leur adolescence quand, au moment où Marie croque une bouchée de tartelette, ses yeux s'agrandissent et un petit sourire vient illuminer son visage. Vu l'effet provoqué, Lisa est tentée de commander le même dessert mais son amie la surprend en se levant soudainement.

— Tu vas voir si, moi, je ne suis pas cap ! déclare Marie avec un sourire plein de défi.

Lisa la regarde bondir tant bien que mal sur le trottoir, frayer un chemin à son gros ventre dans la foule compacte et s'approcher d'un jeune homme blond platine portant des lunettes de soleil. Lisa se demande ce qu'elle est bien partie faire quand, subitement, sous ses yeux effarés, son amie enlace le jeune homme et l'embrasse sauvagement. Marie, d'un geste volontaire, prend ensuite la main de l'inconnu et la pose sur ses fesses. Celui-ci ne perd pas une minute pour les lui tripoter sensuellement.

— Alors là, j'aurai tout vu !

Lisa sait Marie dans la période nympho de sa grossesse mais jamais, au grand jamais, n'aurait imaginé assister à un spectacle semblable ! Elle s'apprête à se précipiter vers son amie pour lui faire entendre raison mais celle-ci revient avec un regard de crâneuse puis, sans un mot, comme si de rien n'était, reprend sa place et, après avoir poussé un long soupir suggestif, finit sa tartelette.

— Hum, Hum… On ne va pas en discuter ? interroge Lisa. Aurais-tu oublié, ma petite, qu'un mari t'attend à la maison ?

— J'ai rempli ma part du contrat. Maintenant, à ton tour !

Lisa s'apprête à remettre le baiser scandaleux sur la table quand horreur ! l'homme blond platine s'avance vers la terrasse. Visiblement, il n'en a pas eu assez et veut encore peloter son amie, voire plus. Quel pervers ! Il s'approche et sourit à Lisa. Pouah, pense-t-elle en frissonnant de déplaisir. S'il croit qu'il va encore lui toucher ne serait-ce qu'un cheveu, il peut toujours rêver ! Il enlève ses lunettes noires et Lisa découvre le visage de l'homme responsable du détournement de son amie enceinte.

–   Étienne ? ! s'écrie-t-elle, choquée et rassurée à la fois.
Étienne et Marie éclatent de rire en voyant la mine ahurie de leur amie. Il retire sa perruque blonde et la pose sur la tête de Lisa.

–   Marie m'a dit que tu avais besoin d'aide. Et comme tu le sais, je suis toujours prêt à m'échapper du travail, surtout quand il s'agit d'embrasser ma ravissante épouse… dit-il en faisant un tendre baiser à Marie.
Lisa ne quitte pas son air hébété.

–   Maintenant, tu n'as plus d'excuses ! J'ai tenu ma promesse. À toi maintenant, affirme Marie.

–   Mais, ça ne compte pas ! C'est ton mari !

–   J'ai promis d'embrasser un homme dans la rue. Tu n'as pas précisé qu'il ne fallait pas que ce soit Étienne, clarifie Marie satisfaite de sa malice.

–   C'est vraiment de la triche…

–   Tu as deux options, dit Marie en cédant sa place à son mari afin de s'asseoir sur ses genoux, soit tu choisis ta victime, soit c'est moi !
Lisa réfléchit et s'avoue qu'elle n'aura jamais le courage d'embrasser un homme au hasard. Subitement, lui vient une idée.

–   Tu as ton appareil-photo, Étienne ?

–   Oui, je ne sors jamais sans…

–   Pour que je sois capable de réaliser ce défi, j'ai besoin de jouer un rôle. Il faut que l'on invente une histoire !

–   Tu penses à quelque chose en particulier ? interroge-t-il intrigué.

–   Je ne sais pas, j'ai l'esprit un peu vide, minaude-t-elle en ajustant la perruque blonde sur sa tête. Mais je te fais confiance. En grand professionnel de la pub, tu vas nous concocter une idée grandiose !
La fierté d'Étienne titillée, il ne lui faut que quelques gorgées de bière glacée pour embraser son imagination. Il cogite, gribouille, observe, quand tout à coup :

–   Eurêka !

    – Eurêka ? s'exclament en écho Marie et Lisa. Tu as trouvé ?

    – L'action : un baiser. Les personnages : deux inconnus. Le décor : une rue de Paris. On va faire le remake du *Baiser de l'Hôtel de Ville* !

    – Mais, c'est fantastique ! s'écrie son épouse les yeux émerveillés, lui murmurant à quel point il est beau, talentueux, formidable, épatant, craquant, sexy, extraordinaire…

Lisa sourit devant tant d'effusion. Leur bonheur est si évident qu'il démentirait presque sa récente théorie selon laquelle les âmes sœurs n'existent pas. Dans leur cas, ils se sont vraiment trouvés. Huit ans plus tard, Marie regarde toujours son amoureux comme au premier jour. Et Lisa peut voir dans les yeux d'Étienne que c'est réciproque.

Il y a trois mois, lorsque Lisa a été tentée de classer tous les hommes dans la catégorie des lâches, c'est Étienne qui a sauvé la gente masculine. Elle s'est dit que si un homme pareil existait, l'espèce entière ne devait pas être si mauvaise.

    – Quel est le plan, alors ? Je choisis un garçon et lui demande poliment si je peux l'embrasser pour faire une photo ?

    – Ah non ! réplique Marie. Tu dois l'embrasser sans qu'il le sache !

    – Sans qu'il ne le sache ? ! Mais, c'est un baiser… volé…

    – *Le baiser volé de Ménilmontant !* s'exclame Étienne. Génial comme titre !

Sans lui laisser le temps de dire un mot de plus, il prend la main de Lisa et l'aide à se lever.

    – En scène, Mademoiselle. Doisneau n'a plus qu'à se rhabiller…

Lisa retire sa perruque et traverse à contrecœur la rue pour atteindre le trottoir opposé. Talonnée par Étienne, elle montre un grand blond à la cravate noire à Marie qui pointe les deux pouces en signe d'approbation. Le cœur battant la chamade, elle s'approche du passant et le bouscule délibérément. L'homme sourit à pleines dents et Lisa remarque ses deux molaires manquantes sur le côté. Oh non, ce n'est pas possible ! Je ne peux pas embrasser un homme qui n'a pas toutes ses dents ! Elle s'excuse, continue son chemin puis voit avancer dans sa direction le clone de George Clooney. Lui, c'est le bon ! Dès qu'ils se retrouvent face à face, Lisa sacrifie son sac Chloé en le faisant tomber à ses pieds.

— Oh mince, je suis si maladroite ! s'écrie-t-elle en battant des cils.

Tous deux se baissent pour ramasser le Paddington et au moment de s'agenouiller se cognent la tête. Ils sourient devant leur maladresse et Lisa en profite pour s'approcher doucement de son visage. Leurs bouches ne sont plus qu'à quelques centimètres l'une de l'autre quand, sans crier gare, Lisa s'enfuit.

Pour le coup, elle ne comprend pas sa propre réaction. Elle se croyait réticente à accomplir ce défi parce qu'elle le trouvait puéril, voire inutile - il lui est déjà arrivé, dans ses jeunes années, de sortir avec des garçons à peine rencontrés - mais elle réalise que oui, en fait, elle n'est pas cap. Pas tant de relever le défi mais plutôt d'envisager embrasser un autre que son ex. Elle était certaine d'avoir tourné la page, maintenant elle n'en est plus si sûre... Mais il faut passer à autre chose, l'eau a coulé sous les ponts. Marc l'a quittée il y a déjà près de trois mois et elle ne veut pas, toute sa vie, être l'esclave de sentiments passés ! Ce défi sera donc le symbole d'un nouveau départ ! Oui, il est temps pour elle d'ouvrir à nouveau son cœur...

Lisa se retourne pour voir si la situation peut être sauvée avec le clone de George Clooney et l'aperçoit, toujours au même endroit, la fixer avec intensité. Elle s'avance vers lui puis s'arrête, se force à mettre un pas devant l'autre mais finalement n'y arrive pas. Elle se trouve lamentable et pour se rassurer songe que de toute façon l'expresso n'a jamais été sa tasse de thé...

Étienne la siffle et baisse les bras. Marie la rejoint, très mécontente.

— Ça ne va pas du tout ! Ça fait 20 minutes que tu arpentes ce trottoir de long en large et tu te dégonfles à chaque fois ! Le brun était à croquer et en plus il en pinçait pour toi ! Lisa, je ne te reconnais pas ! Ce défi est censé être léger et amusant et j'ai l'impression que tu le vis comme si tu portais une croix. Maintenant, c'est moi qui vais désigner ta victime et cette fois-ci tu n'auras pas le choix...

Tandis que Marie lui remonte les bretelles, le visage de Lisa se décompose, son cœur s'arrête de battre. Comment est-ce possible ? Il est censé être à l'autre bout du monde mais non, il est là. Marc, son ex, est bel et bien là, parmi les passants ! Il ne l'a pas encore aperçue mais le moment ne saurait tarder. Elle sent une émotion violente surgir de son ventre, douloureuse mais aussi vertigineuse. Elle se sent faible et ne sait pas quoi faire.

Dans des circonstances ordinaires, deux règles concernant la rencontre fortuite d'un ex sont applicables :

La première est : si sublime ou en galante compagnie, se pavaner. L'ex quitté sentira à nouveau son petit cœur se fendiller en mille morceaux et l'ex parti réalisera, en son for intérieur, quel idiot il a été d'avoir rompu avec un canon pareil !

La seconde est : si sans maquillage, les cheveux en bataille, en baskets et jogging trop large, un ex apparaît : se cacher à tout prix !

Aujourd'hui, Lisa n'a pas de soucis à se faire. Avec sa petite robe fleurie, son foulard dans les cheveux et son maquillage naturel, elle est simple mais fraîche. Toutefois, ces deux règles ne s'appliquent pas à Marc. Il est bien au-delà d'un ex ordinaire. Il est celui qui lui a brisé le cœur…

Lisa voit Marc s'avancer vers elle et lui sourire de son charmant sourire qu'elle connaît si bien. Elle n'a pas le choix. Elle doit faire tout ce qui est possible et imaginable pour lui montrer qu'elle a tiré un trait sur leur relation !

— Lisa, Lisa, mais où vas-tu ? s'exclame Marie en la voyant courir.

Lisa ne fait ni une ni deux, choisit le premier homme qui lui tombe sous la main, se jette dans ses bras et avant de l'embrasser lance un long regard à Marc.

Bizarrement, au contact prolongé des lèvres du passant, elle ferme les yeux et oublie tout. Elle aurait imaginé l'effleurement furtif mais après l'instant d'étonnement son inconnu lui rend le baiser et l'enlace tendrement. Elle est surprise par l'inédite sensation éprouvée et se laisse complètement aller. Lisa ressent la moiteur de la peau et la douce force des bras qui l'étreignent et s'étonne que son corps s'enclenche si bien avec cet homme dont elle n'a même pas vu le visage. Comme si elle était faite pour lui, comme si son cœur l'avait reconnu. Lisa n'a qu'une envie : savoir qui est cet homme qui lui procure ce délicieux vertige. Elle retire ses lèvres et rencontre son regard.

      – Vous ? s'écrie-t-elle.

Lisa contemple, stupéfaite, les yeux marron-noisette du bel inconnu qui l'a sortie des griffes des automobilistes deux jours auparavant.

      – Mais, que faites-vous ici ? demande-t-elle sans se détacher de son étreinte.

Elle en profite pour s'enivrer encore un peu du musc de son after-shave et de la chaleur de son torse.

      – Qu'est-ce que je fais là ? répète-t-il l'air troublé. Vous ne m'aviez pas recon…

      – Il se décolle vivement des bras de Lisa et recule d'un pas.

      – Vous embrassez souvent n'importe qui, comme ça, pour le plaisir ?

Mon dieu ! Entre l'épisode sur le boulevard et ce baiser, il doit me prendre pour une folle bonne à enfermer ! Sur le coup, Lisa ne sait que lui répondre. Elle ne va sûrement pas lui avouer l'avoir embrassé pour rendre son ex jaloux ni lui révéler qu'il s'agit, en plus, d'un pari qu'elle s'est lancé il y a près de dix ans…

      – Bravo, bravissimo…

Lisa et son bel inconnu se retournent et voient Étienne s'approcher d'eux en frappant des mains.

      – La photo de Doisneau, en comparaison, c'est du Photomaton ! Je suis Étienne, le génie derrière l'appareil et vous êtes ? s'enquiert-il en tendant la main à l'inconnu.

      – Julien… Mais, vous pouvez m'expliquer ce qu'il se passe ici ? demande-t-il le sourcil froncé en regardant tour à tour Lisa et Étienne.

Pendant qu'Étienne s'emmêle dans des explications alambiquées, Julien - Lisa connaît enfin son nom !- ne cesse de la fixer. Elle n'arrive pas à interpréter son regard et souhaiterait lui dire que ce n'était pas juste un baiser de cinéma, qu'elle n'a pas joué la comédie, que son émotion était bien réelle… Mais elle n'en a pas le temps, Marie s'avance vers eux avec un large sourire sur le visage.

    – Devinez qui je viens de trouver…

Oh non, mais quel cauchemar ! Lisa aperçoit Marc derrière son amie. Il se joint au groupe, salue Étienne avec entrain et le plus naturellement du monde, comme s'ils s'étaient quittés la veille, met son bras autour de la taille de Lisa avant de lui voler un baiser. Lisa est tellement choquée qu'elle ne pense même pas à le repousser.

    – Quel jeu d'acteur ! s'écrie Marc en fixant intensément Julien. Si Marie ne m'avait pas avoué que vous jouiez la comédie, j'aurais pu penser que quelque chose se passait entre vous…

Julien reste silencieux. Lisa, sans pouvoir se l'expliquer, a le sentiment de le trahir et sans se l'expliquer davantage, a l'impression qu'il se sent trahi.

    – Ravie d'avoir amusé la galerie… Vous faites un couple très bien assorti, conclut Julien en regardant Lisa droit dans le cœur avant de s'éloigner.

L'espace d'un instant, Lisa voit ce qu'il a vu : ces mains sur sa taille, ces bras qui l'enserrent… Elle rejette violemment Marc avant de s'élancer vers Julien.

    – Attendez, ce n'est pas mon petit ami ! s'écrie-t-elle d'une voix étranglée.

Mais elle n'est pas sûre qu'il l'ait entendue. Marc la rejoint mais elle le repousse avec rage.

    – Tu n'es pas censé être au Venezuela ? Que fais-tu ici ? crie Lisa.

    – J'allais chez toi lorsque je t'ai vue… Je pensais te trouver à la galerie mais un dénommé Jacques m'a dit qu'elle était en travaux et ne rouvrirait pas avant la fin du mois prochain. Il faut que je te parle…

Marie prend à part Étienne :

    – Je pense que l'on devrait les laisser…

Lisa ne voit pas partir ses amis et se sent tout à coup tellement lasse qu'elle pourrait s'allonger sur le trottoir.

    – Eh bébé, qu'est-ce qui t'arrive ? Tu fais encore un malaise ? lui murmure Marc en lui prenant le bras. Viens, on rentre à la maison…

Lisa n'a plus la force de lutter et suit Marc sans résistance.

Un seul frôlement de manches fait naître l'amour.
Proverbe japonais

Arrivée dans la cour de son immeuble, Lisa aperçoit Jean-Philippe près des poubelles. Elle lui fait un bref salut de la main mais celui-ci, voyant Marc à ses côtés, la toise de haut en bas, jette âprement son sac dans le vide-ordures et dissimule à peine un long soupir de désapprobation.

Un jour normal, son attitude l'aurait indifférée, Lisa le connaît depuis assez longtemps pour que ses sautes d'humeur ne soient plus une source d'étonnement. Mais, aujourd'hui, elle aurait bien aimé retrouver son voisin d'autrefois, celui qui écoutait ses peines de cœur. Le baiser de Julien et la soudaine réapparition de Marc l'ont bouleversée et elle se sent perdue.

Que pourrait-elle faire, à la place, pour se donner un peu de baume au cœur ? Picorer des Maltesers en se vidant la tête devant la première téléréalité venue ? Ou… prendre un bain ! Oui, un peu de cocooning serait le bienvenu…

Lisa monte les escaliers et songe à un défi mille fois réalisé qui conviendrait parfaitement à son humeur du moment : *plonger tremblante de froid dans un bain moussant après avoir été mouillée par une pluie torrentielle.* Mais, même sans avoir subi d'averses, barboter dans la baignoire reste toujours un de ses petits plaisirs. Oui, un bain brûlant et un verre de vin blanc ! Non, une coupe de champagne ! Et cette journée sera vite oubliée.

Lisa ne boit jamais seule et encore moins dans sa salle de bain mais elle a vu l'autre soir une rediffusion du *Bachelor* et songe que, finalement, siroter une coupe nue dans la mousse est à tester. C'est vrai, dans l'émission, la baignoire était un Jacuzzi et elle peut à peine déplier ses jambes dans la sienne mais l'esprit est là !

Une coupe en amenant une autre, Lisa se surprend à penser à ses 14 ans. Elle avait vu *Pretty Woman* à la télévision et s'était promis de savourer du champagne en se délectant de fraises après avoir fait l'amour pour la toute première fois. Elle l'avait fait depuis et avait été extrêmement déçue ! L'alliance fraise-champagne n'a rien de comparable avec l'association chocolatpraliné ! Et puis, si elle se souvient bien, le seul goût fraise testé lors de sa première fois n'était-ce pas celui du…

    – Lisa, Lisa, tu m'entends ?

À l'appel de son nom, Lisa sort de sa rêverie et regarde autour d'elle afin de savoir qui l'appelle. Surprise, elle aperçoit Marc devant la porte de son appartement.

    – Oh Marc ! J'avais complètement oublié que tu étais là !

    – Alors ? demande-t-il la voix un peu agacée.

    – Alors quoi ? réplique-t-elle surprise de son ton.

Les hommes pensent vraiment que l'on a le don de lire dans leurs pensées…

    – Les clés ! Ça fait cinq minutes que je te les réclame !

    – Ah, mais comment veux-tu que je le sache ? Il suffit de demander !

Marc ouvre la porte d'entrée et la précède dans l'appartement. En le voyant prendre ses aises sur le canapé - mon canapé ! pense-t-elle - tous ses plans de cocooning s'envolent en fumée. Il a même le don de ruiner ses instants de bonheur les plus élémentaires ! Que lui a-t-il pris d'accepter qu'il monte chez elle ? Elle aurait dû s'enfuir dès qu'elle l'a vu. Elle a bien essayé… dans les bras de Julien…

Une onde chaude et douce lui parcourt le corps, rapidement chassée par la vue de Marc qui pose ses pieds sur la table basse. Pourquoi, diable, Marie lui a-t-elle raconté que le baiser était de la comédie ? Elle sait bien quel genre d'homme est Marc ! Que lui a-t-il donc dit pour qu'elle ne le chasse pas à coups de bide ? En tout cas, elle va m'entendre, cette Marie ! grommelle Lisa. Toutefois, elle sait très bien que la raison de sa contrariété n'est pas son amie mais bel et bien l'homme assis sur son canapé.

Après que Marc l'a quittée il y a trois mois, pendant plusieurs semaines Lisa a espéré tous les jours son retour. Elle lui aurait tout pardonné tant vivre sans lui était insupportable. Ses mains, sa voix, son regard, son corps, ses caresses, tout lui manquait. Elle a passé les moments les plus difficiles de sa vie mais, aujourd'hui, elle est là, solide et bien que Marc ne soit plus dans sa vie, elle arrive de nouveau à respirer, à sourire ; elle s'en est sortie. Enfin, c'est ce qu'elle pensait jusqu'à maintenant. En voyant son ex dans son salon agir comme si rien ne s'était passé entre eux, Lisa est troublée. Mais elle est toutefois certaine d'une chose : il est hors de question de le lui montrer. La meilleure tactique reste l'indifférence !

    – Tu veux quelque chose à boire ? demande-t-elle la voix atone.

    – Une bière si tu as, bébé. Et tu pourrais me faire quelque chose à manger ? J'ai un petit creux…

Lisa souffle un coup. Il est gonflé celui-là ! Rappelle-toi, ma vieille : la meilleure tactique reste l'indifférence ! Toutefois, elle se souvient que peu après son départ, à chaque nouvelle recette, Lisa avait toujours en tête de savoir si le plat plairait à Marc. Mais, avec le temps, comme le rhum d'une crêpe flambée, son ex s'est évaporé de sa cuisine.

    – Tu sais où se trouve le frigo, dit Lisa.

    –

Lisa avait rencontré Marc, il y a trois ans, dans la galerie de deux confrères, au vernissage de son exposition : une série de toiles sur les corps féminins. Elle avait été totalement subjuguée par la sensualité presque palpable qui se dégageait de sa peinture.

    – Qu'en pensez-vous ?

Lisa détourne les yeux de la toile et voit un très bel homme à l'allure décontractée la contempler de ses fins yeux noirs. Elle le considère un moment avant de répondre.

    – Le peintre a dû faire l'amour à tous ses modèles ! Sinon je ne sais pas par quelle magie, il aurait pu transcrire à tel point leur intimité. C'est comme si on était avec elles. Comme si on était l'une d'elles…

    – Vous aimeriez être l'une d'elles ? lui demande-t-il en la dévisageant un long moment sans battre un cil.

Sa voix rauque et enveloppante accentue la profondeur de son regard tout en laissant présager une vigoureuse sensualité. Lisa baisse les paupières et réajuste sa fine robe blanche. Elle a l'impression que ces yeux la déshabillent.

    – Ce n'est pas ce que j'ai dit…

    – Pensez-vous que l'artiste soit un Casanova des temps modernes qui utilise son art pour coucher avec les femmes ? Il y a combien de tableaux différents ? Quinze, Vingt ? Joli palmarès, vous ne trouvez pas ?

Lisa se surprend à laisser échapper un rire qu'elle reconnaît aussitôt : elle sous le charme.

– Quoi qu'il en soit, je trouve ces toiles fascinantes. Vous connaissez le peintre, je n'ai pas encore eu le plaisir de le rencontrer ?

– Oui, comme moi-même. Je peux vous le présenter mais méfiez-vous, il a du mal à résister aux jolies femmes !

– Je pense que je saurai m'en sortir. De plus, je suis en bonne compagnie. Vous saurez me tirer des griffes de ce Don Juan en cas de besoin, n'est-ce pas ? dit-elle en penchant légèrement sa tête vers lui.

Il interpelle une serveuse et offre une coupe de champagne à Lisa.

– *L'Elisir d'amore* s'impose pour notre rencontre, dit-il en lui tendant la main. Je suis Marc Sacey.

– Oh, vous êtes…

– Le Casanova de la peinture, sourit-il.

– Je suis… confuse, bafouille Lisa en pensant que cet homme est encore plus séduisant qu'elle ne l'avait initialement songé.

Alors que les invités ne cessent de papillonner autour d'eux, Lisa et lui n'ont d'yeux que l'un pour l'autre. Marc, ignorant les autres convives, saisit chaque occasion pour discrètement lui toucher la peau. Il remonte sa main le long de son bras, s'attarde un peu trop longtemps sur son épaule pour lui montrer un détail de ses toiles, lui parle trop près de l'oreille pour lui expliquer une œuvre. Il ne leur faut pas très longtemps avant qu'ils ne s'échappent du vernissage en direction de l'atelier de Marc.

À l'époque, en matière de relation sentimentale, Lisa avait certains commandements auxquels elle tenait dur comme fer : ne pas faire l'amour avant le troisième rendez-vous (s'il avait lieu dans la même semaine, ne pas coucher avant la semaine suivante). Ne pas oublier les copines, même follement amoureuse. Ne pas dire « je t'aime » avant de l'avoir entendu en premier. Ne pas ci, ne pas ça. Elle avait élaboré 36 000 règles qui revenaient à une seule : ne jamais perdre le contrôle. Mais, au premier effleurement des doigts de Marc sur sa nuque, tous ses principes s'étaient effondrés. Elle n'avait jamais connu cela auparavant. Dans les heures suivant leur rencontre, Lisa s'est retrouvée nue dans les bras de Marc, se retenant pour ne pas lui dire « je t'aime » après qu'il lui ait fait l'amour pour la troisième fois de suite.

Pendant une semaine, ils n'étaient pas sortis du lit, subsistant uniquement de livraisons de sushis et de passion. Lisa avait laissé la responsabilité de sa galerie à Tatiana, sa stagiaire, et coupé son portable pour ne pas être dérangée dans sa bulle. Elle ne voulait pas savoir s'il faisait beau ou gris dehors. Elle ne voulait pas savoir si une bombe avait explosé à quelques pâtés de maison de chez elle. Elle ne voulait rien savoir. Marc était devenu son univers.

Rapidement, Lisa lui avait demandé s'il couchait avec ses modèles. Il avait juré que l'émoi, éventuellement ressenti devant la sensualité des corps qu'il peint, était déversé dans ses toiles. Il ne s'était jamais aventuré à aller plus loin afin de ne pas risquer de perdre cette énergie créatrice. De toute façon, il n'en avait jamais eu l'envie. Lisa l'avait cru et ne s'était jamais inquiétée quand il travaillait avec un nouveau modèle.

Pendant les trois années de leur histoire, pas une seule fois Marc ne lui avait proposé de poser pour lui. Elle en avait toujours été légèrement déçue mais avait interprété son refus comme une preuve de son désir envers elle. Il adorait la voir nue tout simplement. Et elle adorait le regarder peindre nu. Sa peinture ne mentait pas, Marc maîtrisait le corps des femmes et jouait de celui de Lisa comme un violoniste de son violon.

Marc se lève pour aller à la cuisine et Lisa en profite pour s'asseoir sur le sofa afin de symboliquement récupérer son territoire. Elle réalise à quel point les événements de la journée l'ont éreintée. Elle ferme les yeux pour remettre ses idées en place et entend la porte du frigo s'ouvrir et, du placard, les bruits de la vaisselle. Autrefois, sa première réaction aurait été de se précipiter pour aider Marc. Mais c'était autrefois.

—   Tu as piqué ma place ! dit Marc en revenant de la cuisine.

—   Il n'y a pas ton nom écrit dessus !

—   Moi, je le vois ici, murmure-t-il en plaçant sa main sur le cœur de Lisa.

Interloquée d'abord, puis irritée, Lisa se lève d'un bon du canapé.

—   Marc, qu'est-ce que tu viens faire ici ? Pourquoi tu es revenu du Venezuela ?

—   Je voulais te voir, bébé. Je voulais que l'on parle…

Il prend entre ses larges paumes les mains de Lisa.

—   Je crois que nous avons fait une erreur…

—   La seule erreur que j'ai faite est de t'avoir rencontré, jette-t-elle en dégageant ses mains.

—   Pourquoi tu dis une chose pareille ! Tu sais bien que ce n'est pas vrai !

—   Marc s'approche de Lisa et essaie de l'enlacer mais elle le repousse.

—   Marc, je ne sais même pas pourquoi j'ai accepté que tu viennes chez moi mais maintenant que tu es là, si tu as quelque chose à dire, dis-le, mais n'attends rien de plus !

Il prend une gorgée de bière et se rassoit sur le canapé.

—   Tu sais, Lisa, quand tu passes trois mois seul au milieu de nulle part, tu réfléchis beaucoup sur la vie et sur ce qui est important. Pendant cette période, il n'y a pas eu une seconde sans que je n'aie pensé à toi. Je rêvais de toi même en grillant des steaks ! Tu m'obsédais ! L'idée de toucher une autre que toi m'était insupportable…

Lisa le regarde incrédule.

—   … Je croyais devenir fou. Et puis, la semaine dernière, je suis allé au village acheter une chèvre et j'ai rencontré ce vieil Indien vénézuélien. Il m'a demandé si tout allait bien. On s'est assis sur son perron et on a parlé pendant des heures en buvant l'eau-de-vie locale. À la fin, je savais qu'il fallait que je rentre pour être avec toi.

—   C'est après t'être saoulé avec un éleveur de chèvres sud-américain que tu t'es rendu compte que tu ne pouvais pas vivre sans moi ? !

—   Oui.

—   Tu n'es pas sérieux, Marc ! Tu crois vraiment que tu peux revenir dans ma vie après trois mois de silence radio et penser que l'on se remette ensemble comme si rien ne s'était passé ?

—   J'ai fait des erreurs, bébé, j'en suis conscient. Laisse-moi une seconde chance…

Lisa regarde l'homme qu'elle a aimé passionnément, l'homme avec qui elle voulait faire sa vie, l'homme auprès de qui elle aurait aimé vieillir.

—   Marc, tu m'as brisé le cœur…

—   Je sais, bébé. Tu ne peux pas imaginer à quel point je suis désolé…

Il s'approche d'elle et met ses mains autour de sa taille.

—   Tu sais que nous sommes faits l'un pour l'autre…

Marc lui soulève doucement le menton. Elle sent son souffle chaud et la douceur de ses mains sur sa joue. Lisa détourne le visage mais Marc pose ses lèvres sur les siennes. Elle lutte un instant puis se souvient du goût de ses baisers, du goût de sa peau… Elle l'embrasse de tout son corps…

—   Et ensuite ? Pourquoi t'interromps-tu ? Tu ne peux pas me laisser comme ça, je veux savoir la suite ! implore Marie toute émoustillée au téléphone.

—   Ensuite, il m'a allongée dans l'écurie, m'a violemment arraché tous mes vêtements et m'a fait l'amour sauvagement sur le foin, conclut Lisa.

—   Oh, c'est tellement romantique ! Attends, une seconde, il t'a allongée dans l'écurie ? Tu veux dire dans le lit ?

Lisa rit à travers le combiné du téléphone.

—   Comment as-tu pu croire un seul mot de ce que je t'ai dit ? Tu imagines vraiment Marc ne pas faire l'amour plus de trois mois et pensant à moi en grillant des steaks !

—   Ben, il faut bien qu'il se nourrisse ! Et puis, tu n'es pas sans savoir que quand tu as quelqu'un en tête, personne d'autre ne compte…

—   Le connaissant un petit peu, trois jours est le maximum de sa résistance et encore ! En vérité, Marc est vraiment monté à la maison et pendant qu'il était à la cuisine, je me suis endormie sur le canapé. Je ne sais pas à quelle heure il est parti. Je t'ai appelée dès mon réveil.

Lisa se tait un moment.

–   Marie… Pourquoi lui as-tu dit pour Julien ?

–   Pour qui ?

–   Julien, tu sais, l'homme du baiser volé.

–   Ah oui ! Félicitations, d'ailleurs ! Tu peux barrer ce défi de la liste ! Quel est le prochain ? Te teindre en blonde ? Je trouvais que la perruque t'allait plutôt bien…

–   Marie ! interrompt Lisa. Comment as-tu pu parler à Marc ? Toi, plus que n'importe qui, devrais savoir à quel point il m'a fait du mal !

–   Lisa, si j'avais pensé, ne serait-ce qu'un instant, que Marc était revenu pour de mauvaises raisons, j'aurais demandé à Étienne de le mettre KO ! Je ne lui ai parlé que quelques minutes mais il m'a dit qu'il avait changé et qu'il regrettait son comportement. Il m'a même avoué qu'il voulait…

Marie s'interrompt.

–   Qu'il voulait quoi ?

–   Ce n'est pas à moi de te le dire… Il est parti sans te laisser de message ?

–   Si, cette fois-ci il m'a en effet laissé un mot !

–   Qui dit ?

–   De passer à l'atelier.

–   Tu vas y aller ?

–   Non, je ne crois pas.

–   Lisa, tu devrais écouter ce qu'il a à te dire. Je sais que ce n'est pas comparable mais si Étienne ne m'avait pas pardonné pour Ibiza, Yanis ne serait pas là et je ne serais pas enceinte de notre deuxième bébé. Je ne te demande pas de pardonner Marc mais au moins de lui laisser une chance de s'expliquer. Tu seras peut-être surprise…

–   Je ne sais pas… Je verrai bien.

En raccrochant, Lisa s'allonge sur le canapé et regarde le plafond. Marie n'avait jamais reparlé d'Ibiza… Lisa repense à l'histoire qu'elle a racontée à son amie. Elle a tellement imaginé que Marc revienne et lui dise ces mots exacts qu'en les prononçant, elle a presque eu l'impression qu'ils étaient réels. Mais maintenant que Marc est probablement sur le point de les lui dire, maintenant quoi ? Lisa ressent un sentiment étrange lui saisir le ventre sans arriver à définir s'il s'agit d'angoisse ou d'espérance. Elle prend une gorgée de la bière entamée par Marc et fait une grimace. Décidément, elle n'aime vraiment pas la bière ! Mais pourquoi y en a-t-il toujours au frigo ? se demande-t-elle en regardant le mot de Marc.

Une femme aux cheveux châtains est une blonde modeste.
San Antonio, *San-antoniaiseries*

Pantalon noir : OK. Top noir : OK. Lunettes noires : OK. Casquette noire : OK. Trench-coat noir : OK. Lisa est parée pour la première étape du défi numéro 27 « se teindre en blonde » rebaptisé, par souci de confidentialité : *Opération Legally Bond.*
Elle contemple son reflet dans le miroir et songe qu'elle devrait plus souvent se déguiser en 007. Le total look agent secret lui va à merveille !
Lisa rase les murs en descendant les escaliers et vérifie, en jetant de temps en temps un œil en arrière, qu'elle n'est pas suivie. Arrivée dans la cour de son immeuble, elle croise sa concierge qui d'habitude ne manque pas une occasion de lui faire la causette. Première étape réussie ! Même Madame Lopez ne m'a pas reconnue ! J'ai raté ma carrière, j'aurais dû travailler pour les services secrets de Sa Majesté !
Ravie de sa tenue de camouflage, Lisa franchit le porche, l'esprit tranquille. Dans la cour, la gardienne balaie la poussière invisible et loue le ciel en se tenant les reins.

— Madredeus ! Quelle drôle de tenue, je vous dis. Et puis ces lunettes ! Moi, je sais ! C'est pour cacher des nuits sans sommeil. Si, si, je vous dis. Depuis que Monsieur Marc est parti, je vous dis qu'elle ne tourne plus rond. Alors, maintenant qu'il est réapparu ! La pauvre gamine, elle est dans tous ses états. Si, si, je vous dis. Moi, je sais ! Ah, Madredeus !

La nuit ayant porté conseil, Lisa a pris la décision d'affronter Marc le lendemain. Elle souhaite toutefois que, d'un coup d'œil, il sache de quoi il en retourne, et l'idée de se teindre en blonde, soufflée par Marie la veille, est tout à fait de circonstance. Elle sera blonde, non seulement parce qu'il s'agit d'un défi mais surtout parce que son expérience lui a appris qu'un homme sait que son ex a tourné la page quand elle change de couleur de cheveux…
Lisa a décidé d'acheter sa coloration à l'autre bout de Paris. Elle a évidemment confiance en sa tenue d'agent 007 mais

préfère ne pas prendre le risque d'être cataloguée « future décolorée » dans tout son quartier.

Même si elles agissaient chaque fois comme si Lisa venait pour la première fois, les caissières, pardon, les hôtesses de caisse, de son Monoprix pourraient être les témoins à charge de son envie de blondeur. Elle se doute que vu la fréquence de ses visites à la supérette, leur amnésie ne peut qu'être feinte. Elle s'est, d'ailleurs, toujours demandé si les caissières, pendant leurs pauses syndicales, discutaient entre elles des achats des clients :

— Et revoilà le bon vivant ! La bouteille de gin et les cinq packs de bières du petit déj' ! Et Madame gym tonic du dimanche avec ses trois paquets de chips mais du Coca light, parce que, vous savez, il faut bien faire attention à sa ligne ! Et Monsieur « Non merci pas le vendredi » avec la même boîte de cassoulet jour après jour, sauf le vendredi. Et voici Miss Chocolat et ses...

Oh, mon dieu ! Je n'ose même pas imaginer ce qu'elles disent sur mes courses ! Il faut absolument que je change mes habitudes ! Au lieu des Maltesers, j'achèterai des Kinder Surprise et à la place des Délices Choc, des Petits Écoliers. J'ajoute un paquet de petits-suisses aux mousses au chocolat et le tour est joué ! Je passerai pour une maman exemplaire qui fait plaisir à ses enfants au lieu d'une gloutonne accro au chocolat !

Contrairement à sa superette, dans un supermarché, les caissières voient défiler tellement de clients qu'elles les prennent sûrement pour des codes-barres. En plus, Lisa est certaine de ne rencontrer personne de sa connaissance.

Arrivée à la grande surface, Lisa pénètre dans un rayon puis dans un autre et tombe pile sur les produits colorants. Alors là, je m'épate ! J'ai peut-être été blonde dans une vie antérieure ! Surprise par l'immensité du choix - avec tous ces produits, je me demande s'il existe une seule vraie blonde à Paris, à croire que toutes les femmes veulent être un fantasme masculin alors que moi, c'est justement le contraire !- elle observe, submergée, les centaines de boîtes alignées sur les étagères. Mais, quel produit choisir ? Et, bien sûr, aucune conseillère de vente pour m'aider ! J'aurais tellement aimé que Carla soit là. Elle, au moins, aurait tout de suite su quelle nuance prendre. Elle aperçoit un vendeur mettre des brosses à dents au rayon dentifrice et court vers lui. Il a sûrement dû recevoir une formation sur tous les articles du magasin !

    – Bonjour Monsieur. Pouvez-vous me renseigner sur les col…

Lisa, paralysée, s'arrête de parler. Elle ne peut décemment pas demander à un homme des conseils pour devenir blonde !

    – Les collants, s'écrie-t-elle dans un souffle. Vous savez ce qui s'enfile par les doigts de pied et se termine par la taille. Des collants, quoi !

Le vendeur continue à ranger les articles en lui jetant un regard blasé :

    – Deuxième rangée sur la gauche à côté des chaussures.

Lisa fait mine de se diriger vers la direction indiquée. Une fois l'employé de rayon parti, elle retourne discrètement au rayon capillaire et choisit deux colorations au hasard. Mon cœur balance entre blonde californienne et blonde vénitienne… Ou pourquoi pas blonde platine ? J'aurais un côté glamour à la Scarlett Johansson, songe-t-elle en sifflotant *My heart belongs to daddy.*

Deux sublimes brunes tout droit sorties d'une couverture de magazine s'avancent à grandes enjambées vers les colorations. En moins de temps qu'il ne faut pour le dire, Lisa ajuste ses lunettes, remet en place sa casquette et se précipite au fond du rayon en faisant mine de s'intéresser à un masque anti-frisottis. Ouf, je l'ai échappé belle. J'ai failli être surprise en flagrant délit de bimbolisation !

Lisa observe les apprenties mannequins qui s'intéressent, elles aussi, aux colorations blondes. Peut-être que Blonde est le New Brun cette année ! songe-t-elle. Elle s'approche des deux filles à petits pas pour mieux entendre leur conversation :

    – Asma m'a conseillé cette teinture, dit la plus jolie des deux. Elle m'a dit qu'elle était super facile à appliquer et rendait le cheveu doux et brillant. Mais j'ai peur qu'elle ne soit trop claire ! J'aimerais un blond plus Beyoncé que Paris Hilton…

– Prends cette couleur, alors ! réplique son amie en lui tendant une boîte. Avec ton teint, tu feras moins pouffe et tout le monde pensera que tu es une vraie blonde ! En plus, tu n'auras pas de racine quand tes cheveux repousseront !

Les deux fashionistas glissent la coloration dans leur panier et se dirigent vers le rayon anti-cellulite. Lisa, convaincue par leurs arguments, prend la même boîte. *Comment ai-je pu résister si longtemps à cette tendance ?* songe-t-elle toute excitée. *J'ai hâte de rattraper cet impardonnable fashion faux pas !*

– Lisa ?

Lisa ne fait pas attention. Après tout, son prénom est assez commun et dans sa tenue d'agent secret, personne, pas même sa mère, ne pourrait la reconnaître.

– Lisa Mandi, c'est bien toi ?

Lisa se retourne et tombe nez à nez avec Natacha, une camarade de classe qu'elle n'a pas vue depuis la terminale, réputée dans tout le lycée pour ses tenues gothiques tendance Nosferatu et ses opinions politiques très tranchées. À sa plus grande surprise, elle est ravie la revoir.

– Natacha ? ! Ça fait une éternité… Qu'est-ce que tu as changé ! Tu es ravissante ! s'exclame Lisa en l'embrassant chaleureusement.

– Appelle-moi Tacha. Personne ne m'appelle plus Natacha depuis des années.

– Tu fais tes courses ?

– Oui, je cherche une teinture pour les cheveux. Tu sais, murmure-t-elle, j'ai découvert il y a quelques semaines que j'avais des cheveux blancs. À à peine 30 ans ! Tu te rends compte ?

Lisa hoche la tête avec compassion. Elle n'aurait jamais imaginé que son ancienne camarade, qui était convaincue que le sourire était une invention capitaliste destinée à séduire les masses pour mieux les exploiter, se serait émue de quelques cheveux blancs. *Comme quoi, la vie est pleine de surprises !* songe Lisa. Question style, les années lui ont fait du bien. Natacha a conservé sa chevelure de jais coupée à la Louise Brooks mais du total look gothique, elle n'a gardé que le glamour légèrement rétro si à la mode ces derniers temps.

Lisa ôte ses lunettes de soleil, pensant que si cette adolescente rebelle s'est transformée en une magnifique jeune femme préoccupée par son apparence, elle peut bien assumer sa future blondeur.

    – Et toi, Lisa, que fais-tu ici ? Tu habites dans le coin ?

    – Non, je suis à Oberkampf maintenant.

    – Oh, ça fait une trotte pour faire ses courses. Tu viens t'acheter une coloration ? demande-t-elle en regardant l'emballage que tient Lisa. Dis-moi que tu as aussi des cheveux blancs, je me sentirais moins seule !

    – Non, pas encore. Dieu merci ! Je pensais juste changer de couleur…

    – Quel dommage ! Tu es si jolie au naturel ! D'ailleurs, pourquoi tu caches tes cheveux sous ta casquette ? Tu as des pellicules ?

Lisa sourit devant la réflexion de son ancienne camarade de classe. Décidément, j'aime beaucoup cette nouvelle Tacha !

    – Tu t'es décidée sur quelle nuance ? Avec ta chevelure, je te verrais bien avec des reflets acajou.

Lisa secoue la tête.

    – Cuivrés ?

À la réponse négative de Lisa, les yeux de Natacha s'illuminent.

    – Je sais ! Je n'aurais jamais cru que tu irais dans ces tons-là, s'exclame-t-elle avec un grand sourire. On a peut-être choisi la même couleur !

    – Non, je ne pense pas, murmure Lisa. C'est un peu plus clair…

    – Clair comment ? demande l'ex-gothique tout à coup moins enthousiaste.

    – Ben, clair comme mes cheveux, mais en plus clair.

    – Montre.

Lisa lui tend le paquet avec réticence. Natacha prend la boîte, la retourne et pousse un grand cri en apercevant la photographie.

    – Blonde ?

Lisa remet rapidement ses lunettes de soleil en priant pour que personne autour d'elles n'ait entendu. Natacha dévisage son ancienne camarade, effarée.

    – Tu veux devenir blonde ?

—   Euh…

Lisa réajuste sa casquette et relève le col de son trench-coat pour camoufler son embarras.

—   Ce n'est pas pour moi ! répond-elle dans un rire nerveux. C'est pour… euh… mon chat !

—   Ton chat ? ! Tu veux teindre ton chat en blond ?

—   Oui, c'est le vétérinaire qui me l'a conseillé ! Il perd ses poils, le pauvre minou. Apparemment, la teinture a des propriétés permettant de les faire repousser. C'est incroyable, non, tout ce que l'on peut faire avec le progrès ? Au début, j'étais sceptique et puis j'ai pensé aux crèmes anti-vergetures qui marchent contre les rides et je me suis dit pourquoi pas !

Devant l'air perplexe de Natacha, Lisa tente habilement de changer de sujet :

—   Et dis-moi, alors, que penses-tu du réchauffement climatique ?

Natacha reste focalisée sur la photographie de la blonde pulpeuse.

—   Je n'arrive pas à croire que tu veuilles devenir blonde ! Toutes ces années de lutte pour faire progresser l'image de la femme et que veulent-elles ? Ressembler à des poupées gonflables ! C'est quoi ta prochaine étape ? Te mettre sur le billard pour avoir une poitrine à la Pamela Anderson ?

Lisa observe Natacha atterrée. Comment ? La nouvelle Tacha ne sait pas que les gros seins ne sont plus à la mode ? Elle est tellement saison dernière…

—   Est-ce que nos grands-mères et nos mères ont lutté en vain ? continue Natacha sans laisser de répit aux oreilles sensibles de Lisa, qui n'a qu'une envie : s'enfouir sous les rouleaux de papier toilette.

Quelle poisse ! Je fais 40 minutes de bus pour aller dans le plus grand supermarché de Paris. Je mets ma tenue d'agent secret pour ne pas être reconnue et je tombe sur qui ? La plus radicale des féministes !

Lisa n'écoute même plus le flot de paroles déversé par Natacha. Après tout, elle n'a de compte à rendre à personne ! Si elle veut se teindre les cheveux en blond platine, c'est son affaire. Si elle veut avoir une poitrine à la Lolo Ferrari, c'est son choix. Si elle préfère se faire liposucer au lieu d'aller suer au club de gym pour continuer à manger des rochers praliné à volonté, c'est son droit de femme, à elle, Lisa Mandi !

–   Mon corps m'appartient et je fais ce que je veux avec mes cheveux ! proclame-t-elle en arrachant des mains de Natacha la teinture.

Elle déboutonne son trench qui laisse apparaître un haut joliment décolleté, retire d'un geste décidé ses lunettes de soleil, enlève résolument sa casquette puis secoue sa chevelure façon Lætitia Casta dans une pub pour shampooing, le ralenti en moins. Elle s'avance vers les caisses, la tête haute et la démarche altière et au passage tire la langue à Natacha qui la suit du regard la bouche grande ouverte. Lisa est une future décolorée et fière de l'être !

Toute contente, elle choisit une caisse à moins de dix articles et pose majestueusement la coloration sur le tapis roulant.

–   Dix euros soixante-quinze, annonce l'hôtesse de caisse avec un sourire qui lui va droit au cœur.

Sa sympathie vient sûrement de ma prochaine appartenance à sa consœurie, songe Lisa en contemplant la chevelure blonde comme les blés de la caissière. Enfin, plutôt paille brûlée.

Lisa la regarde avec sympathie. Elle a dû se trouver dans la même situation qu'elle, mais sans top-modèle pour l'aider à choisir. Elle voudrait lui conseiller sa coloration, qui rend la chevelure soyeuse et supprime les racines, mais pas avant de faire partie du club. Bientôt, Lisa aussi, en signe de reconnaissance, sourira à toutes les blondes croisées dans la rue. Elle fera partie de la société secrète des blondes où chaque blonde introduit une autre blonde et l'initie à l'art d'être blonde. On lui apprendra à faire une french manucure sans déborder, à siroter un cocktail sans laisser de trace de rouge à lèvres ou à se mettre sur une bouche d'aération en chantonnant *poupoupidou*… Oh, j'ai hâte !

Être blonde, il n'y a pas à dire, c'est vraiment la classe !

La beauté du jour est comme une beauté blonde qui a plus de brillant ; mais la beauté de la nuit est une beauté brune qui est plus touchante.
Bernard le Bovier de Fontenelle, *Entretiens sur la pluralité des Mondes*

Lisa a reçu un appel de Carla ce matin lui annonçant qu'elle arriverait en fin d'après-midi à Paris et ne rentrerait pas à Londres avant son anniversaire. Cela fait une semaine pile que Lisa à découvert la liste et Carla veut superviser l'avancement des défis de plus près car d'après le dernier rapport, la règle « un jour, un défi » n'a pas été respectée et il est plus que temps d'y remédier. Hubert, de toute façon, travaille ces temps-ci 30 heures par jour et n'a pas une minute à lui. Lisa a été très touchée, a même eu les yeux un peu humides, mais, bien sûr, n'en a rien dit.

Son amie en a profité pour l'inviter ce soir chez des connaissances de son mari. Lisa a fait la tête - les amis d'Hubert ont toujours été aussi ennuyeux et coincés qu'un vélo dans un ascenseur - mais que ne ferait-elle pas par amitié ?

Dans la salle de bain, Lisa tourne le robinet de la baignoire. Elle passera voir Marc avant le dîner et aura de cette façon une excuse pour ne pas s'y attarder. Je reste 30 minutes chez lui et pas une de plus. Si ce n'est pas suffisant, il n'a qu'à m'écrire une lettre ! Elle hoche la tête, fière de sa décision et se glisse langoureusement dans le bain. Mmm, un délice ! Je pourrais y rester des heures… Mais, il faut qu'elle s'active ! Elle doit faire sa couleur et choisir une tenue parmi les habits achetés lors de son défi shopping, dont certains sont encore dans leur sac.

Brushing or not brushing ? Telle est la question, se demande-t-elle en frottant avec une pierre ponce les peaux mortes de ses talons. Sachant que Marc la préfère sans trop d'artifice, elle n'hésite pas une seconde : ce sera brushing bien raide et cheveux en chignon comme Nicole Kidman aux Oscars. La star, ce soir, c'est moi, parce que je le vaux bien ! Je rajoute au look, un rouge à lèvres rouge flamboyant, un regard charbonneux, une paire de faux cils - ok, pas de faux cils, c'est too much - quelques gouttes de parfum à des endroits stratégiques, se dit-elle en se grattant entre les doigts de pieds, et, là, il verra bien que je suis une autre femme ! Elle glisse sa main sur ses cuisses et caresse ses mollets aussi doux qu'un hérisson. Argh, une petite épilation ne serait pas du luxe. Mission exfoliation et épilation, vite fait bien fait ! Elle prend son gant de gommage, se frotte le corps et en passant sur sa cuisse gauche, pousse un cri :

–   Ah, mais qu'est-ce que c'est que ça ?

Elle pince sa peau avec ses deux doigts.

–   Un capiton ! Il ne manquait plus que ça !

Elle se met à frictionner énergiquement le pauvre morceau de graisse espérant qu'il aura l'intelligence de s'en aller. Mais, après plus de cinq minutes de décapage intensif, elle s'avoue vaincue :

–   Bourrelet, tu as gagné la bataille mais tu n'as pas gagné la guerre ! Ma vengeance n'en sera que plus redoutable. Je vais te faire découvrir les vertus de ma nouvelle crème anti-cellulite aux liponatoles et à l'extrait de chenille des Indes et tu m'en diras des nouvelles. Profite de tes derniers instants, Capiton, tu n'es qu'un touriste sur ma cuisse !

Satisfaite de ses menaces, Lisa s'ausculte l'entrejambe.

–   Oh mon dieu ! Ce n'est pas un brésilien, c'est la forêt amazonienne !

Je ne peux décemment pas sortir comme ça ! Imaginons que j'ai un accident. Je suis inconsciente et je dois être opérée de toute urgence. Le chirurgien enlève ma robe sexy, se dit : « pas mal la gonzesse », dégrafe mon soutien-gorge en dentelle, découpe ma petite culotte assortie et, paf, tombe sur Demis Roussos ! Pourrais-je un jour me remettre de cette humiliation ? D'un autre côté, si je ne m'épile pas, même si Marc était le dernier homme sur terre et qu'il ne me restait plus qu'une heure à vivre, - plutôt deux, il est assez endurant · jamais, je ne me montrerais en tenue d'Ève version Taliban. Quel dilemme ! Mais, quel dilemme ! OK, Lisa, tu as le temps de ton masque capillaire maxi nourrissant pose-rapide-pas-plus-de-trois-minutes pour prendre ta décision.

Elle rince les petits grains exfoliants qui lui parcourent le corps - je ne vais pas laisser Marc me dicter si je me rase ou pas !- et enlève le masque au jojoba dont Marc aime tant le parfum mais c'est un pur hasard ! Je suis une femme indépendante, moi, pas de celles qui sont à la botte des hommes !

Lisa s'enroule dans son peignoir double épaisseur et fouille l'armoire de sa salle de bain à la recherche de la coloration achetée la veille. Elle adore sa caverne d'Ali Baba car elle y referme un monde de trésors infinis : au moins cinq pots de crème antirides toujours dans leur carton, des crèmes anti-cellulite toutes entamées mais jamais finies...

   – Tiens, Capiton, tu vas faire connaissance avec ta nouvelle petite copine Madame Slimtonic - elle applique une grosse quantité de gel sur sa cuisse - et au cas où tu aurais envie de ramener des copains, voilà ma solution à la vraie immigration clandestine, ajoute-t-elle en se tartinant l'autre jambe. Bon, avec ça, s'ils n'ont pas leur quota...

... De l'huile démaquillante achetée pour une bouchée de pain à l'aéroport JFK de New York. Existe-t-il une seule fille au monde qui résiste à l'appel du duty free ? s'interroge Lisa. C'est la meilleure occasion pour se ravitailler en produits de beauté et tout ça pour un prix modique ! Ce n'est pas comme s'ils nous faisaient poireauter volontairement pour que l'on se retrouve avec des tonnes de crèmes en tout genre, des Tobleronne géants et des magnums de whisky...

Lisa ouvre la deuxième porte de l'armoire et aperçoit le lait démaquillant qu'elle utilisait quand l'eau du robinet lui provoquait des plaques rouges, des lingettes desséchées, de la boue de la Mer morte, du savon noir pour ses après-midi hammam, de l'argile blanche et verte, des flacons d'huiles essentielles datant de sa période « je veux faire mes propres cosmétiques », du sérum antioxydant, des patchs contour des yeux, des dizaines de pots de crème peau sèche, peau mixte, peau grasse - en fonction de son humeur du jour - des masques capillaires nutri-réparateurs, restructurants, anti-chute... Mais, dis donc, c'est un vrai Séphora mon armoire ! Peut-être que si j'allais en magasin, ils reprendraient mes crèmes non entamées pour 60 % du prix comme à Gibert Joseph ! Je pourrais empocher des centaines d'euros ! Fini les crèmes à base d'aloe vera et d'essence de pili-pili, bienvenus les soins au caviar et à la poudre de diamant. Elle imagine déjà les passants se retourner sur son passage éblouis par son teint resplendissant, se demandant quel est le secret de son éclat. En tout cas, ma petite, ta résolution de la semaine est de ne plus acheter de nouveaux soins avant d'avoir fini tous tes pots. Mais… où a bien pu passer ma coloration ? ! Elle refait mentalement le trajet parcouru la veille en rentrant du supermarché, se précipite dans la cuisine et ouvre le frigo.

— Je savais bien que tu te cachais quelque part, petite chipie !

Elle prend le paquet et sourit à la jolie blonde de la photographie. Bientôt, je saurai si les blondes s'amusent plus que les brunes…

Pourquoi une blonde fixe son verre de jus d'orange pendant 10 minutes avant de le boire ? Parce qu'il est écrit dessus : concentré.

Anonyme

Lisa s'assoit sur le canapé du salon impatiente d'attaquer la face finale de son *Opération Legally Bond* et lit le revers de l'emballage de la coloration : *Cheveux fatigués, sans éclat ? Illuminer votre couleur avec notre technique révolutionnaire sans racines. En quinze minutes, vous obtiendrez une chevelure naturelle, douce et ultra-brillante grâce à notre soin nourrissant aux extraits de fruits des tropiques.* Seulement 15 minutes ? C'est vraiment rapide ! Je suis sûre que pour le même résultat j'aurais dû passer au moins trois heures chez le coiffeur. Et bien sûr, j'en serais sortie en pleurant parce qu'en plus de la couleur, il en aurait profité pour me couper les pointes :

    – Non, non, ne vous inquiétez pas, juste un demi-centimètre…

Il me montre la minuscule longueur qu'il souhaite me couper. J'acquiesce, satisfaite, me disant, que pour une fois, je suis tombée sur un coiffeur qui a aussi étudié la géométrie et trois coups de ciseaux plus tard, je me retrouve avec ce demi-centimètre… mais sur la tête, le reste de ma chevelure gisant au sol.

J'étais venue pour quoi, déjà, au départ ? Ah oui, un shampooing brushing à 20 euros ! Je ressors avec une coupe transformation, un soin spécial cheveux secs doublé d'un shampooing antipelliculaire - je ne savais pas que j'avais des pellicules et encore moins des récurrentes ! mais, bon, les coiffeurs sont les experts - une mise en plis et un coiffage aux cires naturelles. Heureusement que j'avais précisé que je ne voulais pas d'extra ! Et tout ça pour la bagatelle de 148 euros et encore le salon a eu la gentillesse de m'offrir le coiffage !

Forcément, je remercie le coiffeur de son geste en lui donnant un énorme pourboire et en passant le pas de la porte, je m'effondre en larmes en essayant tant bien que mal de me persuader que mes cheveux repousseront. Quelques mois plus tard, j'oublie et j'y retourne…

Cette fois-ci, je n'ai pas pris de risque ! Ils auraient sûrement raté ma couleur et je me serais retrouvée avec des cheveux orange pendant des mois. En plus, je n'ai dépensé que dix euros ! Si j'avais les deux top models en face de moi, je leur sauterais au cou !

Lisa ouvre l'emballage, un message apparaît en gros sur le revers de la boîte : *Important, les colorants peuvent créer des réactions allergiques qui, dans certains cas, peuvent être très graves. Un test d'allergie doit être fait 48 heures avant l'utilisation de ce produit.* 48 heures ? C'est maintenant et tout de suite que je veux ma coloration ! Il ne pouvait pas faire un test de 48 secondes ?

Ne pas utiliser si vous avez eu des réactions allergiques à des produits colorants. Aucune chance, je n'ai même jamais eu d'allergie alimentaire. Sauf les choux de Bruxelles et la langue de bœuf au collège, mais c'était uniquement un prétexte pour ne pas en manger à la cantine.

Ne pas utiliser si vous avez le cuir chevelu abîmé. Ouf ! J'ai le cuir chevelu aussi pur que Sainte Thérèse. Lisa lit le dernier message du carton. *Ne pas utiliser si vous avez déjà eu un tatouage au henné.* Sauvée ! Et grâce à Marc en plus ! Lors de nos dernières vacances au Maroc, je voulais absolument me faire un tatouage, très sexy, juste au-dessus des fesses mais il m'a convaincu que les seuls dessins qu'il autorisait sur mon corps étaient ceux esquissés par sa langue. Il me l'a démontré dans des endroits si insoupçonnés que j'ai rapidement oublié le tatouage… Quel curieux coup du destin !

Pas besoin de test pour moi, alors. Je suis qualifiée pour être blonde ! se dit Lisa soulagée. Elle sort les produits de leur emballage et est surprise par leur forte odeur. Ce sont sûrement les fruits des tropiques ! Elle déplie la notice et tombe sur un nouveau message de précaution. Mais, c'est du harcèlement ! Lisa décide de l'ignorer et lit les conseils d'utilisation : *Mettre les gants, emboîter les deux applicateurs, mélanger et appliquer. Mouillez vos cheveux sans les laver.* Trop tard, ils sont propres comme un sou neuf ! *Masser les cheveux pour répartir le produit. Laisser poser quinze minutes. Rincer et appliquer le soin protecteur.* Un jeu d'enfant ! Il est temps de passer aux travaux pratiques, maintenant !

Lisa enfile les gants et applique le gel colorant sur sa chevelure. Oh là là là, mais qu'est-ce que ça pue ! Ils ont utilisé des fruits pourris, ce n'est pas possible ! Ses yeux piquent tellement qu'elle est obligée de se réfugier dans la salle de bain. Après quelques minutes, son cuir chevelu commence à picoter. Oh, c'est normal, se rassure-t-elle, c'est le produit qui agit. L'esthéticienne dit toujours que c'est au picotement que l'on reconnaît l'efficacité d'un soin. Plus que dix minutes. Ça pique vraiment beaucoup ! Fais pas ta chochotte, Lisa, il faut souffrir pour être belle. Plus que sept minutes. Oh là là, ça brûle ! Mais, non, c'est toi qui es douillette et puis il ne reste que cinq minutes. Allez, Lisa, tu peux tenir ! 4 minutes 59, 4 minutes 58, 4 minutes 57, 4 minutes 56, 4 minutes 55, 4 minutes 54, 4 minutes 53. Au secours les pompiers, j'ai un incendie sur la tête !

Lisa, à moitié aveuglée par les picotements, récupère, tant bien que mal, le pommeau de douche et rince sa chevelure. Oh Jésus, Marie, Joseph. Oh mon dieu, que c'est bon ! Elle applique le soin protecteur avec appréhension mais est tout de suite rassurée par l'odeur fruitée de la papaye du Mexique et la sensation de fraîcheur qu'il lui procure.

Après deux minutes, Lisa rince ses cheveux, les enroule dans la serviette et se met face au miroir, impatiente de voir sa nouvelle couleur. Son cœur palpite de plus en plus fort. Le suspens est intense. Elle se sent comme une héroïne de *Miss Swan* dans l'attente de découvrir sa transformation. Lisa ferme les paupières, défait doucement la serviette, ouvre les yeux et fixe le miroir.

– Aaaaaaaaaah, crie Lisa. Qu'est-ce que c'est que ça ? Mais, c'est horriiiiiiiiible ! ! ! ! !

Elle s'approche du miroir et voit une énorme bête noire bouger.

– Une araignée ! J'ai une araignée dans ma salle de bain !

Lisa attrape le verre à dents et essaie de la piéger mais l'araignée tombe droit dans le siphon.

– Au revoir araignée. J'espère que tu sais nager…

Elle saisit une mèche de cheveux et la scrute sous tous les angles. Je ne vois pas trop de différence, mais il n'y a peut-être pas assez de lumière ! Elle allume le néon au-dessus du miroir et semble moyennement satisfaite. Je suis sûre que je remarquerais davantage ma nouvelle couleur à la lumière naturelle ! Tout à coup, ses yeux s'illuminent. C'est parce que j'ai les cheveux mouillés ! Dans ces conditions, même Claudia Schiffer passerait pour une brune !

Elle va dans sa chambre, s'assoit en face de la coiffeuse et branche le sèche-cheveux.

– Eh bien voilà ! dit-elle, ravie, en regardant ses cheveux secs. C'est encore mieux que je ne l'aurais espéré. Je ne suis pas blonde californienne, ni blonde vénitienne mais blonde parisienne ! J'ai hâte que tout le monde découvre ma nouvelle tête. Ils vont être sacrément surpris par ma transformation !

Lisa regarde l'horloge, affolée. La coloration lui a pris beaucoup plus de temps que prévu et vu l'heure, il n'est plus question de passer à l'atelier avant le dîner. Elle verra Marc en fin de soirée mais uniquement en coup de vent. Il ne faudrait tout de même pas qu'il se fasse des idées !

Elle ouvre son armoire, indécise. Carla ne lui a pas précisé le code vestimentaire du dîner mais il doit encore s'agir d'un de ces repas ennuyeux où les invités ont l'âge d'un excellent cognac, jouent au golf le week-end, s'horrifient des derniers sondages du Président tout en déclamant que Saint Barth n'est plus ce qu'elle était. Dans le doute, la petite robe noire s'impose. Celle achetée aux Galeries Lafayette sera parfaite pour l'occasion : elle est chic et intemporelle mais sa coupe est extrêmement flatteuse…

Lisa déballe les sacs du grand magasin sans la trouver. Elle renverse alors toutes ses emplettes sur son lit pensant l'avoir peut-être glissée ailleurs et fouille parmi les monceaux de vêtements entassés. Mais, mince, où est passée cette robe ?…

Oh misère ! se rappelle-t-elle. Je l'ai oubliée dans la cabine d'essayage ! Mais, qu'est-ce que je vais porter ? Je n'ai rien à me mettre ! s'écrie-t-elle en regardant les dizaines de sacs déballés sur son lit et en ouvrant placards et tiroirs débordants d'habits.

Lisa sourit : un pretty-woman s'impose !

Adolescentes, avant de sortir en boîte de nuit, Lisa, Carla et Marie se réunissaient et passaient des heures à essayer différentes tenues en écoutant la chanson de Roy Orbison en boucle. Inévitablement, elles rejoignaient leurs amis en retard mais, pour elles, la soirée avait commencé aux premiers accords de la B.O. de leur scène fétiche.

Lisa branche son lecteur Mp3 et sourit en entendant la mélodie qui lui rappelle tant de bons souvenirs. Elle balance la tête au rythme de la musique et fait glisser son peignoir à ses pieds. Nue devant le miroir, regrettant encore une fois de ne pas avoir les jambes de la doublure de Julia Roberts, elle esquisse un pas de cha-cha-cha et choisit parmi sa lingerie un ensemble en dentelle au soutien-gorge légèrement rembourré.

Après avoir essayé des dizaines de tenues différentes et examiné son reflet dans le miroir : trop jour, trop *working girl*, trop habillé…, Lisa se rappelle avoir essayé la même petite robe noire mais couleur crème. Elle fouille parmi la montagne de vêtements, priant le dieu de la mode d'avoir pensé à l'emporter aux caisses et, de joie, fait un double tour de salsa en la trouvant.

  – Cette robe est parfaite ! Elle fait même ressortir ma nouvelle couleur ! affirme-t-elle en se regardant dans le miroir.

Lisa n'hésite pas un instant pour les chaussures. Il y a trois mois, pour se remonter le moral après que Marc l'ait quittée, elle a craqué sur une paire de sandales Jimmy Choo qu'elle n'a encore jamais portée. Ce soir est l'occasion rêvée !

Elle finalise ses derniers préparatifs et, ravie de son allure, fait un clin d'œil à son reflet.

  – Je suis prête, s'exclame-t-elle en éteignant la musique.

Décidément, il n'y a rien de mieux qu'un pretty-woman pour commencer la soirée en beauté.

La beauté d'une femme tient à l'idée qu'elle s'en fait.
Clémence de Biéville, *Le Meilleur des mariages*

Lisa raffole du printemps, cette saison pleine de promesses où chaque bourgeonnement, chaque éclosion est une ode à l'espérance. Les minutes de soleil en plus chassent les mauvais jours d'hiver et la nature s'éveille de nouveau à la vie. Mais ce qu'elle adore par-dessus tout est de sentir les rayons du soleil, juste avant qu'ils ne déclinent, chatouiller délicatement ses narines. Elle aimerait profiter de la douceur de l'air pour se promener dans Paris ou s'asseoir à une terrasse siroter un verre de rosé mais ce sera pour une autre fois, Carla l'attend depuis déjà un petit moment.

Lisa se dirige vers la station de taxis comptant gagner quelques minutes et, dès ses premiers pas, quelque chose d'inattendu se produit en elle : elle se sent sexy. Sa démarche confirme son impression d'être une autre femme : son port de tête est devenu altier et ses hanches remuent sensuellement aux rythmes de ses pas. Des passants s'arrêtent à son passage complimentant son allure et, généreuse, Lisa leur accorde un sourire. C'est vraiment vrai, alors ! Les hommes préfèrent les blondes ! pense-t-elle mi-figue mi-raisin. Mais elle ne peut s'étiqueter ainsi sans l'aval de ses pairs. Elle remarque une petite blonde frisée qui avance dans sa direction et lui offre son plus beau sourire. La jeune femme, toute mignonne, lui répond par un petit clin d'œil. Lisa se retient pour ne pas sauter de joie. Je fais partie du club !

Arrivée à la station de taxis, sa démarche a effectivement changé. Elle peut à peine mettre un pied devant l'autre et le seul sourire affiché sur son visage est un rictus de douleur. Plus jamais, elle n'achètera de chaussures trop petites !

Lisa s'assoit à l'arrière d'un taxi et donne l'adresse de Carla au chauffeur. Elle ne l'a pas vue depuis près d'une semaine et a hâte de lui raconter de vive voix tout ce qui s'est passé depuis son départ. Lorsque celle-ci la rejoint dans la voiture, elle réalise à quel point son amie lui a manqué durant ces derniers jours et lui tombe dans les bras. Carla la regarde, l'air taquin.

    –   Avoue, tu as fait ta pretty woman !

    — Qu'est-ce qui te fait penser ça ? demande Lisa avec un petit sourire coupable.

    — Tu ressembles à une star de ciné à sa première montée des marches et tu as plus d'une heure de retard !

    — Bon, je l'admets. Je n'ai pas pu résister. À part ça, tu ne remarques rien de nouveau chez moi ?

    — Tu plaisantes ! C'est la première chose que j'ai vue quand je suis entrée dans le taxi ! Je n'ai qu'un mot : magnifique ! Tu n'aurais pas pu mieux choisir !

    — Vraiment ? s'étonne Lisa enchantée de la réaction de son amie.

    — Où les as-tu trouvées ? Je pensais qu'elles n'existaient qu'en 37.

    — Qu'en 37 ? Mais, de quoi parles-tu ?

    — Ben, de tes Jimmy Choo ! J'ai fait tous les magasins imaginables pour les trouver à ma pointure. J'ai même téléphoné au siège social. Impossible ! On m'a dit qu'elles n'existaient qu'en 37, en hommage à Sarah Jessica Parker. Mais, tu fais cette pointure, toi ?

    — Euh non… murmure Lisa en jaugeant ses pieds qui sont à la limite de rendre l'âme. Et en dehors de mes chaussures, tu ne vois rien de changé ?
Elle caresse sa chevelure afin de lui donner un indice.

    — Je te trouve particulièrement jolie ce soir, ma chère Lisa. Ta robe te va ravir, une nouvelle acquisition ?

    — Oui, je l'ai achetée pendant mon défi shopping.

    — Très bon choix !

    — Mais, tu ne me trouves pas différente ? Regarde bien ! insiste Lisa en mettant une mèche de cheveux à travers son visage.

    — Tu as changé de fond de teint ?

    — Mais, non ! Mes cheveux !

    — Quoi tes cheveux ? Tu les as lavés ?

    — Tu ne vois pas que je suis blonde ?

    — Ah ! Mais, je l'ai toujours su, ma chérie ! déclare Carla avec un sourire narquois. Brune à l'extérieur mais blonde à l'intérieur…

Lisa pousse un soupir de désespoir. Son amie a clairement un problème pour discerner les couleurs. Elle est peut-être en train de virer daltonienne !

—   On va demander au chauffeur ; lui, au moins, aura un avis objectif. Monsieur…

Le taxi la regarde à travers le rétroviseur.

—   …Est-ce que mes cheveux sont blonds ?

Il hésite un instant, ne sachant que répondre pour la satisfaire.

—   Vous savez brunes, blondes, rousses, moi, je les aime toutes, répond-il philosophe.

—   Oui, mais mes cheveux ?

—   Auprès de ma femme, qui a la tignasse la plus sombre qui existe, vous passeriez facilement pour une blonde. La Joconde aussi, d'ailleurs !

—   Ah, merci. Tu as vu ? affirme Lisa avec fierté. Il a dit que j'étais blonde !

Carla lève les yeux au ciel. Ce n'est pas la peine de lutter, de toute façon Lisa ne lâchera pas le morceau avant d'avoir entendu les mots souhaités.

—   Bien sûr, ma loupiote, si ça te fait plaisir, tu es blonde ! Contente ?

—   Ah ben, merci ! J'ai eu peur un instant que tu aies des problèmes de vue !

—   En parlant de problème, qu'est-ce qu'elle a Marie en ce moment ?

—   De quoi parles-tu ? Marie a des problèmes ? s'inquiète Lisa.

—   Tu as vu ce qu'elle met aux pieds !

—   Ah ! respire Lisa soulagée. Elle est dans sa période espadrilles ! Elle va en porter jusqu'à la fin de sa grossesse. Tu te souviens quand elle attendait Yanis ? Elle faisait faire des kilomètres à Étienne pour aller à Chaussland. Elle reviendra à la normale après l'accouchement…

—   Et on ne peut rien faire en attendant ?

—   Oh non ! Il n'y a rien d'autre à faire qu'attendre…

Les deux amies hochent la tête, résignées. Lisa regarde par la vitre les platanes de l'avenue Kléber défiler.

—   En fait, tu ne m'as dit où nous allions…

    –   On va chez Alain et Sophie Quatrefages. Hubert ne les connaît pas personnellement mais il pense qu'ils peuvent être des clients potentiels pour sa société et m'a demandé de les rencontrer. Je te préviens, les sujets de discussion seront probablement autour de la crise financière. Mais, d'après l'associé d'Hubert, leurs cocktails dînatoires du vendredi soir sont une institution et la cuisine y est exquise…

    –   Ouais, soupire Lisa.

La soirée s'annonce plus qu'excitante !

Je ne mange pas d'huîtres. Je veux que mes aliments soient morts. Ni malades, ni blessés, simplement morts.
Woody Allen

Carla sonne à l'interphone. À peine a-t-elle le temps de décliner son identité que le petit buzz de la porte d'entrée retentit. Les deux amies entrent dans le minuscule ascenseur et sont rejointes par un couple suant à grosses gouttes. L'homme se presse contre sa compagne et s'excuse profusément de serrer les deux jeunes femmes de trop près. Lisa se colle à son amie grommelant dans sa barbe qu'ils auraient pu attendre le retour de l'ascenseur tandis que Carla, impassible et courtoise, leur demande l'étage.

— Quatrième, répond l'homme en s'essuyant le front du revers de la manche.

Lisa et Carla échangent un regard.

— Vous allez aussi chez les Quatrefages ? s'enquiert cette dernière.

— C'est exact, répond la femme en sortant sa bouche de l'aisselle de son compagnon. Normalement, nous sommes toujours à l'heure mais cette satanée grève de la SNCF nous a mis en retard. Nous montons à Paris une fois par mois pour l'occasion, vous voyez, on ne veut rien manquer… Mon mari aimerait venir tous les vendredis, c'est un gourmand !

Elle tapote tendrement le torse de son époux.

— On ne vous y a jamais vues, vous venez pour la première fois ?

Lisa hoche la tête en pensant que cela sera sûrement la dernière. La dame lui fait un coup de coude aussi élégant qu'une passe de rugby :

— Ne vous inquiétez pas, tout va bien se passer. Moi aussi, j'étais très nerveuse au début. Tu te souviens, chéri ? demande-t-elle à son mari en lui faisant un baiser gluant qui n'en finit pas.

Lisa, mal à l'aise devant la voracité de leur affection, détourne le regard vers Carla qui refoule un fou rire. Elles poussent de concert un long soupir de soulagement quand la porte de l'ascenseur s'ouvre enfin.

Le petit groupe est accueilli par une magnifique blonde d'une cinquantaine d'années, gainée dans un fourreau de soie noir découvrant largement une poitrine 100 % naturelle. Comme quoi ! songe Lisa avec un petit sourire.

    – Carla ! s'écrie Sophie Quatrefages en déclinant gentiment la main tendue avec un petit son signifiant « pas de chichis entre nous ». On m'avait dit que la femme d'Hubert était magnifique mais votre beauté surpasse en tout point mes espérances !

Carla tente de lui rendre le compliment mais Sophie ne lui en laisse pas le temps et l'embrasse chaleureusement sur les deux joues.

    – Comment va votre mari ? J'aurais tellement aimé le rencontrer ! Mais, mon petit doigt me dit que votre célibat d'un soir ne fera pas que des malheureux ! Et comme les jolies femmes vont toujours de paire, Lisa, je suppose ? Et les Duliviers ! Mes amis préférés du Cap-Ferret ! Vous avez fait bon voyage ?

Sophie achève son offrande de bises sonores et pousse les invités dans l'appartement. En dehors de sa flagrante beauté, Lisa est charmée par la chaleur et la gentillesse de leur hôtesse. En quelques sourires et paroles bien pensées, elle les a reçus comme des amis de 30 ans, ou plutôt 29 et demie.

    – Excusez-moi, je n'ai même pas fait les présentations ! Mais est-ce bien nécessaire ? Notre ascenseur est le meilleur endroit pour se connaître intimement ! badine la maîtresse de maison.

Le couple regarde Lisa avec un sourire qui la laisse perplexe.

    – Entrez donc ! On ne va pas faire la party dans l'entrée. Enfin, pas tout de suite !

Sophie éclate d'un grand éclat de rire et les guide à l'intérieur.

L'appartement est à l'image de l'hôtesse : luxueux et pétillant. La décoration, subtile et originale, mêle mobilier d'époque et pièces au style plus contemporain. Le grand lustre de cristal qui trône au milieu du salon diffuse une lumière tamisée. En fond sonore, de vieux airs de jazz s'harmonisent à la mélodie des différentes conversations.

Confirmant les soupçons de Lisa, la vingtaine d'invités, tous habillés en tenues de soirée, frôle la cinquantaine. Mais, à sa grande surprise, l'ambiance, loin d'être suffisante et ennuyeuse, respire un je-ne-sais-quoi de liberté.

– Il n'y a que des couples, murmure Lisa à son amie en regardant autour d'elle.

– Mais, nous aussi nous sommes deux !

Carla la prend par le bras et toutes deux rejoignent Sophie et son mari, qui leur font signe de la main. Parmi les petits groupes répartis dans le salon, Lisa reconnaît un animateur de télévision à succès qui interrompt sa conversation à leur passage, et deux ou trois autres têtes connues. Elle accepte de bon cœur la coupe de champagne que lui offre Sophie et se mêle aux invités. Lisa écoute patiemment un homme d'affaires lui conseiller d'investir dans les énergies renouvelables, lorsqu'elle manque de s'étouffer en apercevant au fond du salon *Le grand cirque* de Chagall. Ne résistant pas, elle s'excuse, sans regret, auprès de l'écolo, et se faufile vers la toile, dont elle n'avait vu jusque-là que la reproduction sur papier glacé.

Alain Quatrefages embrasse son épouse sur la joue et rejoint Lisa à l'autre bout du salon.

– Si, si, c'est bien un original ! Je parle de l'acquéreur, bien sûr, pas du tableau !

Lisa se retourne et éclate de rire. Elle n'a aucun doute que l'huile sur toile devant ses yeux est bien celle vendu à Sotheby's, il y a quelques années, pour plusieurs millions d'euros.

Avec un débit de paroles qui rappelle celui de son épouse, Alain explique avec des yeux d'enfant sa passion pour la peinture. Lisa découvre que les Quatrefages sont férus d'art moderne et souhaitent de plus en plus s'ouvrir vers la jeune génération. L'occasion est trop belle pour ne pas la saisir et Lisa s'empresse de les inviter, lui et sa femme, à découvrir les artistes qu'elle représente lors de la réouverture de sa galerie à la fin du mois prochain. Très intéressé, Alain scelle leur accord avec une nouvelle coupe de champagne.

– Nous possédons un carnet de croquis érotiques de Picasso que nous gardons précieusement dans le petit salon rouge. Cela vous ferait-il plaisir de le feuilleter ? chuchote-t-il avec un clin d'œil.

Lisa s'apprête à lui répondre combien cette proposition la met en joie quand Sophie, accompagnée d'un de ses convives les interrompt.

– Faisal vient d'arriver, mon amour, et tu sais combien j'ai attendu sa venue toute la semaine. Lisa, pendant que je vous emprunte mon mari, laissez-moi vous présenter Victor qui meurt d'envie de vous connaître. Il m'a demandé votre exclusivité mais je pense qu'une femme devrait toujours être entourée de plusieurs hommes, n'est-ce pas, mon chéri ?

– Enfin, tu sais bien que je pense tout le contraire ! Mais, que ne ferais-je pas pour combler mon épouse bien aimée ?

Alain embrasse Sophie dans le cou et tous deux rient aux éclats. Cette dernière chuchote à l'oreille de Lisa :

– Victor est très intéressant mais si vous vous lassez, faites-moi un signe. Je serai dans le petit salon rouge. Pourquoi seuls les invités auraient-ils le droit de s'amuser ? glousse Sophie.

Elle prend la main de son mari et se dirige vers un homme à l'élégante chevelure poivre et sel.

Lisa sourit à Victor et cherche Carla du regard. Celle-ci discute avec l'animateur télé qui semble user de tous ses charmes pour lui décrocher un sourire.

– Oh, j'oubliais ! N'oubliez pas de goûter au buffet. Les huîtres sont fabuleuses, vous m'en direz des nouvelles, lance Sophie en se retournant.

Au mot huître, les jambes de Lisa se mettent à trembler. Elle n'en a plus peur depuis longtemps mais par mesure de précaution, préfère éviter de s'en approcher de trop près. Après tout, les huîtres sont vivantes ! Et avec tout ce qu'ils déversent dans la mer aujourd'hui, il ne serait pas surprenant qu'il en existe des mutantes. Elles pourraient bondir comme des mygales et l'attaquer pour la manger toute crue. Être gobée par une huître, quel cruel destin !

Lisa avait entendu des histoires terrifiantes dans son enfance. Une année, alors qu'elle n'avait pas sept ans, son frère, pour lui prouver que les huîtres étaient bel et bien vivantes, avait versé quelques gouttes de jus de citron sur une huître que leur père venait d'ouvrir. À sa plus grande horreur, Lisa avait vu la masse gluante bouger. Charles lui raconta alors que les mollusques, une fois gobés, s'accrochaient à l'intérieur de l'estomac, et essayaient de regagner la surface coûte que coûte, en grimpant le long de l'œsophage.

Chaque Noël, son frère lui révélait une histoire plus horrible encore que le Noël précédant : l'huître pouvait se reproduire à l'intérieur de son estomac et si elle avait le malheur d'avaler à la suite une huître garçon et une huître fille, quelques minutes plus tard, des bébés huîtres naîtraient dans son ventre et elle serait obligée de se jeter dans les toilettes pour rejoindre l'océan.

À 10 ans, Lisa s'était promis de ne finir, en aucun cas, dans de telles conditions et juré de ne jamais manger d'huîtres de sa vie. Mais à 20 ans, elle avait décidé de mettre aux oubliettes ses peurs infondées en mettant ce défi sur sa liste.

Affrontant son angoisse - après tout, ce n'est pas la mer à boire !- elle lance un regard au plateau de fruits de mer mais prend conscience, à la vue des grosses huîtres visqueuses et satinées, que ce n'est toujours pas aujourd'hui qu'elle accomplira ce défi. Ce n'est pas grave, se rassure-t-elle tant bien que mal, il lui reste encore trois semaines avant son anniversaire et c'est largement suffisant pour vaincre les dernières bribes de ses frayeurs passées ! D'ailleurs, son poissonnier en a des beaucoup plus fines. Elle y fera un tour la semaine prochaine. Promis !

Victor se révèle être d'excellente compagnie. Après lui avoir présenté son épouse, qui les a rapidement fuis pour se précipiter vers une des célébrités, il dévoile à Lisa quelques indiscrétions sur certains invités. Elle apprend que les Duliviers, bien que se faisant passer pour mari et femme, sont en fait patron et secrétaire. Elle découvre également que leur hôtesse est jalouse comme un pou et qu'Alain Quatrefages n'a d'autre choix que de filer droit et subir ses caprices sinon c'est la porte, sans un sou. Lisa l'écoute, étonnée et amusée, plus attentive, toutefois, aux borborygmes de son estomac qu'à ses paroles.

– Les mets ont l'air particulièrement tentants ce soir, lance Victor ayant probablement entendu l'un de ces gargouillements. Ma préférence va aux huîtres. Elles sont charnues et juteuses, comme je les aime…

Il lustre des yeux la poitrine de Lisa qui, sous l'effet de l'appétit, ne remarque que le buffet. Il est vrai que les plats présentés mettent l'eau à la bouche : nages de saint-jacques poêlées au gingembre, aumônières de queues d'écrevisse à la truffe, pointes d'asperge et sa sauce safran, artichauts sucrés salés aux quatre épices et pleins d'autres savoureux délices. Elle souhaiterait s'avancer vers le buffet mais la présence des huîtres la paralyse. Victor, semblant lire dans ses pensées, vient à son secours :

    — Asseyez-vous sur le petit canapé de velours. Je nous prépare une petite sélection et je vous rejoins.

Lisa, reconnaissante, s'exécute non sans mal. Les coupes de champagne enchaînées à jeun depuis plus d'une heure et demie commencent à faire leur effet. Elle cherche Carla et remarque, en parcourant le salon du regard, que l'ambiance est davantage feutrée. La lumière semble plus tamisée qu'en début de soirée et les éclats de rire ont fait place à des chuchotements. Carla, qui semble avoir abandonné l'animateur de télévision au profit d'un couple, sourit à ses interlocuteurs. Lisa imagine que grâce à sa femme, Hubert décrochera deux ou trois contrats en plus de celui des Quatrefages.

    — Fermez les yeux et ouvrez la bouche ! C'est un petit rituel… Avoir les yeux clos intensifie les différentes saveurs des plats. Faites-moi confiance, murmure Victor en remarquant la gêne de Lisa, je promets de ne pas vous embrasser !

Lisa lui fait une tape à l'épaule et pouffe de rire. Le champagne la rendant coopérative, elle ne trouve que des avantages à être nourrie par autrui et puis, ce mois-ci n'est-il pas celui de nouvelles expériences ? Elle prend une gorgée de sa quatrième ou cinquième coupe de champagne et sourit en fermant les yeux. Victor lui met une petite bouchée entre les lèvres.

    — Vous aimez ? demande-t-il en regardant son visage légèrement rosi.

    — Mmm, susurre-t-elle en savourant la texture moelleuse et encore chaude du blinis qui contraste avec la fraîcheur et le croquant du caviar.

Sophie, de retour du salon rouge, papillonne de groupe en groupe et remplit les coupes vides en ayant un sourire pour chacun. Victor lui lance un regard évocateur et retourne au contentement gustatif de sa partenaire. Lisa se sent comme Cléopâtre, trop paresseuse pour porter les aliments à sa bouche, et découvre qu'être nourrie les yeux fermés rajoute au plaisir des mets. Les asperges sont fondantes et croquantes, la sauce relevée au safran réchauffe le palais. Les queues d'écrevisse sublimées par le léger goût de noisette de la truffe titillent ses papilles et les noix de saint-jacques se marient à merveille avec le gingembre. Chaque nouveau plat est une explosion de saveurs.

  – Mmm, c'est excellent ! s'exclame Lisa en recevant une nouvelle bouchée des mains de Victor. Par contre, je n'arrive pas à reconnaître le goût…

Elle est tentée un instant d'ouvrir les yeux mais ce ne serait pas du jeu. Elle discerne toutefois l'échalote et l'acidité du vinaigre mais l'ingrédient principal est une nouvelle sensation. Il est doux en bouche, ferme tout en étant mou et Lisa a l'impression de goûter la mer. Ce ne peut être les saint-jacques ni le caviar, cela n'a pas la texture de l'écrevisse. Elle n'a peut-être pas regardé tous les plats, à moins que cela ne soit…

Elle ouvre les yeux et voit une coquille vide dans la main de Victor.

  – Une huître ? ! Vous m'avez fait avaler une huître !

  – Oui ! J'ai vu que vous les regardiez tout à l'heure. J'ai donc gardé le meilleur pour la fin… À votre expression quand vous la mangiez, vous aviez l'air de vous délecter. C'est plaisant de voir une femme apprécier les bonnes choses de la vie. C'est rare, ces temps-ci… dit-il en se caressant la cheville.

Lisa sait parfaitement que l'huître ne remontera pas le long de son tube digestif. Mais une part d'elle y croit encore un peu. Par précaution, elle finit sa coupe de champagne d'un trait afin d'être sûre de la noyer une fois pour toutes. Rassurée, elle est surprise de découvrir que tout compte fait, elle adore les huîtres ! Comment ai-je fait pour me passer de ces petites choses pendant si longtemps ?

  – Vive les huîtres ! crie-t-elle en riant.

Victor sourit et lui ressert un peu de champagne. Lisa ne refuse pas mais se dit que ce sera la dernière coupe. Cela fait combien, déjà ? Quatre ou cinq ou peut-être sept ? Oh cela n'a pas d'importance. De toute façon, je ne conduis pas, pense-t-elle en gloussant toute seule. Vive les huîtres !

    – Je crois que vous êtes prête pour le dessert, susurre Victor.

    – Oh oui, le dessert ! Le dessert !

    – Les Quatrefages le servent traditionnellement dans le petit salon rouge, ajoute-t-il.

Si les desserts sont aussi bons que les plats, je reviens tous les vendredis ! songe Lisa en titubant légèrement lorsque Victor l'aide à se relever du canapé.

Ils traversent le salon et Lisa réalise qu'il est à moitié vide. Même Carla, entraperçue avec l'homme à la chevelure poivre et sel deux minutes auparavant, n'y est plus.

    – Où est passé le reste des invités ? demande-t-elle.

    – Au petit salon rouge, bien sûr !

Lisa songe que Victor l'a si gentiment accaparée toute la soirée qu'elle n'a pas vu que la soirée battait son plein ailleurs. Elle prend appui sur le bras de son hôte et hâte son pas vacillant. Elle, aussi, veut s'amuser !

Carla entre précipitamment dans la salle de réception et regarde dans tous les sens. Lisa a rarement vu son amie avec une lueur aussi étrange dans les yeux.

    – Carla ! s'écrie-t-elle en l'interpellant. Tout va bien ?

    – Ah ! Lisa ! Je te cherchais ! Viens, on y va !

    – Déjà ? Mais, on allait au petit salon rouge goûter aux desserts ! N'est-ce pas, Victor ?

Carla lance un regard meurtrier à ce dernier et le détache brutalement du bras de son amie. Lisa la dévisage, stupéfaite, puis se tourne vers Victor qui fuit son regard et pousse un petit rire gêné, tel un petit garçon surpris les doigts dans un pot de confiture.

    – Que se passe-t-il ? demande Lisa d'une voix enivrée.

Victor marche vers le fond du salon et fait un geste de la main, l'invitant à le rejoindre.

    – Venez, venez donc voir…susurre-t-il avant de disparaître dans le couloir.

La curiosité de Lisa est si pressante qu'elle se précipite, chancelante, pour suivre Victor, avant même que son amie n'ait le temps de l'en empêcher.

Arrivée dans le couloir, elle s'arrête devant une étrange porte en bois d'ébène. Que peut-il bien se cacher derrière pour que Carla soit dans un état pareil ? Lisa se retourne et voit son amie lui crier de revenir. Lorsque Victor ouvre lentement l'épaisse porte gravée, elle cède à la tentation et jette un coup d'œil à l'intérieur du salon rouge. Au premier abord, elle ne distingue qu'une faible lumière écarlate. Elle pénètre plus profondément à l'intérieur de la pièce :

    – Oh !

Victor ferme la lourde porte derrière elle.

    – Carla ! crie Lisa dans un souffle, les yeux grands fermés.

L'effet de l'ivresse est d'abolir les scrupules du sentiment
Alain, *Les aventures du cœur*

— Mon dieu, Lisa ! Pourquoi as-tu bu autant ? houspille Carla en fermant derrière elle la porte d'entrée de l'appartement des Quatrefages.

— Je n'ai pas bu beaucoup ! Juste une coupe ! Mais, à chaque fois, elle était pleine !

Lisa vacille et Carla la soutient par la taille en la guidant dans l'ascenseur. À peine entrée, Lisa se laisse glisser contre la cabine, s'accroupit à même le sol et gémit en fermant les yeux.

— Oh, je ne me sens pas bien ! Tout tourne autour de moi, je crois que j'ai le mal de mer…

Carla l'observe, affligée. Elle n'a pas vu son amie si mal en point depuis un bon bout de temps. Une fois arrivées au rez-de-chaussée, elle traîne Lisa tant bien que mal de l'ascenseur et la conduit vers la sortie en lui évitant de justesse de se cogner contre le montant de la porte.

Une seconde après avoir goûté à l'air vivifiant de la nuit, Lisa s'écroule contre le muret de béton de l'immeuble et prend sa tête entre ses deux mains.

— Oh là là… Ce sont les huîtres ! Elles veulent retourner à la mer ! Regarde, la terre tangue…

— Mais non, c'est le champagne, ma chérie ! Reste ici, je vais essayer de trouver un taxi.

Lisa ferme les paupières pour se concentrer sur d'autres pensées et sursaute en sentant sa pochette vibrer.

— Toi aussi tu as le mal de mer ? Tu as mangé des huîtres ?

Le petit sac émet un petit bip provoquant un grand fou rire chez Lisa. Elle cherche autour d'elle un témoin ayant lui aussi entendu son sac lui répondre mais prend conscience, au deuxième bip, qu'il s'agit de la sonnerie de sa messagerie. Elle pose le téléphone à l'envers sur son oreille.

— Allô, Allô…

— *Vous avez seize messages.*

— Seize messages ! s'exclame-t-elle. Mais, qui peut bien m'appeler autant ?

Lisa remet le portable à l'endroit et réussit miraculeusement à appuyer sur la bonne touche du bout de son menton pour écouter sa messagerie.

1. *Salut bébé, je t'appelle pour savoir à quelle heure tu passes ce soir.*

    – Mon Marcounet, ton petit bébé arrive !

2. *Bébé, j'attends ton appel. Je suis toujours à l'atelier. Rappelle-moi. Tu me manques.*

    – Moi, tu me manques plus, marcassin !

3. *Lisa, tu as laissé ton portable à la maison ou quoi ? Rappelle-moi !*

    – Mais, non ! Qu'est-ce que tu racontes ? Je ne pourrais pas t'écouter sinon. Tu es trop drôle, s'écrie-t-elle en pouffant de rire.

4. *Lisa, mais qu'est-ce que tu fous ? Ça doit être le dixième message que je te laisse. Rappelle-moi dès que tu as ce message.*

    – Ce n'est pas le dixième ! La dame, elle a dit que c'était le quatrième ! Marc, il sait pas compter ! Marc, il sait pas compter ! Nananananère !

5. *Bébé, ça fait trois heures que j'essaie de te joindre. Je passe chez toi pour voir si tout va bien.*

    – Mais, oui ! La vie est belle ! Ça vacille un peu quand même ! S'il vous plaît, arrêtez de bouger, dit-elle aux objets environnants.

6. *Tu es où, bordel ?*

    – Ouh, Ouh, crie-t-elle en faisant un geste de la main. Je suis ici, tu ne me vois pas ?

7. *Lisa ma chérie, c'est ta maman. Marc est passé à la maison fou d'inquiétude. Qu'est-ce que tu as encore fait à ce pauvre garçon ? N'oublie pas de retirer ton courrier dans ta boîte aux lettres. Je t'embrasse. C'était maman.*

    – Oh là là, maman ! Je n'ai plus huit ans ! Combien de fois faudra-t-il que je te le répète ? Je vais avoir 30 ans. Bouh ouh… Je vais avoir 30 ans. Bouh ouh. Je veux pas ! Je veux pas ! sanglote-t-elle.

8. *Lisa, c'est Marie. Marc vient d'appeler. Je ne savais pas si je devais lui dire que tu étais avec Carla donc je ne lui ai*

rien dit. J'ai bien fait, non ? Appelle-le. Il avait l'air super
inquiet. Appelle-moi après, je ne dors pas encore.

– Je t'appelle tout de suite, ma Marinette adorée.

Lisa sèche ses larmes du revers de la main et étale son mascara
sur ses deux joues.

9. *Lisa, personne ne sait où tu es. Tu ne peux pas disparaître*
   et laisser les gens qui t'aiment sans nouvelles. Rappelle-
   moi !

– Mais, je n'ai pas disparu ! C'est toi qui es parti ! Je
suis là. Mais, toi, pourquoi tu n'étais pas là quand j'avais
besoin de toi ?

10. *Mademoiselle Mandi, ici le commissariat du onzième*
    arrondissement. Votre fiancé nous a fait part de votre
    disparition. Veuillez vous présenter au commissariat de
    toute urgence.

– Mon fiancé ? Mais, je ne suis pas fiancée ! Je n'ai
même pas de petit ami ! Bouh, je suis vieille et célibataire. Je
vais finir vieille fille ! Bouh Bouh…

11. *…*

12. *Lisa, c'est bon, j'ai compris le message. Si tu veux que je*
    disparaisse de ta vie, alors je disparaîtrai. Mais, reviens.

– « Ça s'en va et ça revient, C'est fait de tout petit rien,
na na na nanananananana Comme une chanson populaire »

Lisa glousse et essaie de remuer la tête en rythme mais arrête
après quelques instants en sentant son estomac remonter.

13. *C'est maman. C'était pour te rappeler d'aller retirer tes*
    chemises à la teinturerie. C'était maman.

– Oh oui, mes chemises ! Merci maman, tu es la
meilleure !

14. *C'est ton grand frère. C'est quoi cette histoire, tu as*
    disparu ? Le Père Noël existe ! Enfin, mon vœu s'est
    réalisé ! Tu as mis le temps, ça fait 30 ans que j'attends ce
    moment ! Bon, rappelle-moi, petite sœur. Si tu as disparu
    pour de vrai, ce n'est pas très sympa !

– Ben oui, Papa Noël existe ! Moi, je l'ai toujours su ! Je
le vois d'ailleurs, il est devant moi. Salut Papa Noël ! dit-elle au
taxi garé devant elle.

15. *Bébé, c'était Marc… Je voulais juste te dire…*

    – « Que je m'en vais et tes larmes n'y pourront rien changer… »

Le taxi klaxonne. Lisa lui fait un salut de la main. Il klaxonne de nouveau. Elle le regarde sans bouger. Carla sort la tête de la fenêtre de la voiture :

    – Lisa, tu viens ?

    – Ah, Carla ! Tu es là !

Lisa reste assise contre le muret et sourit à tue-tête. Carla descend de la voiture et la traîne jusqu'au siège arrière.

    – Alors, là, bonjour les dégâts ! dit cette dernière lorsque son amie s'écroule sur ses genoux. Je te jure, Lisa, si tu salis ma robe, ça va être ta fête !

    – Votre amie, elle va bien ? ronchonne le taxi à la barbe blanche. Parce que moi, je ne veux pas de cochonneries sur ma banquette !

Carla rassure le chauffeur et caresse tendrement la chevelure de Lisa, en pensant qu'elle aurait besoin d'un bon masque capillaire.

    – Oh, arrête de tourner, s'il te plaît. Reste immobile, juste un peu. Oh ma tête ! murmure Lisa en fermant les yeux.

Son téléphone sonne, Carla le retire de sa main et répond :

    – Lisa, enfin !

    – Non, c'est Carla.

    – Carla ? Que fais-tu avec le portable de Lisa ? Tu n'es pas à Londres ?

    – Non, visiblement. Qui est à l'appareil ?

    – C'est Marc.

Carla reste silencieuse un moment.

    – Je te croyais au Venezuela, à la recherche de ton inspiration perdue ? lache-t-elle. L'air de Paris n'entrave plus ta liberté créatrice ?

    – Je suis rentré avant-hier. Lisa ne t'a rien dit ?

    – Non, elle a sûrement jugé que tu n'en valais pas la peine.

    – Elle est où ?

    – Qui ?

    – Lisa ! Qui donc ?

    – Elle est près de moi.

    – Passe-la moi !

— Ah, non ! Je ne pense pas que cela ne va pas être possible.

— Écoute Carla, je n'ai pas envie de me battre avec toi. Notre histoire ne te regarde pas ! Passe-moi Lisa !

— Non.

— Passe-moi Lisa, Carla !

— Écoute-moi bien, Marc. Ne l'appelle plus, tu m'entends. Fiche-lui la paix !

Carla raccroche. Le portable sonne à nouveau. Elle éteint le téléphone.

— C'était qui ? chuchote Lisa.

— C'était Marc.

— Ah Marcoulinetto…

Lisa met son pouce dans la bouche et s'endort sur les genoux de son amie.

— Je comprends mieux maintenant pourquoi tu t'es mise dans un état pareil… murmure Carla en caressant la joue de son amie. On fera juste un stop finalement, annonce-t-elle au chauffeur.

C'est la compagnie des autres femmes qui pousse beaucoup de femmes à se marier.
Alain de Botton, *Portrait d'une jeune fille anglaise*

Mmm, comme il est grand mon lit. Je peux me mettre complètement en travers sans tomber ! Lisa, les yeux fermés, étale son corps en étoile. Je reste encore un tout petit peu au chaud et puis je me lève. Du bout des doigts, elle remonte le drap sur son visage et s'emmitoufle à l'intérieur. Mmm, comme elle est soyeuse ma couette ! Ça doit être mon nouvel assouplissant aux protéines de soie du Bengale. Je devrais l'essayer sur mes cheveux. Ils seront peut-être encore plus doux ! Lisa s'étire voluptueusement et entrouvre légèrement les paupières.

    – Mais, ce n'est pas ma couette…
Elle écarquille les yeux.

    – Mais, ce n'est pas mon lit !
Affolée, elle se redresse sur le lit King size et regarde autour d'elle.

    – Mais, ce n'est pas chez moi !
La chambre est sombre. Seul de très faibles rayons de lumière transpercent les stores. Lisa arrive à peine à percevoir la forme des meubles.

    – Mais, où suis-je ?
Elle jette un rapide coup d'œil sous les draps de satin et constate qu'elle est entièrement nue. Prise d'un accès de panique, elle saisit un oreiller telle une arme et pousse un long soupir de soulagement en n'apercevant aucun monstre poilu ronflant à ses côtés.

    – Mon dieu ! Que m'est-il arrivé ?
Sur la table de chevet trônent un grand verre d'eau et deux comprimés.

    – Oh non, pas à moi ! crie Lisa en observant les cachets avec effroi. Ils ont dû me droguer et me traîner inconsciente dans cette maison. Je pensais que ça n'arrivait que dans les films ! Oh là là, il faut absolument que je parte d'ici !
Lisa se lève hâtivement et parcourt la pièce du regard à la recherche de ses vêtements. Oh mon crâne, j'ai l'impression qu'on me donne des coups de marteau sur la tête, probablement

un effet secondaire de la drogue ! Elle trouve au bord du lit une robe de chambre de soie rouge, l'enfile et relève les stores de la chambre. Le soleil vif du jour lui brûle les yeux. Elle détourne son visage un moment pour s'habituer à l'intensité de la lumière, regarde par la fenêtre et soupire, soulagée d'être toujours à Paris.

Des bribes de souvenirs commencent à rejaillir. Les Quatrefages, le caviar, le gingembre, les épices, les huîtres, le champagne, encore du champagne, Victor, du champagne, encore plus de champagne, le petit salon rouge… Non ! Pas le petit salon rouge ! pense-t-elle affolée en observant sa robe de chambre de soie rouge. Tous ces couples qui… et elle qui appelle

– Carla ! à sa rescousse.

La porte de la chambre s'ouvre brusquement.

– Ah, tu es enfin réveillée, ma chérie.

Lisa se précipite dans les bras de son amie. Tout lui redevient peu à peu familier. Elle est chez Carla ! Comment ne s'en est-elle pas rendue compte plus tôt ?

– Dis donc, tu es bien affectueuse le matin. Ne t'approche pas trop quand même. Tu as une haleine à faire pâlir un crocodile. Comment te sens-tu ? J'ai posé deux aspirines sur la table de chevet au cas où tu aurais la gueule de bois…

Elle lui tend le verre et les cachets effervescents. Lisa les avale d'une traite sans toucher à l'eau.

– Ça aurait aussi bien marché avec l'Évian, lui dit Carla maternelle.

Les deux amies s'assoient sur le lit.

– À propos d'hier… murmure Lisa.

– Je suis vraiment désolée ! Je te promets que je n'en savais rien. Hubert en était malade quand je lui ai raconté tout à l'heure…

– Qu'a dit Sophie lorsque nous sommes parties ?

– Elle nous invite vendredi prochain ! dit Carla avec un petit sourire.

– Et qu'as-tu répondu ?

– Qu'on y réfléchirait…

Elles éclatent toutes les deux de rire.

– Allez, prends ta douche pendant que je prépare le petit-déjeuner, somme Carla. Je veux que tu me racontes tout ce qui s'est passé depuis une semaine…

Elle embrasse Lisa sur le front et quitte la chambre.

Scones à la confiture de fraise, petits muffins natures, jus d'orange pressé et autres délicieuses gourmandises plus tentantes les unes que les autres, Carla a préparé un festin très british. Lisa tartine son petit pain de marmelade d'oranges amères pendant que son amie grignote un morceau de bacon.

– On pourrait se faire un Spa aujourd'hui ? propose Carla. Après la soirée d'hier, un peu de relaxation, suivie d'un bon massage à quatre mains, ne nous ferait pas de mal. Je te promets que les masseuses seront habillées !

Lisa se met à rire. La douche et l'aspirine ont fait leur effet et la soirée de la veille est déjà un vieux souvenir.

– Partante ! acquiesce-t-elle. Tu as un lieu en tête ?

– Fais-moi confiance princesse, Hubert m'a confié sa carte. Je crois qu'il se sent coupable de me laisser toute seule à Paris. Il a peur que je m'ennuie sans lui. Ah, les hommes, ils pensent tous qu'ils nous sont indispensables, dit rêveusement Carla.

Lisa sourit. Depuis qu'ils sont mariés, les rôles se sont complètement inversés. Maintenant c'est Hubert qui court après sa femme alors que pendant plus de dix ans, Carla a passé son temps à pourchasser son amoureux.

Dès leur première rencontre, Hubert était devenu une obsession. Carla avait toujours été un piège à hommes - même à la maternelle - mais avait fait vœu de chasteté en posant son regard sur cet homme, qui ne l'avait même pas remarquée. Ce qu'elle ignorait, c'est qu'Hubert était un homme fidèle, très fidèle.

Comme toujours, Carla avait réussi à avoir ce qu'elle voulait et vivait aujourd'hui, épanouie, sa vie de femme officiellement mariée. Malgré les peurs de son mari, elle n'avait pas eu, un seul instant, le sentiment d'avoir mis sa jeunesse de côté en essayant de conquérir un veuf de 20 ans son aîné, encore épris de sa femme disparue. Au contraire, une fois passée devant le maire, elle était enfin devenue celle qu'elle voulait être. Cela avait été une longue conquête mais somme toute, elle portait le nom de son prince et l'ancienne Madame Sadji pouvait reposer en paix, elle prenait bien soin d'Hubert.

Lisa remue son earl grey *made in* Harrods, songeuse. C'est vrai que Carla a lutté pour mettre la corde au cou à son chéri mais elle a réussi. Marie attend son deuxième bout de chou, et Lisa se demande si un jour, elle aussi, aura droit au bonheur conjugal. Qu'est-ce qui cloche chez elle ? Pourquoi n'a-t-elle pas réussi à garder le moindre de ses petits amis ? Malgré la conviction de sa mère, elle sait que, non, elle n'a pas de problème d'engagement. Sa dernière histoire en est la preuve. Oui, elle l'admet, en dehors de Marc, elle n'a jamais voulu vivre avec aucun de ses petits copains, mais même Marc, qui passait le plus clair de son temps chez elle et y avait une bonne partie de ses affaires, avait toujours son atelier si l'un d'eux voulait un peu d'air. Aujourd'hui, à presque 30 ans, Lisa a l'impression que sa vie sentimentale est la même qu'à 17 ans et elle se demande si ses amours prendront un jour une autre tournure.

Le seul homme à l'avoir intéressée dernièrement, malgré l'intensité de leur échange, était déjà en couple et papa. Et Marc, bien qu'elle ait pensé qu'il était l'homme de sa vie, l'avait lâchement quittée ! Je n'ai peut-être pas encore rencontré le bon ? Oui, c'est sûrement ça, pense-t-elle sans y croire vraiment.

La Lisa de vingt ans avait mis comme deuxième et troisième points de sa liste : *être mariée* et *avoir un enfant,* comme si c'était une évidence. Dans sa famille, les femmes sont épouses et mères avant 30 ans et elle n'avait pas eu l'intention, à l'époque, de déroger à la règle, juste peut-être d'attendre la dernière limite. Les autres points de la liste la conviaient à s'amuser et vivre certaines expériences avant d'entamer une existence trop… rangée. Enfin, c'est de cette façon qu'elle imagine aujourd'hui les pensées de sa jeune alter ego, quoiqu'elle n'ait qu'un souvenir enivré de son vingtième anniversaire. Ah le champagne ! Promis, demain, j'arrête ! Dans tous les cas, dix ans est un délai suffisamment raisonnable pour entrer dans la vie adulte et assumer ses responsabilités. Mais aujourd'hui, sa liste a pris une autre signification.

Les institutions ont beau allongé la notion de « jeunes » années après années : 12-24 pour Air France, 12-25 pour la SNCF, moins de 26 ans pour le théâtre - ou inventer des nouvelles notions de jeunesse : jeunes actifs, jeunes conducteurs et même, le comble, jeunes retraités - et pourquoi pas jeunes octogénaires pendant qu'on y est - Lisa sent bien qu'elle ne fait plus partie de la génération des « jeunes », qui n'ont pas besoin de nom pour se qualifier.

Elle ne se souvient plus précisément à quel moment elle a cessé d'y appartenir. Est-ce le jour où son livret jeune est venu à expiration ou celui où, pour la première fois, un musée lui a demandé de payer le plein tarif, ou peut-être est-ce quand, en écoutant un air d'Aznavour, elle s'est rendue compte que, oui, elle parlait « d'un temps que les moins de vingt ans ne peuvent pas connaître ». Est-ce la fois où elle a préféré regarder un DVD le samedi soir plutôt qu'aller danser en boîte de nuit, à moins que cela ne soit celle où, visionnant les différentes saisons de la Nouvelle Star, elle a observé l'âge des candidats s'éloigner de plus en plus du sien - non qu'elle regarde cette émission mais il faut bien se tenir au courant !

Le plus cruel est que, tout au long de ces années, elle n'a pas vu venir ses 30 ans d'un pas si rapide. À 25 ans, la trentaine était encore un autre monde, à 26, quelque chose qui arrivait aux autres, à 27 ans, elle a trouvé que ça sonnait bien. À 28, elle a commencé à réfléchir, se rendant compte que sa mère, à son âge, avait déjà ses deux enfants. À 29 ans, elle a fait l'autruche. Elle n'a pas voulu admettre qu'il s'agissait de la dernière année de sa vingtaine.

Ce n'est qu'il y a huit jours que Lisa a pris pleinement conscience de son prochain changement de décennie. Elle ne peut plus se voiler la face : dans trois semaines, elle aura 30 ans et il faut se faire à cette idée !

–   Eh bien, que t'arrive-t-il ? Tu as l'air bien songeuse, demande Carla en interrompant ses pensées. Quelque chose te préoccupe ?

–   Non, pas plus que ça… Dis-moi, toi, quand tu as eu 30 ans, qu'est-ce que ça t'a fait ?

– Tu ne te rappelles pas ? s'étonne Carla.

– Oui, tu t'es mariée avec Hubert cette année-là mais je ne me souviens pas que tu aies eu une crise existentielle. Même Marie était paisible pour ses 30 ans. Tu crois que c'est moi le problème ? C'est vrai que je n'ai jamais vu en couverture des magazines : « 30 ans : la crise ». On parle de la *middle life crisis* mais jamais de celle de la trentaine.

– Je me souviens parfaitement de la veille de mes 30 ans et, crois-moi, je n'étais pas beaucoup plus sereine que toi aujourd'hui ! C'est pile le jour où j'ai posé mon ultimatum à Hubert. Ça faisait onze ans que l'on était ensemble et il ne voulait toujours pas s'engager. Je savais qu'il m'aimait mais je ne pouvais pas lutter, toute ma vie, contre le fantôme de sa femme. J'ai pris mon courage à deux mains et je lui ai dit que la situation ne pouvait plus continuer ainsi ; soit on commençait à construire quelque chose ensemble, soit on arrêtait ! Au début, je pense qu'il ne m'a pas prise au sérieux - au moins une fois dans l'année, il avait droit à ce petit refrain - mais cette fois-ci, je le pensais vraiment ! Je l'aurais quitté, ça m'aurait brisé le cœur, je ne m'en serais sûrement jamais remise mais je l'aurais quitté ! Et c'est le fait d'approcher la trentaine qui m'a poussée à franchir le pas. Bien sûr, une jolie bague de fiançailles en cadeau d'anniversaire m'a aidée à avaler la pilule mais, même si Hubert ne m'avait pas épousée, j'aurais assumé ma décision ; parce que, justement, à 30 ans, tu sais ce que tu veux et ce que tu ne veux pas. Tu n'en as peut-être pas conscience mais tu es, aujourd'hui, beaucoup plus forte que tu ne l'étais à 20 ans. Tu as accompli des choses dont tu peux être fière. Elles ne sont peut-être pas toutes sur ta liste mais tu n'as rien à regretter.

– Tu crois ? demande Lisa.

– J'en suis sûre ! Allez finis ton petit dej' que l'on aille se faire masser.

La grande différence entre l'amour et l'amitié, c'est qu'il ne peut y avoir d'amitié sans réciprocité.
Michel Tournier, *Petites proses*

– Alors où va-t-on ? demande Lisa toute excitée.
Connaissant les goûts de luxe de son amie, elle suppose qu'elles vont se faire bichonner dans le Spa d'un grand palace parisien. Lisa imagine déjà les mains chaudes et fermes d'un gigantesque Sven glisser le long de son dos luisant, et piaffe d'impatience.
– Vers Rivoli, annonce Carla au chauffeur de taxi.
Je le savais ! On va à l'hôtel Meurice ! Lisa rêve d'y aller depuis des années mais les tarifs l'en ont toujours dissuadée. D'un coup d'œil, elle vérifie son apparence : la robe prêtée par Carla est particulièrement seyante, quoiqu'un peu juste, et malgré les cernes partiellement camouflées par son fond de teint, elle se trouve plutôt jolie. Vie de palace, nous voilà !
La voiture parcourt la rue de Rivoli et Lisa voit défiler l'hôtel parisien.
– Stop, vous l'avez dépassé !
– Ah bon ? marmonne le taxi.
– Non, non. Continuez, dit Carla. Je dirai où vous arrêter.
– On ne va pas au Meurice ?
– Ben non, qu'est-ce qui te fait penser ça ? demande Carla.
Voyant l'air déçu de son amie, celle-ci ajoute :
– Fais-moi confiance, on va dans un bien meilleur endroit !
Lisa réfléchit. Quel Spa pourrait être plus fastueux ? Est-ce que le Ritz en a un ? Mais le taxi se dirige dans la direction opposée. Peut-être que Carla lui fait prendre un détour justement pour la surprendre ! Ah, j'adore Carla ! pense-t-elle en regardant son amie avec le sourire de « celle-qui-sait-mais-ne-veut-pas-gâcher-la-surprise ».
– Ici, merci, dit Carla au chauffeur.
Aucun palace à l'horizon, aucun hôtel quinze étoiles, aucun Spa à sa connaissance. Non, ça ne peut pas être là, Carla s'est forcément trompée !

–   Tu es sûre que c'est la bonne adresse ?
–   Si, si, suis-moi, dit Carla en sortant du taxi.

Lisa marche derrière son amie, en s'engouffrant les talons entre les pavés et en pestant contre ses chaussures trop petites.

–   On est arrivé ! signale Carla.

Lisa regarde l'immeuble avec dépit et passe la porte en fer couverte de graffitis.

–   On va où ? Dans le Bronx ?
–   Détends-toi, darling. Tu vas passer les trois heures les plus mémorables de ton existence.
–   Ah oui ? Bon ben, dans ce cas alors…

Carla monte à grandes enjambées l'escalier en colimaçon suivie par Lisa qui peine dès les premières marches. Au bout du troisième étage, cette dernière doit reprendre son souffle.

–   Attends, je n'en peux plus ! J'ai l'impression de courir le marathon de New York.
–   Allez, ma petite, plus que deux étages. Et comment veux-tu monter la Tour Eiffel à pied si tu n'es même pas capable de grimper cinq malheureux étages ?
–   C'est différent ! C'est un défi ! Ils ne connaissent pas les ascenseurs dans cet immeuble ?
–   Toute récompense mérite un effort…

Arrivée en haut de l'escalier, Lisa pénètre à l'intérieur d'une pièce blanche et lumineuse où est affichée à l'entrée : « Prière de laisser le monde extérieur et vos chaussures derrière la porte » Tout de suite, elle tombe amoureuse. Enfin, un endroit qui a compris les femmes ! Elle glisse ses sandales entre une paire de Pierre Hardy et de Manolo Blanikh - Mmm, jolie collection !- et rejoint son amie qui embrasse chaleureusement l'hôtesse d'accueil et échange les derniers potins sur la vie londonienne.

–   Je vous amène une nouvelle recrue aujourd'hui, annonce Carla en présentant Lisa, toujours essoufflée. Vous allez nous la requinquer, n'est-ce pas ?
–   Nous sommes là pour ça ! Vous avez tout ce qu'il vous faut ou je vous prépare des tenues ? demande la très sympathique réceptionniste.
–   Non, on n'a rien apporté.

—   Dans ce cas, Carla, toujours un 36, j'imagine ? Tu ne changes pas d'un pouce. Pour ton amie, un 40, c'est bien ça ?

—   Non, 38, reprend Lisa en faisant un demi-sourire à l'hôtesse plutôt antipathique finalement.

—   Oui, bien sûr, c'est ce que je voulais dire. Nos shorts taillent serrés, mais vous avez raison, un 38 est exactement ce qu'il vous faut !

Lisa chuchote à l'oreille de Carla.

—   Pourquoi a-t-on besoin de short ?

—   Je pensais qu'avant le massage, on pourrait faire quelques exercices de relaxation.

—   Ah oui ? Bon, ben d'accord alors, approuve Lisa.

L'hôtesse tend leur tenue aux deux amies ainsi que des serviettes sentant bon la lavande.

—   Vous pouvez passer au vestiaire. La prochaine session commence dans 15 minutes.

Lisa enfile le short et la brassière qui lui vont à la perfection. Je savais bien qu'un 38 suffirait ! pense-t-elle en s'examinant dans le miroir. Carla se démaquille et avale une gorgée d'eau.

—   Tiens, prend une bouteille. Tu en auras besoin quand on sera à l'intérieur. Il faut que je te prévienne, au début tu vas trouver le cours un peu surprenant. Mais ça te fera le plus grand bien pour éliminer toutes les toxines de ton corps.

—   Tant que je ne dois pas me mettre dans des positions sens dessus dessous, tout me va ! dit Lisa.

Carla la regarde avec un petit sourire en coin.

Lisa, ravie de sa tenue bicolore, avance, en vraie sportive, nu pied et serviette à l'épaule, vers la salle de cours et ouvre la porte avec enthousiasme.

—   Qu'est-ce que c'est que ça ? ! s'écrie-t-elle en entrant dans la pièce chaude comme une fournaise.

—   Ah, oui, je ne t'ai pas dit… On va faire une séance de Bikram yoga, annonce Carla les yeux rieurs.

—   Une séance de quoi ? !

Autour d'elles, une trentaine de personnes sont assises sur des petits tapis face à un grand miroir. Les hommes sont torse nu et certaines femmes ne portent rien d'autre qu'un bikini.

– Ça pue ici ! s'exclame-t-elle en cachant son nez dans sa serviette. Je ne peux pas rester une seconde de plus, je n'arrive même pas à respirer…

Elle s'apprête à sortir de la salle mais est retenue par Carla.

– Hop hop hop, petite Lisa, tu vas rester avec moi jusqu'au bout. Je te promets qu'à la fin de la séance, tu me remercieras.

– Je n'ai jamais fait de yoga de ma vie ! Tu as vu ce qu'il fait avec ses jambes enroulées dans ses bras, s'exclame-t-elle en pointant un homme en caoutchouc. Je suis incapable de faire ça !

– Ne t'inquiète pas, on ne t'en demande pas tant. Allez, viens, installons-nous. La prof va bientôt arriver.

– Tu m'avais dit que l'on allait se faire masser… ronchonne Lisa.

– Si, bafouille Carla avec un sourire coupable. Mais il faut le mériter.

– Je pensais qu'après avoir monté les cinq étages à pied, je le méritais.

– Quelle paresseuse tu fais ! Ça ne te fera pas de mal de te remuer le popotin.

– Pourquoi ? Qu'est-ce qu'elles ont mes fesses, demande Lisa en regardant son postérieur dans la glace.

– Elles sont très bien, mais elles ne rentrent pas dans ton jean test !

– Détrompe-toi ! Je l'essaie tous les matins au réveil et devine, hier, j'ai presque réussi à l'enfiler. OK, je n'arrive pas à le fermer mais c'est un début ! Et je n'ai rien fait ! C'est sûrement le stress d'avoir bientôt 30 ans qui me fait brûler plus de calories.

– Chut, murmure Carla, la prof arrive…

Le silence se fait et entre une magnifique femme d'environ 45 ans, au corps de rêve, sans l'ombre d'un gramme de graisse, ni trace de cellulite à l'horizon. Ah oui, effectivement, le yoga maintient en forme, pense Lisa n'arrivant pas à détacher son regard de la plastique de la professeure.

– Y a-t-il des nouveaux dans la salle ?

Lisa est tentée de lever la main mais, se rendant compte être la seule, décide de la garder baissée.

– Vas-y, chuchote Carla, dis que tu es nouvelle.

– Je ne suis pas nouvelle, je suis une touriste !

Carla lève la main de son amie.

– Oui, elle.

– Quel est votre nom ?

– Lisa, répond-elle en rougissant, mal à l'aise d'attirer l'attention. Son short est, somme toute, un petit peu serré…

– Lors des premiers cours, le plus dur est la chaleur. N'hésitez pas à faire des pauses si vous vous sentez mal. Par contre, je vous recommande de rester dans la salle même si vous ne faites qu'observer. Votre corps s'habituera à la température et lors de votre prochaine séance, vous remarquerez à peine la chaleur.

À ce dernier mot, Lisa sent une vague brûlante provenir du fond de la salle.

– Qu'est-ce qu'ils font ? demande-t-elle paniquée. Ils ont monté le chauffage ou quoi ?

– Oui, ils augmentent au fur et à mesure du cours jusqu'à ce que la salle atteigne 42 degrés.

– 42 degrés ? Mais, c'est pire que le Sahara, je vais mourir…

– Mais, non ! Dis-toi que c'est pareil qu'être dans les tropiques !

– Tu as entendu parler de la clim ?

Les participants se mettent tous debout et un fumet de transpiration s'élève dans l'air.

– Étirez les bras vers le plafond, les jambes tendues, serrez les fesses, expirez.

– Je n'ai pas tout compris, susurre Lisa.

– Regarde-moi pour les mouvements mais chut, sinon on va se faire disputer, murmure Carla.

La maître yogi lance un regard réprobateur aux deux apprenties tout en continuant à donner les instructions. Au bout de quelques mouvements, Lisa sue à grosses gouttes. Elle prend une gorgée d'eau mais à la mine de Carla, soupçonne avoir fait quelque chose de répréhensible. Discrètement, elle repose la bouteille et reprend le cours. Lisa est surprise, les participants se sont mis en position avant même que Maître Yoda ait prononcé ses paroles sacrées.

Après une dizaine de mouvements tout droit sortis de ses pires cauchemars de classe de gym de 4ème B, Lisa n'en peut plus. Son visage est aussi rouge qu'une tomate enrichie en E125, sa tenue est une éponge ayant perdu ses qualités absorbantes triple épaisseur et son corps pourrait être rebaptisé les chutes du Niagara de l'exsudation.

Elle essaie de réaliser la position demandée par la gourou mais la réussit à moitié. Maître Jedi vient la voir : « pour une première fois, très bien, elle s'en sort mais des pauses, prendre, si nécessaire, elle peut ». Entre deux longues expirations, Lisa lui affirme être en pleine forme ! Les autres font tous les mouvements si facilement, pourquoi pas moi ? se dit-elle. Au moment où la prof demande de poser les mains sur le sol, coudes vers le ciel mais bloqués par le corps, Lisa s'effondre sans force sur son tapis et observe Carla. Elle ne l'aurait jamais imaginée si souple. Celle-ci prend toutes les postures avec grâce et un sourire transperce son visage comme si elle éprouvait... du plaisir. Je savais bien que ma copine avait des tendances masochistes !

Au bout de quelques minutes, Lisa se relève et reprend les exercices. Elle jette un coup d'œil au miroir : ses cheveux sont défaits, son short s'est transformé en maillot de bain tellement il est trempé mais bizarrement, son esprit est relaxé, détendu, vidé. Le monde extérieur est vraiment resté derrière la porte... Promis, je reviens demain ! pense-t-elle en disant Namasté à la prof comme si elle l'avait fait toute sa vie.

La femme a naturellement l'instinct de mystère.
François René de Chateaubriand

Après 20 longues minutes sous une eau glacée, Lisa, revigorée, sort de la douche et sourit à la file de jeunes femmes qui lui lancent des regards à la Kalachnikov. Ben quoi ? Ce n'est tout de même pas de ma faute s'il n'y a que deux douches dans le vestiaire ! Elles devraient faire plus de yoga, elles apprendraient la patience !

– Alors, que penses-tu du Bikram ? demande Carla lorsque Lisa la rejoint.

– C'est fantastique ! Je suis épuisée mais ça faisait longtemps que je ne m'étais pas sentie si bien.

– Je te l'avais dit. Mais, fais attention, on en devient vite accroc ! Tu es partante pour un massage ? Cette fois-ci on l'a bien mérité !

Les deux amies descendent en peignoir à l'étage inférieur. Elles s'allongent sur deux tables de massage parallèles tandis que les masseuses préparent un baume tiède parfumé à l'huile essentielle d'ylang-ylang. Carla tourne la tête vers Lisa et semble hésiter à lui dire quelque chose. En reconnaissant son expression, Lisa décide d'enclencher subtilement la conversation :

– Je ne savais pas que tes cours de yoga étaient du Bikram…

– Si. J'ai commencé le Bikram à New York. J'y suis allée une ou deux fois et ça m'a vraiment plu mais je n'étais pas très régulière. Quand on est reparti vivre à Londres, j'ai découvert un centre à dix minutes de chez moi. En ce moment, j'y vais pratiquement tous les jours. Conserver une silhouette de rêve, c'est du travail, ma petite ! Je trouve que pour une première fois, tu t'en es très bien sortie…

– Ah oui ? Tu crois ? demande Lisa, flattée. La prof aussi a dit la même chose. J'ai peut-être trouvé un sport pour lequel je suis douée. Si j'en fais régulièrement, tu penses que je pourrais faire le grand écart ?

– Peut-être. Je te trouve assez souple, mais même en y allant tous les jours, je ne suis pas sûre que tu y arrives avant ton anniversaire…

Lisa médite un instant. Elle a deux options : soit s'avouer vaincue d'avance et utiliser son joker pour ce défi, soit persévérer et mettre toutes les chances de son côté.

— Il faut malgré tout que j'essaie !

— Eh bien, tu m'épates ! Où est passée la Lisa désespérée que je suis venue ramasser à la petite cuillère, il y a un peu plus d'une semaine ? En fait, tu n'as plus besoin de moi. Ma mission est accomplie. Je peux rentrer à Londres rejoindre mon chéri !

— Mais, non ! Tu sais bien que tu m'es absolument indispensable !

Lisa se sent s'envoler. Les mains de la masseuse, douces et précises, décontractent peu à peu les muscles tendus de son dos.

— Je pourrais passer ma vie à me faire masser…

— Alors, où en es-tu de ta liste ? Tu as bien avancé ?

— Euh, je suis un petit peu en retard sur mon planning. Je n'ai accompli que cinq défis…

Carla la réprimande du regard.

— Certains demandent plus de temps que d'autres ! se défend Lisa. Je ne peux pas lire *La recherche du temps perdu* en un jour ! Heureusement, d'ailleurs, que je n'ai que le dernier tome à terminer… Mais, maintenant que tu es là, je me disais que peut-être on pourrait…

— Oui ?

— Tu veux vraiment savoir ? demande Lisa énigmatique.

— Ben, oui. Pourquoi tant de mystères ?

— On pourrait… sauter ensemble en parachute ! s'exclame Lisa en tournant sa tête vers son amie avec un très large sourire.

— Alors là, ne compte pas sur moi ! Sauter à l'élastique, peut-être, mais s'élancer du ciel avec rien d'autre qu'un bout de tissu qui gonfle et personne pour me rattraper, c'est de la folie pure !

— Sauter à l'élastique fait parti des défis déjà accomplis ! Le parachute, c'est mille fois plus sympa ! Allez, on va s'amuser comme des folles. Il fait beau, il y a du vent. On ne peut pas rêver de meilleure saison.

— Tu as perdu l'esprit ! Si Hubert apprenait que je saute en parachute, il me tuerait !

— Tu n'es pas drôle. Toute seule, je n'y arriverai jamais ! Allez, supplie Lisa avec la moue du chat botté de Shrek. Marie, kamikaze comme elle est, serait partante, mais cette fois-ci, c'est Étienne qui me tuerait ! Et puis, tu l'imagines avec son gros ventre sauter en parachute ? se moque Lisa en pouffant.

— Et portant des espadrilles !

Lisa et Carla se tordent de rire en se représentant la scène. Les masseuses sortent de leur réserve et s'esclaffent à leur tour.

— Oh mon dieu ! Arrête ! Je vais faire pipi dans ma culotte…

— Non, toi, arrête, j'ai mal aux côtes !

Les deux amies retrouvent leur calme et se tournent sur le dos. La masseuse commence à pétrir la cuisse gauche de Carla.

— OK, d'accord. Je veux bien t'accompagner dans ton opération commando, mais c'est donnant donnant !

— Et que veux-tu en échange ? demande Lisa.

Carla la fixe sans rien dire.

— Oh, là tu m'inquiètes ! Je te préviens, si tu veux mon corps, tu as beau être super canon, je ne mange pas de ce pain-là !

Carla sourit.

— Je veux que tu me dises la vérité.

— La vérité ? Mais, sur quoi donc ? interroge Lisa.

— Tu sais… répond Carla en la regardant intensément.

— Mais, non, je t'assure ! Je ne sais pas de quoi tu parles !

— Tu es sûre de ne rien me cacher ? Une certaine personne qui serait réapparue, subitement, dans ta vie…

Lisa soulève son bras huileux et caresse son menton avec beaucoup de sérieux.

— Marc ! Tu parles de Marc ?

Carla acquiesce.

— C'est Marie qui t'en a parlé ?

— Non, il a appelé hier sur ton portable.

Lisa essaie de se rappeler. Elle était censée aller à l'atelier après la soirée et s'était même faite *über* sexy pour l'occasion : nouvelle couleur de cheveux, épilation… de partout, juste au cas où… Ah, oui la centaine de messages sur mon téléphone…

— Oh mon dieu ! Il faut que j'appelle Marc et ma famille. Ils me croient disparue !

— Ne t'inquiète pas, j'ai prévenu tout le monde. Tous savent que tu étais complètement saoule hier.

— Tu n'as pas fait ça, j'espère ! J'entends d'avance les sermons de ma mère au brunch demain…

— Et Marc alors ? Raconte ! réclame Carla.

La masseuse commence une grande série de mouvements amples et lents, remontant du bas du ventre jusqu'au cou.

— Je l'ai croisé par hasard, mercredi dernier. Je ne connais pas la raison de son retour. On a à peine discuté… J'étais censée le voir hier après le dîner. Je crois qu'il veut s'expliquer…

— Et c'est tout ?

— C'est tout, promis. Je ne t'ai rien caché.

— J'espère que tu n'as pas l'intention de te laisser avoir par ce type. Sinon, crois-moi, j'ai une liste de choses à te rappeler. Qu'est-ce que ça t'a fait de le revoir ?

Lisa reste silencieuse un moment. La masseuse pétrit consciencieusement chaque centimètre carré de son ventre.

— Ça m'a fait un choc, je ne peux pas le nier. Mais c'était compensé par le fait d'être dans les bras d'un autre homme…

— Mais, qu'est-ce que tu me racontes là ? demande Carla en prenant la voix d'Arnold et Willy. Tu as rencontré quelqu'un et tu ne me l'as même pas dit ?

Lisa sourit en songeant qu'il s'est passé tant de choses dans sa vie la semaine dernière, qu'elle n'a même pas eu le temps de les raconter à sa meilleure amie.

— Il s'appelle Julien. C'est l'homme le plus craquant que je n'aie jamais rencontré, avoue-t-elle les yeux brillants. On s'est embrassé et c'était comme dans un rêve…

Sa masseuse lui demande :

— Allez, dites-nous. Comment est-il ?

— Il est grand, beau, intelligent, charmant. Je pourrais me noyer dans son regard et j'ai l'impression que dans ses bras, rien de mal ne pourra m'arriver…

— Et que fait-il dans la vie ? ajoute l'autre masseuse en faisant des pressions légères sur l'avant-bras de Carla.

— Je n'en ai aucune idée ! La seule chose que je sais, c'est que je n'avais plus ressenti ça depuis… En fait, je crois que je n'avais jamais ressenti ça, tout court !

— Carla se redresse et regarde son amie.

— Si je ne te connaissais pas mieux, je penserais que tu es en train de tomber amoureuse…

— Ne dis pas de bêtises ! Je ne l'ai rencontré que deux fois et je ne le reverrai probablement jamais. En plus, il vient d'avoir un bébé. C'est la triste histoire de ma vie…

— Tu en es sûre ? demande Carla, légèrement déçue.

— Oui, certaine.

Les deux masseuses font un « oh » de déception.

— Et Marc, tu vas le revoir ?

— Marie pense que je devrais lui laisser une chance de s'expliquer.

— Oui, mais Marie, avec ses hormones, n'est pas la personne la plus indiquée pour donner des conseils. Si elle rencontrait le diable en personne, elle lui trouverait toutes les excuses du monde et n'hésiterait pas à prendre sa défense…

— Ce n'est pas faux, dit Lisa en repensant à son amie. Mais que veux-tu ? Elle a le cœur sur la main. C'est pour ça qu'on l'aime, non ?

— Bon, promets-moi, si tu vas voir Marc, de ne pas le rencontrer seule.

— Pourquoi ? Tu sais, je peux très bien me débrouiller. Ce n'est pas comme si j'allais retomber dans ses bras…

— Taratata, on ne me la fait pas, à moi. Tu avais hier tous les signes avant-coureurs de la belle qui veut se laisser séduire et je ne parle même pas de ton brésilien bien poussé…

— Le brésilien est juste au cas où je devrais être emmenée d'urgence à l'hôpital. Tu ne voudrais pas que ton amie soit vue toute touffue, tout de même ?

Les masseuses approuvent la sagesse de leur cliente.

— Lisa, je te connais pratiquement depuis la naissance. Alors, franchement, ton baratin glisse sur moi comme un bon lubrifiant !

— Je ne peux pas te promettre de ne pas voir Marc toute seule, enfin ! J'imagine notre rencontre plutôt intime…

Carla lève son sourcil parfaitement dessiné.

—   Pas cet intime-là. Je veux dire privé.

—   Qu'est-ce que ça change que je vienne ? De toute façon, tu me racontes tout !

—   Pas du tout ! J'ai ma part de mystère ! Tu ne connais pas tous les détails de ma vie !

—   Oh, arrête, Lisa. Je peux te dire ce que vous preniez au petit-déj !

—   Alors là, c'est faux ! Tous les jours c'était différent. Et puis ça nous arrivait de ne pas en prendre car on était occupé à faire d'autres choses…

—   Tu vois, Lisa. Tu es transparente comme de la Contrex. Tu ne peux rien garder pour toi.

—   Pour Marc et Julien, je te l'ai bien caché pendant quelques jours quand même.

—   Oui, mais uniquement parce que tu es une tête de linotte. Je parie que Marie était au courant.

—   Bon soit, soit. D'accord, je ne suis pas la nana la plus mystérieuse du monde. Mais, promis, je vais y travailler. Bientôt, tu m'appelleras Secrète Lisa. Je répondrai uniquement avec des onomatopées et lancerai des regards obscurs, chargés de profondeur. Tout le monde se demandera « qui est cette mystérieuse brune ? ». Oui, brune. C'est plus énigmatique que blonde - je serai obligée à nouveau de changer de couleur de cheveux - et je me cacherai derrière des lunettes de soleil, même la nuit !

—   Tu commences quand ? interroge Carla.

—   Hum.

—   Quand commences-tu ?

—   Hum, répète Lisa

—   Tu es sourde ou quoi ? Tu commences quand ?

—   Mais, là, maintenant ! C'est ce que je m'évertue à faire sans ouvrir la bouche. Comment jouer la mystérieuse si personne ne me comprend !

—   Reste toi-même, Lisa. Ne t'inquiète pas, tu es déjà un vrai mystère à toi toute seule.

—   Et que sous-entends-tu ?

—   Moi ? Rien ! Que vas-tu chercher là ? Attends, attends, je ne peux plus parler, elle passe aux pieds. Et les pieds, c'est sacré, avertit Carla lorsque la masseuse fait pression sur les points de shiatsu de sa voûte plantaire.

    –   Ouais, ouais. Sacré toi !

Le seul moment où une femme réussit à changer un homme, c'est quand il est bébé.
Nathalie Wood

Oh là là, il faut que je m'active. On est déjà lundi ! Hier, question défi, la journée a été un fiasco. Pas un seul de réalisé. Mais Lisa a miraculeusement échappé au pire : les questions de sa mère concernant le retour de Marc. Carla est venue au brunch et, au plus grand plaisir de Lisa, a monopolisé toute l'attention de la maisonnée. Son amie a perdu son père très jeune et depuis, ses parents l'ont toujours considérée comme faisant partie de la famille. Le retour de cet enfant prodigue perdue de vue depuis... ouh au moins un mois, a particulièrement mis un membre du clan dans tous ses états. Charles, d'habitude bavard comme un paon, est devenu totalement silencieux devant celle qu'il considère toujours comme l'amour manqué de sa vie. Même sa nouvelle fiancée a pris la poudre d'escampette en voyant les regards friands de celui qu'elle envisageait, jusqu'ici, comme son futur mari.

Mais aujourd'hui est un autre jour et après un déjeuner dans un restaurant végétarien situé près du centre de yoga - tofu fumé, légumes poêlés et graines germées - Lisa, fière de s'approcher de plus en plus de la taille 36, rentre chez elle, le ventre vide et le cœur léger, bien décidée à trouver un bon plan pour faire du parachute avant la fin de la semaine. Il ne lui reste maintenant que 20 jours pour accomplir le reste de ses défis et il n'est plus question de perdre une minute !

Armée d'un stylo-bille, elle se pose sur le canapé et déplie sa liste. *Manger des huîtres* : fait ! *Admirer une aurore boréale* : vue depuis longtemps...

Elle se rappellera toujours de cette nuit magique qui a failli ne jamais arriver : Marie et elle avaient séché la fac quelques jours afin d'assister au concert de Björk à Reykjavik et voulaient profiter de leur séjour pour observer les aurores boréales.

L'excursion en car pour admirer le phénomène lumineux avait été repoussée deux jours de suite à cause de la météo ; leur week-end prolongé en Islande s'achevait et les deux étudiantes espéraient que cette nuit serait la bonne. Le guide, qui avait un petit faible pour Marie, s'était déplacé dans leur auberge de jeunesse pour leur annoncer de vive voix la triste nouvelle : les organisateurs avaient préféré une nouvelle fois annuler l'excursion. Solberg était resté planté devant elles, hésitant. Marie et Lisa, déçues, s'apprêtaient à rejoindre au salon deux Chypriotes qui les avait invitées à noyer leur chagrin dans un verre de brennivin - un alcool islandais à base de pomme de terre - quand, prenant son courage à deux mains et ne voulant pas manquer l'occasion de tenter sa chance auprès de Marie dans un cadre romantique, le guide leur avait proposé de les emmener dans sa Jeep admirer les aurores boréales.

Lisa n'avait jamais vu de spectacle aussi irréel où rouge, vert, blanc et bleu s'entremêlaient pour former une palette de couleurs spectrales. Elle avait imaginé Patrick Swayze, dans *Ghost,* surgissant de la lumière. À tout hasard, elle avait tendu les lèvres dans l'espoir de recevoir un baiser de l'acteur fétiche de son adolescence - au rouge, il apparaît ! Au bleu, alors ! Non, j'aurais dû choisir le vert…- et avait attendu en vain. Les seules lèvres aperçues avaient été celles de Solberg qui, gosier grand ouvert et langue pendante, avait voulu revisiter le baiser esquimau avec Marie, sans succès. Toutefois, tout le monde n'était pas rentré la queue entre les jambes de cette nuit féerique, les deux amies avaient passé un moment inoubliable…

Lisa reprend la liste : *Expérimenter la cocaïne* : fait à Ibiza… Elle rature avec fougue ce défi qui lui rappelle de très mauvais souvenirs. Elle barre les défis accomplis la semaine passée puis quelques autres réalisés longtemps auparavant, lorsque, s'apprêtant à rayer le numéro 21, *Faire l'amour sur une plage déserte au coucher du soleil*, son téléphone se met à sonner. Tiens, en parlant du loup ! C'est juste la dixième fois qu'il essaie de me joindre depuis ce matin. Je laisse sonner trois fois et cette fois-ci je décroche…

– Bonjour Marc. Comment vas-tu en cette magnifique journée ?

– Oh, Lisa ne joue pas à ça avec moi ! J'étais mort d'inquiétude. Tu aurais pu m'appeler !

– Désolée, j'ai dû oublier, dit-elle en souriant.

– Il faut que je te voie.

Lisa pose sa tête contre le coussin du canapé et savoure sa mini-victoire.

— Tu ne peux pas me parler au téléphone ? Et puis, de toute façon, on n'a plus rien à se dire !

— Allez, bébé, arrête de jouer ! Tu me fais poireauter depuis cinq jours. Tu as gagné, j'ai compris le message mais j'ai vraiment besoin de te parler…

Lisa est surprise du ton de sa voix, Marc a l'air vraiment sincère. Elle a déjà décidé de lui laisser une chance de s'expliquer mais ne veut pas lui faciliter la tâche. De toute façon, leur histoire est loin derrière elle. Il n'y a aucun risque à le revoir. Ce n'est pas comme si elle allait craquer en le voyant ! Mais elle n'acceptera de le rencontrer que selon ses conditions.

— D'accord. Je veux bien te voir mais ni chez moi ni à l'atelier.

— Saint Michel alors, à 16 heures ?

— Parfait, je serai là.

— À tout de suite bébé. J'ai hâte…

— Oh, arrête de m'appeler comme ça ! Je ne suis plus ton bébé !

Lisa raccroche. Dans une heure ? Elle sourit. Je crois que le pauvre Marc va patienter un bon bout de temps, songe-t-elle en allumant son ordinateur. Saint Michel est parfait. Le quartier est plein de touristes en cette saison donc je ne serai jamais seule avec lui. C'est Carla qui va être contente ! Je suis juste déçue qu'il fasse grand soleil. J'aurais adoré que Marc m'attende sous la pluie en se remémorant avec remords les meilleurs souvenirs de notre histoire… Bon, il se serait sûrement installé dans un café mais le temps d'y aller, il aurait tout de même été un petit peu mouillé…

Lisa pose son ordinateur sur ses genoux et tape *Saut en parachute* dans Google. *Saut en parachute près de Paris* apparaît sur l'écran. Ses yeux s'illuminent. Exactement ce que je cherchais ! Alors, que proposent-ils ? *Progression Accompagnée en Chute : une journée de formation théorique.* Oh la barbe, je vais avoir l'impression de repasser le code. *Une série de sauts à 4 200 mètres.* Lisa pose sa main sur son menton. La Tour Eiffel doit mesurer 200 mètres, donc dans

4 200 mètres il y a… 21 fois la hauteur de la Tour Eiffel !
s'écrie-t-elle émerveillée de son rapide calcul mental. Mon
dieu, c'est super haut ! *50 secondes de chute libre.* C'est tout ?
Une journée de préparation pour pas même une minute ? Mais,
quelle arnaque ! C'est pire qu'à Disney land ! *Cinq minutes le*
parachute ouvert. Ah, parce que le parachute n'est pas tout le
temps ouvert ? Ah oui, je comprends ! La chute libre est avant
l'ouverture du parachute. 50 secondes, ils disent ? Mais, c'est
énorme ! Et si la toile ne s'ouvrait pas ? Ce seront les 50
secondes les plus longues de ma courte vie ! Oh mon dieu ! Je
ne suis pas sûre de pouvoir le faire. Juste moi, le ciel et surtout
le sol qui apparaît de plus en plus vite, rien que d'y penser, j'ai
le vertige. Ça doit être possible de sauter la toile tout le temps
ouverte, non ? Je me renseignerai. Je suis certaine qu'ils
peuvent faire des exceptions. Ce n'est pas comme si j'étais la
seule à avoir peur de sauter en parachute ! *Le stage dure une*
semaine. Je croyais que c'était juste une journée de
préparation ! J'ai dû mal comprendre.
Lisa remonte sur la page et remarque qu'elle se trouve sur
l'onglet *Stage.* Elle clique sur l'offre *Découverte. Découvrez*
les sensations du parachutisme en une demi-journée. C'est
encore mieux ! *En tandem.* Mais, c'est inespéré ! Je vais
pouvoir sauter avec Carla et on se battra jusqu'à la dernière
seconde pour savoir laquelle de nous tirera la corde en premier.
Lisa fronce les sourcils. Finalement, ce tandem n'est pas une
très bonne idée. Beaucoup trop risqué ! *Le saut s'effectue avec*
un moniteur Brevet d'État spécialement qualifié pour le
tandem. Ah, dans ce cas ! J'espère que mon instructeur sera
mignon. Lisa clique sur les photos. Celui-ci n'a pas l'air mal du
tout. Bon, d'accord, je ne vois pas son visage avec le casque et
les lunettes, mais il a une bonne allure générale. Et puis la
position est assez suggestive, pense-t-elle en s'approchant de
l'écran. Visiblement, les moniteurs aiment être au-dessus. Est-
ce possible que… Mais, oui, bien sûr ! Qu'est-ce que tu peux
être naïve, ma petite Lisa ! Pourquoi aurait-on inventé les
expressions « aller au septième ciel » et « s'envoyer en l'air » ?
Le plaisir doit être tellement intense qu'il compense la durée.
En tout cas, plonger de l'avion, se déshabiller, regarder la vue -
parce qu'il faut bien profiter du paysage - faire ses affaires,

déplier le parachute à l'instant T et tout ça en 5 minutes 50 secondes, chapeau le Speedy Gonzalès ! Mais il ne faut pas être longue à démarrer... Je leur demanderai s'il y a un forfait couple. On ne sait jamais, ça pourrait être un prochain défi à se lancer... rêve-t-elle en se mordant les lèvres.

Oh là là, zut, zut, zut. Il est déjà 16 heures 15. Si je continue à ce rythme, je vais avoir beaucoup plus d'une heure de retard... Lisa se précipite dans sa chambre et ouvre son armoire en grand. Elle est tentée de faire un pretty-woman quand, derrière la penderie, une robe blanche en tissu léger et à fines bretelles attire son regard. Lisa prend délicatement le vêtement et le regarde avec émotion. C'est la robe que je portais lorsque Marc et moi nous sommes rencontrés. Je me demande s'il va s'en souvenir, songe-t-elle en l'enfilant. On était si bien ensemble. Quel dommage qu'il ait tout gâché...
Elle regarde l'heure. 16 heures 45. Quelques gouttes de parfum, une légère retouche maquillage, un ruban dans les cheveux et la voilà prête pour son rendez-vous. Elle fait un baiser à la Marylin Monroe à son reflet et se dirige vers le couloir.
En voulant fermer la porte d'entrée, ses clés lui glissent des doigts trois fois de suite. Quelqu'un pense à moi ! Marc s'impatiente, songe-t-elle, ravie de le faire attendre.

    —   Alors, tu t'es remise avec le beau Marc ? lui demande Jean-Philippe qui, oh surprise !, se trouve dans les escaliers. Il t'a attendu toute la nuit vendredi.
    —   De quoi je me mêle ?
    —   N'oublie pas que c'est moi qui vais encore te ramasser à la petite cuillère, comme à chaque fois !
    —   Mais, tu délires, mon cher Jean-Philippe ! Ça fait longtemps que je ne me confie plus à toi...
    —   Oh, tu me reviendras, tu verras.
    —   Pff...
Lisa sort de l'immeuble. Jean-Philippe n'a pas tort. Elle est peut-être encore fragile. Mais Marc fait partie de la préhistoire maintenant et cette rencontre servira à enterrer le passé une bonne fois pour toutes !

En sortant du métro, Lisa se dirige vers la fontaine Saint Michel et reçoit en chemin un texto : « J'arrive dans dix minutes ». Comment ? Je me pointe avec plus d'une heure et demie de retard et Monsieur a le culot d'être plus en retard que moi ! Pour quelqu'un qui mourrait d'envie de me voir…

— Bonjour princesse…

Lisa se retourne, surprise. Lunettes de soleil, chemise ouverte laissant apparaître son torse puissant, un sourire hollywoodien, c'est Marc, c'est son Marc, enfin… c'était son Marc.

Lisa se demande si cet homme qui dégage une aura si sensuelle a succombé aux charmes des Vénézuéliennes. Lorsqu'il lui avait annoncé son départ pour l'Amérique latine, elle avait imaginé qu'il ne mettrait pas longtemps à oublier leur histoire dans les bras d'une de leurs reines de beauté. Était-ce le cas ? Une pointe de jalousie érafle son cœur. Elle secoue sa chevelure afin de se remettre les idées en place.

— Bonjour Marc, le salue-t-elle en prenant un air volontairement sec.

— On se fait la bise, maintenant ? demande-t-il étonné.

— Tu préférerais que l'on se serre la main ?

Lisa a beau essayer de jouer la dure, elle est troublée. L'odeur de sa peau fait émerger des souvenirs qu'elle croyait oubliés. Elle ne peut pas le cacher, elle a follement aimé cet homme et se demande si cet amour a disparu ou est toujours présent.

— Alors, qu'as-tu de si important à me dire ?

— Viens, réplique-t-il en éludant la question. C'est une magnifique journée pour se promener sur les quais.

Saint Michel n'est pas la plus fameuse des idées. Lisa est tombée tout droit dans un guet-apens ! Le quartier est effectivement bondé de touristes, mais l'atmosphère est on ne peut plus romantique. Tout se prête à l'amour : les bateaux-mouches glissant sur le fleuve et libérant dans leur sillage les abords de l'Île de la Cité ; la Seine, les pavés, les couples s'embrassant sur les ponts, même le roucoulement des pigeons participent au piège. Mais Lisa est bien décidée à ne pas se laisser prendre par ce décor de carte postale. Si Marc croit pouvoir m'amadouer, il se met le doigt dans l'œil ! Elle fait la moue et lui jette un regard sévère. Marc l'imite et Lisa ne peut s'empêcher de rire aux éclats. Il avait l'habitude de la parodier à chacun de ses caprices ce qui avait pour effet de la stopper net dans ses élans. Elle ne s'en était plus souvenue. Cela lui avait manqué…

Ils marchent côte à côte sur le bord de la Seine et Lisa se détend peu à peu. Contrairement à ce qu'elle pensait, il n'y a pas de malaise entre eux. Ils sont bien comme ça, à parler de tout et de rien. Elle trébuche contre un pavé et Marc se hasarde à lui prendre la main. Elle n'a pas envie de la retirer. Le cadre est trop beau, le soleil trop brillant, pourquoi gâcher une si belle journée ? Ils auront leur conversation mais pas ici, pas maintenant. Lisa sourit à Marc et l'entraîne vers Notre-Dame.

Devant la cathédrale, il entoure sa taille de ses bras et la serre fort contre lui. Oh-oh, pense Lisa. Un grand panneau « sens interdit » défile devant ses yeux mais elle ne se détache pas. Après tout, il n'y a aucun mal à se promener sur les bords de Seine avec un ex pour qui elle ne ressent, aujourd'hui, qu'une profonde et sincère amitié strictement platonique ! Elle est bien restée amie avec certains d'entre eux !

— Tu sais, lui glisse Marc à l'oreille, j'ai remarqué que tu portes la même robe qu'à notre première rencontre. Toute la soirée, j'avais eu envie de te la retirer. Et c'est toujours le cas…

Il s'en est souvenu ! Il n'a pas remarqué ma nouvelle couleur de cheveux mais il s'est souvenu de la robe ! Lisa lui caresse la joue. Elle aime sentir sous sa paume son éternelle barbe de trois jours. Marc embrasse sa main et remonte sur son visage. Lisa reçoit un baiser si doux qu'un feu d'artifices de sens interdit, panneau danger et feu rouge apparaissent successivement dans ses pensées. Bon, d'accord, notre amitié n'est peut-être pas si platonique mais zut, alors, laissez-moi tranquille ! crie-t-elle en silence au bataillon de panneaux rouges. Et puis, je n'aurais pas pu avoir, comme tout le monde, un angelot et un diablotin se battant pour conquérir ma conscience ?

Un homme observe leur couple et pose sa main sur son cœur avant de déclamer avec un fort accent américain :

— Ah l'amour, toujours l'amour…

— *Get a room* ! ajoute sa femme en leur faisant un petit clin d'œil.

Lisa regarde Marc et tous les deux pouffent de rire.

— Allez, viens ! Moi, aussi, j'ai envie de jouer les touristes, murmure-t-il.

Ils s'éloignent de la cathédrale et se joignent à la troupe des promeneurs flânant au bord de l'eau. Des goélands volent au-dessus du fleuve tandis que des étudiants se partagent une glace Berthillon à la fraise. Trouvant le public à son goût, Marc se met à chantonner la valse du *Beau Danube bleu*. Révérence faite, il saisit élégamment Lisa par le bras et la fait valser. Ils tournent, tournent et tournent. Lisa rit, rit et rit. Des passants intrigués s'arrêtent pour les regarder. Un musicien ambulant assis sur la rive reprend l'air au violon, fausses notes comprises, puis enchaîne sur *Padam Padam* d'Édith Piaf. Quelques touristes séduits par la mélodie se joignent à la danse. Les bords de Seine prennent un petit air de bal musette.

— Tu me fais tourner la tête, chuchote Marc à Lisa

— Et toi, tu vas me retourner le cœur si tu continues si vite.

Marc ralentit et l'embrasse en cadence. Lisa est joyeuse. Toutes les voix dans sa tête se sont tues et elle aimerait que cette valse ne finisse jamais. Malheureusement, la sonnerie de son téléphone la rappelle à la réalité. « Carla » clignote sur son écran. Oh, oh !

— Ne réponds pas, lui lance Marc.

Lisa se détourne et prend l'appel.

— Tu en mets du temps à décrocher. Tu es où ? demande Carla

— Sur l'île Saint Louis.

— Qu'est-ce que tu fais ?

— Rien. Je profite du soleil, répond Lisa innocemment.

— Tu es toute seule ?

— Non.

Mince ! Je devrais vraiment peaufiner mes talents de menteuse.

— Tu es avec qui ? interroge Carla soupçonneuse.

— Si, je suis toute seule ! Je voulais dire qu'il y avait beaucoup de gens autour de moi. Tu connais les bords des Seine dès qu'il y a un rayon de soleil…

— Je ne te crois pas. Tu es avec qui ?

— Avec un ami, avoue Lisa, vaincue.

— Oui, mais encore.

–   Un ami que tu ne connais pas !

–   Je connais tous tes amis. Ah moins que… tu ne sois avec… ton mystérieux inconnu !

Lisa sourit à cette idée.

–   Mais, non ! Il y a peu de chances que je le recroise un jour et puis je t'ai dit qu'il n'était pas libre !

–   Qui n'est pas libre ? reprend Marc.

–   Personne.

–   À qui parles-tu ? la questionne Carla.

–   À personne !

–   Tu es avec Marc ? ! Bien sûr ! s'exclame Carla.

–   Mais non, enfin !

–   Qui est au téléphone ? demande Marc visiblement jaloux que Lisa ait interrompue leur valse pour quelqu'un d'autre.

–   Attends deux secondes, Marc. Oh crotte !

Un ange passe.

–   Lisa ! J'ai deux ou trois choses à te rappeler si tu es tentée de retomber dans ses bras ! menace Carla.

–   Allô, Carla ? Carla ? Lisa souffle dans le téléphone. Je ne t'entends plus. Je crois que j'ai une mauvaise réception. Carla ? Carla ? Je te rappelle, ma chérie.

Lisa raccroche et éteint son portable. Marc la reprend dans ses bras mais le cœur n'y est plus. Elle aimerait retrouver l'allégresse qui était la sienne avant ce coup de fil mais Carla a réussi à mettre son grain de sel et celui-ci a germé en une armée de scrupules au fond d'elle. Que fait-elle enlacée à cet homme qui lui a brisé le cœur ?

–   Tout va bien, bébé ? lui demande Marc avec un sourire béat.

Son sourire frappe Lisa comme une gifle. Comment peut-il être si serein ? Ne ressent-il donc ni remords, ni culpabilité ? Non, ce n'est pas juste !

La colère, la peine, l'incompréhension, toutes ces émotions avec lesquelles elle s'était endormie pendant plusieurs mois, toutes ces émotions qu'elle avait peu à peu réussi à faire disparaître, toutes ses émotions refaisaient surface :

–   Non, tout ne va pas bien ! À quoi on joue, là ? C'est quoi cette comédie ? Tu me quittes en me disant que tu n'es pas prêt à t'investir, sans parler de ce que tu sais, et tu reviens en faisant comme si de rien n'était ?

Marc s'avance vers elle, mais d'une main, Lisa le repousse. Le couple d'Américains s'arrête de danser et les observe.

    –   La passion ! C'est ça ! C'est Paris ! s'exclame le mari.

    –   Oh, vous ! Avec vos clichés…

Le couple recule d'un pas, choqué. Lisa se sent coupable de s'en prendre à eux. Après tout, ils n'y sont pour rien. Ils ont le droit de rêver à ce Paris d'Épinal. Quel droit a-t-elle de le leur enlever ? Elle cueille une pâquerette parmi les pavés et la leur offre avec un sourire d'excuse.

    –   Je suis désolée.

La femme accepte la petite fleur de bon cœur et la montre avec fierté à son mari.

    –   L'amour, toujours l'amour, chantonne-t-il en donnant un baiser à sa femme.

Lisa a un pincement au cœur. Ils semblent tellement heureux…

Le violoniste, qui a assisté à toute la scène comme au spectacle, fait pleurer son violon en entamant les premières notes de *Ne me quitte pas*. Lisa lui lance un regard si triste qu'il en casse une corde. Cette chanson, elle l'avait écoutée en boucle quand Marc était parti. Des larmes coulent le long de ses joues sans qu'elle puisse les retenir.

    –   Lisa, qu'est-ce qui se passe ?

Marc s'approche d'elle pour la réconforter.

    –   Laisse-moi tranquille ! crie-t-elle en se mettant à courir pour mettre de nouveau un océan entre elle et l'homme qu'elle a aimé.

Marc la regarde partir, atterré.

    –   Je ne comprends pas. Qu'est-ce que j'ai fait ? s'exclame-t-il tout haut.

Un petit homme moustachu pose sa bouteille de rouge sur le sol et lui fait une petite tape amicale sur l'épaule.

    –   Oh là là ! Si vous vous posez encore cette question, vous êtes mal barré ! lui dit-il en redressant son béret avec le bout de sa baguette. Courez après elle et demandez-lui pardon !

Marc regarde le bonhomme, sans réagir.

— Allez ! Ne perdez pas de temps ! Nous, les hommes, même si on n'a rien fait, il faut toujours demander pardon. Ainsi va la vie…

— Allez ! l'encouragent tous les danseurs du bal musette improvisé.

Marc s'élance vers Lisa qui, avec ses talons, n'est pas partie bien loin.

— Lisa… crie Marc. Lisa… je t'en prie, arrête-toi…

Il la rattrape et prend son visage entre ses mains.

— Pardonne-moi.

Lisa a les yeux voilés par les larmes. Marc lui essuie le visage du bout du pouce.

— Je sais que je t'ai fait du mal. J'espère que tu pourras un jour me pardonner. J'ai changé. Je ne suis plus le même homme. Je sais ce que je veux aujourd'hui. Laisse-moi te le prouver.

Marc pose un genou au sol. Lisa le fixe, stupéfaite. Oh mon dieu ! Elle le voit poser ses lunettes de soleil sur le sommet de son front, la contempler avec une lueur qu'elle ne lui avait jamais vue auparavant, regarder le sol et… refaire son lacet. Elle reste bouche bée un instant puis éclate de rire devant sa propre bêtise. Qu'a-t-elle bien pu imaginer ? C'est Marc ! Il ne changera jamais ! Pourquoi, un instant, a-t-elle cru, peut-être même espéré, que c'était possible ?

— Pourquoi ris-tu tout d'un coup ? demande Marc. J'ai un gros nez rouge ou quoi ?

Il sort de sa poche un nez rouge et le pose sur son nez. Lisa se souvient que cela la faisait toujours rire à l'époque. Moins maintenant…

— Merci, Bozo le clown ! Je te dois une fière chandelle ! Tu viens de m'aider à ouvrir les yeux…

Lisa prend conscience à quel point il lui aurait été facile, malgré tout, de lui pardonner. Elle n'avait, en dépit de ce qu'elle a cru penser, jamais cessé d'espérer. Tu es pathétique, ma pauvre fille ! Mais c'est fini, maintenant. Elle n'attend plus rien et ne ressent, d'ailleurs, même plus de colère envers lui. Au contraire, elle est presque reconnaissante.

— Ça te dirait de faire un tour de péniche ? tente Marc, incertain de son humeur.

Lisa le regarde et un vieux proverbe chinois remonte à sa mémoire : *celui qui a inventé le bateau a aussi inventé le naufrage…*

— Pourquoi pas… dit-elle en songeant qu'il s'agit de la meilleure conclusion à leur histoire.

— Avance, je finis de faire mon lacet et je te rejoins.

Lisa s'éloigne et tandis que Marc se relève, une petite boîte rouge tombe de la poche arrière de son jean sans qu'il ne s'en rende compte.

— Alors, tu viens ?

— J'arrive, bébé…

Marc court vers Lisa abandonnant, derrière lui, l'écrin Cartier sur le sol.

Les cœurs des femmes sont comme ces petits meubles à secret, pleins de tiroirs emboîtés les uns dans les autres.
Gustave Flaubert, *L'Éducation sentimentale*

— Alors ? Je veux tout savoir ! s'exclame Marie excitée comme une puce.

Lisa, perchée sur le tabouret de bar adossé au plan de travail en marbre de Carrare, contemple, l'œil humide, son amie enfourner des cookies au chocolat. Elle a l'impression de ne pas l'avoir vue pendant une éternité… Depuis son déménagement et malgré leurs coups de fil quotidiens, Marie lui a terriblement manqué.

Aussi loin que remonte leur amitié, Lisa se rappelle avoir toujours vécu à quelques minutes de son amie, chez ses parents, d'abord, puis à Oberkampf à la fin de ses études. Ce dernier lieu toutefois, est officiellement un pur hasard, aucune des deux n'ayant jamais voulu admettre avoir choisi le même quartier pour être voisines…

Leur amitié, depuis l'adolescence, ne s'est jamais tarie. Elles se voyaient quasiment tous les jours et connaissent par cœur la vie l'une de l'autre. Et même si, de temps à autre, de légères tensions avaient pointé leur nez, notamment à cause de petits amis qu'une des deux n'avait pas appréciés, elles avaient toujours réussi à passer outre leurs petits différents.

Pour Lisa, Marie, au même titre que Carla, était sa meilleure amie, sa confidente, sa conscience, sa sœur. C'est vers elles que son cœur se tournait quand tout allait mal ou lorsqu'elle débordait de bonheur. Leur histoire était pour le meilleur et pour le pire. À la vie à la mort. C'était du solide ! Mais si Lisa avait toujours été habituée à ce que Carla vive aux quatre coins du monde, c'était la première fois depuis son année d'échange universitaire en Écosse qu'elle habitait si loin de Marie.

Lorsqu'avec Étienne, cette dernière lui avait annoncé leur décision de passer de l'autre côté du périphérique, bien que ravie pour eux, Lisa avait eu un pincement au cœur. Rien ne serait plus jamais comme avant.

Fini, les après-midi où, ayant fermé plus tôt sa galerie après une grosse vente, elle rejoignait Marie chercher Yanis à la crèche, prenait le goûter au café et discutait des heures en riant pour des riens. Finies, les nuits où, à deux heures du matin, après le départ de Marc, elle se précipitait chez eux, ayant peur seule dans son lit et s'endormait au son mélodieux du ronflement de son filleul. Finis les « J'ai brûlé le rôti, on mange chez vous ! », les après-midi shopping non planifiés, les plateaux-télés devant leurs séries préférées, les secrets partagés à la lueur d'une lampe torche. Oui, fini. C'était fini.

Bon, d'accord, elle exagère peut-être un chouïa. Après tout, Vincennes n'est pas si loin : 25 minutes de métro depuis Oberkampf, à peine 30 secondes d'attente pour le bus et une petite dizaine de minutes de marche pour rejoindre la maison. Ce n'est vraiment pas la mer à boire. Mais, tout de même, quelle idée d'aller vivre à la campagne !

Lisa, tentée par la montagne de cookies dressée devant ses yeux, en pioche un au chocolat blanc.

— Mmm... Génial, tes cookies ! Aussi bon que ceux de Laura Todd !

— C'est ma voisine qui m'a donné la recette. Le secret est dans la cuisson. Pas plus de cinq minutes au four à puissance maximale... répond Marie.

— Ta voisine ne serait pas agent de police, par hasard ?

— Si, comment le sais-tu ?

— Juste une intuition...

Marie vérifie la fournée et hoche la tête, satisfaite.

— Enfin, de toute façon, je ne te parlais pas des cookies, mais de ton rendez-vous avec Marc. Comment s'est-il passé ? demande-t-elle en s'essuyant les mains sur son tablier coccinelle trop petit pour son gros ventre.

Lisa n'ose pas la regarder et pique un deuxième biscuit.

— Lisa ! Si tu crois que je ne te vois pas venir...

— Ch'peux pas parler, Ch'ai la pouche pleine.

Elle mâche lentement le cookie et feint des grosses joues d'écureuil.

— Tu as revu l'homme de ta vie après plusieurs mois d'absence et tu ne veux rien me dire ? Tu appelles ça de l'amitié ?

— Il n'y a pas grand-chose à raconter ! réplique Lisa. Marc m'a obligée à me balader avec lui sur les bords de Seine.

Une horreur ! C'était plein de touristes et puis le fleuve sentait mauvais !

    – Mais, bien sûr !

    – Ensuite, tu ne vas pas le croire, on a pris le Bateau-mouche pour aller à la Tour Eiffel. D'un cliché ! J'ai accepté uniquement parce que c'était l'occasion de réaliser un défi...

    – Vraiment ? La Tour Eiffel ! répète Marie un petit sourire aux lèvres.

Subitement, Lisa regarde autour d'elle et fronce le nez.

    – Tu ne sens pas une drôle d'odeur ?

    – Non...

    – Si, si, dit Lisa en reniflant, ça sent le cramé.

    – Oh, mince, mes cookies !

Marie ouvre le four avec hâte. Après avoir été jugés immangeables, les cookies rejoignent leurs camarades carbonisés dans la poubelle en inox.

    – C'est au moins la troisième fournée que je brûle ! confesse Marie avec un air malheureux. Ce n'est pas au Jules Verne qu'ils feraient ce genre d'erreur... Oups !

Lisa manque de s'étouffer avec son biscuit.

    – Qu'est-ce que tu as dit ?

Marie prend une moue innocente puis éclate de rire.

    – Espèce de traîtresse ! s'écrie Lisa. Je me disais bien que c'était une drôle de coïncidence ! Alors là, tu ne paies rien pour attendre !

Pour illustrer le sérieux de sa menace, elle brise un cookie et broie chaque morceau entre ses dents.

    – Ouh, tu me fais super peur ! réplique Marie.

Celle-ci défie son amie du regard, saisit un biscuit et le glisse en entier dans sa bouche. Lisa, légèrement impressionnée, tente de réaliser le même exploit mais le cookie reste coincé entre ses lèvres. Amusée, Marie la regarde essayer de s'en dépêtrer et profite de son mutisme forcé pour s'expliquer :

    – Si tu veux tout savoir, Marc m'a appelée avant-hier, pas très en forme. Il se demandait s'il t'avait totalement perdue. Je suis désolée, Lisa, tu me connais, je n'ai pas pu résister...

Lisa, muette, fait des grimaces dignes du clown Zavatta. Marie, se retenant pour ne pas rire, la regarde souffrir en silence.

– … Je lui ai suggéré la Tour Eiffel, pour que tu réalises ton défi et lui a pensé aux bords de Seine et au Jules Verne. Il voulait vos retrouvailles spéciales, un peu magiques…

Lisa, laborieusement, essaie de dégager le biscuit avec les doigts.

– Laisse-moi deviner comment s'est passée votre soirée, veux-tu ? sourit Marie en prenant beaucoup de plaisir à ne pouvoir être interrompue. Marc t'a sûrement raconté que ça faisait une éternité qu'il n'était pas monté sur la Tour Eiffel et qu'il adorerait y grimper à pied. Sur le coup, tu as été surprise puis tu as songé qu'il s'agissait peut-être d'un signe du destin. Dès les premières marches, tu as pesté dans ta barbe, talons de 20 centimètres oblige… Au premier étage, tu t'es promis de doubler les séances de yoga. Aux trois-quarts de l'ascension, tu n'en pouvais tellement plus que Marc t'a portée sur son dos et tu as conclu ton défi victorieuse, pensant que, somme toute, monter les deux étages de la Tour Eiffel à pied n'était pas si difficile ! Pour te récompenser de ton fabuleux exploit sportif, Marc t'a invitée au Jules Verne et vous avez savouré un merveilleux dîner en admirant le coucher de soleil.

Lisa réussit à déloger le cookie coupable et le mastique avec vengeance.

– Il t'a aussi appelée pour faire un rapport ?

Marie pouffe de rire.

– Non, non, j'ai tout deviné ! Je n'arrive pas à croire que je suis tombée si juste ! Et la suite, alors ? Il t'a fait une déclaration ? demande-t-elle en regardant furtivement les mains de Lisa.

– Une déclaration de quoi ? D'impôt ?

– Bon, tu vas cracher le morceau ou je te prive de cookies !

Marie fait mine d'enlever le plateau de biscuits.

– Eh bien, tu n'as qu'à lui téléphoner pour le savoir, réplique Lisa en dérobant à la volée un cookie au chocolat au lait.

Yanis, l'air tout endormi, entre dans la cuisine en suçant son pouce et en traînant son doudou de l'autre main. En apercevant Lisa, il se précipite en se dodinant dans ses bras.

– Tata, tata ! Tu es sortie du téléphone ?

– Oh, mon poussin, qu'est-ce que tu m'as manqué ! réalise Lisa en lui faisant des gros poutous bien sonores.

– Il n'a pas cessé de te réclamer, explique Marie en regardant son fils avec adoration. Et comme ces derniers jours, il ne te parlait qu'au téléphone, il est arrivé à la conclusion que tu étais cachée à l'intérieur !

Lisa éclate de rire et fait sauter son filleul sur ses genoux.

– Qu'est-ce que tu es intelligent, mon ange. Tu as fait une bonne sieste ?

Yanis acquiesce de la tête et enfouit celle-ci dans les bras de Lisa avant de fermer les yeux.

– Il est bien fatigué, ton fils !

– Ne m'en parle pas ! Il a passé toute la nuit à explorer tous les coins et les recoins de sa nouvelle chambre. N'est-ce pas, mon petit canard ?

Elle caresse les cheveux de son garçon.

– Je n'arrive pas à croire que mon bébé a déjà deux ans et demi. Le temps passe si vite…

– À qui le dis-tu ! soupire Lisa en embrassant son filleul.

Marie pose fixement les yeux sur les mains de Lisa.

– Quoi ? Je n'ai pas la même couleur de vernis ? Tu n'arrêtes pas de regarder mes mains depuis que je suis arrivée !

– Dis-moi, vous avez parlé avec Marc ? demande Marie en se dirigeant vers le frigo pour sortir une compote.

– En fait, pas vraiment. De toute façon, je ne crois pas avoir envie de remuer ces vieux souvenirs. C'est fini, c'est du passé, j'ai fait mon deuil !

– Je comprends que tu sois un peu perdue, ma carotte, mais arrête de te voiler la face ! Tu sais bien que rien ne sera réglé tant que vous n'aurez pas discuté. De plus, je ne pense pas que Marc soit revenu du Venezuela uniquement pour t'avoir comme amie.

– Qu'est-ce que tu racontes ? C'est parfaitement clair dans ma tête ! affirme Lisa. C'est Marc qui n'est pas net ! Au début, je pensais qu'il tentait de me reconquérir mais au dessert, j'ai changé d'avis ! Il est devenu super agité. Il n'a pas arrêté de dire merde ! Il a même voulu me planter toute seule au restaurant pour redescendre la Tour Eiffel ! Finalement, je lui ai demandé de me raccompagner et arrivés chez moi, il n'a même pas tenté de dormir à la maison. Non, que j'aurais accepté mais…

– Oui, c'est bizarre, en effet ! Il doit sûrement ne pas vouloir bousculer les choses… commente Marie perplexe.

Yanis ouvre les yeux et s'élance entre les jambes de sa mère.

– Maman, Maman. Regarde le papillon !

– Oui, mon lapin. Mais, la compote d'abord…

Elle ouvre ensuite la baie coulissante du jardin et Yanis se précipite près de l'arbuste à fleurs où s'est envolée la chenille volante. Le jardin sent la lavande et en tendant bien l'oreille, Lisa jurerait entendre les cigales chanter au loin. Étienne et Marie ont eu raison. Leur maison est idéale pour élever une famille. Sans compter les barbecues à venir !

– Tu nous accompagnes voir Guignol, tout à l'heure ? demande Marie en s'asseyant sur la chaise en teck de la terrasse.

– Ça aurait été avec plaisir, mais je dois partir à 16 heures pour aller me confesser.

– Pardon ? s'écrie Marie en manquant de tomber de sa chaise.

– Je suis une pauvre pécheresse qui ne demande rien d'autre que l'absolution du Seigneur, sourit Lisa en joignant ses deux mains.

– Mais, oui ! Je me souviens ! Je t'avais forcée à mettre ce défi sur ta liste après t'avoir surprise à ton anniversaire en train d'embrasser deux garçons en même temps, une bouteille de champ' à la main et un joint dans l'autre…

– Je ne me rappelle pas du tout de cet épisode ! Mais, tu aurais dû me proposer ce défi à la place. Cette fois-ci, je ne me serais pas contentée de les embrasser… dit Lisa avec un petit sourire.

Son amie secoue la tête.

– Tu es perdue, ma fille !

– Amen !

Marie se précipite vers son fils qui s'apprête à tester le merveilleux goût de la terre fraîche. Une fois la catastrophe évitée, elle rejoint Lisa autour de la table de jardin.

– Tu sais qu'il faut être catholique pour se confesser. Ah oui, autre petit détail. Il faut… croire en Dieu !

– Je suis ouverte à toutes les croyances ! Regarde, je porte même la croix que Pierre le Puceau m'avait offerte. Il était si mignon ! soupire Lisa avec regret. J'ai vraiment donné corps et âme pour essayer de le débaucher ! C'est romantique de se réserver pour l'élue mais à 33 ans, il aurait pu faire une exception… C'était peut-être ça qui m'attirait chez lui, le fait qu'il soit inaccessible…

– Il aurait fallu l'épouser pour l'avoir…

– Moi, les hommes, c'est comme les chaussures. Il faut les essayer pour savoir s'ils sont à la bonne taille…

Lisa va chercher deux thés glacés à la cuisine et les pose sur la table.

– Tu n'aimerais pas savoir ce que sont devenus tes anciens petits amis ? demande cette dernière en sirotant son verre.

– Je n'ai connu qu'Étienne, voyons ! réfute Marie en ouvrant grands les yeux.

– N'oublie pas que tu n'as de la Sainte Vierge que le prénom ! Non, sérieusement ?

Marie regarde avec tendresse son fils sauter maladroitement pour attraper le papillon, l'air pensif.

– Quelques jours avant mon mariage, j'ai eu comme une légère crise d'angoisse. Ne t'inquiète pas, je n'avais aucun doute sur le fait qu'Étienne soit l'homme de ma vie. Mais, lorsque tu te maries, tu réalises que tu vas passer le reste de ta vie avec un seul homme. Et ça m'a fait flipper ! Alors, j'ai repensé à un de mes ex que j'aurais aimé avoir revu avant mon mariage. Pas du tout pour ce que tu imagines, rassure Marie en voyant l'air stupéfait de Lisa, juste pour savoir ce qu'il était devenu. On aurait peut-être même pu être amis…

– Qui ? demande Lisa intriguée.

Marie détourne le regard et se concentre sur son fils.

– Luc ? insiste Lisa.

Elle secoue la tête.

– Idriss ?

– Mais non.

– Hugo ?

– Hugo, le dingo ? Sûrement pas !

– Ryan ?

—   Enfin, sois sérieuse.

—   Enzo ?

—   Pour rien au monde !

—   Souleymane ?

—   Ah, Souleymane… Un vrai gentleman mais ennuyeux au possible.

—   Alexandre ?

—   Qui ?

—   Tao ?

—   Dans ses rêves.

—   Nathan ?

—   Il t'en reste encore beaucoup parce que ça devient presque embarrassant ?

—   Antoine, le garçon de café !

Marie ne répond pas. Lisa réfléchit, cela ne pouvait pas être le mec d'Ibiza, tout de même…

—   Non, je sais ! Hector !

Marie acquiesce.

—   Je me rappelle, tu as passé toute la seconde à ne parler que de lui.

—   Il était mon premier amour, ça ne s'oublie pas ! Si on n'avait pas quitté Toulouse, notre histoire aurait peut-être continué. Quand Hector et moi nous sommes séparés, c'était comme au cinéma. J'étais Ingrid et lui, Humphrey. Il m'a regardé prendre l'avion les yeux brillants d'un amour contenu qu'il ne pourrait jamais plus exprimer…

—   Vous n'êtes pas arrivés à Paris avec un gros camion de déménagement ?

—   Bon, oui, mais c'était quand même comme dans *Casablanca* ! On a promis de s'écrire tous les jours, mais finalement, on n'a pas dû échanger plus de deux ou trois lettres. C'est dommage qu'on n'ait pas eu Internet à l'époque…

—   Tu as essayé de le googler ?

—   Mais, non ! Et puis, je ne me souviens même plus de son nom de famille.

—   Marie, murmure délicatement Lisa.

—   Oui ?

—   Hector…

—   Oui ?

–   C'est Hector Sallès.

–   Je sais… soupire Marie en regardant son petit chou arracher les pétales d'une marguerite.

Les hommes veulent toujours être le premier amour d'une femme. C'est là leur vanité maladroite. Les femmes ont un sens plus sûr des choses : ce qu'elles veulent, c'est être le dernier amour d'un homme.
Oscar Wilde

    –   Allez, viens, on le google… s'émoustille Lisa.
    –   Je ne peux pas faire ça ! Imagine si Étienne apprenait que je tape le nom d'un ex sur Internet pour savoir ce qu'il est devenu…
    –   Hector est un amour de jeunesse… Il ne s'est jamais rien passé entre vous !
    –   Mais, si ! On a échangé des baisers, chastes, peut-être, mais enflammés !
Lisa lui lance un regard qui ferait fondre un cœur en acier trempé.
    –   Je vais me sentir coupable… avoue Marie en rougissant.
    –   Je ferai les recherches moi-même, propose Lisa, donc, tu n'auras rien à te reprocher !
Marie se lève et fait le tour de la table tout en caressant son ventre.
    –   Non, non, non. Ce n'est pas une bonne idée !
Lisa hausse les épaules et prend un air résigné.
    –   Comme tu veux…
    –   Tu abandonnes ? s'inquiète Marie.
    –   Ben, tu ne veux pas. Je ne vais pas te forcer.
    –   Je pensais que tu allais encore insister, j'aurais cédé, tu sais, comme on fait d'habitude…
Lisa sourit devant l'air désemparé de son amie, elle a bien réussi son coup !
    –   Ok… concède-t-elle grassement. Va chercher l'ordinateur ! Et amène-moi un cookie pendant que tu y es !
Marie met les mains sur ses joues.
    –   Oh, non ! Les cookies !
Elle se précipite dans la cuisine et pousse un grand cri en apercevant les biscuits carbonisés. En entendant sa mère, Yanis la rejoint et, soucieux, lui demande si c'est bébé qui lui fait

mal. Elle rassure son petit chou puis, à travers la baie vitrée, prie Lisa d'aller chercher l'ordinateur au salon.

    – Tu as le Wi-Fi, j'espère ? s'enquiert cette dernière en revenant dans le jardin.
Marie la rejoint sur la terrasse et pose son fils sur la pelouse.
    – On ne vit peut-être plus à Paris mais le XXIe siècle est aussi passé de l'autre côté du périph !
    – Oh, c'était juste une question…
Lisa allume l'ordinateur.
    – Voyons ce qu'Hector Sallès a pu devenir… annonce-t-elle en tapant son nom dans Google.
    – Alors ?
    – Hum, bredouille Lisa.
    – Qu'as-tu trouvé ? s'impatiente Marie en essayant de voir l'écran.
    – Et, bien… Rien !
    – Tu es sûre ? Tu as bien orthographié son nom, au moins ? Laisse-moi voir.
Marie arrache l'ordinateur des mains de Lisa et le met sur ses genoux. N'arrivant pas à voir l'écran à cause de son gros ventre, elle le rend à Lisa sous le regard amusé de cette dernière.
    – Essaie le site des amis retrouvés, suggère Marie.
    – Il faut s'inscrire…
    – Et Facebook ? Il y est peut-être.
Lisa tape Facebook dans la barre de recherche.
    – Là, aussi, il faut être inscrit. Le destin est contre toi, ma petite Marinette. Il ne souhaite pas que tu retrouves ton premier amour…
    – Étienne est sur Facebook ! Utilisons son compte ! s'illumine Marie.
    – S'il apprenait que tu subtilises son identité pour traquer un ancien amoureux, il serait ravi, sourit Lisa. Tu connais son mot de passe ?
    – Oui, bien sûr. On ne se cache rien !
Marie lui donne l'e-mail d'Étienne et le mot de passe mais celui-ci s'avère incorrect. Elles tentent un deuxième essai puis un troisième et après sept tentatives de mots de passe différents,

elles réussissent, miraculeusement, à pénétrer sur le site internet.

    – Il y a 286 Hector Sallès ! s'exclame Lisa. Lequel désires-tu ?

    – 286 ! Mais, on va y passer des heures… Et tu dois partir dans moins de vingt minutes…

    – Ils ont tous des photos. Ça va être rapide ! C'est peut-être lui, dit Lisa, taquine, en lui montrant un gros moustachu à lunettes.

Elle tourne le portable vers Marie qui grimace en apercevant la photo. Cette dernière accapare ensuite l'ordinateur et regarde avec avidité les profils suivants.

    – Hello les filles !

Marie relève le nez de l'écran et voit Étienne entrer dans le jardin. Elle jette un regard affolé à Lisa qui, en remuant les lèvres, lui dit d'éteindre le portable. Marie appuie précipitamment sur le bouton et, rassurée, se lève pour accueillir son époux.

    – Papa ! s'écrie Yanis en trottinant vers ce dernier.

    – Salut champion ! salue Étienne en attrapant son fils dans les bras pour le faire sauter en l'air.

Il fait la bise à Lisa et embrasse amoureusement sa femme tout en lui caressant le ventre.

    – Comment va ma petite famille, aujourd'hui ?

    – Je ne t'attendais pas avant ce soir… murmure Marie.

Étienne lit dans les yeux de sa femme et pose ses deux poings sur les hanches.

    – Eh bien, quel accueil ! J'interromps quelque chose ? Que faisiez-vous ?

    – Rien de spécial, tu sais, des trucs de filles… répond Lisa.

Marie rougit. Lisa se rend compte avec effroi que l'ordinateur est encore allumé. Elle sent sa gorge se serrer et tente, par un jeu de paupière, de faire comprendre à Marie la situation. Celle-ci la dévisage, interrogative.

    – J'ai une petite idée de ce que vous faisiez, dit Étienne en les regardant tour à tour.

Lisa, paniquée, montre à Marie l'ordinateur du menton. Son amie écarquille les yeux et murmure « Quoi ? » du bout des lèvres. Étienne s'avance vers la table, les dizaines de profils des différents Hector à portée de vue. Il suffirait qu'il tourne la tête pour découvrir leur petit secret.

    – Je sais ! Ne dites rien, dit-il en s'asseyant sur la chaise.

La bouche sèche, les narines frémissantes, le cœur sortant de sa poitrine, Lisa saute vers l'ordinateur et pousse un grand cri en montrant du doigt le fond du jardin.

    – Aaaaaaaaaaaaaah !

Marie, Étienne, Yanis, toutes les têtes se braquent vers la direction pointée. Lisa profite de sa diversion pour éteindre rapidement l'ordinateur

    – Vous avez vu cet énorme papillon ? s'écrie-t-elle.

    – Euh, oui… Enfin, il n'a rien d'exceptionnel… s'étonne Étienne.

    – Un papillon, papa, un papillon…répète Yanis.

Ce dernier prend la manche de son père et l'emmène vers les buissons. Lisa les regarde s'éloigner, rassurée.

    – On l'a échappé belle ! L'ordinateur n'était pas éteint ! murmure-t-elle à Marie.

    – Mon dieu, j'étais sûre…

Lisa regarde l'heure sur son téléphone et songe qu'il est temps d'aller à sa confession. Elle rassemble ses affaires puis murmure à l'oreille de Marie, toujours sous le choc, des paroles réconfortantes. Étienne les rejoint sur la terrasse, pose son fils sur ses genoux et regarde Lisa d'un drôle d'air.

    – J'espère que ce n'est pas moi qui te chasse. Tu sais, je suis parfaitement au courant de ce que vous faisiez ! Moi aussi, je suis dans la confidence…

Lisa enfile sa veste et jette un bref regard à Marie qui, aux mots de son mari, se met à blêmir.

    – Que veux-tu dire ? demande Lisa tendue.

    – Avoue, vous parliez de Marc ! Je sais que vous êtes de nouveau ensemble…

Marie pousse un long soupire de soulagement.

    – Pas du tout ! s'écrie Lisa également soulagée. Qui t'a raconté une bêtise pareille ?

Elle commence à être sérieusement agacée que tout le monde semble plus informé de sa vie sentimentale qu'elle-même.

–   Ben, Marc ! Je viens de le quitter. On est parti faire quelques emplettes ensemble, dit Étienne.

–   Et vous avez parlé de moi ? questionne Lisa, surprise que les hommes entre eux aient d'autres sujets de conversations que le sport et les voitures.

–   Entre autres choses… sourit-il. Je suis content que vous ayez réglé vos problèmes.

Lisa prend son sac et se dirige vers la sortie.

–   Je n'en reviens pas ! On n'a rien réglé du tout ! Marc est pas mal gonflé ! Tu lui diras, lors de votre prochaine discussion de mecs, qu'il ne suffit pas d'un dîner sous les étoiles pour être pardonné. Étienne, je sais que Marc est ton meilleur pote mais je suis désolée, c'est fini les quatre mousquetaires…

–   On verra… Je ne pense pas que tu sois au bout de tes surprises…

–   Justement ! Il y en a marre des surprises. Il y a trois mois, j'ai été beaucoup trop surprise ! Sur ce, ciao, les amis !

Être dans le vent : une ambition de feuille morte.
Gustave Thibon

Lisa fait les cent pas devant l'arrêt de bus, un rictus collé au visage. Non mais ce n'est pas possible ! Plus de 10 minutes que j'attends ce satané 56 !

    — Et en voilà un troisième ! s'exclame-t-elle les bras ballants en regardant un bus passer de l'autre côté. Ils ne peuvent tout de même pas être en grève dans un seul sens … C'est vraiment trop inzuste, soupire-t-elle en frappant un caillou du pied.

13 minutes d'attente.

À cinq, il arrive !

    — Un,   deux………   trois………………… quatre…………………………   quatre et demi …………………………………..quatre   trois-quarts………………………………………..   quatre-huitième…………………………………………………………... c………in………………q !

Elle lève la tête pleine d'espoir. Aucun bus à l'horizon.

17 minutes d'attente.

Lisa met son poing en l'air et instaure une mini-manifestation en marchant de long en large.

    — RATP Rentre Avec Tes Pieds, RATP Rentre Avec Tes Pieds. Allez, tous en cœur, scande-t-elle aux moineaux qui picorent le gravier. RATP Rentre Avec Tes Pieds, RATP Rentre Avec Tes Pieds…

22 minutes d'attente.

Lisa se rassoit sur le banc, croise et décroise les jambes puis compte ses phalanges. Si je vois une deux-chevaux-verte-sans-retouche-le-bonheur-sera-pour-moi, le 56 vient dans cinq minutes !

Six minutes plus tard.

La deux-chevaux n'était pas réaliste. Si une Clio rouge surgit, le bus arrive.

Cinq Clio noires plus tard.

Si je me touche le nez avec la langue, le voila dans les 30 secondes. Bingo, j'ai réussi ! Elle guette le bus qui devrait, en toute logique, apparaître. En vain.

33 minutes d'attente.

Lisa, désespérée, s'effondre sur le banc.

—   Pourquoi moi ? crie-t-elle mélodramatique. Pourquoi moi ?

37 minutes d'attente

—   Je sais ! s'écrie-t-elle. Quelque chose marchait toujours au lycée : le coup de la cigarette ! J'allume une clope et quelques secondes plus tard, comme par hasard, le bus arrive !

Elle sort du fond de son sac un vieux paquet tout froissé datant au moins du siècle dernier, prend une cigarette, la porte à ses lèvres après l'avoir délicatement lissée puis jette un coup d'œil malicieux à la route en l'allumant. Avant même la première bouffée, arrive au loin la forme d'un bus.

—   Alléluia !

Lisa saute de joie, prête à dégainer son nouveau passe Navigo. Le véhicule tant attendu s'approche et son visage s'assombrit à la vue d'un…autocar.

—   Vous avez gagné, j'abandonne ! dit-elle en se préparant psychologiquement à son trek jusqu'à la civilisation.

De dépit, Lisa lance la cigarette à peine entamée sur la chaussée. Celle-ci atterrit tout droit sur une moto filant à toute allure. La moto continue son chemin puis brusquement, fait demi-tour et s'arrête pile en face de Lisa. Zut, alors, je n'ai même pas fait exprès, pense-t-elle prête à se confondre en excuses.

—   Désolée, je ne vous avais pas vu, vous rouliez tellement vite…

Le motard, entièrement moulé de cuir noir, fait mugir sa moto. Mmm, sexy ! songe Lisa, surtout caché derrière son casque teinté…

—   Il y a une déviation jusqu'à la fin du mois, dit le motard d'une voix rauque et étouffé. Aucun bus ne passe à cet arrêt.

Lisa tombe des nues devant la nouvelle apportée par ce chevalier noir des temps modernes.

—   Aucun bus ? Mais, j'attends depuis plus d'une demi-heure !

Les chauffeurs des différent 56 lui avaient bien fait des signes mais elle l'avait mis sur le compte de sa nouvelle couleur. Depuis qu'elle est blonde, c'est fou comme elle attire les regards masculins ! Bon, il est vrai que certaines bonnes femmes avaient secoué la tête en la voyant mais elle avait cru qu'il s'agissait de compassion féminine devant sa douloureuse situation. Elles aussi avaient dû vivre cette terrible épreuve, attendre un bus tardant à venir. Pire encore, peut-être sous un froid glacial ou par temps de pluie ! Lisa tremble d'effroi rien qu'en y songeant...

    –   Il y a un arrêt temporaire rue Balzac, informe le motard en pointant le coin de la rue.

    –   Merci beaucoup, conclut Lisa maudissant la RATP et leur manque d'information.

    –   Où allez-vous ? demande le pilote en faisant rugir son moteur.

    –   Au métro.

    –   Laissez-moi vous accompagner, c'est sur ma route.

Lisa hésite. Elle n'a pas pour habitude d'accepter les invitations de ténébreux motards et celui-ci aime un peu trop la vitesse à son goût.

    –   C'est gentil, mais je vais me débrouiller.

    –   Ça vous fera une nouvelle expérience, dit-il en sortant un casque de l'arrière. Je parie que vous n'en avez jamais fait...

Il a d'autant plus raison que conduire une moto fait justement partie des défis de sa liste !

Lisa a pris goût aux deux-roues en réalisant sans le savoir, des années auparavant, un autre défi lors de vacances romaines.

Après avoir arpenté la ville de long en large à l'arrière de la Vespa de son petit ami de l'époque, elle avait réussi à le convaincre de lui laisser conduire le scooter. « Rien qu'une fois. Allez, s'il te plaît ». Au bout de dix minutes de conduite prudente et maîtrisée selon Lisa, inconsciente et dangereuse d'après les nombreuses mamas italiennes à moitié fauchées, Keiji lui avait posé un ultimatum, « C'est la Vespa ou moi ! ». Et elle avait choisi son petit ami. Mais les deux roues, contrairement à lui, étaient restés à jamais dans son cœur...

Pour réaliser son défi moto, Lisa a déjà pensé à un plan : aller chez un concessionnaire en se faisant passer pour une cliente sérieuse et expérimentée, tester une grosse cylindrée qu'elle n'aurait, bien entendu, pas l'intention d'acheter, mais chut, les vendeurs n'en sauraient rien, et s'évader sur l'autoroute les cheveux au vent en roulant à 300 kilomètres/heure. À la fin de l'essai, elle aurait rendu la moto ni vue ni connue, en disant y réfléchir. Défi accompli !

Lisa ronronne d'avance de plaisir, pressée de sentir la vitesse faire battre son cœur et de découvrir enfin cette liberté tant vantée de ces anarchistes de la route. Bientôt, elle aussi n'obéirait qu'à la seule loi de son étalon métallisé…

Cette petite virée imprévue jusqu'au métro ne pourrait-elle pas constituer un prélude à sa belle échappée ? Doit-elle saisir l'occasion ou attendre sagement le prochain bus ? Dilemme, dilemme…

    – Hum…, d'accord ! Mais ne roulez pas trop vite, c'est ma première fois, dit-elle en baissant timidement les yeux.

    – Promis ! Alors, c'est très simple. Vous suivez chacun de mes mouvements. La moto et nos deux corps ne doivent faire plus qu'un seul bloc, ok ?

    – Ok, répond Lisa en rosissant légèrement.

Elle grimpe sur le véhicule et se sert contre le conducteur. C'est très… intime, songe-t-elle en entourant la taille du motard. Tu n'es pas très sérieuse, Lisa ! Ta mère ne t'a jamais appris à ne pas monter sur la moto d'un inconnu ? Non, je ne crois pas. Ne pas accepter de bonbons, oui. Ne pas monter dans une voiture aussi mais rien concernant les deux-roues ! Problème de conscience résolu !

À peine a-t-elle le temps de boucler son casque que la moto s'envole. Lisa se serre un peu plus contre l'épaisse combinaison de cuir du motard. Oh mon dieu, c'est fantastique ! Je fais de la moto ! Le vent souffle contre ses bras nus. Elle se sent libre et habitée d'une puissance… presque virile. Promis, bientôt j'en achète une !

La moto prend brusquement de la vitesse. Lisa est projetée contre le dos du pilote et l'agrippe de tout son corps. Le motard accélère de nouveau. Elle lui crie de ralentir mais aucun son ne sort de sa bouche. Ses membres sont paralysés, ses bras, ses jambes ne répondent plus. Son cœur est compressé. Seules des larmes lui coulent des yeux. Lisa puise toute sa force pour donner des impulsions au motard afin qu'il s'arrête, qu'il stoppe, qu'il comprenne qu'à cette vitesse, ils roulent droit vers la mort ! Rien n'y fait, l'engin va de plus en plus vite.

Lisa peu à peu se rend à l'évidence : rien ne sert de lutter, il faut accepter son sort. Jamais, à cette allure, ils ne s'en sortiront vivants. C'est mon châtiment pour avoir manqué ma confession et suivi un parfait étranger ! Je vois déjà l'épitaphe sur ma tombe : « Ci-gît Lisa, morte à pas même 30 ans ». J'espère qu'on m'enterra au Père-Lachaise aux côtés de Jim Morrison. À moins que l'on m'incinère et répande mes cendres dans le Pacifique. Oh misère, je n'ai jamais trempé les pieds dans le Pacifique... J'ai tellement de choses à faire ! À vivre ! Je n'ai même pas fini ma liste ! Julien ! Mon mystérieux inconnu, je ne t'aurais jamais revu... Laissez-moi vivre. Je veux vivre... Hosanna !

Lisa relâche la pression de ses mains. Elle ne sent plus battre son cœur, ne voit plus rien. Elle est ailleurs, comme au ralenti. Tout est molletonné autour d'elle. Même la vitesse est inexistante.

— Terminus, tout le monde descend.

Lisa ouvre les yeux avec précaution et palpe de ses mains tremblantes chaque centimètre de son corps. Elle est vivante ! Elle saute d'un bond de la moto, s'éloigne vivement de cet animal sauvage dont la véritable place est la fourrière, puis retire avec fougue son casque : ses cheveux sont sens dessus dessous, son maquillage a coulé et même son mascara waterproof n'a pas résisté au choc de la vitesse.

— Eh bien, notre petite virée vous a fait de l'effet ! s'exclame le motard en l'observant.

Elle essaie de parler mais seuls des petits sons franchissent ses lèvres. Après un petit moment, elle récupère sa voix.

— Vous êtes complètement fou ! Je vous avais demandé de rouler doucement ! crie-t-elle tremblant encore de tous ses membres. Vous n'avez pas senti mes ongles écraser votre chair pour vous dire de freiner ?

— Je pensais que vous vouliez que je roule plus vite, dit le motard en riant. Il fallait me le dire, j'aurais roulé à 30 kilomètres/heure.

— Je n'ai pas cessé d'essayer !

– Vous savez, on n'a pas dépassé les 80. Je vous l'ai fait façon tortue comme promis, révèle le motard en enlevant son casque.

Lisa va enfin voir la tête de ce véritable danger public responsable de son ex future mort. Est-il plutôt du genre Tom Cruise dans *Top Gun* mais en plus grand, ou Marlon Brando dans *L'Équipée Sauvage* ? Il laisse apparaître son visage et Lisa découvre une très jolie jeune fille d'à peine vingt ans.

– Vous êtes une femme ? demande Lisa ébahie au ravissant angelot à la longue chevelure dorée.

– C'est ce que dit mon certificat de naissance en tout cas, annonce la jeune fille qui en y regardant de plus près n'a pas l'air d'avoir plus de 15 ans.

– Vous n'êtes pas un peu jeune pour conduire un véhicule pareil ?

– J'aime bien avoir de gros engins entre les jambes, ça m'excite.

Malgré son visage d'ange, la motarde parle comme un vieux charretier.

– Ça fait des sensations, hein ? Vous verrez, une fois qu'on y a goûté, on ne peut plus s'en passer…

Lisa, toujours sous le choc, observe la jeune fille remettre son casque et lui faire un petit signe de la tête. La moto démarre dans un bruit assourdissant puis tourne autour de Lisa qui, paniquée, se réfugie sur le trottoir. La monture se cabre dans un dernier salut et se faufile entre les voitures jusqu'à ne devenir qu'une petite bicyclette inoffensive.

Alors là, le jour où je remonterai sur une moto n'est pas arrivé ! songe Lisa. Et puis, de toute façon, j'ai toujours trouvé les transports publics beaucoup plus écologiques !

– Taxi !

Les 30 premières années se passent à ne pas pouvoir se réveiller, les 30 suivantes à ne pas pouvoir s'endormir.
Proverbe chinois

Lisa compose le numéro de téléphone de sa mère et monte les escaliers à pas feutrés.

– Mon bouchon ! Je pensais justement à toi. J'ai vu un joli caraco en dentelle rose qui t'irait à merveille, s'exclame Lysette au bout du fil.

– Maman, je t'ai déjà dit de ne plus m'offrir d'affaires. Je n'ai plus quatre ans, je peux très bien acheter ma lingerie toute seule...

– Je sais, mon bouchon, mais quand tu le verras, tu me remercieras.

Lisa n'est pas d'humeur à lutter contre sa mère. De toute façon, après plus de 29 ans de batailles acharnées, elle s'est résolue à admettre n'en avoir jamais gagné aucune. Et aujourd'hui, entre Marc qui ne cesse pas de l'appeler et sa galerie, elle a besoin de sa petite maman.

Sa matinée a été consacrée à gérer les problèmes avec son maître d'œuvre qui s'est subitement trouvé une vocation d'architecte d'intérieur et a voulu transformer l'intégralité des plans originellement agréés. Il parlait de la galerie comme de « sa galerie » et Lisa a dû user de tout son charme et sa diplomatie pour que les travaux soient poursuivis selon ses directives, sans que Jacques en prenne ombrage. Elle sait parfaitement que ce dernier lui fait une énorme faveur, le coût demandé pour les travaux étant ridicule, et en dehors de ses crises créatives aiguës, Jacques fait un excellent travail. Tout est de nouveau sur les rails mais Lisa est vannée.

– Maman...

– Oui, mon bouchon.

– Dis-moi, tu serais partante pour faire une après-midi mère-fille ? Ça fait une éternité qu'on n'a pas passé de temps juste toutes les deux.

Silence.

– Maman, tu es toujours là ?

– Mais, bien sûr ! Rien ne pourrait me faire plus plaisir, ma chérie !

Lisa perçoit l'émotion de sa mère à sa voix haute perchée.

–   Et quand veux-tu faire cette petite journée ? demande Lysette.

–   Je ne sais pas. Je pensais… Eh bien pourquoi pas aujourd'hui ?

Lysette marque à nouveau une petite pause.

–   Aujourd'hui ? Parfait, alors, je t'attends. Tu seras là dans… une heure ou deux ?

–   Oui à peu près. À tout à l'heure, maman, conclut Lisa dans un sourire.

Elle sort un trousseau de clés de son sac, ouvre doucement la porte de l'appartement de ses parents et arrivée dans l'entrée, s'écrie :

–   Surprise !

Lysette entrouvre la porte du salon, jette un œil dans le couloir et, en apercevant sa fille, ferme précautionneusement la porte derrière elle.

–   Ah ma chérie ! Quelle farceuse tu es ! s'exclame-t-elle en riant bizarrement fort.

Lisa embrasse sa mère sur les deux joues. Elle a mis une double couche de fond de teint, est poudrée comme le mime Marceau et empeste le Shalimar à des kilomètres. Jusque-là rien d'anormal, sa mère est toujours sur son 31 même pour aller à la boulangerie, mais son air faussement enjoué, normalement réservé aux personnes extérieures à la famille, est suspect. Hum, mon instinct de panthère rose me dit que quelque chose se passe dans cette maison ! songe Lisa. Je me demande pour qui se joue cette petite comédie.

–   Je ne te dérange pas ? Tu es toute seule ?

–   Mais non, bien sûr, tu ne me déranges jamais, voyons ! Allez viens dans la cuisine, je te prépare un petit bout à manger.

–   Merci, maman, mais je n'ai pas faim.

–   Mais si, tu as faim !

Lisa lève les yeux au ciel. Et ça commence !

–   Tu n'as pas l'air de te nourrir très bien, mon bouchon. Tu as vu ta mine ? Un citron pressé avec un peu d'eau chaude à jeun au réveil et comme moi, tu aurais un teint de jeune fille.

Chouette, tout ce que j'avais envie d'entendre ! Finalement, cette petite après-midi mère-fille n'est pas la meilleure idée de la journée. Lysette réchauffe une énorme assiette de spaghettis à la bolognaise au micro-onde et ajoute une bonne dose de parmesan râpé.

— Tiens, mon bouchon, mange tant que c'est chaud.

— Maman, je n'ai vraiment pas faim.

— Allez, fais-moi plaisir, dit Lysette en faisant triste mine.

Ce n'est pas croyable. Comment arrive-t-elle à toujours me faire culpabiliser ? Lisa prend une fourchette et attaque avec réluctance le plat de pâtes.

— C'est bon, non ? C'est une nouvelle recette « Weight Watchers » que j'ai faite pour papa. Tu sais, il doit faire attention à son cholestérol, maintenant.

— Et toi, tu ne manges pas ?

— Oh, non, je suis un vrai moineau. Je picore, je picore. Et puis, contrairement à toi, je fais attention à ma ligne.

À ces mots, Lisa recrache les spaghettis dans son assiette.

— Voyons, je t'ai appris à manger plus proprement, tout de même !

Lisa n'avait pas faim, son appétit est cette fois-ci complètement coupé. Elle a trouvé ! Le meilleur régime pour enfiler son jean test serait de retourner chez sa mère ! Et là, ce n'est plus un 36 qu'il lui faudra, mais une taille zéro.

— Ok, maman, je vois que tu es en pleine forme, aujourd'hui !

— Mon petit bouchon rend visite à sa vieille maman. Je ne peux pas être de meilleure humeur, dit Lysette en caressant tendrement les cheveux de sa fille.

Ah, elle est enfin passée en mode croisière, songe Lisa. Lysette est comme un bonbon acidulé, il faut endurer le picotement acide des petits grains de sucre avant de pouvoir atteindre le cœur fruité et généreux.

— Qu'as-tu fait à tes cheveux ?

Le visage de Lisa s'éclaire. Sa mère n'avait pas remarqué sa couleur au brunch mais mieux vaut tard que jamais. Cela fait plaisir que quelqu'un apprécie, enfin, sa nouvelle blondeur.

— Ils sont secs comme de la paille, ma fille ! Je vais te chercher dans la salle de bain de quoi requinquer tout ça. Tu te laves encore les cheveux avec du liquide vaisselle ?

Bon, ce n'est pas parce qu'à neuf ans, une seule fois, Lisa s'est shampooinée la tête avec du Paic citron, que vingt ans plus tard, elle le fait encore ! Mais il est vrai que le Mir douceur de mangue sent particulièrement bon. Lysette revient dans la cuisine avec une tripotée de produits capillaires.

    –   Alors, en avant-shampooing, tu utilises l'huile d'argan. Tu te laves le cuir chevelu avec le shampooing au karité et après t'être soigneusement rincé les cheveux à l'eau froide pour resserrer les écailles, tu appliques le masque à l'orchidée. Mais pas plus de cinq minutes, c'est très concentré ! Tu veux que je te mette des étiquettes pour t'en souvenir ou tu crois que ça ira ?

    –   Oh non, les étiquettes sont totalement indispensables, affirme Lisa avec une ironie que ne semble pas saisir sa mère.

    –   Ah ma fille, ma fille. Tu ne grandiras donc jamais. Et les compléments alimentaires, tu les prends toujours ?

    –   Mais, oui, bien sûr, maman, tous les matins et tous les soirs.

    –   Alors, pourquoi ce teint terne ? Il va falloir commencer à faire attention à toi ! Et à 32 ans, on ne peut pas sortir sans maquillage. Surtout que tu vas avoir 33 ans dans deux mois !

    –   30 suffiront, susurre Lisa les dents serrées, et mon anniversaire n'est pas dans deux mois mais dans un peu plus de deux semaines !

Et puis, je suis maquillée ! s'insurge-t-elle dans sa tête, sauf que moi je n'en ai pas mis trois tonnes !

    –   Oh, tu sais, les dates et moi…

Ok, là, c'est trop ! Je me tire d'ici ! Je ne sais même pas ce que j'ai pu imaginer, pense Lisa une boule d'angoisse coincée dans la gorge.

    –   Maman, je suis désolée, mais j'ai oublié que j'avais quelque chose d'urgent à faire. Tu ne veux pas que l'on…

Une femme d'âge mûr empestant Angel de Mugler surgit dans la cuisine.

    –   Lysette… Tout le monde s'impatiente !

Je pensais que ce parfum était réservé au moins de 18 ans, songe Lisa en tentant de se boucher le nez. La dame se dirige droit vers le frigo et se sert le plus naturellement du monde une bière.

— Oh, je vois que l'on a de la compagnie, s'étonne cette dernière. Tu nous présentes, Lysette ?

— Mais, bien sûr. Josiane, voici Lisa.

Lisa et Josiane attendent de plus amples présentations de sa part mais aucun autre son ne sort de sa bouche.

— Enchantée Lisa. Tu viens te joindre au club ? demande Josiane en lui broyant les doigts.

— Quel club ? interroge Lisa intriguée.

Josiane lance un discret regard à Lysette qui, cachée derrière sa fille, fait mine de se couper la gorge. Josiane ignore sa menace et guide Lisa vers le salon.

— Viens donc, je vais te présenter au reste de la compagnie.

Lysette se met devant elles et leur barre le passage.

— Josiane, je t'ai dit que Lisa était ma fille ?

— Non, en fait, tu n'as rien dit. Alors, petite, c'est gentil de venir visiter ta grand-mère, dit celle-ci en faisant un clin d'œil à Lisa.

— Ma fille, pas ma petite-fille, répète Lysette la mâchoire dans les genoux.

— Oui, j'avais bien compris.

Lisa étouffe un rire et se dit que cette Josiane doit très bien connaître sa mère. Elle est vraiment surprise de ne jamais en avoir entendu parler. Lysette toussote et lance un regard sévère à Josiane.

— Lisa, maman a un petit peu mal à la tête. Tu pourrais aller me chercher une aspirine ?

Lisa regarde sa mère - la comédie a repris - et se dirige vers la salle de bain sans oublier de laisser traîner ses oreilles :

— Non, mais ça ne va pas ! C'est ma fille ! Tu ne voudrais tout de même pas qu'elle découvre tout ?

— Lysette, calme-toi. Tu commences à briller. Elle pourrait être intéressée ! Et puis, ce n'est plus un bébé, tu sais.

— Ne change pas de sujet, s'il te plaît. Tu ne vas pas m'apprendre, à moi, comment élever mes enfants !

De retour de la salle de bain, Lisa frappe timidement à la porte du salon. Lysette l'accueille avec son sourire d'hôtesse, le mal de tête semblant miraculeusement avoir disparu.

    — Entre, mon bouchon, que je te présente aux filles.

Les « filles » sont composées d'une dizaine de ménagères de plus de cinquante ans, toutes endimanchées, sagement assises sur les canapés. Lisa ne reconnaît aucune des amies proches de sa mère mais repère quelques visages familiers : Madame Preuleux, la voisine de ses parents, que sa mère, à sa connaissance, a toujours détesté. Fanta, son esthéticienne, qui a fait à Lisa sa première épilation à la cire à 14 ans - elle ne s'en ait jamais remise depuis - ainsi que Madame Abar, la bouchère. Et au loin, cachée entre les fauteuils, la discrète et tassée Madame Dabek que Lisa, depuis sa naissance, a perpétuellement connue centenaire, toujours aussi vieille mais finalement pas beaucoup plus.

    — Qu'est-ce que tu es grande fille, maintenant ! s'exclame Madame Abar. Tu devrais venir nous voir à la boucherie de temps en temps, hein. Je te réserverai les meilleures côtelettes d'agneau, juste pour toi.

    — Merci, Madame Abar.

    — Tu t'es remise avec ton fiancé, ta maman nous a dit. Elle m'a montré sa photo. Quel bel homme ! Et en plus célèbre ! On vous verra bientôt chez Drucker, hein ? Et à quand le mariage ? Dédé et moi, on vous offrira la viande en cadeau, du bon gigot, dit Madame Abar avec un grand sourire empli de gentillesse.

Lisa ne sait plus où se mettre et essaie d'attraper le regard de sa mère en pleine discussion avec Josiane.

    — Maman…

    — Un instant, mon bouchon. On ne t'a donc jamais appris à ne pas interrompre les grandes personnes ?

Lisa, dépitée, fait le tour des dames afin de leur faire la bise et aperçoit d'énormes sacs en papier pourpre émerger légèrement de sous les fauteuils.

    — C'est quoi cette réunion ? murmure-t-elle à Fanta.

    — C'est un atelier tupaire, s'empresse de répondre une septuagénaire aux cheveux roses.

Fanta soupire de soulagement.

– Lysette l'organise deux mercredis par mois.

– Vraiment ? Je ne savais pas que ma mère vendait des Tupperware. Il n'y en a jamais eu à la maison, elle recycle les bacs à glace.

– Ah oui ? Moi aussi, s'exclame Fanta visiblement ravie d'avoir changé de sujet de conversation.

– Moi aussi, grimace une autre dame visiblement liftée. C'est aussi bien et beaucoup plus économique.

– Je fais la même chose, s'enflamme une rousse aux lèvres collagénées.

Lisa voit toutes les têtes acquiescer et son regard se perd sur l'écran de télévision, réglé sur la chaîne de télé-achat. Oh là là, la préretraite ne lui a pas fait du bien. Je comprends pourquoi maman ne voulait pas que je sache ce qui se trame. Elle commence vraiment à s'encroûter : Tupperware party, télé-achat, club du troisième âge. Je préférais quand elle copiait les dernières modes des États-Unis. Le brunch était plutôt une bonne idée, tout compte fait.

Lisa observe sa maman déambuler parmi ses invitées, l'air utile et important. Finalement, si ça lui permet d'occuper ses journées et de passer du temps entre copines, pourquoi pas ? Elle ne voit d'ailleurs pas de meilleure excuse pour raccourcir son après-midi mère-fille.

– Maman, je vais y aller. Tu as du monde. On se verra une autre fois.

– Tu veux déjà laisser ta mère ? Mais, tu viens à peine d'arriver ! Reste un peu. De toute façon, les filles allaient bientôt partir. Tiens, prend un sandwich au concombre. C'est moi qui les ai faits.

– Non, merci, maman.

– Mais, si, mange. Le concombre, c'est bon pour toi.

Lisa secoue la tête et embrasse furtivement sa mère sur la joue. Lysette la retient fermement par le bras et la met face à son audience.

– Vous êtes toutes témoins, crie-t-elle au club des retraitées en pointant Lisa. Vous avez vu comment elle traite sa mère ? J'ai souffert pendant 16 heures sans péridurale pour la mettre au monde. 16 heures de torture abominable que je ne souhaiterais pas même à ma pire ennemie. Tiens, Josiane, pas même à toi. Josiane esquisse un sourire. Et voilà ce que je récolte, une visite en coup de vent, sans même me demander comment vont mes vieux os !

Elle se met à pleurer. Lisa sait parfaitement que sa mère joue la comédie pour susciter la pitié de ses amies. Chaque dimanche, elle tente de faire de même mais ses efforts sont vains depuis une bonne décennie, maintenant. Elle et son frère se sont d'ailleurs demandé si, en imposant une nouvelle connaissance à chaque brunch, elle n'avait pas trouvé le moyen d'attendrir au moins une personne. Elle espère que, comme avec la famille, personne ne soit dupe mais les pleurs de Lysette s'amplifient.

— Et elle n'est pas fichue de passer quelques minutes avec sa pauvre mère !

Les dames hochent la tête.

— Ah les enfants, tous des ingrats !

— Je ne vois mon fils qu'à Noël. Et il oublie toujours de me souhaiter mon anniversaire et je ne parle même pas de la fête des mères… dit l'une.

— Ma belle-fille refuse que je vienne m'installer chez mon Kassim pour m'occuper de mon petit-fils. Vous imaginez empêcher une grand-mère de chérir ses propres petits-enfants !

Les dames continuent leur conversation, chacune surenchissant sur le manque de reconnaissance de leurs enfants. Il est vraiment temps que je parte, avant qu'elles me prennent en exemple et me lapident pour les péchés de leurs progénitures, se dit Lisa. Elle se dirige discrètement vers la porte, quand son pied butte contre un des sacs pourpres rangés sous les canapés. Les filles, d'un coup, cessent de jacasser et retiennent leur souffle, le regard braqué sur ses pieds.

— Désolée, dit Lisa, rouge de confusion, en essayant de dénouer la lanière de sa sandale coincée entre les poignées.

Elle qui voulait une sortie discrète, c'est réussi ! Un peu plus et je renversais tout le sac. Lysette se précipite vers elle et l'aide à se démêler.

— Ça va, maman, ne t'inquiète pas, j'y arrive.

Lisa s'attendrit de voir sa mère venir à son secours.

— Non, mais vraiment ! Toujours aussi maladroite ! Ah là là là là là, mais que va-t-on bien pouvoir faire de toi ? Marc est vraiment très gentil de t'avoir reprise. Sans lui, je ne sais pas où tu finirais !

Ok, là, c'est tout simplement méchant ! Lisa et sa mère s'étaient longuement fâchées peu après que Marc l'ait quittée. Elle lui avait donné tous les torts dans leur séparation, sans même en connaître les circonstances. Lisa n'avait pas voulu rentrer dans les détails et avait boycotté les brunchs afin de lui faire comprendre qu'elle était allée trop loin. Plusieurs semaines plus tard, sous la pression familiale, Lysette avait mis son énorme fierté de côté et bredouillé des sons inintelligibles que Lisa avait généreusement interprétés comme des excuses, et tout était revenu dans l'ordre.

Elle ne veut pas laisser le sujet *Marc* ruiner une nouvelle fois sa relation avec sa mère et fera l'impasse aujourd'hui, mais il faudrait qu'elle ait un mot avec son ex afin qu'il cesse de proférer à tout va qu'ils sont de nouveau ensemble. S'il croit qu'en complotant avec mon entourage, il me récupérera, il s'est vraiment trompé de tactique !

    — Josiane, tu peux aller me chercher une paire de ciseaux dans la cuisine ? demande Lysette

    — Il doit y en avoir dans le sac. Tu sais, au milieu des ustensiles Tupperware…

    — Ah, ah, très drôle ! Si tu ne veux pas que cette réunion soit la dernière que j'organise, fais ce que je dis !

Lisa observe sa mère. Elle s'est pris le pied dans le sac, oui, mais il n'y a vraiment pas de quoi en faire tout un drame ! Que peut-il bien contenir ? Josiane a l'air de suggérer qu'il ne s'agit pas de Tupperware… Il faut qu'elle la joue fine.

    — S'il y a des ciseaux dans le sac, prenons-les ! suggère Lisa en fixant sa maman.

    — Ne touche pas à ce sac !

    — Pourquoi ?

    — Parce que !

    — Parce que quoi ?

    — Parce que ! Point final !

Des femmes d'âge mûr impeccablement habillées, coiffées et maquillées. Un secret que sa mère semble à tout prix vouloir conserver. Je sais ! pense Lisa, souriant intérieurement de la coquetterie de sa mère.

–   Voilà, j'ai réussi à couper les fils. Tu peux t'en aller maintenant, mon bouchon, dit Lysette, le visage à nouveau serein.

–   Oh non, maman, vu que tu as tellement insisté, je crois que je vais rester un petit peu.

–   Mais, ma chérie, tu vas t'ennuyer au milieu de vieilles peaux comme nous ! Tu sais, on a des discussions de notre âge : comment conserver son dentier le plus longtemps possible ? Quel est le meilleur bas de contention ? Non, crois-moi, rien qui puisse intéresser une jeune femme de 24 ans.

–   29, maman.

–   Oh, tu sais, mon bouchon, à cent ans, tu en auras toujours quatre pour moi. Allez, zou, zou, zou, va jouer avec des enfants de ton âge et laisse nous entre adultes, déclare Lysette en poussant sa fille vers la porte.

Lisa a-t-elle rêvé ou sa mère vient-elle juste de la mettre dehors ? Elle aussi, pourtant, aurait bien aimé une petite injection de Botox ! Elle s'apprête à quitter l'appartement quand elle entend :

–   Psitt, psitt.

Elle se retourne et voit Josiane sortir discrètement du salon.

–   Tiens, Lisa, un cadeau pour toi, murmure-t-elle en lui offrant un sac pourpre.

Lisa en sort un mignon petit canard jaune.

–   Oh, j'avais le même quand j'étais petite… s'écrie-t-elle. J'adorais jouer avec dans mon bain. Je te remercie, Josiane, mais je n'ai pas encore d'enfant, dit-elle en lui redonnant le sac.

Josiane la dévisage comme si elle tombait de la planète Mars. Oh là là, ça y est ! On va me regarder comme une extraterrestre chaque fois que je dirais ne pas avoir d'enfants…

Lisa se sent oppressée et n'a qu'une envie : quitter cet endroit. Quelle idée, mais quelle idée a-t-elle eu de venir chez sa mère ?

–   Garde-le et si tu veux qu'une ambassadrice vienne vous faire un speech à toi et à tes copines, téléphone à ce numéro, annonce Josiane en lui tendant une carte de visite.

–   Euh, merci. Je n'y manquerai pas, bafouille-t-elle en fermant précipitamment la porte derrière elle.

Lisa s'appuie sur le mur du couloir et respire une bouffée d'air. Un discours sur « comment faire des bébés » ! On aura tout vu ! Elle est pire que ma gynéco, cette Josiane !

Avant ses 25 ans, Docteur Lahoum, qu'elle consultait depuis ses 17 ans, lui disait toujours « Oh, vous avez le temps. Profitez de votre jeunesse ». Le jour où Lisa a atteint l'âge fatidique de 25 ans, son discours s'est complètement inversé. « Tic tac tic tac tic tac » disait Docteur Lahoum en pointant l'horloge qui trône au-dessus de son bureau. « Il va falloir commencer à y songer ! ». Aujourd'hui, Lisa n'a plus le courage de l'affronter et s'est trouvé une autre gynécologue.

J'adorerais constituer ma petite équipe de foot. Mais, aux dernières nouvelles, les enfants se font à deux ! Je veux bien que Josiane et Docteur Lahoum chantent la chanson de l'horloge à mes petits copains et leur fassent un discours sur le bonheur d'être parents ! J'ai hâte de connaître le résultat de leur campagne !

Allez, Lisa, au moins tu n'auras pas tout perdu, tu as gagné un petit canard pour jouer dans ton bain, songe-t-elle en regardant avec nostalgie le jouet jaune. On va bien s'amuser toi et moi, dit-elle à Rirififiloulou, deuxième du nom.

Deux êtres qui s'aiment se rencontrent toujours.
Proverbe Danois

Lisa, assise sur le banc préféré de son square favori, mouille son doigt avant de tourner la page 236 du dernier tome d'*À la recherche du temps perdu.*

—   Pourquoi tu es triste, Madame ?
Elle referme le livre et voit un tout petit bout de chou à la tête frisée de guère plus de trois ans s'approcher d'elle.

—   Je ne suis pas triste, répond Lisa au garçon qui est venu s'asseoir à ses côtés. C'est toi qui as l'air d'avoir un gros chagrin, ajoute-t-elle en regardant son visage où larmes et morve ne font plus qu'un. Pourquoi tu pleures ? Tu t'es fait mal en tombant ?

—   Je ne pleure pas moi, je suis un grand !
—   Ah, ben oui, j'avais remarqué !
Lisa regarde son genou couvert de terre et de sable.

—   Montre-moi ta jambe. C'est ici que tu as mal ?
Il hoche la tête.

—   Oh, mais tu vas t'en remettre en un rien de temps ! Je vais te faire un pansement magique…
Le garçonnet sèche sa morve du revers de la manche et la regarde avec de grands yeux marron qui, l'espace d'un instant, lui semblent familiers.

—   Magique   comme   Tchoupi ?   demande-t-il   l'air incertain.

—   Non, magique comme… Harry Potter !
Au regard subitement émerveillé du petit garçon, Lisa songe que l'apprenti sorcier a encore de beaux jours devant lui. Elle retire une bouteille d'eau de son sac et mouille un mouchoir en papier.

—   Tiens, pose ton genou sur le banc.
—   Aïe, ça fait mal ! Maman, elle souffle quand ça fait mal.

—   Elle est où ta maman ? demande Lisa en scrutant autour d'elle les parents présents.

—   Elle est au travail. Elle rentre à sept heures. Et mon papa, il rentre à huit heures.

—   Et qui vient te chercher à l'école, alors ?

– C'est mamie. Elle est assise sur le banc là-bas.

Lisa parcourt du regard l'autre côté du square et remarque derrière les nombreux pigeons une femme au sourire édenté.

– C'est la dame aux cheveux gris qui donne des miettes de pain aux oiseaux ?

– Non, elle ! dit-il en montrant une très belle femme dont la seule intimité avec des volatiles est sa chevelure noir corbeau.

Lisa fait un signe de tête à la mamie qui le lui rend avec un large sourire joliment entretenu.

– Répète après moi, calijibrus supercalibrus et souffle fort sur le mouchoir.

– Supercalifragilisticexpialidocious, énonce d'une traite le petit garçon avant de cracher sur le Kleenex.

– Bravo ! s'écrie Lisa. Tu viens de réciter parfaitement la formule magique !

Après plusieurs années d'entraînement, ses mâchoires ne sont toujours pas capables d'enchaîner trois syllabes du mot fétiche de Mary Poppins ; qu'un garçonnet y arrive d'une seule traite la laisse grandement admirative !

– Maintenant, je vais nettoyer ton genou et paf, dit-elle en remuant ses mains comme un magicien, tu n'auras plus de bobo.

Elle mime un roulement de tambour, enlève le sable pensant trouver une légère égratignure, et se rend compte que le genou est propre comme un sou neuf.

– Regarde, il n'y a plus rien. Tu as vu ? C'est magique !

– Ouah !

Le garçonnet regarde sa jambe et l'effleure du bout des doigts.

– Lève-toi pour voir si tu n'as plus mal.

Il saute sur ses deux pieds et file comme une flèche en direction de ses copains.

– Bye-bye cow-boy, dit-elle au garçon déjà loin.

Il me fait vraiment penser à quelqu'un, songe Lisa, mais à qui ? Elle observe le garçonnet jouer avec ses camarades, à peine plus âgés que lui. Les enfants courent les uns après les autres et rient en s'attrapant. Après avoir poursuivi une fillette à couettes, le petit garçon bondit vers sa grand-mère, qui lui remet une part de gâteau enveloppé dans du papier aluminium.

Il lui fait un baiser et se précipite vers Lisa sans oublier de manquer de tomber.

    – Oups, dit-elle, fais attention.

    – Tu veux un peu de mon quatre-heure ? C'est mamie qui l'a fait, c'est du quat' quart.

    – C'est gentil mais je ne vais pas te priver de ton goûter. Si tu veux, je te le garde pendant que tu joues, ça te va ?

    – D'accord, approuve le petit garçon, et il lui fait un bisou baveux sur la joue.

    – Tu t'appelles comment ? demande Lisa.

    – Je m'appelle Julien et j'ai trois ans, dit-il en montrant quatre doigts.

    – Ouah ! Tu es un vrai grand !

Il redresse les épaules et annonce avec fierté :

    – Et l'année prochaine, je vais chez les moyens.

    – Ouah, c'est pour les très grands ça, dis-moi.

Il monte la main au-dessus de sa tête.

    – Oui, c'est pour les grands comme ça, explique-t-il avant de s'élancer vers l'aire de jeu.

Lisa sourit en le regardant monter avec quelques difficultés l'échelle du toboggan. Mais, oui, je sais ! réalise-t-elle. Ce petit Julien est le portrait craché de mon mystérieux inconnu ! En plus, il porte le même prénom ! C'est peut-être son fils… Elle dévisage la grand-mère et cherche un air de ressemblance avec celui qui, l'espace d'un instant, a fait battre son cœur. Peut-être le nez, pense-t-elle, mais il a sûrement dû tout prendre de son père. À moins qu'il ne s'agisse de sa belle-mère ! Oh là là, vu la grand-mère, sa femme doit être un vrai top model. Tout de même, il faut être assez imbu de sa personne pour donner à son fils le même prénom que soi ! Je vous présente mon fils, Julien junior. Oh finalement, pourquoi pas ? C'est assez craquant ! Lisa regarde le petit Juju tirer les couettes de sa camarade de jeux. Par respect, je devrais demander à la grand-mère de présenter mes félicitations à son gendre pour son nouveau-né puis, par la même occasion, mes excuses pour le baiser. Oh non ! Je ne peux pas parler du baiser ! Elle va croire que quelque chose s'est passé entre nous ou pire encore, que son gendre est infidèle et j'aurai lamentablement anéanti la vie d'une famille entière. Qu'est-ce que je peux être cruelle… Que m'a-t-il pris de l'embrasser ? ! Ce regard... Il ne s'agissait pas de déception mais de rancune ! Il a dû m'en vouloir de devoir dorénavant mentir à son épouse. Je suis sans cœur, j'ai lâchement profité de la faiblesse d'un homme fragilisé par la naissance de son deuxième enfant ! Pendant notre baiser, a-t-il pensé à son épouse et au merveilleux bébé qu'elle lui a fait ? Mais bien sûr ! C'est pour ça que son étreinte était si intense ! Quel goujat ! Penser à sa femme alors qu'il en embrasse une autre !

Lisa aperçoit la grand-mère et, remplie de culpabilité, lui fait un léger signe de la main, - si elle savait que je suis potentiellement une briseuse de ménage, elle me fusillerait du regard. Au moment de se lever pour rendre son quatre-heures au petit garçon, elle entend :

    – Bonjour.

Lisa se retourne et fait un geste de recul. Ses yeux, malgré elle, parcourent l'ensemble du visage qui lui fait face : ses longs cils noirs, ses sourcils si nets qu'ils semblent dessinés, son nez long et droit, sa bouche au sourire craquant. Un petit frisson traverse son corps quand elle croise ses grands yeux Nutella. Cet homme est tout simplement le charme incarné. Son regard descend vers son annulaire gauche et Lisa ne voit aucune alliance. Il est peut-être pacsé, ou fiancé, et sa petite amie attend d'avoir retrouvé la ligne pour se marier ! Elle contemple la légère fossette sur son menton, ses oreilles qui tout d'un coup se mettent à bouger dans tous les sens... Lisa s'esclaffe et regarde, pour la première fois, Julien droit dans les yeux.

    – Je savais bien qu'il s'agissait de la seule façon d'attirer votre attention. Je recommence alors, bonjour, dit-il.

    – Bonjour.

    – Je suis Julien et vous ? lui demande-t-il en lui tendant la main.

    – Lisa. Enchantée de vous connaître.

    – Le plaisir est pour moi, ajoute-t-il en gardant sa main dans la sienne un peu plus longtemps que nécessaire. Après nos deux dernières rencontres, je pensais que des présentations un peu plus officielles étaient de circonstance.

Il sourit et remue de nouveau ses oreilles. Lisa rit.

—   Vous savez, vous ne devriez pas abuser de votre arme fatale. Elle risque de ne plus être aussi efficace.

Elle le fixe profondément dans les yeux puis, troublée, détourne le regard.

—   Que faites-vous ici ? Je pensais que vous finissiez à huit heures…

Julien s'apprête à répondre lorsque le petit Juju se précipite sur Lisa.

—   Je peux avoir mon quatre-heures, s'il te plaît.

—   Ah, les enfants, quand ils ont faim, ils oublieraient même leurs parents, s'exclame-t-elle en faisant un clin d'œil à son mystérieux inconnu.

Elle se sent tout de même légèrement embarrassée que son fils soit directement venu vers elle au lieu d'aller embrasser son papa.

—   Tenez, je pense que c'est à vous de le lui donner, murmure-t-elle en tendant le goûter à Julien.

Celui-ci déplie le papier alu et sort une grosse part de gâteau qu'il remet au petit Juju.

—   Tiens, mon grand, dit-il en lui tapotant affectueusement la tête.

Le petit garçon prend son goûter et se précipite vers ses compagnons de jeu. Lisa regarde la scène avec attendrissement.

—   Il est vraiment mignon, tout le portrait de son papa, laisse-t-elle échapper, s'en voulant déjà de flirter avec un père de famille.

—   C'est vrai qu'il n'y a pas trop de ressemblance avec sa maman, réalise Julien en examinant Lisa, ou peut-être les fossettes.

—   Il doit être content de voir son papa sortir plus tôt du travail pour lui faire une surprise, dit-elle en répondant au signe de la main du petit Juju. Et comment prend-il le fait d'avoir un petit frère ou une petite sœur ? Il n'est pas trop jaloux ?

—   Pardon ?

—   Je me demandais, dit Lisa en parlant plus fort, comment Julien junior prenait l'arrivée du bébé ?

—   Julien junior ?

—   Ah, pardon, je pensais que c'était Julien junior. Vous l'appelez Juju peut-être. C'est vrai qu'à cet âge, on donne

179

souvent des petits noms. D'ailleurs, je suis confuse, je devrais vous féliciter, vous avez eu une fille ou un garçon ?

    – Lisa, de quoi parlez-vous ?

    – Ben, de votre bébé ! Votre femme a accouché d'une petite fille ou d'un petit garçon ? demande-t-elle en articulant.

C'est incroyable comme une naissance peut déstabiliser un homme mais de là à oublier qu'il a eu un second enfant il y a 10 jours, c'est un peu fort de café !

    – Ma femme ?

    – Oh, je voulais dire votre fiancée ?

    – Ma fiancée ?

    – Votre petite amie alors, soupire Lisa levant les yeux au ciel.

Quand on a deux enfants, on devrait être plus flexible sur la terminologie !

    – Vous avez eu une fille ou un garçon ? demande-t-elle doucement pour le ménager.

    – Mais, je n'ai pas eu d'enfant ! s'exclame Julien avec stupéfaction.

    – Le regard de Lisa s'assombrit.

    – Je suis vraiment désolée, Julien, je n'ai pas imaginé…

Elle le prend dans ses bras, uniquement, bien sûr, de manière amicale. Son corps est chaud et accueillant. Elle aimerait y rester mais se force à s'en détacher.

    – Vous en aurez d'autres, j'en suis sûre ! Et puis il y a Juju, dit-elle en regardant le garçonnet sauter à cloche pied.

Lisa devient silencieuse et s'en veut d'avoir abordé ce sujet. Tout à coup, à son grand étonnement, Julien éclate d'un énorme fou rire, puis réussit peu à peu à retrouver son calme.

    – Vous êtes adorable ! Lorsque je vous ai sauvée des griffes des automobilistes, vous avez pensé que je suis parti précipitamment à cause de l'accouchement de ma femme ?

    – Oui, ce n'était pas le cas ?… s'exclame Lisa surprise.

    – Non, pas du tout ! C'était l'accouchement de ma sœur ! Mais, vous pouvez tout de même me féliciter, je suis tonton d'une petite Prunelle, la plus belle petite fille du monde, dit-il avec un sourire plein de fierté.

    – Eh bien, félicitations tonton ! s'écrie Lisa soulagée, avec un sourire presque aussi grand que le sien.

– Et vous, c'est votre premier ? demande-t-il en regardant le petit Juju.

– Mon premier quoi ?

– Votre premier enfant.

– Ah, non, je n'ai pas d'enfants…

– Et ce petit bonhomme-là, ce n'est pas votre fils ?

– Juju ? Non je pensais que c'était le vôtre.

– Le mien ? Mais, qu'est-ce qui a bien pu vous faire penser ça ?

– Ben, il s'appelle comme vous, il vous ressemble et votre belle-mère est assise sur le banc d'à côté.

– Je ne connais pas cette dame ! Et jamais, je n'aurais la prétention d'appeler mon fils comme moi ! Quant aux ressemblances, je ne sais pas. Remue-t-il ses oreilles ? Parce que voilà un vrai signe d'appartenance à la famille, dit-il en faisant bouger les siennes.

– Donc, vous n'avez pas d'enfants ? demande Lisa tout d'un coup très intéressée.

– Pas à ma connaissance. Mais, on ne sait jamais, j'en ai peut-être quelques-uns à travers le monde…

Le visage de Lisa se décompose.

– Je plaisante ! Commençant un peu à vous connaître, je peux aisément imaginer ce que le petit robot dans votre tête est en train de concocter.

– Mais si Juju n'est pas votre fils, que faites-vous ici ?

– Je suis venu vous inviter à dîner.

Lisa regarde Julien un long moment, puis sourit.

La sagesse est d'être fou lorsque les circonstances en valent la peine.
Jean Cocteau, *Opium*

En sortant du square, Lisa se dirige vers son domicile et contemple les gens dans la rue. Un couple se querelle avant de s'embrasser passionnément. Des adolescents en Kickers roucoulent bras dessus bras dessous. Un pigeon fait la cour à un moineau. Un berger allemand renifle un bouledogue français. Les automobilistes se disent bonjour à coup de klaxon. Les terrasses sont pleines de gens radieux. Le ciel est bleu, le soleil brille, les oiseaux chantent. Il fait doux. C'est le printemps. La vie est belle.

Les touristes ont raison. Paris est la ville la plus romantique du monde ! pense Lisa en observant cette heureuse foule.

– Les premières gariguettes pour une charmante demoiselle ! crie le maraîcher.

– Lisa soupire d'aise - c'est vrai qu'elle se trouve jolie aujourd'hui !- et lui prend une livre de fraises à moitié vertes. Elle en croque une et, émerveillée, s'exclame :

– Mmm, c'est la meilleure fraise que je n'aie jamais goûtée !

Le commerçant, surpris, en goûte une à son tour avant de la recracher aussitôt.

Lisa sifflote joyeusement en s'acheminant vers le poissonnier. L'air sent le lilas et le mimosa, les mésanges gazouillent, les bébés babillent.

– Une douzaine d'huîtres, s'il vous plaît, chantonne-t-elle.

– Ah, enfin vous goûtez à la vie ! félicite le poissonnier.

Lisa s'illumine et se sourit à elle-même, aux passants dans la rue, à la petite vieille qui sort de la boucherie.

– Alors, il vous a trouvée ? s'écrie cette dernière.

La mamie et son énorme panier en osier rempli de fruits et légumes s'approchent de Lisa à petites foulées.

– C'est un vrai gentleman, n'est-ce pas ? Il me fait penser à mon défunt mari. Ah Georges, lui aussi, n'aurait pas hésité un instant à braver tous les dangers pour me conquérir !

Lisa sourit à la petite dame et se demande de quoi elle parle.

– Mais, qui m'a trouvée, Madame ?

– Le jeune homme ! Celui qui vous a sauvée, l'autre jour, sur le boulevard !

– Julien ? s'exclame Lisa en posant sa main sur son cœur.

– Oh, je ne connais pas son prénom. Il n'a pas eu le temps de se présenter, tout pressé qu'il était de vous retrouver. C'est moi qui lui ai dit que vous étiez dans le square.

– Vraiment ? Pardonnez-moi, Madame, on s'est déjà rencontré ?

– Jeune fille, nous nous croisons tous les jours ! Mais vous ne regardez que vos pieds d'habitude. C'est normal que vous ne m'ayez jamais remarquée. Moi, je ne suis qu'une petite vieille, personne ne fait plus attention à moi… dit la mamie avec des yeux de chats. Alors, dites-moi, vous allez le revoir, j'espère ? Il est charmant comme tout, beaucoup mieux que le loubard que vous fréquentiez…

– Le loubard ? Vous parlez de Marc ? Comment savez…

– Oh, mes lombaires ! crie la petite mamie.

– Ça ne va pas, Madame ? Je peux faire quelque chose pour vous ?

– Oh, c'est mon dos. La vieillesse, vous savez… Je ne suis plus aussi vaillante qu'à 70 ans.

– Donnez-moi votre panier que je vous aide. Il est mille fois trop lourd pour vous !

La vieille dame sourit intérieurement : ce petit truc du dos marche à tous les coups ! Ah, les jeunes, dès qu'ils voient quelques rides et trois cheveux blancs, on peut les mener par le bout du nez !

– Cela vous gênerait-il de m'aider à porter mon panier jusque chez moi ? Je n'habite qu'à quelques minutes d'ici.

– Pas du tout ! récrie Lisa. Et puis, ça me fera une petite balade. Quelle magnifique journée, vous ne trouvez pas ?

– La petite dame sourit dans son coin de ses facéties, se léchant les babines d'avance des derniers potins qu'elle racontera à ses copines.

– Et ben, dis donc, s'exclame Lisa en admirant le contenu du panier, ça au moins, vous avez vos cinq fruits et légumes par jour !

–   Lisa et la vieille dame se mettent à remonter la rue petits pas après petits pas.

–   J'espère ne pas trop vous retarder. Vous savez mes jambes ne sont plus ce qu'elles étaient. Autrefois, je parcourais des kilomètres à pieds, maintenant je me contente du quartier… La mamie s'arrête à l'entrée d'un immeuble.

–   C'est ici.

–   Oh déjà ? Mais, vous vivez vraiment tout près de chez moi. J'habite juste de l'autre côté, vous voyez l'immeuble près de la boulangerie ?

–   Mais, oui, je sais où vous demeurez, jeune fille. Allez, accompagnez-moi jusqu'au troisième étage que je vous prépare un bon chocolat chaud pour vous remercier.

Lisa ne se fait pas prier. Mme Pennault a formulé le sésame magique « chocolat chaud », qui sonne comme une douce musique à son oreille.

–   Oh là là, je ne sais pas comment vous faites pour monter tous ces étages à votre âge, se plaint Lisa en portant avec difficulté le gros panier.

–   Ça me permet de garder la forme, comme on dit…

Lisa regarde la vieille femme avec vénération - j'adorerais avoir autant d'énergie qu'elle à son âge !- et la suit dans son appartement.

L'entrée, classique et coquette, ne lui permet pas un seul instant d'imaginer la décoration du salon. Des meubles des années 70 débordent, de toutes parts, de bibelots kitchissimes, les murs sont parsemés de photographies noir et blanc jaunies par le temps et la moquette est entièrement couverte d'une bâche en plastique transparent. Tout semble si délicat et à sa place, qu'un simple battement d'ailes de papillon briserait cette folle harmonie aussi aisément qu'un château de cartes. Lisa, avec son gros panier en osier, a le sentiment d'être un éléphant dans un magasin de porcelaine.

–   Oh, si vous pouviez avoir un geste malencontreux pour me débarrasser de ces breloques, je vous en serais reconnaissante. Je l'aurais bien fait moi-même mais ce sont des cadeaux de mes petits-enfants… Je me demande bien pourquoi ils pensent tous que je raffole des boules de neige et autres souvenirs de voyage en plastique !

Lisa sourit devant l'espièglerie de cette mamie. Je suis sûre qu'en vérité elle tient à cette statue de la liberté auto-éclairante comme à la prunelle de ses yeux !

–   Tenez, posez le panier dans la cuisine, jeune fille, et installez-vous sur le sofa pendant que je vous prépare un bon chocolat.

–   Vous avez beaucoup de petits-enfants, Madame Pennault ? s'enquiert Lisa en s'asseyant sur le canapé imprimé à fleurs, coordonné au papier peint.

–   J'en ai 18 et trop d'arrière-petits-enfants pour que je puisse me souvenir…

Pendant que Madame Pennault s'affaire dans la cuisine, Lisa regarde les photographies du salon. Elle contemple un portrait Harcourt d'une jeune fille à la beauté éblouissante et réalise en s'approchant qu'il s'agit de son hôtesse.

–   Tenez, ma petite, dit la vieille dame en lui tendant le chocolat chaud fumant. Vous m'en direz des nouvelles.

Lisa prend la tasse brûlante et respire l'odeur cacaotée de sa boisson préférée.

–   Mmm, il sent divinement bon.

–   C'est la recette de ma grand-mère. C'est un vrai chocolat chaud à l'ancienne, confie-t-elle.

Oh oui, je n'en doute pas ! Si c'est la mémé de cette arrière-grand-mère qui lui a transmis la recette, elle doit dater au moins de la découverte du cacao par Christophe Colomb !

Lisa trempe sa cuillère dans le breuvage épais et sucré et surprend Madame Pennault en train de la fixer de ses yeux de chat, semblant attendre avec impatience son jugement sur le nectar chocolaté. Elle touille la boisson, prend délicatement une cuillerée du chocolat chaud et la glisse dans sa bouche. Ses yeux s'écarquillent, ses pupilles se dilatent, ses veines se gonflent…

–   Mmm, Madame Pennault, c'est le meilleur chocolat chaud que je n'aie jamais goûté !

La malicieuse mamie s'illumine.

–   Appelez-moi, Agathe.

Lisa a l'impression que ce chocolat n'est pas une simple boisson mais aussi un rite de passage vers l'univers de la vieille dame. Dès la deuxième lampée, Agathe abandonne les mondanités d'usage et se met à parler à Lisa comme à une vieille amie, laissant toutefois dans ses récits quelques mystérieuses zones d'ombres. Certains détails font néanmoins supposer que son existence n'a pas été ordinaire. Lisa se demande d'ailleurs si elle n'a pas été une autre Mata-Hari du gouvernement français. Sa beauté ayant dû être une arme redoutable, elle peut facilement l'imaginer avoir extorqué des informations juste en clignant de ses longs cils recourbés. Madame Pennault interrompt son récit et sort une pipe d'une boîte en marqueterie avant de se rasseoir sur le canapé de velours vert.

— Vous voulez m'accompagner ? demande-t-elle en plissant des yeux.

— Euh, non. Je crois qu'aujourd'hui je vais m'abstenir.

Lisa la contemple bourrer sa pipe songeant qu'il y a un je-ne-sais-quoi d'élégant chez une femme la fumant. Madame Pennault tire des petites bouffées et une volute de fumée se répand dans le salon. Lisa renifle discrètement l'odeur, qui lui semble familière. Non, ce ne peut pas être ça ! Elle inhale le nuage plus profondément. Je n'en crois pas mon nez ! Ça sent vraiment le… Elle hume l'air une troisième fois. Il n'y a pas de doute ! Madame Pennault fume une pipe à l'herbe ! Elle regarde la vieille dame avec stupeur. Ça, je suis vraiment chez une originale !

— Vous êtes toujours sûre de ne pas vouloir m'accompagner ? demande Agathe avec un sourire malicieux. Normalement ça plaît aux jeunes ! D'ailleurs, je dois me ravitailler. Mes plants de cannabis ont du mal à pousser. Je suis sûre que les pigeons grignotent les graines. Satanés oiseaux. Ils mangent tout sur leur passage ! Je demanderai à Claudine, mon amie d'enfance, si elle a le même souci…

Son amie d'enfance ? ! Je me trompe ou les vieilles mamies sont censées uniquement faire pousser de l'herbe à chat sur leur balcon ? Il faudrait que j'envoie cette histoire à *Zone Interdite* afin que leurs journalistes enquêtent sur ce phénomène. C'est le scoop de l'année !

Lisa décline poliment la pipe de cannabis. Son extravagante hôtesse n'en reste pas là et lui propose alors une série d'autres petits plaisirs plus ou moins licites. Lisa les refuse tour à tour mais lorsque Madame Pennault lui propose une autre petite excentricité, finalement très à l'image de la vieille dame, et qui en plus fait partie des défis de Lisa, celle-ci accepte avec enthousiasme.

En dehors de la lecture de la *Recherche du temps perdu*, question défi, les deux derniers jours n'ont pas été très féconds et il serait fou de passer à côté d'une pareille occasion.

Madame Pennault amène de la cuisine deux verres à pied accompagnés d'une grande carafe d'eau glacée, pose le tout sur la table, puise une clef dorée de son corsage, ouvre le tiroir d'une vieille armoire normande puis en sort deux cuillères plates gravées de rosaces au travers desquelles passe la lumière. En voyant cette vaisselle d'un autre temps, Lisa est transportée dans les romans du dix-neuvième siècle qui ont bercé son adolescence. Elle se demande si elle aussi, comme tant d'autres à cette époque, deviendrait folle en accomplissant ce défi. Agathe prend une bouteille à moitié pleine d'un liquide vert et la pose en face de Lisa.

     –   Je croyais que l'absinthe était interdite à la vente parce qu'elle rendait fou.

     –   C'est une légende ! J'en consomme depuis mes 17 ans et je crois encore avoir toute ma tête. Mais, je vais toute de même vous faire signer une décharge au cas où vous seriez une exception, dit Madame Pennault avec un clin d'œil.

Lisa rit. Agathe verse l'eau-de-vie dans les verres et pose sur les cuillères en argent un morceau de sucre.

     –   Et c'est là que la magie s'opère… murmure-t-elle en versant très lentement l'eau sur le sucre.

Lisa voit l'alcool se troubler au contact du liquide glacé et prendre une teinte vert pastel. Madame Pennault lui tend le verre et Lisa ferme les yeux l'espace d'un court instant afin de graver ce moment dans sa mémoire. Elle n'aurait pu imaginer de meilleur endroit ni de meilleure compagnie pour partager ce défi. Elle retrouve un peu de sa grand-mère en Madame Pennault. Ses yeux se voilent. Agathe sourit et lève son verre.

     –   À notre rencontre !
     –   À notre rencontre !

Et Lisa boit une gorgée de la « fée verte ». Chaque goutte de ce breuvage légèrement anisé, rappelant le goût d'un médicament aux plantes pour décongestionner le nez, lui fait remonter le temps. Elle imaginait l'absinthe amère, il est aussi doux qu'une brise de printemps sur les bords de Marne, aussi coloré en bouche qu'une toile de Monet, aussi enivrant qu'une page de Maupassant. Dans sa gorge et ses oreilles coulent des morceaux d'histoire et elle en apprécie chaque saveur. Elle n'aurait pas imaginé avoir à quelques pas de chez elle une bibliothèque vivante du siècle passé. Madame Pennault a tout vu, tout vécu.

Comme le prouvent les vieilles photographies prises dans les caves à jazz de Saint-Germain ou les cafés de Montparnasse, elle a été l'amie et probablement l'amante d'artistes renommés, mais par respect pour Georges, son défunt mari, elle n'en a jamais rien révélé, à part, peut-être, au travers de cette petite lueur dans son regard, qui vaut toutes les paroles. Tous ces artistes, toutes ces époques… songe Lisa, nostalgique d'une période qu'elle n'a pas connue. Aura-t-elle dans sa vie la chance de rencontrer des gens aussi extraordinaires ?

Lisa est bercée par les récits de la vieille dame et sourit béatement en sirotant son verre. Elle est ailleurs, sa tête est pleine d'images et de souvenirs d'un autre temps, d'une autre vie, celle de cette vieille dame qui, à sa manière, est aussi une fée verte, une légende d'une époque passée.

Il est l'heure de partir mais un nouvel horizon s'est ouvert dans l'esprit de Lisa. Elle pense pour la première fois à sa liste de manière positive. Il ne s'agit pas seulement de défis mais de beaucoup plus : de futurs souvenirs.

— J'espère que maintenant, quand vous me croiserez dans la rue, vous me direz bonjour, à moi et à toutes mes petites copines, demande Agathe en la raccompagnant à la porte.

Lisa l'embrasse tendrement.

— Vous en doutez ?

— Et bonne chance avec Julien ! Je compte sur vous pour me raconter tous les détails…

À la mention de son mystérieux inconnu, le cœur de Lisa fait un bond. Elle rit de bonheur en descendant les escaliers. Sa journée a été magique. Elle a tant des choses à dire à Marie et Carla et tant de souvenirs à créer…

Les femmes rougissent d'entendre nommer ce qu'elles ne craignent aucunement de faire.
Montaigne

Lisa s'est éveillée de bonne humeur. Elle a dormi comme un bébé ayant déjà fait ses dents, et ses rêves, elle l'espère, deviendront bientôt réalité.

— Je te réveille ? demande Carla au bout du fil.

Lisa sourit. Elle a appelé son amie ainsi que Marie la veille au soir en sortant de chez Mme Pennault et a découvert, grâce à une mauvaise manœuvre, que son téléphone portable est équipé de la *Conf Call*. Comment a-t-elle pu vivre sans cette fonction ? Elle se le demande encore. Marie était un peu endormie et Lisa n'est pas sûre qu'elle ait compris toute la conversation mais ses injonctions « hum, oui, ah oui ? Vraiment ? » ont par miracle ponctué le monologue de Lisa au bon moment. Carla a été plus attentive et Lisa se doute que la raison de son coup de fil n'est pas seulement de lui rappeler leur défi de la matinée, mais de glaner plus de détails sur son rendez-vous avec son mystérieux inconnu.

— Je me lève à l'instant, répond Lisa. J'ai fait le plus doux des rêves…

— Le plus doux ou le plus érotique ? Tu as fantasmé sur Julien, avoue ! s'exclame Carla.

Lisa s'étire tel un chat. Ses bras touchent la tête de lit et elle essaie d'étendre ses jambes pour en atteindre le bord, sans y arriver.

— Qu'a-t-il fait dans tes rêves ? Il est plutôt version Rocco Siffredi ou film érotique de M6 du dimanche soir ? demande Carla.

— Tu as l'air bien calée sur ce sujet, ma Carlounette. Serait-ce de cette façon que tu passes tes soirées avec sexy Hubert ?

— C'est l'avantage d'avoir un mari plus mûr. Avec l'âge vient l'expérience, et de l'expérience des plaisirs que toi, petite jeunette de 29 ans, ne peux même pas imaginer.

Lisa a déjà entendu parler du secret de l'expérience et se demande s'il s'agit d'un mythe ou d'une réalité. Tous les magazines sont d'accord sur un point : à 30 ans, la femme est au sommet de sa vie sexuelle. Bien qu'elle remette rarement en cause la véracité de la presse féminine, elle a commencé à douter quand *Femme Actuelle* a titré en couverture *Ménopause : l'ultime épanouissement chez la femme.* Toutefois, pour le coup de la trentaine, elle est plutôt preneuse, parce que question sexe, ces trois derniers mois ont plus ressemblé à un épisode de *Candy* qu'à un hentaï japonais.

Lisa se redresse sur son lit.

— Dis-moi tout ! Moi aussi, je veux devenir une initiée avant l'heure. Quel est le secret que les trentenaires cachent aux vingtenaires ? La découverte d'un troisième point G ? À moins que ton secret n'ait la saveur d'une pilule bleue ?

Lisa entend Carla rire au téléphone.

— C'est Hubert mon bonbon bleu ! Avec son physique d'Apollon, je n'ai besoin de rien d'autre pour être satisfaite.

Lisa fronce le nez. C'est beau l'amour, ça rend vraiment aveugle !

— Bon, je passe te chercher dans une heure et on en reparle. Disons deux, finalement, j'ai bien envie de prendre un bain, et n'oublie pas de préparer ta valise ! conclut Lisa.

Assise dans la cuisine sur le tabouret de bar, Lisa rêvasse devant son bol de spécial K. Comment Julien peut-il déjà me manquer alors que je viens à peine de le rencontrer ? Trois jours ! soupire-t-elle. Trois longs jours d'attente avant de le revoir ! Soit trois fois 24 heures, au moins 78 millions de minutes, des centaines de milliards de secondes… Elle est bête, elle aurait dû accepter le rendez-vous pour le soir même au lieu de jouer à la fille dont toutes les soirées sont prises jusqu'à Noël !

Lisa repense à ses oreilles qui bougent et revoit son torse musclé, ses cuisses puissantes et son entrejambe qui présage une belle anatomie, très grosse anatomie. Lisa se mordille les lèvres. En fait, ce n'est pas d'un bain dont elle a besoin mais d'une douche froide !

Tous les mois, à la même période, Lisa n'a qu'une seule chose en tête : sexe. Elle n'est pas dupe et se sait sous le joug des servantes les plus manipulatrices de Dame Nature : les hormones, déterminées, coûte que coûte, à ce que son ovule se mette en couple avec un petit spermatozoïde choisi avec soin. En plus, elles font les difficiles ! Donc, elles ont inventé le sexe, la chose la plus délicieuse au monde, en dehors, peut-être, du chocolat… Non, le sexe c'est mieux. Mais, le chocolat, c'est le chocolat ! Oui, mais le sexe, c'est Mmm…, c'est… Enfin soit, elles ont, donc, inventé le sexe pour arriver à leurs fins : multiplier les chances de repeupler la terre.

Lisa entend le sournois chant des ovaires dans son ventre lui réclamer : « un bébé, un bébé ! C'est ta chance du mois, tu l'as déjà passée plus de 150 fois depuis ta première fois », dit le 157ème ovule, qui n'a qu'une envie : être l'élu. « Treize années à profiter des joies des parties de jambe en l'air sans les obligations. Il est temps d'assumer tes responsabilités et de rentrer dans le droit chemin de la conception. » « Oh la barbe, lui répond Lisa. Tu m'embêtes à la fin ! ».

Elle se demande si les hommes, inconsciemment, savent qu'une femme est en période d'ovulation, donc par extension, assez sensible à toute forme de testostérone. Elle devrait faire un tour dans un bar PMU et scruter les réactions de la population masculine à son approche. Peut-être que l'odeur de sa peau dégage un parfum que seuls les mâles peuvent percevoir et qui la rend irrésistiblement séduisante ? Un petit peu comme les chiens qui, lorsqu'elle se balade dans la rue pendant ses règles, s'excitent à son passage ! La nature est vraiment une grande source de mystères !

Lisa pénètre dans la baignoire, prend un peu de mousse et souffle dessus. Des bulles de savon s'envolent et se posent sur le canard en plastique que lui a offert l'amie de sa mère. Elle saisit le jouet avec tendresse et s'amuse avec lui. Il a la même bouche en cœur et les mêmes grands yeux ouverts que le jouet de mon enfance. Il est toutefois plus petit que dans mon souvenir, se dit-elle en le voyant flotter dans l'eau, mais c'est sûrement parce que maintenant je suis plus grande ! Lisa retourne le petit canard jaune et découvre un petit bouton. Chouette, c'est un canard mécanique ! Il doit sûrement nager tout seul comme Gloup Gloup la tortue ! Elle actionne le petit canard et le pose dans l'eau. Il fait un léger bruit mais n'avance pas. Oh zut, alors ! Ce n'est pas sympa. Josiane m'a offert un jouet cassé ! Lisa ausculte le canard - Ben, c'est normal qu'il ne nage pas, il n'a pas de patte, le pauvre chéri - et le laisse flotter, tout seul, au milieu de la mousse qui lui tient compagnie.

Lisa prend son nouveau shampooing spécial Blonde et l'applique sur sa chevelure. Mmm, je devrais me masser plus souvent le cuir chevelu, c'est plutôt agréable ! Elle se penche ensuite vers le rebord de la baignoire afin d'attraper la brosse à dos et, par un étrange hasard, le petit canard atterrit juste entre ses cuisses. Oh ! s'exclame-t-elle surprise par ce contact inattendu. Lisa commence à se brosser énergiquement le dos. À la première oscillation de l'eau, le canard jaune vogue jusqu'à son entrejambe avant de s'éloigner aussitôt. Hum… intéressant ! Elle donne un second coup de brosse et le jouet se colle à elle. Oh, Mmm… Elle frotte vigoureusement son dos, juste pour voir. Triple Mmm ! Lisa regarde de gauche à droite, au plafond et sous la baignoire - pour bien s'assurer que personne n'est entré dans la salle bain par inadvertance - fixe le petit canard d'un air coquin et le guide ensuite d'un imperceptible geste de la main vers des zones moins… aléatoires.

Silencieuse d'abord, elle savoure les plaisirs insoupçonnés du canard en plastique puis rapidement agrippe les deux bords de la baignoire. N'en pouvant plus, Lisa pose directement le jouet mécanique sur son anatomie la plus sensible et ferme les yeux tout en ayant du mal à fermer la bouche en même temps. Oh là là. Oh là là là là. Oh là là là là là là là. Elle bat des bras et des jambes. L'eau jaillit de la baignoire et éclabousse toute la salle de bain. Son buste glisse sous l'eau. Elle essaie de rester à la surface mais d'une seule main c'est difficile, son autre main étant occupée à maintenir le canard dans la bonne position. Sa tête s'immerge à son tour. Lisa se débat. Ses pieds frétillent et renversent dans leurs mouvements les produits de beauté posés sur la baignoire. Lisa est entièrement sous l'eau. Quelques bulles d'air remontent à la surface, puis plus rien. La mousse disparue laisse place à un horizon plat comme un lac suisse. Seul le petit canard flotte au milieu de la baignoire, les yeux grands ouverts et la bouche en cœur.

Quelques secondes plus tard, Lisa réapparaît et happe, d'une grande inspiration, l'air parfumé de la salle de bain. D'un geste mutin, elle replace sa chevelure et affiche un large sourire.

–   Je me prendrais bien une cigarette. T'en veux une ? demande-t-elle au petit canard qui la fixe avec son sourire qu'elle ne trouve plus si innocent que ça. Tu caches bien ton jeu, coquin, va ! lui dit-elle en lui faisant une petite pichenette.

Ne coupe pas les ficelles quand tu pourrais défaire les nœuds.
Proverbe indien

—   Qui cache bien son jeu ? Lisa entend-elle dire.
Elle se retourne et voit Marc à l'embrasure de la porte de la salle de bain.

—   Marc ? crie-t-elle en essayant de cacher sa nudité avec ses mains. Que fais-tu ici ?

—   Ça fait quatre jours que tu ignores tous mes coups de fil ! J'ai voulu m'assurer que ton téléphone était en marche… Tu barbotes avec les canards ? demande-t-il en enlevant son T-shirt.
Lisa aperçoit son torse musclé et imberbe doré par le soleil du Venezuela.

—   Non mais, qu'est-ce que tu fais ? Rhabille-toi tout de suite ! Et par la même occasion, sors de chez moi et rends-moi les clés !

—   J'ai forcé la serrure.

—   Mme Pennault a raison, tu es un vrai loubard !
Marc s'approche de la baignoire, défait son jean et le jette dans le lavabo.

—   Et si on faisait comme au bon vieux temps ?

—   C'est hors de question ! Et tu sais très bien que la baignoire est trop petite.

—   Ça ne nous a jamais gênés auparavant. Plus on était collé et mieux c'était. Tu te souviens ?
Lisa voit son ex à moitié nu. Oh mais quel corps ! Quel corps ! Elle est sans aucun doute plus une fille à caleçon qu'à slip. Quoiqu'un boxeur peut aussi être extrêmement plaisant. Mais, dieu ! Que Marc est sexy dans son caleçon qui rétrécit à vue d'œil ! S'il continue son strip-tease, elle ne répond plus de rien !
Dans une tentative désespérée d'échapper à son désir qui, à chaque nouveau regard porté les abdos de Marc, devient de plus en plus pressant, Lisa sort du bain et essaie d'atteindre son peignoir. Marc lui barre le passage et de ses bras forts et musclés la soulève avec une telle facilité qu'elle en oublierait presque les trois kilos en trop affichés sur sa balance.

— Non, mais arrête ! Repose-moi ! Tu n'es pas drôle. Laisse-moi !

— Tu sais Lisa, on t'a déjà dit que tu parlais trop ?

Marc la fait taire d'un baiser.

— S'il se passe quelque chose entre nous, je décline absolument toute responsabilité. C'est la faute à Dame Nature ! s'époumone-elle en se laissant porter jusqu'à la chambre.

— Oui, oui, c'est la faute à Dame Nature… Ah les femmes ! marmonne-t-il levant les yeux au plafond et secouant la tête en signe d'incompréhension.

— Alors, heureuse ? murmure Marc en l'embrassant doucement.

Lisa a un sourire béat. Elle enlace tendrement Marc. Maintenant qu'elle a tout gâché, autant profiter jusqu'au bout de leur dernière fois. Car elle est bien décidée à ce qu'il en soit ainsi. C'est la der des ders, promis, juré, craché. Puf !

— Tu n'as pas trouvé de meilleure réplique ? susurre-t-elle en lui faisant des petits bisous sur le torse.

— Tu m'as manqué, bébé.

Lisa est touchée par l'émotion de son regard, toutefois elle ne veut pas s'aventurer dans le registre des sentiments. Ce n'était qu'une partie de jambe en l'air, rien de plus ! Elle pose ses lèvres sur sa bouche.

— Chut, ne dis pas de bêtises.

Marc lui demande des cigarettes.

— Dans le tiroir de la table de chevet, comme d'habitude.

Il prend le paquet et le contemple.

— C'est mon paquet ! s'exclame-t-il.

— Oui, il n'a pas bougé.

— Tu veux dire que depuis que je suis parti, personne…

Elle le regarde.

— Tu as vraiment cru le contraire ?

Il s'approche d'elle et la prend dans ses bras.

— Donc, à part ton ami le canard, je n'ai pas d'autres concurrents ? demande-t-il moqueur.

Lisa rougit d'un coup.

— Tu m'as vue ? s'écrie-t-elle en cachant sa tête sous les oreillers.

– J'ai voulu te rejoindre mais tu avais l'air tellement absorbé que j'ai préféré te laisser toute seule. J'ai trouvé ça très excitant, chuchote Marc en lui embrassant les seins.

– Tu ne désirais pas une cigarette, Monsieur Plus ?

– Tu veux que l'on revienne en arrière, parce que qui en redemandait ? Ah oui, c'était la voisine…

– Tais-toi donc ! dit-elle en se mettant sur lui.

Marc allume une cigarette, prend quelques bouffées puis la passe à Lisa qui essaie sans y parvenir à faire des ronds de fumée.

– Lisa, je voulais te dire…

Oh oh ! Ça y est, l'heure des explications est arrivée ! Il n'aurait vraiment pas pu choisir de meilleur moment ! Lisa n'a pas envie de remuer les vieux souvenirs mais sait au fond d'elle-même que c'est nécessaire. Elle veut comprendre ce qui a bien pu se passer dans la tête de Marc, il y a trois mois et demi.

– Je n'ai pas d'excuses. J'ai paniqué. Je ne sais pas ce qui m'a pris…

Il ferme les yeux.

– Si je pouvais tout effacer, crois-moi, je n'hésiterais pas une seconde. Tu sais, dit-il en lui caressant les cheveux, quand tu m'as annoncé que tu pensais être enceinte, j'étais fou de joie…

Les yeux de Lisa s'écarquillent. Non, mais il se fout de moi ! Elle repense aux conseils de Marie et essaie de contenir son indignation afin de connaître sa version des faits.

– Ah oui ? J'aimerais vraiment que tu m'expliques parce que, tu vois, ce n'est pas du tout comme ça que je l'ai ressenti !

– Laisse-moi finir, bébé. C'est assez dur comme ça.

C'est assez dur ? ! Lisa sent ses poils se hérisser. Non mais, je te jure, c'est le monde à l'envers ! Et pour moi, qu'est-ce que c'était ? Une partie de plaisir ? Lisa s'assoit de l'autre côté du lit et fait face à Marc.

– Je t'écoute, crisse-t-elle.

– Je t'aime à la folie et tu resteras pour moi toujours la seule et l'unique. Mais, j'ai aussi ma carrière… Ça commence à bien marcher pour moi. Je me suis tellement battu pour arriver là où j'en suis… et le fait d'avoir un enfant voulait dire que rien ne serait plus comme avant.

Lisa se radoucit. Elle a envie de lui dire que les choses auraient forcément été différentes mais en aucun cas avoir une famille ne l'aurait empêché de peindre, elle y aurait veillé…

    –   Je n'étais pas prêt. Je ne voyais à ce moment-là que les inconvénients.

    –   Pourquoi ne m'en as-tu pas parlé ? J'aurais pu comprendre. Au lieu de cela, tu t'es refermé comme une huître et tu as fui ! Tu te rends compte, Marc, je t'apprends que je suis peut-être enceinte et tu t'en vas ! Je n'ai pas entendu parler de toi pendant trois jours. Trois jours ! Pas un mot, pas un coup de fil, pas un texto. Rien ! Tu imagines que j'étais dans quel état à ce moment-là, Marc ? ! Tu parles de toi mais tu crois que ça ne me faisait pas peur d'avoir un bébé ? On ne vivait même pas ensemble…

Marc baisse la tête.

    –   …Mais l'idée d'avoir un petit être de toi dans mon ventre me comblait de joie. Quand je suis partie chercher les résultats des analyses, je n'ai même pas pu ouvrir l'enveloppe. Heureusement que Carla et Marie étaient présentes. Oh, j'ai prié Dieu, et tu sais que je n'y crois pas, pour que tout ça ne soit qu'un cauchemar et que je ne sois pas enceinte. Je ne savais plus qui tu étais, Marc. L'homme que j'aimais n'aurait jamais réagi de cette manière. Je ne reconnaissais plus celui que j'avais aimé…

    –   Je sais, bébé, j'ai merdé.

Marc essaie de se rapprocher d'elle mais Lisa le repousse. Des larmes perlent sur ses joues. Elle pensait la blessure refermée mais en exhumant ces mauvais moments, la douleur s'avère encore plus vive que par le passé. Elle avait toutefois besoin de sortir ce qu'elle avait sur le cœur. C'est le prix à payer pour enfin pouvoir avancer. Lisa laisse les larmes couler le long de son visage sans essayer ni de les retenir, ni de les essuyer.

    –   Je ne suis pas sûre de pouvoir te pardonner.

Marc fait un geste vers elle. Son téléphone sonne. Carla est au bout du fil.

    –   Enfin, tu décroches. Ça fait deux heures que j'essaie de te joindre !

Lisa reste silencieuse.

    – Ça va ? demande Carla inquiète.

Lisa s'effondre au bout du fil.

    – Mais, merde, Lisa, qu'est-ce que tu as encore fait ? Je suis au bout de la rue, j'arrive ! annonce Carla d'une voix affirmée avant de raccrocher.

    – Marc, il est préférable de ne plus se revoir, murmure Lisa lasse.

Elle cherche dans son armoire de quoi couvrir sa nudité et enfile une robe blanche tachée de gros pois noir.

    – Lisa, quand je suis revenu, je savais que tu ne me pardonnerais pas d'un coup de baguette magique. Mais je t'aime, mon amour, je n'aime que toi et j'ai envie de te faire plein de bébés.

Son cœur fait un bon. Combien de fois a-t-elle imaginé dans ses nuits froides et solitaires que Marc revienne lui dirent ces doux mots d'amour ? Et pourtant, aujourd'hui, ils n'ont plus la saveur espérée.

    – C'est trop tard, Marc…

    – Il n'est jamais trop tard. Je te prouverai que tu ne t'es pas trompée, que je suis le même homme dont tu es tombée amoureuse, il y a trois ans.

    – Mais, moi, j'ai changé. J'ai… j'ai rencontré quelqu'un.

À ces mots, Lisa enfile ses sandales puis lance à Marc un étrange regard.

    – Claque la porte en sortant.

Lisa observe son visage dans le miroir de l'entrée de son appartement. Ses yeux sont encore rouges mais quelque chose de différent est perceptible dans son expression. Elle est la même que quelques minutes auparavant, pourtant son reflet est aussi celui d'une autre, d'une femme qu'elle a toujours rêvé d'être sans jamais y parvenir. Une femme qui se cachait derrière le miroir et qui avait peur d'en sortir, une femme acceptant enfin d'assumer la responsabilité de ses choix et de ses erreurs. Une femme à l'ombre de laquelle Lisa s'était construite, afin qu'un jour, peut-être, elle sorte à la lumière.

Une femme qui n'est personne d'autre… qu'elle-même.

Lisa a conscience d'être sur la voie menant au premier point de sa liste, le plus important, celui qu'elle avait perdu espoir de réaliser un jour, son joker de tout temps, que même ses amies les plus proches, Carla et Marie, pensaient accompli tellement l'illusion de sa vie était parfaite : devenir enfin elle-même. Aujourd'hui, elle n'a enfin plus l'impression d'être sur le siège passager, en attente d'être conduite vers sa propre destinée par quelqu'un d'autre. Il y a quelques minutes, elle se sentait coupable d'avoir couché avec Marc à trois jours de son premier rendez-vous avec Julien. Mais, non ! Elle a eu besoin de passer par cette étape afin d'être enfin maîtresse de sa propre vie.

Lisa est sur le point de fermer la porte lorsque Marc se précipite vers elle.

- Lisa, attends.
- On s'est tout dit, Marc. Il n'y a rien de plus à ajouter.
- Pour moi, rien n'est fini. Je ferais tout pour te reconquérir.
- Adieu Marc.

Et elle s'en va.

Il est grand temps de rallumer les étoiles.
Guillaume Apollinaire, *Les mamelles de Tirésias*

Lisa dévale les escaliers quatre à quatre et manque une marche. Sur le point de tomber, elle est rattrapée de justesse par Jean-Philippe qui se trouve dans le couloir. Elle tente d'éviter son regard mais son voisin lui soulève doucement le visage.

    – Qu'est-ce que c'est que ce petit air triste sur ce joli minois ?

À ces mots, Lisa s'effondre en larmes, qui rapidement se transforment en chute du Niagara.

    – Ouh là là là là, mais elle a un gros chagrin ! C'est Marc ? Il est chez toi ? Je vais aller lui casser la gueule, dit-il en feignant de se précipiter à l'étage.

    – Non, non, s'exclame-t-elle en le retenant par la manche. Ça ne sert à rien. Je vais bien.

Elle essaie d'esquisser un sourire mais ses pleurs redoublent d'intensité.

    – Viens à la maison tout me raconter, propose Jean-Philippe.

Lisa perçoit dans les yeux de son voisin une véritable compassion qui lui réchauffe le cœur, et se demande pourquoi leur relation a tant dégénéré alors qu'ils avaient été amis pendant si longtemps ou plutôt non, elle ne se le demande plus. Elle sait à quel point son comportement envers lui a été égoïste et il a eu toutes les raisons de s'être senti trahi.

Après avoir rencontré Marc, elle avait piétiné l'un de ses commandements les plus chers « Ne pas oublier les amis, même follement amoureuse ». Jean-Philippe avait ses humeurs, c'était certain, mais Lisa, sa fierté. Et elle avait préféré jeter le blâme sur la susceptibilité de son voisin plutôt que d'accepter sa propre responsabilité. Il fallait qu'ils aient une conversation, afin de s'expliquer, mais pas maintenant, elle n'avait pas la tête à ça.

Lisa remercie Jean-Philippe de sa gentillesse et lui promet de passer bientôt prendre un café. Il la serre fort dans ses bras.

    – Ma porte est toujours ouverte et puis tu sais où sont les clés. Ça fait longtemps que je les ai remises sous le paillasson…

Elle sèche ses larmes et lui sourit. Son voisin est vraiment formidable !

En passant la porte cochère de son immeuble, Lisa tombe nez à nez avec Carla qui s'apprêtait à sonner à l'interphone.

– Oh Lisa, justement j'allais…

En voyant son amie, les pleurs de Lisa rejaillissent.

– Lisa, Lisa, Lisa, dans quelle histoire tu t'es encore embarquée ? demande Carla avec un ton teinté de reproche.

– C'est… c'est Marc… balbutie-t-elle entre deux hoquets.

– Tu n'avais pas besoin de le préciser. Allez, viens, je crois que notre défi du jour arrive à point nommé.

Carla a eu la bonne idée de vouloir consacrer le week-end au défi numéro 19 : *Partir vers une destination au hasard*. Et aujourd'hui plus que jamais, Lisa a envie de quitter Paris. Dans la précipitation, sa valise est restée à l'appartement. Elle n'a aucune affaire de rechange ; pas de maillot de bain si elles atterrissent sur une magnifique plage de sable blanc, ni de chaussures de ski si leurs aventures les emmènent dans les Alpes italiennes, mais son sac à main contient plus que le plus garni des bagages : sa carte bancaire. Carla prend Lisa par la taille et s'arrête devant une décapotable rouge.

– Qu'est-ce que c'est que ça ? s'exclame Lisa.

Son amie se met devant le bijou et joue les pin-up.

– Eh bien, ceci est une Alfa Romeo 1 600 Duetto Spider année 1966. De quoi faire sécher tes larmes à coup d'accélérateur !

– Ouah ! Quel cabriolet ! s'écrie Lisa en caressant la carrosserie. C'est un cadeau d'Hubert ?

– Non, non. Elle est à un ami qui nous la prête pour le week-end. Je trouvais qu'une escapade en voiture était plus intrépide que de prendre le train ou l'avion. Tu ne peux pas imaginer le mal fou qu'il a eu à s'en séparer. C'est à la limite s'il ne me montrait pas où se trouvait l'accélérateur du frein. C'est dingue, tout de même, les hommes avec leurs autos. Enfin… Je lui ai promis de la bichonner avec un soin particulier…

– Je pourrai la conduire ? demande Lisa, hésitante.

– Bien sûr ! Je ne vais pas faire la route toute seule ! Tu n'avais tout de même pas l'intention de rester sur le siège passager pendant tout le voyage ?

Lisa sourit à son amie. Elle sèche ses larmes, observe son reflet dans le rétroviseur et admire la nouvelle Lisa. Carla fait le tour du cabriolet et saute à l'intérieur sans ouvrir la portière.

– Eh bien, on dirait que tu as fait ça toute ta vie ! s'exclame Lisa.

– Yep ! T'es prête pour l'aventure Thelma ?

– Oh que oui ! En avant, Louise !

Pour rouler au hasard, il faut être seul. Dès qu'on est deux, on va toujours quelque part.
Alfred Hitchcock, *Sueurs froides*

– Ce n'est pas possible, ça fait 20 minutes que l'on est coincé dans ce satané bouchon. À ce rythme-là, ce n'est pas le déjeuner mais le dîner qu'on va faire sur l'herbe ! s'énerve Carla en appuyant comme une forcenée sur le klaxon. On n'a même pas franchi le périf' !

Lisa regarde son amie en souriant. Avant de monter dans une décapotable, elle n'aurait jamais cru Paris si polluée. La discussion qu'elle vient d'avoir avec Carla lui a fait du bien et à présent, elle désire non seulement quitter la capitale pour s'éloigner des événements de la matinée, mais également pour profiter de l'air pur de la campagne.

Le temps est magnifique et Lisa se félicite d'avoir toujours une paire de lunettes de soleil dans son sac, accessoire indispensable de leur virée en voiture. Elle est tout de même déçue qu'il ne contienne pas également de foulard en soie. Comment prétendre être Grâce Kelly, sans carré Hermès ? Mais Carla a donné le ton : c'est Thelma et Louise sinon rien ! Et pour l'instant, le César de la meilleure actrice lui est attribué car son interprétation de la *bad girl* de service est plus vraie que nature.

– Non, mais il avance ce connard. C'est vert ! Il est daltonien le monsieur ?

Lisa pouffe de rire. Elle savait que certaines personnes se métamorphosaient au volant mais son amie est un vrai spectacle à elle toute seule.

Une heure plus tard, après avoir failli renverser trois vélibs, rouler sur un chat de gouttière et tenter le rond-point des Champs-Elysées, les deux amies arrivent sur la nationale avec un nouveau jeu en poche : choisir un conducteur sexy et le suivre sur 30 kilomètres. Une fois cette distance passée, Lisa doit sélectionner leur prochaine victime.

– Je crois que celui-ci nous a repérées, annonce-t-elle.

– Mais non ! Comment veux-tu qu'il remarque un cabriolet rouge conduit par deux superbes nanas qui le suit à la trace depuis plus de 20 minutes ?

– Mais si, je te jure ! affirme Lisa. Il se met sur le bas-côté. Que fait-on ? On s'arrête aussi ?

– Ben oui, c'est le jeu. On doit faire exactement comme lui.

Carla se gare juste derrière le coupé bleu métallisé.

– Il sort de la voiture. Il nous regarde. Il s'approche de nous ! Il met sa main dans sa poche ! Tu crois qu'il a une arme ? Il arrive…

L'homme lance un sourire enjôleur aux deux jeunes femmes.

– Vas-y, Carla, fonce ! fonce !

– Carla regagne la route sur des chapeaux de roue et abandonne l'homme, pantois, au bord du chemin.

– C'était vraiment fun, balbutie Carla entre deux éclats de rire. Bon, on pourchasse qui maintenant, Thelma ?

– Si tu croises une plaque 69, tu la suis !

– *69, année érotique…* chantonne Carla. Je ne sais pas si on va en trouver beaucoup par ici.

Lisa attrape en plein vol une boule de pissenlit. Elle ferme les yeux, fait un vœu et souffle sur le flocon. Celui-ci franchit la clôture d'une prairie et atterrit sur les naseaux d'un cheval à la robe gris foncée qui, au contact du pollen, éternue bruyamment avant de replonger sa tête dans le foin. Le flocon reprend son envol puis, peu à peu, disparaît à l'horizon.

– Je sais pourquoi les femmes portent un foulard dans les cabriolets. Ce n'est pas une question de style. C'est tout simplement indispensable ! Tu as vu mes cheveux ? Ils partent avec le vent.

– Tu n'as pas un élastique pour les attacher ? demande Carla.

Lisa fouille dans son sac sans rien trouver.

– Regarde ici. Il y a peut-être quelque chose.

Lisa ouvre la boîte à gants et pousse un petit cri.

– Tu ne devineras jamais ce que je viens de trouver ?

Carla se penche pour observer le contenu de la boîte à gants et incline le volant dans le sens inverse. Une voiture dans la file de gauche se met à klaxonner.

–   Hé attention, la route ! s'écrie Lisa.

–   Je la regarderais quand tu me diras ce que tu as découvert ! C'est de la drogue, des flingues ?

Carla tourne le volant, cette fois-ci de manière intentionnelle.

–   Non, encore plus excitant, annonce Lisa mystérieuse.

–   Laisse-moi réfléchir, Brad Pitt tout nu ?

Lisa éclate de rire.

–   Tu es vraiment dans ton film ! C'est une compilation des meilleurs hits des années 90 !

–   Quoi ? dit Carla en manquant de rentrer dans la voiture qui les précède. Et tu n'en parles que maintenant ! Fais péter la musique !

Lisa insère le CD dans l'autoradio. Les premières notes de *Freedom* de George Michael résonnent. Les deux amies échangent un regard, remuent les épaules en rythme et débitent de concert le premier couplet de la chanson.

–   *I won't let you down, I will not give you up, Gotta have some faith in the sound, It's the one good thing that I've got, I won't let you down, So please don't give me up, Because I would really, really love to stick around. Oh yeah !*

–   Tu te souviens, on chantait en yaourt à l'époque, se rappelle Carla.

–   Parle pour toi. J'arrivais très bien à dire *Freedom…*

Et Lisa crie "*Freedom, Freedom, You've gotta give for what you take*" encore plus fort que George Michael.

–   Ah, c'était le bon temps. On était jeunes et insouciantes…

–   Nous sommes encore jeunes et insouciantes ! rétorque Lisa.

–   Hé, où est passée la petite fille aux allumettes qui pleurait sur le bas de sa porte ?

–   Elle a grandi ta petite Lisa, elle a grandi…

Les deux copines entonnent en cœur les autres tubes de leur adolescence.

–   Si on continue sur cette route, on arrive tout droit à Honfleur, annonce Carla.

Lisa regarde autour d'elle, la campagne normande la ravit. Les champs de blés ont depuis peu fait place à des pâturages verdoyants où vaches et moutons broutent en paix l'herbe fraîche.

— Et si on sortait des sentiers battus ? propose Lisa. Tiens, prend ce petit chemin…

— C'est un passage privé…

— Mais, où est passé ton goût de l'aventure, Thelma ?

Vexée, Carla appuie sur l'accélérateur et tourne en trombe.

— Moi, c'est Louise, toi c'est Thelma !

— Ok ! Mais, ce n'est pas la peine de nous faire tuer !

Sur la petite route, le cabriolet ralentit puis s'arrête.

— Tu as confondu l'accélérateur avec le frein ? taquine Lisa.

— Je crois que nous sommes embourbées.

Lisa descend de la voiture pour vérifier. Les deux roues arrière tournent, effectivement, dans le vide.

— Oh oh !

— Quoi, oh oh ?

— On est vraiment coincé…

Carla saute par-dessus la portière et atterrit dans une flaque de boue.

— Oh non, mes Prada ! crie-t-elle. Et mon jean ! Il n'est plus blanc, il est peau de vache !

Lisa contemple son amie et rit aux éclats.

— Tu as enfin découvert ta véritable nature !

— Je t'avais dit que ce n'était pas une route. Tu as confondu mon Alfa Romeo avec un quatre-quatre ou quoi ?

— Tu ne peux pas ouvrir la portière comme tout le monde au lieu de te prendre pour James Dean ?

— Ce n'est pas la question. Tiens, viens là.

— Pourquoi ?

— Viens, je veux te montrer quelque chose.

Lisa avance à reculons. Son instinct de panthère rose lui dit que son amie mijote quelque chose.

— Viens là ! Tu as peur de quoi ?

Au moment de s'approcher, Carla lui prend le bras et l'entraîne dans la flaque avant de sauter à pied joint dessus. Lisa, couverte de boue des pieds à la tête, en reste tellement bouche bée que Carla s'étouffe presque de rire.

— Espèce de garce ! s'écrie Lisa hilare à son tour. Tu vas me le payer !

Elle saute de plus belle dans la flaque et Carla reçoit une giclée de boue en plein visage.

— Ah oui ? Tu veux vraiment jouer ? Souviens-toi que je gagne toujours ! Je suis la plus grande !

— Plus grande en âge mais plus petite en intelligence !

Carla la fixe avec un air de défi et prend une grosse poignée de boue entre ses mains.

— Non !

Carla hoche la tête.

— Si, si.

— Non ! Tout de même, Carla, enfin ! Tu ne veux pas mettre 30 ans de notre amitié aux oubliettes.

— C'est bon pour la peau, prend le comme une faveur…

Carla relève la main, la boue luisante coulant entre ses doigts, et la jette vers Lisa.

— Tu ne sais vraiment pas viser !

— Je pense à la voiture ! J'ai dit que j'allais la bichonner, pas lui faire un enveloppement à la boue normande. Allez, hop hop hop, dépêche-toi, qu'on trouve de l'aide.

— Oui, j'arrive… annonce Lisa avant de lui jeter une énorme boule dans le dos.

— Carla se retourne et lui en lance deux d'affilée. Les deux amies continuent leur bataille tout en marchant.

Il n'y a pas de hasards, il n'y a que des rendez-vous.
– Paul Eluard

Carla avance à vive allure tandis que Lisa se promène tout en s'émerveillant à chaque instant des beautés de la campagne normande. Le chemin s'est transformé en un étroit sentier traversé d'un ruisseau d'eau vive, où des crapauds lézardent au soleil. Des libellules se mêlent à la danse des papillons et vaches et moutons gambadent paisiblement dans les prairies fleuries. Lisa est au Paradis et s'attend presque à voir Bambi sortir du bois et venir lui brouter dans la main. Elle sifflote une petite mélodie espérant entendre son écho dans le chant des oiseaux, sans succès. Pour se réconforter, elle décide de faire un bouquet de petites fleurs sauvages. En cueillant bleuets et coquelicots, ses pas la mènent rapidement vers un petit passage caché derrière le sous-bois.

– Regarde comme c'est joli… dit-elle en appelant Carla.
En face d'elles se trouve une magnifique demeure en pierre où le lierre grimpant se mêle aux glycines colorées.

– Tu crois que quelqu'un peut nous aider ? interroge Lisa.

– Sûrement, les volets sont ouverts.
Carla s'achemine déjà dans la cour de la maison.

– Attends ! On ne va pas leur faire peur ? demande Lisa en montrant leurs tenues couvertes de boue.

– C'est vrai que tu sembles tout droit sorti d'un film d'horreur, s'exclame Carla en s'esclaffant.

– Tu n'as pas l'air mieux, on dirait le Golem !
Carla frappe à la porte. Lisa, en retrait, attend à l'extérieur du patio. Personne ne répond.

– On devrait peut-être appeler une dépanneuse, propose cette dernière.

– Pour deux malheureux pneus dans la boue ?

– Il n'y a personne ! Viens, on retourne à la voiture. On va essayer de la pousser.

– Ah non ! Moi, je ne bouge plus, annonce Carla en s'installant sur le perron. Assieds-toi près de moi que l'on discute un peu.

– Je t'ai déjà tout dit tout à l'heure ! C'est bel et bien fini avec Marc. Over, beendet, finito ! Et puis, j'ai eu le Contrelook…

– Le quoi ?

– Le Contrelook ! Tu sais, le contraire du Look.

– Du Look… Mais, oui, bien sûr !

Lisa, atterrée par l'absence de culture de son amie, lève les yeux au ciel. Elle n'a pas lu *Jeune et Jolie* quand elle était petite ?

– Le Look est lorsque tu regardes ton homme de loin et lui ne le sait pas. Sans pouvoir te l'expliquer, ton cœur bat la chamade et tu sens une émotion indéfinissable remplir ton ventre. Ça fait presque mal mais c'est tellement bon. À cet instant précis, tu viens de découvrir que tu es amoureuse et c'est bizarrement un sentiment qui n'appartient qu'à toi. Ça, c'est le Look. Le Contrelook, c'est l'impression contraire. Tu regardes ton homme et tu sais que c'est fini. Avec Marc, j'ai eu le Contrelook.

– Oh, je comprends, dit Carla rêveuse. Et tu peux avoir le Look plus d'une fois ?

– Bien sûr !

– Je me souviens en février dernier, nous sommes partis avec Hubert au marché de Camden Town. Il faisait froid et il neigeait. Nous nous sommes réfugiés dans le marché couvert, tu sais là où il y tous les petits stands de cuisine du monde. Je me suis assise à une table, il n'y avait pratiquement personne et Hubert est allé nous chercher un vin chaud au stand d'en face. Je l'ai regardé, il ne me voyait pas, il était occupé à choisir les boissons et à ce moment-là, j'ai tellement été emplie d'une vague d'amour pour lui que j'ai failli en pleurer. Tu crois que c'est le Look ? demande Carla les yeux perdus dans ses pensées.

– Oh oui, certainement…

Carla a toujours été la plus forte des deux et ne laisse que très rarement transparaître ses émotions. Lisa, touchée de la voir si désarmée, l'entoure de ses bras.

– Pourquoi tu ne rentrerais pas à Londres ? J'adore t'avoir pour moi toute seule mais je ne veux pas te priver de la présence de ton mari.

– Il est à New York, cette semaine.

– Va le rejoindre !

– Même si j'y allais, il n'aurait pas une minute à lui. Il vient à Paris la semaine prochaine. Je n'ai pas beaucoup de temps à patienter. En plus, j'aime qu'il me manque. Ça rend les retrouvailles plus excitantes.

– Soit. En tout cas, je suis contente que tu sois là.

Lisa enlève du bout des doigts un peu de boue sur la joue de son amie et lui fait un bisou.

– Moi aussi, je suis contente que tu sois là, dit Carla en la tartinant de boue.

Elles continuent à bavarder lorsqu'une charmante dame d'une soixantaine d'années accompagnée d'un labrador interrompt leur conversation :

– Hé là, hé là, qui sont ces elfes qui attendent sur mon perron ?

Les deux jeunes femmes se lèvent de concert. Le labrador se dirige droit vers Lisa et lui tend du museau une balle de tennis. Elle le caresse affectueusement avant de se rendre compte qu'elle a couvert son beau pelage beige de boue. Elle tente de l'enlever du revers de la main mais l'étale davantage. Oh oh ! Pourvu que la dame n'ait rien vu ! L'air de rien, elle prend la balle de tennis et la jette tout au fond de la cour. Le chien se précipite sur celle-ci à la vitesse de l'éclair. Bien joué, Lisa !

– Bonjour Madame, dit Carla. Nous sommes désolées de faire irruption chez vous mais nous avons eu un petit problème de voiture.

– Vous n'êtes pas blessées, j'espère ? demande la dame en les scrutant de la tête aux pieds.

– Oh, non pas du tout. Notre voiture s'est embourbée.

– Juste la voiture ? Comment avez-vous fait pour vous mettre dans un état pareil ?

Lisa regarde Carla d'un air accusateur.

– Je suis Jeanne Gaillac, leur dit la dame, en serrant sans peur leurs mains boueuses d'une poigne ferme.

– Carla et Lisa. Enchantées.

Le labrador galope vers Lisa et lâche la balle à terre. Lisa la lance le plus loin possible et le chien s'élance de nouveau à sa recherche.

    – Grison vous a adopté, annonce Jeanne à son intention. Vous avez un chien ?

    – Non, mais j'adorerais !

Madame Gaillac hoche la tête en signe d'acquiescement. Lisa est surprise par sa propre réponse, même petite, elle n'a jamais voulu avoir d'animal. Grison revient, battant toujours la queue mais avec moins d'entrain. Lisa lui relance la balle et le chien trottine un court instant avant de finir sa course au pas. Il regagne Lisa la queue entre les jambes et s'écroule à ses pieds. Voyant le chien dans cet état, elle pose la balle à ses pattes. Grison tente de se relever mais dans un petit grognement se rallonge et s'endort profondément.

    – Et si on s'occupait de vous avant la voiture. Vous avez l'air d'avoir sacrément besoin d'une douche, déclare Jeanne en les guidant à l'intérieur de la maison.

Quelquefois, il y a des sympathies si réelles que, se rencontrant pour la première fois, on semble se retrouver.
Alfred de Musset

Après avoir pris une longue douche et mis les vêtements propres que Madame Gaillac a eu la gentillesse de leur prêter, Lisa et Carla la rejoignent dans le jardin.

– Eh bien, qui aurait pu imaginer que d'aussi jolies jeunes femmes se cachaient derrière toute cette boue ? s'exclame Jeanne.
Elles aperçoivent sur la table un merveilleux festin en attente d'être dévoré.

– J'espère que vous avez faim. Ce ne sont que les restes de notre déjeuner, mais il y a un peu de tarte aux framboises pour le dessert…

– Nous sommes affamées. C'est vraiment adorable de votre part, remercie Carla.

– Voyons, c'est tout naturel.
Les deux jeunes femmes prennent place à table et entament de bon appétit le gratin d'aubergines.

– Alors, dites-moi. Que faites-vous aussi loin de chez vous ? Vous êtes bien Parisiennes ? questionne Jeanne en regardant Lisa.
Elles hochent la tête de concert.

– Généralement les Parisiens ne s'arrêtent pas dans le coin, ils préfèrent la mer. Et ce n'est pas pour nous déplaire, dit Jeanne en souriant.
Carla explique qu'elles ont quitté la capitale dans la matinée sans destination précise. Madame Gaillac, curieuse, leur demande pourquoi et, après un instant d'hésitation, mais voyant la bonhomie de leur hôtesse, Lisa lui révèle comment tout a commencé. Elle raconte la découverte de la liste à trente jours de ses trente ans et les péripéties qui s'en sont ensuivies. Jeanne l'écoute avec attention et rit de bon cœur lorsqu'elle relate les détails rocambolesques de certaines de ses mésaventures, de la difficulté à réaliser son défi shopping à la virée en moto qui a failli tourner à la catastrophe.
En retour, Jeanne leur dévoile que son mari et elle, parisiens d'origine, ont décidé de vivre à la campagne après leur retraite.

Paul, passionné de pêche à la carpe, y trouve son bonheur dans les nombreuses rivières et elle, se réjouit chaque jour de cultiver son potager. Leur seul regret toutefois est de ne pas voir aussi souvent leurs enfants qu'auparavant, surtout depuis que leur fille a donné naissance à son premier bébé.

— Attendez...

Jeanne court à l'étage et redescend avec une photographie. Lisa et Carla s'extasient devant le portrait du nouveau né. En regardant sa petite-fille, Madame Gaillac leur fait part de son souhait que son fils se décide aussi à agrandir la famille.

— Mais, il est marié avec la médecine ! Quoiqu'il m'ait surprise en m'annonçant avoir rencontré quelqu'un. On verra ce qu'il adviendra...

Au café, Jeanne devient songeuse.

— Vous savez, je pourrais demander à Paul de venir vous aider à désembourber la voiture, mais j'ai une idée qui devrait vous intéresser et lui permettre de finir sa partie de pêche en paix. J'y ai pensé tout à l'heure, quand vous m'avez parlé des défis qu'ils vous restaient à faire...

— Dîtes-nous Jeanne, vous nous intriguez, s'enquiert Lisa.

— L'un de vos défis est bien de détruire une chambre d'hôtel ? Comme dans ce film...

— Oui, comme dans *The Wall,* des Pink-Floyd. Mais j'ai laissé tomber cette idée. J'irais tout droit à la case prison...

— Je n'ai pas de chambre d'hôtel à vous proposer mais quelque chose pourrait bien faire l'affaire. Venez par ici...

Lisa et Carla se regardent perplexes et suivent Madame Gaillac jusqu'au deuxième étage de la maison.

— Voilà, dit Jeanne en entrant dans une petite chambre. De l'autre coté du mur se trouve une pièce de taille similaire. Nous avons toujours voulu les réunir afin d'en faire une chambre de taille convenable mais, à dire vrai, nous n'en avons jamais eu le courage. Vous pensez que vous pourriez vous amuser ?

— Vous voulez que je casse le mur ?

— Et les meubles aussi, si cela ne vous ennuie pas trop. Ils sont mités et feront du bon bois de chauffage...

Lisa lui saute au cou.

– Mais, c'est mon rêve !

Adolescente, Lisa avait vu le film des Pink-Floyd dans un cinéma du quartier latin. Elle était entrée dans la salle en tant que jeune fille sage et sans histoire et était ressortie avec une rage destructrice transmise par cette scène spectaculaire où l'acteur principal saccage violemment sa chambre d'hôtel.

Arrivée à la maison, son intention avait été de faire subir le même sort à sa chambre, qui n'avait pas été redécorée depuis sa période *Mon petit poney*. Elle avait mis *Smells Like Teen Spirit* de Nirvana à fond, attrapé sa chaise de bureau dans le but de la fracasser violemment contre l'armoire avant de s'en prendre aux étagères de la bibliothèque, quand sa mère était entrée dans sa chambre, avait éteint le plus naturellement du monde la musique puis ajouté de sa voix la plus douce.

– Lave-toi les mains, mon bouchon, on passe à table dans 10 minutes.

– Oui maman, avait répondu Lisa.

Et ce fut la fin de sa période rebelle.

Il lui reste, encore aujourd'hui, ce goût d'inachevé mais elle est dorénavant bel et bien décidée à réaliser ce qu'elle n'avait pu faire quinze ans auparavant.

Madame Gaillac revient avec une énorme massue. Lisa, déjà ailleurs, scrute la pièce avec des yeux pétillants.

– Ce moment a l'air important pour elle, murmure Jeanne.

– Je crois aussi, sourit Carla en revoyant son amie adolescente.

– Elle est si mignonne ! s'attendrit Madame Gaillac en regardant Lisa porter l'énorme massue à deux mains. Ils feraient un si joli couple avec mon fils. Quel dommage qu'il ait déjà ce rendez-vous lundi…

Carla et Jeanne descendent au jardin et laissent Lisa, seule, face à elle-même.

Le seul moyen de se délivrer d'une tentation c'est d'y céder. Résistez et votre âme se rend malade à force de languir ce qu'elle s'interdit.
Oscar Wilde, *Le portrait de Dorian Gray*

Lisa ne sait pas où donner des pieds et de la tête tant elle se sent dépassée par cette liberté. Tout casser, oui, mais dans quel but ? Elle n'a plus la rage intérieure de son adolescence et si à 20 ans, l'idée de détruire sans foi ni loi pouvait encore relever de l'activisme estudiantin, aujourd'hui, elle n'avait plus rien à revendiquer.

C'est décidé ! Elle va annoncer à Madame Gaillac qu'elle abandonne ce défi. En sortant, son genou se heurte contre la table de nuit. Aïe ! Satané meuble ! crie-t-elle en lui donnant un coup de pied. Tiens, pourquoi ne pas essayer d'en casser un ? Juste pour voir… Elle enlève les tiroirs du chevet et projette timidement la table de nuit contre le mur. Celle-ci rebondit et gît intacte sur le sol. Ah oui ? Vraiment ? Tu veux résister ? Lisa saisit la grosse massue et, de toutes ses forces, frappe le meuble qui au second coup se brise en mille morceaux.

Exaltée par sa première destruction, elle saute sur le lit et se prend au jeu. Elle perce le matelas de ses talons, le déchire violemment et balance les morceaux de mousse dans toute la pièce puis, dans un élan de fureur inattendu, saccage le sommier avec brutalité.

À chaque mobilier brisé, sa rage s'accroît. Les lattes sont projetées contre les murs, les tiroirs pulvérisés, les poignées sont désossées et transformées en miettes. Aucun meuble ne résiste à sa pulsion dévastatrice. Lisa essuie la sueur de ses joues du revers de la main et se rend compte avec surprise qu'il s'agit de larmes. Elle ne sait pas pourquoi elle pleure, mais elle pleure. En silence d'abord, puis jusqu'à en avoir le hoquet. Elle pleure comme si ses larmes remontaient à des jours anciens. À ses premières douleurs, ses premiers chagrins. Elle pleure comme si c'était la première fois, comme si son cœur avait contenu ses larmes pendant si longtemps, qu'aujourd'hui, elles devaient à tout prix jaillir.

Elle pleure, oui, mais sans peine. Est-ce dû à l'euphorie de son défi ou son cœur est-il en train de s'alléger ? De quoi ? Des petites blessures qui ont marqué sa vie amoureuse, de cette longue série d'échecs sentimentaux qu'elle avait cru terminée dans les bras de Marc, de leur histoire, où elle avait été la seule à donner… Lisa se lève et prend fermement la massue, décidée à s'attaquer au mur. Chaque coup sera désormais pour mettre le passé aux oubliettes. Tout détruire pour tout reconstruire !

Elle caresse le papier peint à rayures, tape quelques coups de l'index pour apprécier l'épaisseur de la paroi et frappe un gros coup de massue. Le mur ne résiste pas longtemps à son acharnement. Un trou se forme et laisse apparaître la chambre d'à côté. Elle frappe encore et encore, jusqu'à épuisement. Les larmes ont disparu, seule la sueur perle le long de son visage.

Une fois le mur tombé, malgré la poussière qui la recouvre, Lisa se sent propre. Ses vieux démons se sont envolés. Elle est morte de fatigue mais vivante comme jamais.

Elle s'assoit à même le sol et contemple son œuvre. Tout est en pièce, un nuage de plâtre flotte au-dessus des décombres. Elle a réussi. Elle a accompli son défi. Mais, plus encore, elle a renoué avec son avenir. Son regard perçoit la chambre détruite avec une nouvelle perspective. Toutes ces ruines représentent sa vie d'avant. Maintenant, elle peut s'élancer dans l'inconnu et sourire au lendemain.

Lisa observe les blocs de plâtre, le bois cassé, les ressorts déglingués… Oh mince alors ! Le film ne disait pas qu'il fallait tout nettoyer après !

Les petites choses n'ont l'air de rien, mais elles donnent la paix.
Georges Bernanos, *Journal d'un curé de campagne*

Lisa et Carla ne se sont pas faites prier lorsque Jeanne les a invitées à rester le week-end. Elles ont échangé un regard et ont dit « d'accord ! » de concert sans se poser plus de questions.

Leur défi ne les a certes pas emmenées dans les contrées les plus excitantes qui soient, ni à l'autre bout de la planète - cinq ans auparavant, elles auraient probablement atterri dans une fumerie d'opium de Bangkok ou au fond de la jungle amazonienne sur les traces de Christophe Colomb - mais qu'à cela ne tienne, le chant des mésanges vaut bien celui des perroquets bleus et les facéties de Grison remplacent à merveille l'esprit farceur des singes gibbons.

Et puis, pourquoi parcourir le monde lorsque l'on a Paul Gaillac à la maison ? Un voyage à lui tout seul ! Le samedi matin, il a enfilé une cravate scoubidou sous sa veste de pêcheur et les a emmenées tâter le goujon. Lorsqu'elles lui ont demandé la raison d'être de sa cravate, il leur a révélé que son ancienne position de conservateur du patrimoine à la Mairie de Paris exigeait des tenues sobres et, qu'à la retraite, il avait décidé de prendre sa revanche en ne portant que des cravates colorées. Même à la pêche.

De temps en temps, en plein milieu d'une phrase, Paul s'arrête de parler, se lève pour prendre une feuille tombée à terre, la regarde comme le plus bel objet du monde pendant plusieurs minutes et revient ensuite à son récit sans en avoir un instant perdu le fil. Lors de cette journée, les deux amies découvrent la pêche mais surtout, que sous un habit de pêcheur peut se cacher une belle âme de poète.

Le lendemain, Jeanne les réveille un peu avant l'aurore, « levez-vous, c'est dimanche ! ». Encore endormies, Carla et Lisa enfilent sur leurs chemises de nuit les épais anoraks que leur a tendu Jeanne et sans bruit quittent la maison pour rejoindre une prairie.

« Fermez les yeux et écoutez ». Elles écoutent. Le chant mélodieux des merles puis, plus rien. Pas un bruit, le silence total. Et au bout de quelques instants, un vacarme comme elles n'en avaient jamais entendu, comme si toute la forêt s'était réunie pour souhaiter bonne nuit aux animaux se couchant et bonjour à ceux qui se levaient. Enfin, le calme est réapparu, troublé seulement par les vocalises des grives. « Regardez maintenant ». Lisa et Carla rouvrent les yeux et assistent au lever du soleil. Un simple lever de soleil tel qu'il se produit tous les matins à Paris ou à Khartoum, en Afghanistan ou en Indonésie, un lever de soleil tel qu'elles ne l'ont jamais vécu. Pour la première fois, Lisa prend conscience de son existence. Elle vit ! Et n'est-ce pas merveilleux ?

À leur retour, Jeanne leur explique qu'elle dédie chaque dimanche matin à la contemplation du lever du jour. Après avoir frôlé la mort quatre ans auparavant, elle s'est jurée de rendre hommage à ce miracle quotidien, qui lui rappelle à quel point la vie est précieuse, et la chance qu'elle a d'être encore sur terre. Ce moment lui permet de relativiser les petits soucis de tous les jours et la remplit de bonheur et d'énergie pour la semaine à venir. Lisa la regarde, surprise. Elle vient d'éprouver le même sentiment. Elle prend la main de Madame Gaillac et sourit.

Le week-end touchant à sa fin, l'heure des séparations est venue. Jeanne serre fort Lisa dans ses bras.

– Merci infiniment. Je me souviendrai longtemps de ce week-end, murmure Lisa émue.

– Je suis contente d'avoir participé ne serait-ce qu'un peu à la réalisation de votre liste. C'est bien d'avoir des rêves mais c'est encore mieux de les réaliser !

Lisa, le cœur gros, la regarde embrasser Carla. C'est avec regrets qu'elle regagne la voiture désembourbée. Mais ce périple l'a changé. Elle a appris beaucoup sur elle-même et sait désormais vers où conduire sa vie.

Lisa démarre le cabriolet mais au bout de 500 mètres, la voiture cale.

Avec un peu de chance, elle ne finira pas dans un fossé…

À 15 ans, on veut plaire ; à 20 ans, on doit plaire ; à 40 ans, on peut plaire ; mais ce n'est qu'à 30 ans qu'on sait plaire.
Jean-Gabriel Domergue

Oh là là, j'ai le trac ! Je n'arrive même pas à me souvenir de mon dernier rendez-vous. J'ai oublié ce qu'il faut faire ! Ok, calme-toi, c'est juste un dîner, pas ta première fois…
Lisa fait les cent pas dans son appartement depuis plus d'une demi-heure. Elle s'est préparée longtemps à l'avance par peur d'être en retard pour son tête à tête avec Julien, résultat, il lui reste plus d'une heure pour réfléchir à son pauvre sort.
Oh là là là là, si la soirée se passe bien, il va vouloir me revoir, ce qui va mener, forcément, à un second rendez-vous, puis à un troisième. Le fameux troisième rendez-vous ! Celui où je découvre s'il est plutôt slip ou caleçon, celui pour lequel je passe ma journée à l'institut à la chasse aux poils et aux points noirs, celui où je saurai si nos peaux sont compatibles. Le troisième rendez-vous quoi ! Ça fait trois ans que je n'ai pas fait l'amour avec un autre homme que Marc. Je ne sais plus comment m'y prendre ! Oh non, c'est trop affreux ! Je ne vois qu'une solution : tout annuler !
Lisa prend son téléphone et compose le numéro de Julien. Elle appuie sur la touche « appeler », puis se rétracte.
Est-ce que je lui fais la bise pour lui dire bonjour ? Non, il va penser que je suis un pote et m'emmènera dans un bar à sport boire de la bière avant de me raconter sa dernière aventure. Et s'il tente de m'embrasser ce soir ? Qu'est-ce que je fais ? Je le repousse gentiment tout en me montrant sensible à ses charmes ou j'esquive son baiser sans prononcer un mot, l'air mystérieux ? Ça rend les hommes fous ça, non ? Ou je pourrais m'enfuir en laissant tomber mon agenda, ainsi il serait obligé de me rappeler ! Oh, oui, je sais ! Je lui fais directement un baiser à la commissure des lèvres pour lui souhaiter bonne nuit. C'est bien connu que les hommes aiment les femmes qui prennent les initiatives… Oh non ! Que va-t-il penser de moi ? Que je suis une fille facile ? D'autant plus, qu'après le baiser volé, il doit croire que j'ai tendance à embrasser n'importe qui…

Lisa regarde son reflet dans la glace et réajuste son sourcil gauche. Et s'il ne tente pas de m'embrasser ? Oh mon dieu ! Il n'est peut-être pas intéressé et m'a uniquement invitée par dépit. Pire encore, il croit que je suis le genre de femme à passer directement au troisième rendez-vous ! Oh là là, les hommes sont tellement compliqués ! Je n'arriverai jamais à les comprendre. Je suis perdue, j'ai besoin d'aide.

Lisa erre de sa chambre à la cuisine, répétant invariablement le même trajet. Qu'est-ce que je peux faire ? J'sais pas quoi faire ! Qu'est ce que je peux faire ? J'sais pas quoi faire !

Il faut vraiment que je trouve une solution… Il doit bien y avoir un numéro vert comme « SOS rendez-vous : LE numéro qui vous aide en cas de d'urgence » !

Elle s'assoit sur le canapé, prend les pages jaunes et en feuillette chaque rubrique. Je ne comprends pas que ce numéro vert ne soit pas encore mis en place… Il faut impérativement que j'écrive au gouvernement pour palier à ce manque. Il y a en France plus de célibataires que de chômeurs et ils n'ont toujours pas créé de Ministère du Célibat ! Ça devrait être la mesure phare du quinquennat ! Chacun sait qu'on est plus heureux en couple. Les gens heureux sortent plus donc consomment plus donc participent davantage à la croissance. Ce qui a pour conséquence de créer des emplois et du même coup moins de chômeurs, donc plus de gens heureux qui consomment plus, etc. Je n'ai pas fait l'ENA mais ça me paraît élémentaire, mon cher Watson. Je devrais être ministre. J'en profiterais pour m'habiller uniquement chez les grands couturiers !

Lisa pose le bottin et fait tomber dans son mouvement la pile de magazines féminins entassés sur la table basse

Eurêka ! s'exclame-t-elle en apercevant le dernier Cosmo. Il y a un dossier sur « Comment préparer son premier rendez-vous en dix étapes ». Je l'ai même acheté pour cette raison, que suis-je bête ! Lisa embrasse le magazine, pousse un cri de joie en tombant sur l'article et lit les premières phrases avec avidité.

Étape 1 : Bien choisir sa tenue. Éviter les bas résilles, les mini-jupes et les décolletés trop plongeants.

Non, mais on s'en doutait ! Je veux des conseils pour un rendez-vous galant. Pas pour un entretien d'embauche pour être péripatéticienne ! Je me demande vraiment où ils vont chercher des idées pareilles. Deux heures de pretty-woman et résultat : ma tenue est parfaite ! Merci, défi shopping.

Étape 2 : Utiliser un maquillage léger.

Mais, que veulent-ils dire par léger ? Je ne peux pas faire moins que fond de teint, poudre, blush, mascara, crayon, fard à paupière, maquillage des sourcils et rouge à lèvres. C'est un magazine féminin ou non ? Ils ne savent pas que tout va ensemble ? Je suis certaine qu'un homme se cache derrière le pseudo ! Lisa se regarde dans le miroir. Je vais peut-être remplacer le rouge à lèvres par un gloss. Ça fera plus léger. Oui, très bonne idée !

Étape 3 : Ayez l'air intelligent.

Pas de problème. J'ai toujours une fausse paire de lunettes de vue dans mon sac. Si Julien entame une discussion sur la moralisation du capitalisme ou le réchauffement climatique, je les enfile, hoche la tête aux moments clés et le tour est joué ! J'espère toutefois ne pas avoir à les porter, je suis tellement plus jolie sans.

Étape 4 : Être naturelle.

C'est vraiment un guide pour un premier rendez-vous ? Je comprends de moins en moins... Donc, pour résumer, il faudrait être habillée comme Ugly Betty, ne pas porter de maquillage et être brut de pomme ? Je ne vais tout de même pas arriver en me grattant les fesses, poilue comme une mygale, les cheveux en bataille comme si je sortais du lit. J'ai dit premier rendez-vous, pas l'anniversaire de mes dix ans de mariage !

Étape 5 : Ne pas répondre au téléphone portable.

Mais, oui, jamais devant lui ! J'irai au petit coin pour mon rapport détaillé à Marie et Carla. J'évite deux coups de fil maintenant que j'ai découvert la *Conf Call*.

Étape 6 : S'intéresser à lui.

Je m'intéresse déjà à lui ! Sinon, je n'aurai pas accepté le dîner ! Il est tellement craquant ! Oh, j'ai hâte d'en être au troisième rendez-vous... On pourrait les enchaîner ? L'entrée dans un restaurant : premier rendez-vous. Le plat principal, dans un autre : deuxième rendez-vous. Le dessert, chez moi : troisième rendez-vous. Et il aura une belle surprise au café, je suis une chef en gâterie. Non, mais Lisa, tu perds la tête, reprends-toi ! Respire et pense à quelque chose de désagréable... Tiens, pense à Marc, voilà, dit-elle en regardant le bouquet de roses que ce dernier lui a fait livrer, ça t'évitera d'imaginer des choses coquines avec Julien.

Étape 7 : lui poser des questions.

Oh, oui, très bonne idée ces exemples de questions. Je vais les noter, elles pourraient m'être utiles pour relancer la conversation si on a un blanc.

Où vit-il ? Le restaurant est-il loin de son domicile ?

Mais, pourquoi, diable, voudrais-je le lui demander ? C'est une invitation pure et simple à finir la soirée sur son canapé, voire ailleurs...

Quels sont ses hobbies ? Quels sont les trois pays qu'il aimerait le plus visiter ? S'il avait la possibilité d'inviter un personnage historique à dîner, qui serait-il et pourquoi ?

Mon dieu ! Ils veulent vraiment que je passe pour une écervelée. Oh, mais oui ! Bien sûr ! On dit que certains hommes ont peur des femmes trop intelligentes ! Il faut peut-être que je paraisse un peu sotte pour le mettre à l'aise... Après tout, ce sont eux les experts !

Étape 8 : Ne parler ni de mariage ni de bébé.

Lisa hausse les épaules. Sauf, bien sûr, si je souhaite le voir s'enfuir avant le dessert... Mais, pour qui nous prennent-ils ? Des blondes à forte poitrine ? Je n'ai toujours pas le 95D donc il me reste encore au moins 50 % de mon intelligence....

Étape 9 : commander un menu complet : entrée, plat, dessert. Mais ne jamais, mais jamais finir aucun des plats.

Comment ? Leur mère ne leur a donc jamais dit de ne pas gâcher la nourriture par respect pour ces malheureux enfants qui meurent de faim aux quatre coins du monde ? Ou n'ont-ils pas grandi avec le menaçant « Tu termines ton assiette sinon pas de dessert » ?

D'un autre côté, si je finis tous mes plats, Julien me prendra pour une grosse vache. Ce n'est pas très sexy, une grosse vache. Mais, si je picore dans mon assiette, il va me croire anorexique. Et ce n'est pas, non plus, très sexy une anorexique. Oh, mon dieu ! C'est un vrai dilemme shakespearien ! To be grosse vache or to be anorexique ? Telle est la question. D'autant que si je commande des plats sans les finir, il va croire que je gaspille la nourriture, donc que je jette l'argent par les fenêtres, par conséquent que je ne sais pas gérer un budget. Et pour la future mère de ses enfants, c'est tout de même indispensable ! J'ai des valeurs, moi, je ne suis pas du genre à dépenser 15 000 euros pour des broutilles !

Étape 10 : ne pas trop boire.

Que de l'eau pétillante, rien d'autre. Bon, peut-être un petit cocktail pour me décontracter et ensuite à l'eau ! Promis, juré, craché, puf.

En tout cas, ils ne sont pas commodes dans ce guide. Il ne faut pas manger, pas boire... En fait, on ne peut rien faire. Moi qui ai acheté ce magazine pour avoir des conseils, je suis encore plus perdue qu'avant. Lisa ferme le Cosmo et refait les cents pas. Mais, c'est de sa faute enfin ! Quelle idée de m'inviter à dîner ! On ne pouvait pas aller au cinéma comme tout le monde ? Je n'aurais pas été obligée de parler et les yeux rivés sur l'écran, la tentation de lui sauter dessus aurait été moins forte. Quoi que dans le noir... Pense à Marc, Lisa, pense à Marc...

Si un homme n'embrasse pas une femme au premier rendez-vous, c'est un gentleman. Au second c'est qu'il est gay.
David E. Kelley, *Ally Macbeal*

 — Non, mais t'es folle ! s'écrie Marie au bout du fil.

 — Non, au contraire, je trouve que c'est une très bonne idée !

 — Tu n'as tout de même pas invité Marc à ton premier rendez-vous avec Julien ! Tu veux te venger, avoue ! Tu veux que Marc te voie aux bras d'un autre homme. Lisa, tu es diabolique !

Lisa regarde le bouquet de tournesols posé sur la table basse.

 — Pas du tout ! Il n'arrête pas de m'envoyer des fleurs et m'écrit sur les messages que je suis la femme de sa vie. Je veux juste qu'il voie de ses propres yeux que tout est fini entre nous !

 — Dis-moi, tu ne serais pas encore amoureuse de lui ?

Silence.

 — Lisa… Tu es toujours là ?

 — Oui… Pourquoi tu dis ça ?

 — Tu acceptes de dîner avec ton mystérieux inconnu et le lendemain, tu couches avec Marc. Aujourd'hui, tu vois enfin Julien et tu ne parles que de ton ex. Tu me permets de me poser des questions ?

Lisa balaie des mouches imaginaires.

 — Pour vendredi, je refuse toute responsabilité. C'était la faute à Dame Nature ! Bon, choupette, je dois y aller…

 — Lisa ?

 — Oui, Marie.

 — Jure-moi d'envoyer un texto à Marc pour décommander.

 — Juré. De toute façon, je me rends compte maintenant que ce n'était pas une très bonne idée.

 — Et tu m'appelles !

 — Promis, je t'appelle.

 — Hé ?

 — Oui.

 — Bonne chance.

Malgré ses efforts pour arriver en retard, Lisa parvient bien en avance sur la place du Palais-Royal. Son rendez-vous étant fixé à 19 heures, elle décide de patienter dans un café jusqu'à 19 h 15, pas une minute de moins, avant de faire son entrée. En poussant la porte de l'établissement, elle repère la place idéale pour guetter l'arrivée de Julien, mais la table est malheureusement prise par une cliente sirotant à elle seule deux gigantesques cocktails.

– Excusez-moi, tente doucement Lisa avec son plus grand sourire.

La jeune femme lève la tête et Lisa est frappée par la beauté sensuelle de son visage. Ses yeux verts d'eau sont constellés de paillettes dorées, sa chevelure ruisselle de boucles chatoyantes et ses lèvres sont plus pulpeuses que celles d'Angelina Jolie.

– Si ?

C'est vraiment sexy l'espagnol ! songe Lisa en reconnaissant l'accent. Je devrais prendre des cours. Ensuite, je me ferais passer pour la cousine de Pénélope Cruz ou mieux encore, sa seconde sœur. Après, Pénélope et Monica, Lisa Cruz ! Ça sonne bien, non ? Je monterais les marches à Cannes et une grande marque de cosmétique me supplierait de faire la pub de leur nouveau shampooing. Entre deux films d'Almodovar, j'apparaîtrais en spécial *guest* dans *Un dos Tres*. Demain, c'est décidé, je m'inscris à l'institut Cervantès !

– Je suis désolée de vous déranger mais je voulais savoir si…

– Lisa ?

Lisa se retourne et aperçoit Marc.

– Marc ? Que fais-tu ici ? Tu n'as pas eu mon message ? demande Lisa.

Il s'assoit en face de la jeune femme qui lui tend l'un des cocktails. Lisa les regarde tour à tour, interloquée.

– Eh bien, tu vois, je suis avec une amie. Toumaya, je te présente Lisa. Toumaya veut dire *Petite Sirène de Mai* en dialecte vénézuélien. Ce n'est pas mignon ? demande-t-il avec un grand sourire.

Lisa salue d'un bref geste de la tête la méduse, en combattant son envie de la noyer dans son énorme verre de curaçao.

– Ravissant, répond-elle les dents serrées. Vous vous êtes rencontrés au Venezuela ?

– Oui, Toumaya est à Paris quelques jours pour préparer les défilés. N'est-ce pas, Toumaya ?

– Si, susurre celle-ci en posant sa main sur celle de Marc.

Lisa écarquille grand les yeux. Marc toussote et retire précipitamment sa main.

– Et « Ça » a été ton modèle ?

– Non, elle n'a encore jamais posé pour moi.

Le cœur de Lisa bondit. Marc vient de confirmer ses soupçons. Sachant qu'il n'a jamais couché avec aucun de ses modèles, si cette créature des mers ne se transforme pas en toile, il ne reste guère qu'un seul autre choix possible...

– Je vois qu'au Venezuela, tu n'as pas uniquement fait la connaissance de vieux monsieurs et de chèvres, tu as aussi rencontré des dindes.

Toumaya la regarde avec un grand sourire sans avoir l'air de comprendre.

– Je vous laisse, dit Lisa avant de vider d'une traite l'un des cocktails géants. J'ai moi aussi rendez-vous, avec un homme qui pourrait facilement défiler pour les plus grands couturiers.

Lisa se dirige vers la sortie. Avant de franchir la porte, elle se retourne :

– Tu sais, Marc, ton baratin de l'autre jour, tes messages, tes fleurs… Franchement, tu aurais vraiment pu t'en passer.

Lisa sort du café et traverse le passage piéton sans savoir où se diriger. Et Julien qui n'est toujours pas là… C'est vraiment ma veine ! Elle prend son portable pour vérifier l'heure et se rend compte qu'elle a un texto : « Lisa, je suis vraiment désolé. J'ai eu une urgence au travail. J'aurai 15 minutes de retard. » Il est 19 h 12, il ne devrait donc pas tarder.

– Lisa ! entend-elle de dos.

Elle s'arrête. Ça doit être lui ! Son sourire fond en voyant Marc courir vers elle. Sa première réaction est de fuir à l'autre bout de la place mais il la rejoindrait rapidement et elle ne serait pas plus avancée. Elle décide de l'affronter et virevolte afin de lui faire face :

— Qu'est-ce que tu veux ? Laisse-moi tranquille et va retrouver Miss Univers !

— Toumaya est juste une amie ! Et c'est quoi cette histoire de vieux monsieurs et de chèvres ?

— Tu n'as pas besoin de te justifier. Tu es libre. Tu peux fréquenter tous les tops models de la terre, je m'en fiche royalement.

— Marc la regarde en silence. Un sourire se dessine sur ses lèvres.

— Mais, tu es jalouse !

— Moi, jalouse ? Ne sois pas ridicule ! Je suis, au contraire, contente que tu aies rencontré quelqu'un. Parce que tu vois, moi aussi, j'ai refait ma vie.

Julien traverse le trottoir et lui fait un signe de la main.

— Justement il arrive, ajoute-t-elle. Il serait préférable pour toi que tu partes maintenant parce que Julien a un tempérament plutôt jaloux, lui.

— Julien ? s'exclame Marc étonné. Ce n'est pas le type que tu as embrassé dans la rue pour la photo d'Étienne ? Je croyais que tu ne le connaissais pas.

— Euh, et ben, c'était faux ! On se connaissait déjà, et depuis longtemps, en plus. C'était... mon amant. Oui, c'est ça, mon amant depuis plus de deux ans. Je t'ai trompé avec lui au moins un milliard de fois...

Marc se rapproche d'elle et lui murmure à l'oreille.

— Bébé, tu sais ce que tu fais avec tes mains quand tu mens ?

— Oui et alors ?

— Tu le fais en ce moment même. Cet homme n'est rien pour toi. Ta fierté ne veut toujours pas l'admettre mais tu n'as que moi en tête. Dis-moi que c'est faux, ose me dire dans les yeux que tu ne m'aimes plus.

Marc la regarde fixement. Elle s'apprête à répondre quand Julien vient à sa rencontre.

— Lisa ! salue-t-il en faisant ses derniers pas vers elle. Je suis désolé d'être en retard...

Lisa ignore Marc, s'approche de Julien et l'embrasse près des lèvres.

— Tu es pardonné. Tu m'enlèves ? Je trouve cet endroit assez mal fréquenté, dit-elle en toisant Marc.

Julien scrute ce dernier de haut en bas en silence. Les deux hommes se regardent en chiens de faïence. Marc fait un pas vers Julien, mais se rétracte finalement.

— Je connais un endroit calme et paisible à l'abri des dragons, chuchote Julien.

Lisa pose sa tête contre son épaule.

— C'est loin ?

— Juste en bas de l'arc-en-ciel.

— Mais, il n'y a pas d'arc-en-ciel, s'étonne Lisa en levant les yeux vers le ciel.

— J'en vois un juste en face de moi…

Lisa sourit. Elle se retourne et aperçoit Marc au milieu de la place les observer. Julien s'arrête de marcher.

— Lisa, que fait ton ex ici ? Tu es sûre que tout est fini entre vous ? demande-t-il en la fixant avec une étrange lueur dans le regard.

Elle baisse les yeux.

— Et si on ne se consacrait qu'à toi et moi, murmure-t-elle en lui prenant la main. Ce soir, il n'y a que toi. Et c'est tout ce qui compte.

Julien la regarde un long moment et finalement se laisse emmener.

— Ok, Lisa, pour ce soir, je m'en contenterais, mais ce soir uniquement, insiste-t-il avec un ton énigmatique qu'elle préfère ignorer.

Lisa et Julien entrent dans les jardins du Palais Royal. Le soleil est encore brillant et l'air particulièrement doux pour une soirée de printemps. Lisa observe les Parisiens installés sur les pelouses. Certains lisent, d'autres discutent autour d'un verre de vin. L'endroit parfait pour un pique-nique romantique ! pense-t-elle en essayant de contenir un borborygme. Elle se promet de revenir ici lors d'un prochain rendez-vous. Elle sourit à cette idée car elle a le sentiment qu'il y en aura un deuxième, puis un troisième et un quatrième et un cinquième et un sixième…

– Tu n'as pas faim, demande Julien en interrompant ses pensées.

– Si, j'ai une faim de loup.

– Ça tombe bien, je crois que notre table est prête. Suis-moi.

Julien enjambe la clôture entourant la pelouse et lui tend la main.

– Cette parcelle est interdite, s'écrie-t-elle en lui montrant l'écriteau.

Ah, les hommes ! Pourquoi veulent-ils prouver à tout prix qu'ils sont les rois du monde ? On pouvait très bien marcher sur le chemin pour rejoindre le resto. En plus, à tous les coups, mes talons vont s'enfoncer dans l'herbe.

Lisa prend sa main et le rejoint. Finalement, ça a l'air plutôt réservé qu'interdit ! pense-t-elle en apercevant un joli plaid où trône un énorme panier à pique-nique.

– C'est vraiment joli, s'exclame-t-elle en remarquant le bouquet de fleurs des champs et les petites bougies.

– Tu trouves ? dit Julien en s'arrêtant. Si ça te plaît, on peut toujours annuler le resto et s'installer ici.

– Tu es fou ! s'écrie-t-elle en le voyant ouvrir le panier. C'est sûrement à un amoureux qui veut impressionner sa bien-aimée.

– Qui va à la chasse perd sa place. Allez, viens, assieds-toi. Il y a plein de bonnes choses à grignoter. Regarde : foie gras, saumon fumé… Il ne manque plus que le champagne et tout sera parfait… murmure-t-il en faisant tomber Lisa tout contre lui.

– Julien ! hèle un garçon de café qui arrive comme par magie avec un seau et deux flûtes à la main. Voilà le champagne. Tu m'avais dit rosé ?

– C'est bien ça, Antoine. Merci pour tout. Le panier est fantastique !

– À ton service, répond le garçon, sans manquer de faire un clin d'œil à Lisa.

Cette dernière regarde Julien, ébahie.

– Toi ! Tu as tout organisé !

Julien se met à rire.

    — Moi ? Pas du tout, on est juste arrivé au bon endroit au bon moment. Un peu comme notre rencontre, non ?

Et il remue ses oreilles, ce qui ne manque pas de la faire rire aux éclats.

L'un contre l'autre, le couple mange de bon appétit. Elle parle de sa journée et lui de la sienne. Il lui apprend qu'il est chirurgien pédiatrique à l'hôpital Necker et la première fois qu'ils se sont rencontrés, juste après avoir assisté à l'accouchement de sa sœur, il a dû opérer d'urgence une petite fille née avec une malformation au cœur. L'intervention a été un succès et les parents, en signe de gratitude, lui ont demandé de choisir le prénom du bébé - par superstition, ils n'avaient pas eu le courage de le faire avant l'opération. Tout d'abord, Julien a refusé mais devant leur insistance, il a cédé.

    — Et alors tu l'as appelée comment ? demande Lisa.

    — C'était notre première rencontre. Je n'étais pas sûr de te revoir. Je n'avais même pas eu la présence d'esprit de prendre ton numéro de téléphone. Je me suis dit qu'en l'appelant Lisa, je faisais un petit clin d'œil à la chance.

    — Tu as appelé le bébé comme moi ?

    — Oui... Tu trouves ça ridicule ? Je n'aurais jamais dû te le dire…

Lisa s'approche de lui et embrasse tendrement ses lèvres.

    — C'est la plus belle chose que l'on m'ait jamais dite, lui glisse-t-elle, très émue.

    — J'avais tellement peur de ne plus jamais te revoir, dit-il en la serrant un peu plus fort contre lui.

    — Je suis là maintenant…

Julien, plein d'esprit et d'humour, parle tour à tour de sujets sérieux ou légers et Lisa ne ressent à aucun moment le besoin de sortir ses lunettes d'intellectuelle. Elle est elle-même et a l'impression qu'il l'aime bien, vraiment bien. Elle boit chacune de ses paroles lorsqu'il discourt sur les progrès médicaux en chirurgie cardiaque pédiatrique. Dans sa bouche, tout paraît simple. Elle admire ses traits, ses yeux Nutella, ses lèvres rieuses, son nez légèrement long. Entre mon nez et le sien, nos enfants auront de très grand nez, songe-t-elle et elle sourit.

    – Qu'est-ce qui te fait sourire ? interroge Julien en lui touchant le bout du nez.

    – Rien, c'est juste un sourire comme ça.

    – Tu es sûre ? Tu n'étais pas, par hasard, en train d'imaginer la tête de nos futurs enfants ?

Lisa, brusquement, s'éloigne de lui.

    – N'importe quoi ! De toute façon, si c'était vrai, comment pourrais-tu le savoir ?

    – Oh, j'ai une sœur bavarde comme une pie. Je connais tous vos petits secrets. Je sais même que tu as une liste de questions comme « quelles stars du rock'n'roll emmènerais-tu dîner sur une plage déserte ? »

    – Pas du tout ! C'est « quel personnage mort ou vivant inviterais-tu à dîner et pourquoi » ? ! Tu vois, tu n'y connais rien, dit-elle en lui faisant une petite tape sur l'épaule.

Julien rit de bon cœur et enlace Lisa. Il n'a qu'à porter un regard sur elle pour qu'elle ait le sentiment d'être Miss Univers. Elle se sent belle comme jamais. Lisa le pince.

    – Aïe, crie Julien, et ça, c'était pour quoi ?

    – C'était pour voir si tu es réel.

    – Viens là, que je te montre si je suis réel…

Les deux jeunes gens se promènent enlacés dans les allées du jardin. Julien murmure quelques paroles à l'oreille de Lisa et la fait rire aux éclats. Elle lui répond et le fait rire à son tour. Les dix commandements du premier rendez-vous ont été mis aux oubliettes, mais après tout, les règles sont faites pour être brisées ! Et concernent-elles ceux en train de tomber amoureux ? À cette pensée, Lisa s'immobilise.

    – Tout va bien ? lui demande Julien en souriant.

Elle le contemple longtemps et lui dit que oui, tout va bien. Tout n'a jamais été aussi bien. Non, elle n'est pas en train de tomber amoureuse ! C'est absurde ! Mais, elle se sent bien, tout simplement. Il y a comme une évidence entre eux, comme si elle avait toujours connu Julien, et le simple fait d'être avec lui va de soit.

Paris est tout petit pour ceux qui s'aiment d'un aussi grand amour.
Jacques Prévert, *Les enfants du Paradis*

Lisa, enivrée de champagne, bien sûr, mais surtout de bonheur, n'arrive pas à retirer le sourire qui semble bétonné sur son visage. Je me disais bien qu'on ne pouvait pas être simplement heureux, il faut forcément avoir mal quelque part. Et les gens heureux et ben, ils ont mal aux joues !

En sortant du jardin du Palais-Royal, Julien l'emmène vers le pont des Arts et lui fait découvrir des petites rues et des passages insoupçonnés. Julien connaît Paris comme sa poche. Petit, il avait l'habitude de marcher de longues heures avec son père qui lui racontait l'histoire des rues de la capitale. Il se focalisait particulièrement sur les intrigues amoureuses et révélait que « dans cet immeuble Monsieur D. et Madame L. aimaient se retrouver à 16 heures tous les vendredis, pendant que leurs époux respectifs se rencontraient rue du Chevalier-de-Saint-Georges ». Julien rit en évoquant les facéties de son père qu'il ne comprenait pas alors, et avoue que ses parents, retirés maintenant à la campagne, lui manquent beaucoup.

La nuit est tombée et Lisa observe les étoiles qui lui paraissent plus scintillantes en cette soirée. Elle aussi échange des anecdotes sur son enfance et parle de la cachette secrète où elle se réfugie, encore aujourd'hui, quand le besoin de faire le point se fait sentir. C'est un jardin secret dans le 14ème découvert, par hasard, à 12 ans, en jouant avec la fille d'un couple d'amis de ses parents.

Le ballon est passé de l'autre côté d'une haie de buis et après l'avoir escaladée, Lisa a atterri dans le plus beau des jardins - en réalité, la cour intérieure d'une vielle bâtisse du XVIIIe siècle, aménagée en jardin à l'anglaise. Tout de suite, le lieu a enchanté son cœur de jeune adolescente. Elle a récupéré le ballon et s'est promis de revenir. Et elle a tenu promesse car, depuis, elle y est retournée des millions de fois. Au fur et à mesure des années, le passage discrètement emprunté - un trou dans un mur caché par un rideau de lierre - s'est allongé au rythme de sa taille, la laissant songer que les habitants l'avaient agrandi pour lui permettre d'entrer sans difficulté. Pourtant, en

18 ans, jamais, ne serait-ce qu'une seule fois, elle n'avait vu les propriétaires ; ce qui lui avait permis de passer des journées entières dans ce jardin sans être troublée dans sa solitude.

Avec son premier argent de poche, elle a acheté une boîte de biscuits et l'a posée sur le banc près de la fontaine. Lors de sa visite suivante, elle a retrouvé la boîte vide mais accompagnée d'un livre. Et le rituel s'est prolongé. Les biscuits suivants ont été remplacés par d'autres livres et, quelques années plus tard, par des invitations à assister à des expositions. C'est ce jardin qui lui a fait découvrir l'art contemporain et lui a donné envie de devenir galeriste. L'idée de traverser la cour et frapper à la porte pour remercier les propriétaires a traversé son esprit un bon nombre de fois, mais le charme aurait été rompu. Et cette complicité, muette, lui est si précieuse qu'elle souhaite la garder ainsi. Un jour, peut-être, elle ira frapper. Un jour, peut-être… Lisa s'interrompt.

—   Je ne sais pas pourquoi je te raconte ça. Je ne l'ai jamais dit à personne, murmure-t-elle en baissant les yeux.

Julien s'arrête de marcher et lui redresse tendrement le visage. Il la regarde pendant un long moment sans rien dire. Ce qu'elle voit dans ses yeux est indescriptible, seul son cœur réussit à l'interpréter. L'espace d'un instant, elle a peur, peur que ce bonheur ne soit qu'une illusion, qu'il arrive quelque chose de terrible en contrepartie. Comment peut-il en être autrement ? Elle voudrait sceller ce moment dans une boule à neige afin de le figer à tout jamais. Et dès qu'elle souhaiterait se souvenir de cet instant, elle n'aurait qu'à la secouer et tout reviendrait : le regard de Julien, la chaleur de ses mains, son sourire, ses oreilles qui bougent… et ses baisers.

Il est plus de deux heures passées. Sans qu'elle ne s'en soit rendue compte, leurs pas les ont dirigés vers Oberkampf. Lisa est impressionnée. Elle ne se savait pas capable de marcher autant, surtout avec des talons de huit centimètres. Le bout n'est même pas abîmé ! Demain, elle se précipitera au magasin pour acheter une seconde paire identique, voire une troisième !

Elle ne veut pas que leur soirée finisse déjà et souhaite continuer leur promenade dans Paris encore et encore, jusqu'au petit matin ; voir les premiers travailleurs de la journée arpenter les rues, sentir l'odeur des croissants et du bon pain chaud avant que les boulangeries n'ouvrent... Elle en veut encore, elle en veut plus.

Ils passent devant l'immeuble de Lisa, qui fait comme si de rien n'était. Julien ne sait pas où j'habite, donc pour lui, c'est un bâtiment comme un autre. On peut poursuivre encore notre balade, songe-t-elle.

    – Tu ne vis pas ici ? demande Julien en pointant sa porte d'entrée.

    – Où ? Ah, mais oui, tu as raison ! Quelle coïncidence, tout de même ! dit Lisa en souriant timidement. Comment le sais-tu d'ailleurs ?

    – La vieille dame qui m'a dit que tu étais dans le square, m'a aussi donné ton adresse.

    – Ah quelle coquine, cette Madame Pennault !

Lisa se sent tout d'un coup mal à l'aise. Doit-elle l'inviter à boire un dernier verre ou attendre qu'il fasse le premier pas ? Elle pousse un petit cri intérieur en songeant au désordre de son appartement. Elle ne peut décemment pas l'inviter à monter dans ces conditions...

    – Et toi, tu habites loin ? murmure-t-elle.

Non que son intention soit d'aller chez lui... Enfin, tout de même, c'est leur premier rendez-vous !

    – Pas très loin... Bon, merci pour cette très belle soirée, répond-il, soudainement poli et distant.

    – Merci à toi, réplique-t-elle sur le même ton.

    – Bon, ben, bonne nuit.

    – Oui, bonne nuit.

Lisa ne bouge pas d'un pouce et attend un geste de sa part puis, dépitée, tape, en prenant son temps, le code de la porte cochère.

    – Bonne nuit alors.

    – Oui, bonne nuit, conclut-il avant de s'en aller.

Lisa le regarde s'éloigner. Mais, c'était quoi ça ? Je n'ai même pas eu droit à un baiser, ni à un « je t'appelle demain », ni à un « je boirais bien un dernier verre ». Là, j'avoue que je n'ai pas tout tout compris ! Elle secoue la tête et déblatère à voix haute sur le fait que les hommes viennent vraiment d'une autre planète et que cent réincarnations ne lui suffiraient pas à les comprendre. Lisa est sur le point de franchir la porte lorsqu'une main se pose autour de sa taille. À peine se retourne-t-elle que Julien la lève du sol, la plaque contre le mur de l'entrée et l'embrasse fougueusement. Une vague de désir lui parcourt le corps. Elle enroule Julien de ses deux jambes et s'accroche à lui. Elle aimerait qu'ils montent les quatre étages, comme ça, sans se détacher et au diable les vêtements qui traînent un peu partout dans la chambre. Elle le veut là, maintenant, tout de suite. Et pourquoi attendre d'être à l'appartement ? Ici, c'est parfait ! Julien embrasse sa peau plus passionnément. Sa bouche descend sur son cou, à la naissance de ses seins, revient sur ses lèvres… Puis subitement, il desserre son étreinte et la repose sur le sol.

    – Fais de beau rêve, susurre-t-il avant de disparaître.

Lisa, collée au mur, réalise à peine ce qu'il vient de se passer.

    – Le salaud ! finit-elle par crier en remettant ses vêtements en place.

    – Ça va, Mademoiselle Lisa, j'ai entendu du bruit, entend-elle de la loge de la concierge.

Elle fait un signe à Madame Lopez.

    – Ça va.

Ça va même très bien.

Aucune femme ne fait un mariage d'intérêt ; elles ont toute l'habileté, avant d'épouser un millionnaire, de s'éprendre de lui.
Cesare Pavese, Le métier de vivre

Lisa s'est réveillée le sourire aux lèvres et, depuis l'aurore, n'arrive pas à se défaire de ce petit air qui lui trotte dans la tête : « I feel pretty, Oh so pretty, I feel pretty and witty and gay, and I pity, any girl who isn't me today... ». Elle a l'impression d'être Nathalie Wood dans *West Side Story* : aimé par le plus beau des hommes.

Julien vient de lui envoyer le premier de la série de textos qui lui dévoilera leur lieu de rencontre ce soir et elle a hâte de connaître le prochain indice. Lorsqu'il l'a appelée ce matin, elle n'a pas songé un instant à refuser en prétextant un agenda très chargé. En fait, si cela n'avait tenu qu'à elle, elle aurait passé toute la journée avec lui.

Lisa enfile son maillot de bain, met une tunique par-dessus son jean et glisse une serviette de plage dans un panier en osier. Elle va prendre un bain de soleil chez Tatiana en compagnie de Carla et Marie.

Tatiana était une flamboyante brune, un peu poilue de la moustache, qui avait été sa stagiaire à la galerie, il y a quelques années de cela. Après son premier divorce, elle s'était reconvertie avec succès dans l'organisation de mariages. Lisa avait toujours trouvé son choix suspect. Tatiana aimait les hommes jeunes, riches et complètement soumis et Lisa s'était toujours demandé si sa nouvelle activité n'avait pas pour but de piquer le mari des autres. À 28 ans, elle en était déjà à son troisième mari et William, rencontré dans des circonstances qu'elle n'avait jamais voulu révéler, répondait, comme les précédents, parfaitement à ces critères.

En dehors de son côté mante religieuse, Tatiana est une crème, même si aucune des trois amies ne l'aurait laissée seule en compagnie de leur chéri. Mieux valait prévenir que guérir !

Tatiana vivait dans un magnifique penthouse qui était le lieu de prédilection des filles dès l'arrivée des premiers rayons de soleil. La terrasse, qui faisait au moins trois fois l'appartement de Lisa, avait vu sur le Sacré-Cœur et était à l'abri de tous les regards, même les plus indiscrets.

—   Hello les stars, salue Lisa en voyant ses trois copines en bikini déjà installées sur les transats. Je vois que l'on a pris de l'avance !

—   Tu parles en bronzette ou en cocktails ? interroge Carla.

—   Les deux, bien sûr !

Lisa fait la bise à chacune avant de s'attarder sur Marie.

—   Tu es la plus sexy des femmes enceintes ! s'exclame-t-elle en enlaçant tendrement son amie.

Les joues de Marie s'embrasent.

—   Oh arrête, tu vas me faire pleurer !

—   Comment va mon ou ma future filleule ?

—   Qui a dit que tu serais la marraine de notre bébé ?

—   Je suis déjà celle de Yanis, on ne va pas séparer une équipe qui gagne !

—   Ah non ! C'est mon tour, maintenant ! s'exclame Carla.

—   Et pourquoi pas moi ? intervient timidement Tatiana.

Marie lance un regard amusé à Carla et Lisa.

—   On verra. Il reste un peu de temps pour décider, répond diplomatiquement Marie.

—   Elles sont jolies tes boucles d'oreilles, elles viennent d'où ? demande Lisa.

—   Tiffany. Étienne me les a offertes la semaine dernière juste après que tu nous aies quittés pour aller te confesser…

—   Tiffany ? Eh bien, je vois que maman est gâtée ! Et ça, qu'est-ce que c'est ? demande Lisa en faisant tinter une petite boule argentée qui trône sur le ventre tout rond de son amie.

—   Un bola du Pérou. La petite clochette à l'intérieur est censée avoir des vertus apaisantes pour le bébé. C'est Khady, la collègue d'Étienne qui me l'a offert.

Lisa remue le bijou de grossesse comme hypnotisée.

—   Le son m'est familier...

—   Ta mère en portait peut-être un. C'était très à la mode à une époque.

—   Oh, il ne faut surtout pas lui rappeler sa grossesse, ça lui provoque des crises d'angoisse…

—   Ah les parents !

—   Comme tu dis.

—   Les filles ! Vous oubliez ! Lisa a des choses à nous raconter ! s'exclame Carla.

—   Oui, s'écrie Tatiana. Comment s'est passé ton rendez-vous avec Julien ?

—   Très bien, merci, répond Lisa en se déshabillant.

—   Et c'est parti ! Elle va encore se faire prier pour nous raconter les détails, se plaint Carla en prenant une gorgée de caïpirinha.

Lisa sourit et s'enduit lentement de crème solaire.

—   Bon ok ! On a pique-niqué dans les jardins du Palais Royal et ensuite, on s'est promené…

—   Ouh, s'écrient les trois filles en cœur.

—   Et je le revois ce soir…

—   Ouh, Ouh, crient Marie et Carla.

—   Déjà ? s'insurge Tatiana en levant ses sourcils fournis. Tu ne veux pas attendre quelques jours avant votre prochain rendez-vous, pour le faire mijoter ?

—   J'y ai pensé, ma belle. Mais je n'ai pas envie de faire de calculs. Je veux juste être avec lui…

Carla et Marie échangent un petit regard.

—   Hum, crois-moi, Lisa, le B.A. BA pour accrocher un homme, c'est de ne jamais être disponible. J'en sais quelque chose, je n'en suis pas à mon troisième mari pour rien !

Tout le monde se met à rire.

—   Tiens, dit Lisa en regardant son téléphone portable. Julien vient de me texter le second indice pour ce soir : « Levant »…

—   Quel était le premier ? demande Marie.

—   « Soleil ».

—   Soleil Levant… C'est parfaitement clair ! Il veut se réveiller au petit matin avec toi ! Tu devrais écouter mes conseils et annuler tout de suite ce rendez-vous.

Lisa secoue la tête en souriant ! Elle pense plutôt à la toile de Monet : *Impression, Soleil Levant*. Julien veut peut-être passer la soirée au musée ? Elle en saura plus au prochain indice.

—   Tu as pensé à lui demander sa date de naissance pour votre compatibilité astrologique ? demande Tatiana.

En dehors de sa passion pour le mariage, ceux des autres et surtout les siens, Tatiana vouait un véritable culte à l'astrologie, qui gouvernait toutes ses décisions d'ordre sentimentale. Lisa s'en était toujours amusée, mais aujourd'hui, elle était plutôt curieuse. Les trois amies prennent place autour de Tatiana qui déploie son livre sur la table.

–   Et moi, je peux avoir le thème astral de mon bébé ? demande Marie.

–   Tu sais bien qu'il me faut le jour et l'heure exacte de naissance...

Marie se balance sur la chaise et fait tinter le bola

–   Oh ben, zut alors !

Tatiana parcourt le premier paragraphe et un large sourire se dessine sur ses lèvres.

–   Lisa, je crois que tu seras ma prochaine cliente. Avec votre profil, je t'emmène dès demain regarder les robes de mariées...

–   Lis-nous plutôt ce que les astres disent au lieu de raconter des bêtises, dit Lisa les yeux rêveurs. Je te rappelle que je viens à peine de le rencontrer…

–   J'ai des clients qui ont décidé de se marier alors qu'ils se connaissaient depuis moins d'une semaine. Ça arrive plus souvent qu'on ne le croit ! affirme Tatiana. Écoute, tu seras surprise : « Pour ces deux signes, les chances d'une union harmonieuse sont excellentes. C'est le Bogart-Baccal de l'astrologie. La joie de vivre de l'homme mêlée à son incroyable confiance en lui ne peut qu'attirer irrésistiblement sa compagne qui retrouve en lui toutes les qualités recherchées. Elle, grâce à sa personnalité et à sa force émotive, le soutiendra dans les moments les plus difficiles notamment concernant son travail. Toutefois, toute belle histoire connaissant des intempéries, la sensibilité de l'homme pourrait être mis à mal par sa partenaire. En contrepartie, elle pourrait être cffrayée par son irresponsabilité. Mais ces difficultés se résoudront grâce à des discussions et des mises au point. Bohémien par nature, il trouvera en sa compagne un port d'ancrage respectant suffisamment sa liberté pour qu'il ne se sente ni emprisonné ni contraint. En retour, elle sera comblée par sa fidélité à toute épreuve et son amour éternel ».

 — Tatiana a raison, vous êtes fait l'un pour l'autre ! En plus, si tu te maries avant ton anniversaire, tu auras accompli un autre défi de ta liste ! s'exclame Marie.

 — Vous délirez toutes les deux ! Elle le connaît à peine ! s'écrie Carla. Que se passe-t-il, Lisa ? Ça n'a pas l'air d'aller.

 — Je ne sais pas. Il y a quelque chose qui cloche...

Julien, il est vrai, a un je-ne-sais-quoi d'Humphrey, ce calme viril, ce côté protecteur qui lui laisse supposer que dans ses bras, rien de mal ne pourrait jamais lui arriver. Pourtant...

 — Oh mince ! s'exclame Tatiana. Je me suis trompée. J'ai lu la compatibilité de ton signe avec un sagittaire.

Voilà, tout s'explique ! songe Lisa. Il ne me laissera donc jamais tranquille et qu'est-ce que c'est cette histoire d'amour éternel ?

 — Sagittaire ? s'écrie Marie livide. Mais, ce n'est pas le signe de...

 — Marc, finit Lisa dans un souffle. Comme quoi l'astrologie est un beau ramassis d'idioties !

 — Pas du tout ! s'indigne Tatiana. J'ai fait le thème astral de chacun de mes maris et tout a toujours été plutôt exact.

 — Oui, tellement exact que tu t'es mariée trois fois !

Tatiana pousse un long soupir de femme incomprise.

 — Dis-nous ce que prédisent les astres sur Julien, lui demande Carla pour calmer le jeu. Il y a bien un couple plus mythique que le Bogart-Baccal ?

 — Ah oui ? À part le Martini-olive, je n'en connais pas d'autres, marmonne Lisa en finissant d'une traite son verre.

Tatiana tourne les pages de son livre et montre à chacune qu'il s'agit de la bonne combinaison.

 — « Ces deux signes laissent présager une relation très complice. Ce couple est tant béni des astres, qu'ensemble, ils pourraient décrocher les étoiles. Ses chances de réussite sont immenses. Elle, sera entièrement dévouée à son compagnon et lui, ouvrira grand ses bras pour la rassurer et la soutenir. Toutefois, les deux partenaires devront faire attention à ne pas se laisser submerger par les difficultés et consentir à certaines concessions le temps venu, sous peine de mettre leur couple en péril. L'homme, bien que d'un naturel confiant, pourrait se sentir trahi par sa partenaire s'il ressent un doute sur la sincérité de ses sentiments. D'une nature indépendante, elle aura besoin de s'accomplir également en dehors de son couple pour trouver son équilibre. Assez traditionnel, il pourrait avoir du mal à la comprendre particulièrement au début de leur relation. Toutefois, au fur et à mesure, il acceptera de ne pas faire partie de toutes les facettes de sa vie et laissera l'espace nécessaire à son épanouissement. Une fois l'harmonie atteinte, le couple peut tenir jusqu'à la fin des temps ».

— Mais c'est encore mieux ! s'exclame Marie se voulant rassurante.

— Ça va, dit Lisa pensive.

— Ça va ? s'étonne Tatiana. Je viens de lire les deux profils les plus merveilleux en compatibilité astrologique et toi, la seule chose que tu dises est « ça va » ? Et moi qui pensais être bien assortie avec William...

Tatiana s'effondre sur sa chaise.

— Il faut que je change de mari !

— Ah non ! s'écrie Marie. Tu crois qu'une terrasse de 40 m^2 avec une des plus belles vues de la capitale est facile à trouver ? On a déjà perdu la maison de Deauville. Cette fois-ci, on t'interdit de divorcer !

— Ouais, peut-être... Bon, je vais à la cuisine préparer des petites bricoles à grignoter. Vous voulez quelque chose à boire ?

— Un Pink Martini, pour me remettre les idées en place, dit Lisa.

— Un Harry's pick me up, pour moi.

— Un autre jus de carotte, demande Marie, et bien corsé, s'il te plaît, le jus de carotte !

— Ne racontez pas trop de choses importantes sans moi. Par moments, j'ai l'impression que vous me voyez uniquement pour ma terrasse...

— Mais, non ! s'exclament les trois amies en cœur. On adore aussi tes cocktails ! disent-elles en riant.

Dans la vie, on ne regrette que ce qu'on n'a pas fait.
Jean Cocteau

    — Lisa, il est temps de passer aux choses sérieuses ! affirme Carla avec un air d'institutrice de pensionnat. Il ne reste que onze jours avant tes 30 ans et Marie et moi avons peur qu'à cause de ton nouveau chéri, tu mettes ta liste au second plan. Et je n'ai pas envie de te retrouver en larmes le jour J, criant à tout va que ta vie est un sombre fiasco parce que tu ne l'as pas finie !

    — Faites-moi confiance, tout est sous contrôle ! soutient Lisa sous le regard sceptique de ses amies. J'ai déjà réalisé près de la moitié des défis ! Tu peux vérifier, si tu veux.

Après l'avoir sortie de son sac, elle tend la liste à Carla qui la parcourt d'un air dubitatif.

    — Tu es certaine d'avoir accompli tout ce que tu as rayé ?

    — Oui, pourquoi ?

    — Tu as barré que tu rentrais dans le jean de tes 20 ans !

Lisa saisit son jean posé sur la chaise longue et le jette sur son amie.

    — Et qu'est-ce que c'est ? demande-t-elle toute fière. Ce n'est pas ton jean test, peut-être ?

Carla observe le jean sous tous les angles.

    — En effet, ça m'en a tout l'air. Je ne vois aucune reprise de couture pour l'agrandir... Enfile-le pour être sûre qu'il te va !

    — Mais, je suis venue avec !

Au regard de tueuse de Carla, Lisa s'exécute sans un grommellement.

    — Alors ? Je dois dire que je n'y serais jamais arrivée sans le boycott de ma boulangerie et les cours quasi quotidiens de Bikram yoga…

    — Tu n'as pas fermé les derniers boutons ! s'exclame Carla.

    — Le défi est de rentrer dans le jean. Pas forcément de le fermer !

    — Que fait-on, Marie ? On lui accorde ?

    — On lui accorde, dit cette dernière princière, en lançant un petit clin d'œil à Lisa.

Carla et Marie examinent ensemble la liste et échangent un petit sourire moqueur en apercevant « se teindre en blonde » rayé.

    – Par contre, pour le grand écart, on sera intransigeantes ! On veut des preuves !

Lisa accepte de bonne grâce de se plier aux désirs de ses amies. Elle retire son jean, lève lentement les bras au ciel et les descend à la hauteur de ses épaules tout en les écartant.

    – Pardon ? s'exclame Marie. Dans ces conditions, moi aussi, je peux le faire, dit-elle en la singeant. Ton défi n'est pas de faire le grand écart des… jambes ?

    – Patience, les filles, je dois m'échauffer ! répond Lisa en fléchissant ses genoux.

    – Au bout de cinq minutes d'étirements, elle fait glisser ses deux jambes jusqu'au sol.

    – Et voilà ! s'exclame-t-elle avec un grand sourire en s'attendant à des applaudissements.

    – Ce n'est pas mal, mais il y a tout de même beaucoup d'espace... constate Carla en aidant Lisa à se relever. Regardez plutôt à quoi ressemble un vrai grand écart !

    – Elle ajuste son haut de bikini et, dans un bond, enchaîne deux grands écarts faciaux suivis d'un latéral.

    – Oh là là, susurre Lisa. Hubert doit vraiment être un homme comblé ! Il ne faut surtout pas que je raconte tes acrobaties à mon frère, il va recommencer à fantasmer sur toi…

    – Il ne s'est pas fait une raison depuis le temps ?

    – Si, mais tu auras toujours une place particulière dans son cœur...

Carla balaie cette pensée d'un geste de la main puis rejoint Marie sur son transat.

    – Pour le Loto, tu vas devoir utiliser ton joker…annonce celle-ci.

    – Je peux encore gagner ! Il reste cinq tirages avant mon anniversaire. Et puis, je préfère utiliser mon joker pour Venise... confesse Lisa en lapant la dernière goutte de son cocktail.

Elle parcourt la terrasse du regard et se demande où Tatiana a pu bien passer.

– C'est dommage, j'y serais bien retournée, annonce Carla. Mais Mademoiselle a décidé que la cité des Doges ne se faisait qu'en amoureux ! Vous vous rappelez de notre week-end à Amsterdam ? On s'était vraiment bien amusées…

– Parlez pour vous ! Je me souviens surtout d'avoir été piégée comme une cacahuète dans un chouchou ! déplore Marie.

– Mais non ! s'écrie Carla. On t'a juré mille fois qu'on ne savait pas que ce brownie était un space cake !

– En attendant, j'en ai pris deux parts ! Lisa est peut-être ravie d'avoir réalisé son défi des années en avance mais moi, j'aurais pu mourir d'une overdose !

– En tout cas, je n'échangerais ce souvenir pour rien au monde, s'exclame Lisa. Marie complètement stone faisant du vélo à Amsterdam et criant dans toute la ville « E.T. téléphone maison » ! vaut à lui seul son pesant d'or ! Tu croyais vraiment que ton sac était E.T. et qu'en pédalant le plus vite possible, tu réussirais à t'envoler vers la lune ?

Lisa imite Marie sur son vélo et crie « E.T. téléphone maison, E.T. téléphone maison ». Carla rit aux éclats.

– Oh, Marie, ne fais pas cette tête ! Tu t'es bien moqué de Carla quand elle s'est crue invisible !

– Je me souviens ! On t'a empêchée à la dernière minute de cambrioler une bijouterie !

– Je dois préciser que ma petite… excentricité passagère, était uniquement due à la fatigue du voyage, assure Carla.

– Et quel meilleur remède qu'une petite tisane aux herbes ? Que tu as préféré fumer d'ailleurs ! taquine Lisa.

– Au moins, moi, j'ai gardé ma tête !

– Ce n'est tout de même pas de ma faute si la mienne avait disparu ! Je l'ai cherchée dans tout Amsterdam.

– Oui, oui, se moque Carla, et je ne suis pas sûre que tu l'aies retrouvée depuis !

Les trois amies rient avec nostalgique de ces doux souvenirs de jeunesse.

– On n'avait pas prévu d'aller à Bali après ça ? lance Lisa.

– On s'était promis plein de choses à l'époque… répond Carla les yeux dans le vague. Et puis il y a eu Ibiza…

Marie regarde le sol penaude.

    – Carla ! Nous avions juré de ne jamais plus mentionner Ibiza ! s'exclame Lisa.

    – Ce n'était qu'une fois ! Et Étienne et moi n'étions pas encore mariés... marmonne Marie en caressant son ventre et en luttant contres les larmes.

    – Tu n'as pas à te justifier ! Ce qui s'est passé à Ibiza est resté à Ibiza. L'affaire est close !

    – Marie, c'était il y a une éternité ! dit Carla. Il y a prescription depuis. Étienne t'a pardonnée mais toi, tu vis encore avec ce fardeau.

Carla enlace Marie.

    – Il serait peut-être temps que tu te pardonnes aussi…

Marie hoche la tête et efface du revers de la main une larme de sa joue.

    – Si nous faisions un pacte ? propose Carla en regardant tour à tour ses deux amies. Une fois par an, on part toutes les trois en week-end en oubliant boulot, enfants et amoureux pour se faire une piqûre de rappel de nos 20 ans ! Trente ans n'est pas la date d'expiration de la jeunesse !

    – Je suis partante ! répond Lisa.

    – Deal, Marie ?

    – Plutôt trois fois qu'une ! Mais laissez-moi le temps de perdre mes kilos de grossesse...

    – En tout cas, merci les filles, dit Lisa. Je ne sais pas ce que j'aurais fait sans vous !

    – À notre amitié ! trinque Marie en levant son verre.

    – À notre éternelle amitié ! répondent en chœur Carla et Lisa.

Les trois amies se prennent dans les bras.

    – Désolée, les copines, j'ai un peu tardé, j'espère que vous ne mourrez pas de...

Tatiana s'interrompt en découvrant les filles entrelacées.

    – Oh, mais, qu'est-ce que j'ai manqué ? demande-t-elle, dépitée, en posant le plateau sur la table.

    – Oh, rien du tout, répondent les filles en échangeant des regards entendus, rien du tout…

Une année de plus à notre âge est une année de moins à notre vie, l'anniversaire est-il alors une fête ou deuil ?
Waïl Bouabid

Carla a raison. Même si elle a dû mal à l'admettre, Lisa a délaissé sa liste ces derniers jours. La moitié des défis a été réalisée mais si elle souhaite tous les faire avant le Jour J, il ne faut plus perdre une minute.

Malgré le peu de temps imparti, elle est heureuse d'avoir eu cette liste entre les mains avant son anniversaire. Quelle aurait été sa réaction si, à 30 ans passés, elle s'était réveillée un matin et avait découvert n'avoir vécu aucun des rêves de ses 20 ans ? Et c'est si facile, la vie est tellement sournoise. Le temps file sans avertir, les jours passent les uns après les autres. Les week-ends sont attendus avec impatience, puis les jours fériés, puis les vacances, puis Noël. Voilà déjà la nouvelle année, alors qu'on a l'impression de s'être à peine remis de la gueule de bois du réveillon précédent. L'hiver s'en va, arrive le printemps et paf ! une année de plus dans les dents sans s'être aperçue de rien. Les résolutions du Nouvel An sont finalement remises à l'année suivante et cela année après année, après année, après année, après année... La vie est vraiment sournoise.

Lisa avait vécu le début de la vingtaine certaine de l'adulte qu'elle deviendrait. Pourtant, des années plus tard, sa vie personnelle n'était pas à l'entière image qu'elle s'en était faite à l'époque. Elle s'imaginait déjà mariée, mère de deux ou trois enfants, vivant dans un superbe appartement « à la Tatiana ». Il est vrai que même sans se souvenir de sa liste, certains défis majeurs avaient été accomplis durant cette décennie : elle avait un métier que « a million girls would kill for », parlait couramment l'anglais et, grâce à son échange universitaire, avait vécu un an en Écosse. Et cela, en 30 jours, jamais elle n'aurait pu y arriver.

Enfin... L'heure n'est plus à l'autosatisfaction, songe Lisa en apercevant ses parents et son frère. Elle leur a donné rendez-vous devant la bouche du métro Porte Dorée sans explication. Elle a ce soir deux défis à relever, et non les moindres...

    — Hello la famille Mandi ! salue-t-elle en s'approchant.

–   Alors sœurette, quelle est la raison de ce mystérieux rendez-vous de dernière minute ?

–   Bonsoir, Charles. Comment vas-tu ? Tu as passé une bonne journée ? Moi, je vais bien. Je te remercie de m'avoir posé la question, répond Lisa sarcastique.

–   Bouchon, Charles à raison ! Tu nous fais des frayeurs à papa et à moi, surtout à ton père. Tu sais bien qu'avec son problème de cholestérol, il faut ménager son cœur. Et puis tiens-toi droite ! Combien de fois faudra-t-il que je te le répète ? Tu gagnes cinq centimètres rien qu'en te redressant et en plus tu allonges ta silhouette…

–   Oui maman, murmure Lisa en regardant son père qui, d'un geste de la main, balaie les bêtises de son épouse.

–   Alors mon trésor, pourquoi nous as-tu tous donné rendez-vous ici ? s'enquiert-il.

–   Je pensais que nous pouvions passer une soirée en famille, rien que nous quatre…
Lysette pousse un long soupir et dévisage sa fille, l'air découragé.

–   Les brunchs ne te suffisent plus ? demande Charles en lorgnant sa montre.

–   Lisa se doutait que sa famille ne sauterait pas d'enthousiasme à l'idée de se réunir un autre jour que le dimanche, mais ne s'attendait pas à un tel accueil. Elle est toutefois décidée à ne pas se laisser abattre. Il faut impérativement qu'elle mette ses parents de bonne humeur pour les préparer à entendre ce qu'elle a à leur annoncer.

–   Tu n'as rien de mieux à faire de tes soirées ? Tu n'as pas encore rompu avec Marc, j'espère ? interroge Lysette en fixant sa fille droit dans les yeux.

–   Maman, une bonne fois pour toutes, Marc et moi sommes définitivement séparés !

–   Mais, bien sûr, mon bouchon ! C'est bien de faire courir un homme mais fais attention à ne pas trop jouer avec le feu. Surtout à ton âge, tu n'es plus toute jeune… Rappelle-moi la date de ton anniversaire, déjà ?

–   Maman, sincèrement, tu ne t'en souviens vraiment pas ?

    — Oh que trop ! Ton accouchement a été tellement douloureux, qu'après toi j'ai décidé de ne plus avoir d'enfants.

Lisa pousse un long soupir, la soirée commence bien !

    — Bon, suivez-moi. C'est par ici, dit-elle en prenant son père pas le bras. Alors mon petit papa, comment se passe le travail ?

    — Oh, tu sais, ma puce, c'est toujours pareil. Les jeunes croient que travailler est une partie de plaisir et ne respectent plus leurs aînés. Lorsque tu leur parles en face, ils te répondent par e-mails. Je ne sais pas si c'est moi qui suis totalement dépassé ou eux…

Ok, c'est gai ! se dit Lisa.

    — Tu ne nous emmènes pas à la Foire du Trône ? s'inquiète Charles. J'ai annulé un rendez-vous très important avec deux émissaires tchèques de l'Union Européenne pour venir ici ! On était censé débattre de l'amitié entre les peuples…

    — Bien sûr ! Et tes nouvelles amies ne s'appelleraient pas Svetlana et Adriana, par hasard ? songe Lisa. Ses parents s'arrêtent de marcher.

    — On va vraiment à la Foire du Trône ?

    — Oui, s'écrie Lisa avec une voix volontairement enthousiaste. Je pensais que ce serait drôle, comme lorsqu'on était petit…

    — Justement, mon bouchon, vous étiez petits ! Tu ne grandiras donc jamais ? J'aurais tout vu ! Pourquoi ne pas aller à la fête de l'Humanité pendant qu'on y est !

    — Lisa prend ses parents par la main.

    — Maman, éclaire-moi, tu adorais la fête de l'Huma quand nous étions enfants, je me trompe ?

Lysette secoue la tête.

    — Mais, non ! C'est ton père qui nous y traînait.

Jean lève les yeux au ciel.

    — Enfin, chérie, tu ne l'aurais manquée pour rien au monde ! Souviens-toi, tu mettais une fleur dans tes cheveux et chantonnais l'International des jours à l'avance.

Lysette rougit. Jean, tout d'un coup, contemple sa femme avec les yeux brillants de souvenirs.

— Tu te rappelles de notre rencontre sur la barricade… Tu avais un afro qui défiait le vent et le poing levé, tu chantais de ta belle voix de velours *Try a little bit harder* de Janis Joplin. Un seul regard de toi a suffi à ravir mon cœur…

Lysette sourit et regarde dans le vague.

— Oui, je m'en souviens…

— Sur une barricade ? répète Lisa. Je croyais que vous vous étiez rencontrés à la fac.

— C'est la version officielle… Papi Loukoum n'aurait jamais accepté que sa fille épouse un révolutionnaire.

Lisa laisse échapper un gloussement à la dernière parole de son père puis fait un rapide calcul.

— Attendez, ne me dîtes pas que… Vous avez fait mai 68 ! ? Tu le savais Charles ?

— Ben, oui. C'est un secret de polichinelle. C'est même papa qui a inventé le slogan « sous les pavés, la plage ».

Lisa regarde son père.

— Vraiment ?

Jean redresse son buste et hoche la tête avec fierté.

— Maman ? Une ancienne soixantuitarde ? Tu es tellement le contraire. Je veux dire… Enfin, tu fais des réunions Tupperware, tout de même !

Jean contemple sa femme avec curiosité.

— Tu fais des réunions Tupperware ?

Lysette le regarde avec insistance et serre les lèvres.

— Ah, oui, ces réunions Tupperware…

— Ma fille, votre génération l'a trop vite oublié mais votre liberté est née des luttes de femmes et d'hommes qui, comme papa et moi, ont cru et voulu une meilleure société. Tu hésites le matin entre deux pantalons sans te douter qu'il y a peu, les femmes n'avaient pas le droit d'en porter. Tu payes tes achats avec ta carte bancaire sans savoir que moi à ton âge, je devais avoir l'autorisation de ton père pour avoir mon propre compte en banque. Je te parle d'une époque qui n'est pas si lointaine, Lisa, ici, en France. Les femmes n'avaient pas le droit de travailler sans l'autorisation de leur mari ou de leur père ! Tu te rends comptes ? Puis les temps ont changé, et moi aussi. Mais toi aussi tu évolues, tu n'es plus la même aujourd'hui qu'à 20 ans.

– Peut-être, mais je n'ai pas changé du tout au tout !

– Le fait de t'avoir privé de télévision dans ton enfance ne fait pas de nous des tyrans, Lisa ! Quand tu auras tes propres enfants, tu te rendras compte que notre éducation n'était finalement pas si mauvaise. Je crois que c'est un peu ce qui nous est arrivé, n'est-ce pas, Jean ? Et puis en vieillissant, on a d'autres valeurs. Mais j'ai quand même de beaux restes, nous avons toujours mangé bio à la maison, non ?

Lisa tombe des nues. Elle se souvient avoir vu les photos de ses parents en tenue hippie lors de leur voyage en Inde, quand sa mère attendait Charles. Mais elle pensait qu'il s'agissait de la mode de l'époque, non que ses parents étaient de véritable baba-cools. Comment sa mère, qui a sûrement déclamé *Peace and Love,* les seins nus, en fumant de l'herbe sur un air de Jimmy Hendrix, a-t-elle pu changer de manière si radicale ? Lisa n'est pas sûre de pouvoir un jour répondre à cette question...

La famille Mandi arrive à la fête foraine et est accueillie par les martèlements tonitruants des derniers tubes techno. Des adolescentes en jean à taille basse flirtent avec des garçons électrisés par leurs strings apparents. Des couples se partagent amoureusement des pommes d'amour. Des enfants courent de manège en manège en criant de joie. Chaque attraction joue le dernier single à la mode et attire les chalands à coups de spots lumineux plus criards les uns que les autres. Les gens sourient et une atmosphère de fête et de bonheur se lit sur leurs visages. L'air sent bon les pralines et la barbe-à-papa. L'air sent bon... l'odeur de l'enfance.

– Regardez ! s'exclame Jean devant le stand de tir. Qui va repartir avec le gros nounours ?

Visiblement, Lisa n'est pas la seule à retomber en enfance. La soirée pourrait bien se passer après tout...

– Voilà, tu es contente ! Tu as transformé notre père en beauf, marmonne Charles avant de courir le rejoindre.

S'ensuit une bataille effrénée entre le père et le fils, c'est à qui mettra le plus de plomb dans la cible. Au bout de la dixième partie, Lysette, n'en pouvant plus, intervient pour annoncer que le match est nul. Lisa récupère les peluches gagnées et les distribue à une famille nombreuse.

– Dis-moi maman, tu ne portais pas un pendentif quand tu étais enceinte ?

– Sûrement, j'ai toujours été très coquette. Pourquoi ?

– Une petite boule en argent qui tintinnabule, ça te dit quelque chose ?

– Mais, oui, mon bouchon. Tu parles d'un bola. Une indienne, également enceinte, m'en avait offert un à notre arrivée à Calcutta. Je l'ai porté aussi en t'attendant, tu sais.

– Marie en porte un et, tout de suite, j'ai trouvé le bijou familier.

– Ce n'est pas très surprenant. Il était au-dessus de ton lit jusqu'à tes trois ans. Tu ne pouvais pas t'endormir sans lui. Ah là là ! Quelle capricieuse tu étais ! Enfin, tu n'as pas vraiment changé, hein, ma fille ? C'est tout de même drôle que tu m'en reparles…

Lysette regarde sa fille et ses yeux s'éclairent.

– Oh, ma chérie, s'écrie-t-elle en la prenant dans ses bras. Je comprends maintenant la raison de cette soirée. Je suis tellement contente ! Marc le sait ?

– Maman… murmure Lisa en repoussant gentiment son étreinte. Ce n'est pas ce que tu crois.

– Ah non ? Tu es sûre ? Il faudrait tout de même que vous y songiez tous les deux. Tu sais, tic tac tic tac tic tac…

Lisa sent une bouffée de stress lui monter aux narines.

– Tu veux une barbe-à-papa ?

Avec un peu de chance, ça te clouera le bec ! finit-elle dans sa tête. Bon, les conditions ne sont pas encore favorables à son annonce. Elle remettra ce défi à plus tard. En attendant, pourquoi ne pas s'attaquer au second défi de la soirée…

La sagesse ne convient pas en toute occasion, il faut quelquefois être un peu fou avec les fous.
Ménandre, *Les enchères*

Le voilà. Il est là, devant elle. Il la fixe de ses yeux de feu pour l'avertir de sa prochaine souffrance. Elle tente de soutenir son regard mais détourne rapidement le visage devant la force qui jaillit de ses membres puissants. Il est plus grand que dans son souvenir, plus impressionnant aussi. Ah, mais non ! Je ne me laisserai plus intimider. La petite fille qui se cachait derrière un buisson pour ne pas t'apercevoir a disparu. Tu as cru que jamais je ne reviendrais te défier ? Eh bien, tu as eu tort !
Des gouttes de sueur coulent le long de ses tempes. Les battements de son cœur s'accélèrent. Lisa a peur. Pourtant, quelques minutes auparavant, elle se sentait vaillante mais en le voyant, là, immobile, la guettant, son courage peu à peu l'abandonne. Je te déteste, mais je ne m'enfuirai pas, pas cette fois !
Elle a chaud. Son premier réflexe est d'enlever sa veste mais elle ne porte rien d'autre qu'un petit haut, assez sexy d'ailleurs. Ses charmes toutefois n'auront aucun effet sur lui. La seule chose que craint ce monstre est la bravoure.
Lisa marche vers lui déterminée et le scrute sous tous les angles. Ses huit pattes ventousées de lumière tournent dans tous les sens. Ses gigantesques tentacules aspirent dans sa ronde chacune de ses victimes. Il n'existe qu'un mot pour le décrire : effroyable. Lisa entend les hurlements stridents de ses souffre-douleur et compatit. Elle sait que bientôt son tour viendra.
      – Alors sœurette, il t'impressionne toujours autant ? demande Charles en regardant le « Harpon des Mers ». Les manèges pour les petits sont de l'autre côté. Je vois même une licorne qui te fait de l'œil...
Son frère n'a pas mis longtemps avant de la provoquer. Mais elle n'en est pas mécontente. Sa liste le précise noir sur blanc, le « Harpon des Mers » doit être fait en sa présence afin de lui prouver, une bonne fois pour toutes, qu'elle n'est pas une trouillarde. Elle a, dans sa vie, fait des choses beaucoup plus terrifiantes : sauté à l'élastique, traversé le désert en dromadaire (enfin, fait une ballade sur une plage de Tunisie), ouvert une

boîte de conserve avec un couteau suisse. Elle s'est même plusieurs fois cassée un ongle et bientôt elle sautera en parachute. Alors cette pieuvre articulée, c'est vraiment mais vraiment de la gnognotte !

– Non, Charles !

– Non quoi ? Tu ne veux pas faire de carrousel, taquine-t-il. Tu préfères peut-être le manège de Oui-Oui. Ah mais, non j'oubliais ! Tu as peur aussi de Oui-Oui.

– Je n'ai plus peur de rien. Tu vois cette pieuvre géante et bien je vais monter dessus et la dresser. Et si j'y arrive, tu m'apprendras à siffler avec les doigts.

– Enfin sœurette, soit sérieuse. Tu n'en es pas capable. Regarde-toi, tu trembles déjà comme une feuille.

Charles a raison. Elle est dans un piteux état mais elle sait qu'elle a le pouvoir de transformer sa peur en adrénaline.

– Poule mouillée, poule mouillée, cot cot cot cot.

C'est dingue, mon frère est vraiment un gamin !

– Tu vas voir ce que tu vas voir.

Et Lisa se précipite vers la pieuvre géante qui dans un geste magnanime lui tend une de ses gigantesques tentacules. Charles la siffle.

– Tu veux que je t'accompagne pour te tenir la main, petite sœur ? Cot cot cot.

– Pas la peine. Je suis grande maintenant.

– Elle va où ta sœur ? demande Lysette en regardant sa fille se diriger vers l'attraction.

– Elle va faire la pieuvre.

– Et tu la laisses y aller toute seule ? s'écrie Jean. Tu te souviens comment ça s'est fini chez Disney…

Charles lève les épaules.

– Que veux-tu que je te dise ? Elle joue aux grandes. On n'a plus qu'à lui faire confiance.

Bien qu'effrayée, Lisa est résolue à aller au bout de son défi. Une fois les deux pieds sur la plate-forme, elle s'installe à côté d'un couple d'adolescents palpitant d'impatience. Au moment où la pieuvre se soulève, son cœur se retourne. Terrorisée, elle agrippe le bras de son voisin qui malgré ses moqueries ne retire pas sa main.

– Regarde, elle est verte !

Sa petite amie observe Lisa et pouffe de rire. La pieuvre commence sa ronde macabre, doucement, d'abord, puis, de plus en plus vite. Ses tentacules tournent sur elle-même et rapidement s'élèvent vers le ciel. Lisa serre de toutes ses forces le bras du jeune adolescent qui tord ses lèvres en une douloureuse grimace. Elle se concentre. Il ne faut surtout pas que je ferme les yeux ! Les gens crient de joie et d'excitation. Je dois vraiment louper quelque chose, tout le monde a l'air de s'amuser ! Au paroxysme de sa vitesse, la pieuvre s'envole. Lisa, tout à coup, commence à se détendre et desserre son étreinte. Son regard tombe sur sa voisine qui écrase à son tour la chair de son petit ami. Finalement, elle n'est pas la seule à jouer les braves ! Portée par la foule, Lisa se met également à crier, mais non de peur, de plaisir ! Elle souhaiterait comme eux faire la ola avec ses bras mais ses craintes la retiennent encore à sa ceinture métallique. Au bout de plusieurs tours, elle se décide à la lâcher et rejoint la vague.

Le monstre ralentit. Lisa songe à une ruse : il repartira plus vite au moment où ils s'y attendront le moins.

— Allez ! Encore, encore ! crie-t-elle.

Mais la créature, épuisée, s'arrête et libère ses victimes étanchées de sensations fortes.

Lisa remercie son jeune voisin - qui, dans un rictus, répond « il n'y a pas de quoi » avant de caresser ses deux bras endoloris - puis court vers ses parents.

— Tu as vu, papa ? Tu as vu ? Je l'ai fait !

— Mais, oui, ma puce, nous avons vu.

— Tu as vu Charles ! Tu ne peux plus me traiter de poule mouillée, maintenant.

— Ouais, marmonne-t-il. Mais je ne suis pas sûr que tu fasses le train fantôme sans pleurer.

Bon, il ne faut tout de même pas exagérer. Sa liste parle de la pieuvre pas du train fantôme. Il y a des limites à l'horreur, quand même !

La vie est une maladie mortelle sexuellement transmissible.
Woody Allen

Lisa est contente. Malgré les réticences de départ, tout le monde a l'air de passer une bonne soirée. Ses parents se sont bécotés comme deux jeunes amoureux sur le carrousel. Sa mère a savouré une barbe-à-papa sans émettre un seul commentaire sur son absence de qualité nutritionnelle et a même laissé son mari dévorer un hot-dog, en lui rappelant tout de même qu'il devrait s'astreindre le lendemain, à une diète exemplaire. Jean, en dépit de l'avertissement de son fils, a attrapé la fièvre du jeu et promis d'emmener sa femme à Las Vegas pour leur anniversaire de mariage, après avoir dépensé le prix d'une Rolex en tentant de s'emparer d'une montre à deux sous. Pour se venger d'avoir transformé leur père en beauf, Charles s'est acharné sur Lisa avec l'auto-tamponneuse, mais celle-ci a pris sa revanche par la suite en le battant à la pêche au canard.

Lorsque son frère a éteint son portable en disant que l'amitié entre les peuples pouvait attendre et que tous les quatre ont arpenté les allées de la Foire du Trône main dans la main, Lisa s'est dit que les conditions pour faire son annonce étaient réunies.

Elle prend une grande inspiration, la bouche sèche et la gorge nouée. Elle savait ce défi difficile ; en comparaison, la pieuvre était une promenade de santé.

« Dire *je vous aime* à ses parents » ! Mais, quel manque de pudeur, quelle indécence ! Les cadeaux sont faits pour ça, non ? Voilà la solution ! Elle aurait dû y penser plus tôt. Un somptueux présent joliment emballé avec un petit « Je vous aime » sur la carte ! Ils le recevraient comme une lettre à la poste, ni vu ni connu ! Ou une rose rouge ! Le *je t'aime* des fleurs… Mais, non, bien sûr ! La fête des mères est la meilleure des occasions ! Elle confectionnera de ses petites menottes un joli collier de nouilles. Au blé complet ! Sa mère sera ravie !

L'enthousiasme de Lisa redescend. Son anniversaire précède la fête des mères et elle doit absolument dire ses trois mots avant. Oh là là, ils ont tous l'air si heureux. Quel dommage de leur gâcher la soirée en leur annonçant une bombe pareille. Je dois peut-être attendre, songe Lisa en regardant ses parents sourire à tue-tête. Oui, c'est ça, elle va attendre…

    — Les enfants, vous vous amusez bien ? Bravo Lisa, formidable idée cette soirée, très rafraîchissant, n'est-ce pas, Jean ?

    — Oui, ma chérie. Votre mère a raison, n'est-ce pas, Charles ?

    — Oui, papa. Vous avez raison, n'est-ce pas, Lisa ?

    — Oui, grand frère. Tu as raison, n'est-ce pas euh…

Lisa pousse un cri en voyant son père trébucher sur un seau à pop-corn. Elle ne peut plus attendre ! Leur a-t-elle même déjà dit, de sa vie d'adulte, qu'elle les aimait ? Et ses parents, bien qu'en bonne santé, à part le petit problème de cholestérol de son père, ne rajeunissent pas. Leur vie peut à tout instant basculer. Sa mère pourrait se regarder dans un miroir grossissant et, sous l'effet du choc, mourir d'une crise cardiaque, et son père s'étouffer dans une barbe-à-papa. Bien sûr, ses parents savent qu'elle les aime, mais Lisa ne veut pas attendre un moment tragique pour leur déclarer son amour.

    — Papa, Maman, je voulais vous dire…

    — Oui, mon bouchon.

    — Je voulais vous dire…

    — Parle enfin !

    — Papa, Maman, je voulais vous dire… que je vous aime.

Ses parents la regardent sans voix. Charles, subitement, rallume son téléphone et consulte ses messages. Lysette fixe son époux en signe d'incompréhension puis s'effondre brusquement en larmes avant de tomber dans les bras de sa fille.

    — Oh Lisa, Lisa, je savais bien que quelque chose n'allait pas. Oh, ma fille, ma fille. Raconte-moi, c'est le cerveau, n'est-ce pas ? Je m'en doutais. Tes propos devenaient de plus en plus incohérents. Je pensais que c'était dû à un peu de fatigue ou à la perte de cellules grises. Tu sais, certains en perdent plus que d'autres. Mais, bon, tu es une jolie fille, c'est moins grave que si tu avais été laide. Combien de temps te reste-t-il ? Trois semaines, six mois, deux ans ? On va consulter les meilleurs médecins. Ne t'inquiète pas, mon bouchon, nous sommes derrière toi. On te guérira, ne t'en fais pas.

    — Papa… implore Lisa.

Jean vient à sa rescousse et prend sa femme dans les bras.

– Je vais bien. Je n'ai aucun problème de santé. Je ne peux pas dire que je vous aime sans que vous pensiez que quelque chose ne va pas ?

Lysette regarde Lisa.

– Tu n'es pas malade ? Vraiment ? Des frayeurs, des frayeurs ! Tu as passé ta soirée à nous faire des frayeurs. Il faut vraiment que tu arrives à te contrôler. On ne dit pas des choses pareilles, enfin Lisa ! Regarde papa, dans quel état tu l'as mis !

Lisa examine son père qui est tel qu'elle l'a toujours connu, calme et paisible.

– Écoute, je connais un très bon psychiatre qui pourrait t'aider à gérer tes émotions. Qu'en penses-tu, ma chérie ?

Lisa regarde tendrement sa mère. En fait, son défi s'est passé exactement comme prévu. Dans *La petite maison dans la prairie*, les parents de Laura Ingalls l'auraient enlacée en lui déclarant « oh, mais nous aussi nous t'aimons ! » et tous se seraient assis autour de la table en chêne fabriquée par papa Ingalls pour savourer le ragoût de mouton mijoté pendant des heures dans la marmite par maman Ingalls. La réalité est tout autre. Sa mère est encore bouleversée. Charles fait comme si de rien n'était et réécoute pour la quinzième fois consécutive les messages de son répondeur. Seul son père a l'air à peu près normal.

– Il ne faut pas faire attention à maman, tu la connais, tu sais qu'elle a le sens du drame.

Jean passe son bras autour de ses épaules.

– Mais, ne doute pas d'une chose, mon trésor…

Papa Mandi s'approche de son oreille et murmure :

– …Nous aussi nous t'aimons.

Lisa sourit et lui fait une grosse bise.

– Je ne sais pas pourquoi, mais j'ai une subite envie de manger du ragoût, s'exclame Lysette.

Et la famille Mandi quitte la Foire du Trône à la recherche d'un restaurant qui sert un bon ragoût… de mouton.

De toutes les aberrations sexuelles, la pire est la chasteté.
Anatole France

Ce soir est son troisième rendez-vous avec Julien. Pour se préparer, Lisa a passé une bonne partie de sa journée à l'institut de beauté, s'est offerte de la nouvelle lingerie et a même acheté le Kâma-Sûtra illustré afin de se remettre au goût du jour.

Après avoir feuilleté le livre, elle s'est entraînée pendant plus d'une heure devant son miroir mais a abandonné lorsqu'elle a failli se déplacer une vertèbre en tentant la position du trépied chancelant qui consiste, si sa compréhension en est correcte, à mettre la jambe gauche par-dessus l'épaule droite tout en ayant les deux bras tendus. Après toutes ces acrobaties, pour sa première fois avec Julien, sa seule envie maintenant est un bon vieux lit.

Lisa entend la sonnerie de l'interphone et s'y précipite. Elle n'a pas vu Julien depuis deux jours et a du mal à contenir son excitation. Avant de répondre, elle décide de compter jusqu'à 20, toussote légèrement afin d'éclaircir sa voix puis lance de son timbre le plus sensuel :

– J'arrive.

Ses sandales rapidement enfilées, et oubliant son intention de le faire attendre, Lisa dévale les escaliers quatre à quatre. Après une pause d'un court instant devant le miroir de l'entrée pour vérifier une énième fois que ses sous-vêtements de rechange, ses lingettes démaquillantes et une panoplie de préservatifs grande taille sont bien dans son sac, elle ouvre la porte principale et le voit, là, encore plus beau que dans son souvenir... discutant avec Jean-Philippe.

– Je vois que vous avez déjà fait connaissance, lance-t-elle nonchalamment.

S'attendant à ce que son voisin les regarde d'un drôle d'air, elle hésite un instant avant d'embrasser Julien. Cependant, en les voyant ensemble, celui-ci ne laisse rien entrevoir d'autre que de l'étonnement.

– Lisa, petite cachottière ! Je vois que tu as plus d'une corde à ton arc !

À cette remarque, Lisa se crispe légèrement. La veille, en rentrant de la Foire du Trône, Jean-Philippe lui avait dit que

Marc l'avait attendue dans le couloir, et son voisin est si imprévisible qu'elle préfère partir avant qu'il ne parle davantage.

    – Comment vous êtes vous rencontrés ? s'enquiert-il.

    – On te le racontera une prochaine fois ! Nous sommes déjà très en retard, ment-elle en prenant la main de Julien...

    – Je comprends, les tourtereaux. Passez un de ces jours à la maison pour un café. Tu sais où se trouve la clé...

Lisa et Julien lui disent au revoir et s'éloignent de l'immeuble.

    – Il est sympa, ton voisin, dit-il en lui prenant la taille. Un peu collant mais très sympa.

Julien s'arrête brusquement et recule d'un pas.

    – À y repenser, je n'ai pas très bien saisi...

Le cœur de Lisa s'emballe. Se pose-t-il des questions sur l'insinuation de Jean-Philippe ? A-t-il compris qu'il parlait de Marc ?

    – … ce qu'était cet effleurement sur mes lèvres. Était-ce un bonjour ?

    – Ah ! soupire-t-elle soulagée. Tu parles de ce baiser ?

Elle pose furtivement ses lèvres sur les siennes.

    – Exactement ! Je mérite un vrai bonjour !

Julien la serre contre lui et l'embrasse avec volupté. Elle sent à son contact qu'il est heureux de la voir, très heureux même.

    – Où va-t-on ? demande-t-elle après avoir repris ses esprits. Si tu pensais à un autre pique-nique, la météo a annoncé de la pluie...

Elle lui avait bien proposé d'organiser la soirée mais Julien avait ardemment refusé. En vérité, elle adore qu'il s'occupe de tout et, pour le moment, il s'en sort magnifiquement bien.

    – Je t'emmène dîner dans le meilleur endroit de Paris...

Julien fait vraiment les choses en grand ! Ils avaient dîné dans un authentique restaurant japonais pour leur second rendez-vous et maintenant un étoilé ! Il exagère !

Ils attrapent un taxi et montent dans la voiture. Elle pose sa tête contre l'épaule de Julien s'attendant à un long trajet quand, cinq minutes plus tard, il lui annonce leur arrivée prochaine. Bastille ? Elle a beau chercher, elle ne connaît aucun restaurant trois étoiles dans le quartier. Oh, mais oui ! Il veut peut-être l'emmener dans sa trattoria préférée ! Le patron les accueillera sur un air de mandoline et les installera dans un petit coin intime à l'abri des regards. Ils partageront, les yeux brillant d'amour, un plat de *pasta alla Genovese* avant de se rendre compte dans un baiser avoir attrapé le même spaghetti. Lisa tape des mains.

— Oh, c'est tellement romantique ! s'exclame-t-elle tout haut.

— Qu'est-ce qu'est romantique ?

— Non, rien, répond-elle en rougissant.

— C'est ici, annonce Julien au chauffeur.

Lisa descend du taxi face à un immeuble haussmannien. Je n'aurais pas imaginé un restaurant ici. Il s'agit peut-être d'un club privé ou mieux encore d'un dîner clandestin ! J'adore les endroits secrets !

Julien confirme ses soupçons en composant le code de l'entrée principale. Ils prennent l'ascenseur et montent jusqu'au dernier étage. Arrivé au pas de la porte, il sort une clé de sa poche et l'introduit dans la serrure. C'est vraiment un club très sélect ! Chaque membre possède sa propre clé ! pense Lisa. Il ouvre la porte et s'exclame :

— Bienvenu chez moi !

Chez Moi, quel nom original ! songe-t-elle. Toutefois, le lieu le porte à merveille. Lisa a l'impression d'être dans un véritable appartement. La décoration est sobre et respire une certaine masculinité. Chaque détail est travaillé à la perfection. Même la chaussette discrètement dissimulée sous le canapé. À moins que...

— C'est chez toi ?

Julien ouvre les bras.

— La meilleure cuisine de tout Paris !

Lisa se sent ridicule. Elle vient de frôler la catastrophe. Même ses lunettes d'intellectuelle n'auraient pas réussi à rattraper la situation.

— Tu me fais visiter ?

Elle est tout d'un coup légèrement intimidée. C'est le grand soir ! Oh là là là là !

— Le salon...

— Oui, très joli...

Lisa tâte le canapé et aperçoit Julien l'observer avec un petit sourire. Oh mon dieu ! Il pense que je palpe le fauteuil parce que j'ai des idées coquines en tête.

    –   Il est à ton goût ?

Lisa baisse les yeux et sourit.

    –   Là, c'est la salle de bain.

    –   Très lumineuse ! constate Lisa en caressant le lavabo.

    –   Et ici, mon bureau...

    –   Oh, magnifique ! J'aime beaucoup le chêne massif. Très résistant... affirme-t-elle en effleurant le bureau.

Julien la fixe avec ce même petit sourire. Il va vraiment falloir que j'arrête de toucher tous les meubles de chaque pièce !

    –   Et ici... ma chambre.

    –   Oh ! s'exclame Lisa les yeux rivés sur le lit.

Elle résiste à la tentation d'aller soupeser le matelas. Ce n'est tout de même pas de ma faute si je suis une tactile !

    –   Très jolie chambre, lance-t-elle finalement

    –   Tu peux le tâter si tu veux...

    –   Comment ça ? demande-t-elle les joues en feu.

    –   Non, rien, murmure Julien sans quitter son petit sourire. Et la cuisine est par là ! J'ai même une machine à laver !

Julien et Lisa échangent un regard et tous deux éclatent de rire.

    –   Installe-toi. Je reviens tout de suite, dit-il en se dirigeant vers la cuisine.

Lisa s'assied sur le canapé du salon et en profite pour observer plus attentivement la pièce. La décoration est raffinée mais manque d'une petite touche de féminité. Ces rideaux, par exemple, pourraient facilement être remplacés par un voilage plus coloré. Et il suffirait de disperser un ou deux luminaires et quelques bouquets de fleurs pour égayer le salon. Et justement, elle a vu, l'autre jour, dans une boutique, de très jolis coussins qui se marieraient parfaitement avec son canapé... Julien interrompt ses plans de redécoration en lui proposant un verre de sauternes. Au moment de la servir, il renverse malencontreusement un peu de vin sur sa main.

    –   Je suis vraiment désolé. Tu veux te servir de la salle de bain ?

– Oui, s'il te plaît. J'en ai pour une minute, dit-elle en quittant la pièce.

Lisa en profite pour se repoudrer le nez et ajuster sa coiffure. À son retour, le salon est entièrement illuminé de bougies. Elle regarde Julien, émue et se retient pour ne pas l'embrasser. C'est la première fois qu'un homme organise un dîner aux chandelles à son intention. Sa tête se met à tourner.

– Tout va bien ? demande-t-il en avançant sa chaise pour l'aider à s'installer à table.

– Oui... J'ai dû boire trop rapidement…

Julien regarde son verre intact.

– J'apporte le premier plat, alors, dit-il en allant vers la cuisine.

Dès leur premier rendez-vous, Lisa avait deviné Julien gastronome mais n'avait pas idée qu'il exerçât aussi son fin palais derrière les fourneaux. En dégustant l'entrée - une terrine de légumes d'été enrobée de jambon de parme - il lui explique, qu'au début, cuisiner lui permettait d'évacuer la tension de ses longues journées à l'hôpital. Il avait tout d'abord confectionné des plats très simples et au fur et à mesure, des mets de plus en plus élaborés. La cuisine était maintenant devenue une véritable passion. En finissant sa bouchée, Lisa bénie, honteuse, le rythme stressant de sa profession.

Le hors-d'œuvre est suivi d'une ballottine de saumon aux herbes fraîches garnie d'une mousse de courgettes et en dessert, un merveilleux mille-feuilles framboise-mascarpone. Julien n'a pas menti. Sa cuisine est la meilleure de tout Paris !

Le café est servi sur la table basse et malgré les petits rochers au chocolat qui l'accompagnent, Lisa a faim d'autres choses. Depuis leur arrivée dans l'appartement, Julien n'a pas esquissé un seul geste à son égard. Pourtant, ses centaines de petits signaux - se mouiller les lèvres avec la langue, regarder uniquement sa bouche lorsqu'il parle, se rapprocher un peu plus de lui sur le sofa - auraient dû le mettre sur la voie mais rien n'y fait !

Pendant qu'il choisit la musique, Lisa vérifie discrètement ne pas avoir de morceaux de salade coincés entre les dents. Non, tout va bien. Alors, qu'est-ce qui cloche ? Essaierait-il de tester sa résistance ? Si c'est le cas, à son tour de tester la sienne !

Lisa remonte légèrement mais suffisamment sa jupe en recroisant les jambes et caresse sa cuisse. Ses yeux rencontrent ceux de Julien qui ne semble pas s'apercevoir de son stratagème. Elle joue avec ses cheveux et le fixe en se mordant les lèvres. Julien continue de parler comme si de rien n'était, mais Lisa perçoit une petite lueur amusée dans son regard. Elle est enragée. Il contrôle le jeu et semble aimer la mettre dans tous ses états. Elle est toutefois bien décidée à ne pas faire le premier pas !

Les premières notes de *Sexual healing* de Marvin Gaye résonnent. L'occasion est trop belle. Lisa se lève, remue sensuellement ses hanches au rythme de la musique et invite du regard Julien à la rejoindre. Celui-ci ne bouge pas d'un pouce mais elle croit le voir ravaler sa salive. Au moment où elle s'avoue vaincue et s'apprête à se jeter sur lui, il l'agrippe par la taille et se colle contre elle. Enfin ! Merci, Marvin. Tu es le meilleur !

Julien effleure son cou de ses baisers. Ses mains caressent sa nuque et remontent jusqu'à la naissance de sa chevelure. Lisa se serre un peu plus contre son corps athlétique et découvre la souplesse de ses épaules musclées, la fermeté de son torse robuste. Julien presse ses lèvres contre les siennes et relève de la main sa jupe pour atteindre le haut de ses cuisses. Lisa pousse un soupir de plaisir. Il lui glisse dans un souffle qu'il a envie d'elle. Elle l'embrasse plus intensément, le mène doucement sur le canapé, commence à enlever un à un chaque bouton de sa chemise puis regarde avec merveille ce qu'elle vient de caresser. Sa langue frôle délicatement son ventre chaud et poivré. Les membres frémissant de désir, il lui ôte sa jupe d'un coup brusque et étend Lisa sur le sofa. Il l'observe fragile et offerte dans ses sous-vêtements de soie. Légèrement intimidée, elle tente de se cacher mais, gentiment, Julien lui écarte les mains et lui murmure qu'elle est belle. Lisa déboutonne alors son jean et sent le renflement de son entrejambe. Seul son caleçon le garde de la nudité. Elle a envie d'y glisser la main mais se retient. Julien la porte jusqu'à la chambre et la dépose avec une tendresse infinie sur le lit. Ils se regardent sans un geste un long moment. Elle se sent en confiance avec lui et le désire. Oh dieu, elle le désire ! Ses paumes sont chaudes. Ses caresses tendres et expertes. Par les mains, par la bouche, par la peau, ils se découvrent. À chaque nouvel effleurement, Lisa sent monter son désir. Ses hanches se tendent sous l'effet de ses baisers. Julien dégrafe son soutien-gorge pendant que ses doigts s'enfoncent dans son caleçon. Elle ne s'était pas trompée. Son corps tremble d'avance de ce qu'elle s'apprête à vivre. Ils rient devant leurs gestes empressés et maladroits. Puis, Julien la regarde et tous deux cessent de rire. Leur soif est de plus en plus intense. Seuls des bouts de tissus les empêchent de ne former qu'un. Elle a envie de cet homme comme jamais elle ne l'aurait cru possible. Elle le veut, maintenant… Un petit bruit retentit. Lisa n'y prête pas attention mais Julien suspend son mouvement.

    – Tu n'as rien entendu ?

    – Non, soupire-t-elle avant de tourner son visage contre le sien.

Une seconde sonnerie retentit.

    – C'est mon bipeur...

Julien se précipite au salon au plus grand regret de Lisa. Il revient dans la chambre avec son téléphone à l'oreille.

    – Oui, je comprends. Non, ne vous inquiétez pas. Oui, bien sûr. Je serai là dans 30 minutes, dit-il en lançant à Lisa un regard indéchiffrable.

Elle le dévisage les yeux remplis d'interrogations.

    – Mei, la chirurgienne de garde, s'est blessée la main en frappant contre un distributeur automatique qui refusait de lui donner son Kit-kat...

Dans d'autres circonstances, Lisa aurait souri mais, en l'occurrence, elle est mortifiée.

    – Je dois me rendre tout de suite à l'hôpital, s'excuse-t-il en prenant ses vêtements éparpillés.

Elle voit l'homme qu'elle avait, presque nu, deux minutes auparavant, s'habiller à toute vitesse. Il faut que je l'arrête ! Je dois faire quelque chose. Il ne peut pas me laisser dans un état pareil ! Lisa se lève et entoure Julien de ses bras.

    – On pourrait faire un petit Speedy Gonzalès avant que tu ne partes ?

– Un Speedy Gonzalès ? demande-t-il le sourcil levé. Oh ! réalise-t-il, je pensais que tu aimais plutôt prendre ton temps...

– Je sais m'adapter à toutes les situations ! murmure-t-elle en le caressant profondément.

L'espace d'un moment, elle pense avoir réussi à le retenir.

– Il faut vraiment que j'y aille, conclut-il en enfilant ses chaussures.

– Ce n'était vraiment pas censé se passer ainsi ! Qu'est-ce que je fais, maintenant ? Je rentre chez moi ? se demande-t-elle ne sachant pas si elle doit se rhabiller ou non.

– Tu peux dormir à la maison. Tu me garderas la place au chaud...

C'est une idée ! Elle pourrait passer la soirée à lire *La recherche*, mais sa peur est, qu'après quelques heures, son instinct de panthère rose ne prenne le dessus. Et elle sait ce que cela implique : ouvrir chacun de ses tiroirs, éplucher ses albums photos, chercher la boîte à ex et découvrir tous ses secrets sans qu'il ne le sache. Mauvaise, très mauvaise idée...

– Non, non, il ne vaut mieux pas. Je préfère rentrer chez moi... dit-elle en commençant à enfiler ses vêtements.

La soirée avait si bien commencé... Elle a beau essayer de paraître indifférente, au fond d'elle, Lisa est anéantie. Elle dit au revoir de la main au lit à peine testé et rejoint Julien dans l'ascenseur.

– Je te dépose, dit Julien en hélant un taxi.

– Non, ça va aller. De toute façon, j'ai envie de marcher.

– À cette heure ? Tu n'y penses pas ! Je te dépose.

– Non, vraiment. Ne t'inquiète pas. Je t'appelle, dit-elle en l'effleurant d'un léger baiser.

Julien entre dans le taxi et Lisa prend la direction opposée. Elle parcourt une dizaine de mètres puis, tout à coup, se retourne. Julien sort de la voiture au même moment.

– Et si tu/je m'/t'accompagnais à hôpital ? disent-ils en chœur en avançant l'un vers l'autre.

Ils rient, ravis d'avoir eu la même idée et grimpent tous les deux dans le taxi en direction de l'hôpital Necker.

Il n'y a que le premier pas qui coûte.
Marie du Deffand

Lisa a rassuré Julien au moins une trentaine de fois. Oui, elle est sûre de ne pas s'ennuyer. *À la recherche du temps* est toujours perdu dans son sac et, de plus, la vie mouvementée du service lui donne l'impression d'assister à un épisode d'*Urgences* en direct. Toutefois, son espoir secret est de rejoindre Julien dans une chambre inoccupée afin de continuer ce qu'ils avaient si bien commencé. C'est bien ce que font les chirurgiens entre deux interventions, non ? Aucune saison de *Grey's Anatomy* ne lui a échappé donc elle connaît parfaitement ses classiques ! D'ailleurs, elle a été presque surprise de ne pas croiser Meredith dans l'ascenseur, tout à l'heure… En attendant, elle est impatiente de parler de son docteur Mamour à toutes ses connaissances :

    –   Alors, dis-nous, que fait Julien dans la vie ?
    –   Il sauve des vies !
    –   Il travaille dans l'humanitaire ?
    –   Non.
    –   Il est pompier ?
    –   Non.
    –   Il fait de la recherche ?
    –   Non.
    –   Ben, alors, que fait-il ?
    –   Il est chirurgien pédiatrique.

Lisa imagine déjà toutes les bouches s'ouvrir d'admiration.

    –   Ton homme est un héros !

Oui, son homme est un héros ! Pas un de ceux qui font la couverture des magazines mais un héros du quotidien qui a dédié sa vie à sauver celle des autres. Comment lui en vouloir de travailler à cette heure avancée de la nuit ? Mais, il est vrai qu'elle aussi aurait bien aimé un petit bisou-pansement, juste ici, là, à cet endroit. Parfait ! Et ici. Mmm… Et encore là…

    –   Tout va bien ? Tu ne t'embêtes pas trop ? Tu es sûre que tu ne veux pas t'installer dans mon bureau ? Tu serais plus au calme, s'enquiert Julien en s'asseyant à ses côtés.

– Non, merci. Il se passe tellement de choses ici, je ne risque pas de m'ennuyer, affirme-t-elle en montrant le va-et-vient du personnel de l'hôpital.

– Je suis content que tu sois là...

Il lui embrasse le bout du nez et Lisa le regarde partir avant de reprendre sa lecture.

– Avez-vous vu dans quelle direction est parti le Docteur Gaillac ? demande une infirmière essoufflée.

Lisa secoue négativement la tête. Cette dame doit la prendre pour quelqu'un d'autre. Comment peut-elle savoir qui est le docteur Gaillac ? Des dizaines de médecins et d'infirmières sont passés dans ce couloir depuis trois heures, ce docteur aurait pu aller n'importe où !

– Le docteur Gaillac ! Vous êtes arrivés avec lui tout à l'heure. Je n'arrive pas à le joindre sur son bipeur. Savez-vous où il est allé ?

– Julien ?

L'infirmière au chignon acquiesce dans un soupir. Elle a l'air stressée.

– Oh, pardon ! Il est parti de ce côté, dit Lisa en pointant la gauche.

L'infirmière court dans la direction indiquée et manque de perdre son sabot dans son empressement. Elle semble assez inquiète, songe Lisa. Je me demande bien ce qu'il se passe...

Alors, comme ça, Julien s'appelle Docteur Gaillac ! Madame Lisa Gaillac... Pas mal du tout ! Elle sort un bloc note de son sac, essaie différentes signatures et finalement opte pour Lisa Mandi-Gaillac. Je me demande si le titre de docteur se transmet en se mariant ? s'interroge-t-elle en mâchonnant son stylo. Si les gens m'appellent Docteur, je n'aurai plus jamais besoin de mes lunettes d'intellectuelle !

Une minute ! Gaillac, Gaillac… Ce nom me dit quelque chose ! C'est celui du couple chez qui Carla et moi avons passé le week-end ! Jeanne est peut-être sa tante... voire… elle écarquille les yeux. …sa mère ! Non, ce n'est pas possible ! Ce serait tout de même un sacré hasard. Pourtant : leur fille qui a fait un bébé toute seule, leur fils dévoué à sa carrière de médecin… tous les détails coïncident. Julien ne lui a-t-il pas révélé que ses parents vivaient maintenant à la campagne ?

Mon dieu ! s'écrie Lisa dans sa tête, heureusement que j'ai dit à Jeanne que j'aimais les chiens ! Quand je pense que j'ai déjà rencontré mes futurs beaux-parents ! C'est tout simplement extraordinaire. Il faudrait que j'en parle à Julien. Oh non ! Après l'épisode du square, il va penser que je vois sa mère partout ou que je suis totalement obsédée par le mariage. Alors que ce n'est pas du tout, mais du tout, le cas !

Lisa regarde l'infirmière au chignon se précipiter vers une de ses collègues. Elle tend l'oreille mais ne réussissant pas à entendre un seul mot, prend le *Parisien* posé sur la chaise voisine afin de consulter le tirage du Loto. Avec un peu de chance, cette fois-ci, elle aura peut-être décroché au moins trois bons numéros. Car, depuis plus de 20 jours, malgré ses douze grilles hebdomadaires, la seule chose qu'elle ait réussi à gagner est le droit de renflouer les caisses de l'État ! 100 % des gagnants ont tenté leur chance ? Foutaises ! 100 % des perdants, oui ! pense-t-elle après avoir une nouvelle fois fait chou blanc. Mais, comme on dit, malheureuse au jeu, heureuse en amour…

Lisa lève la tête en entendant l'infirmière au chignon hausser la voix au téléphone.

— Anta a déjà appelé tous les hôpitaux ! Ils sont dans la même situation que nous. Il faut vraiment trouver une solution !

Le couloir est de plus en plus agité. Les infirmières trottinent dans tous les sens. Eh bien, la vie à l'hôpital n'est pas une sinécure ! constate Lisa avant de plonger la main dans son sac pour sortir sa liste. Son anniversaire est dans neuf jours et il lui reste encore une petite douzaine de défis à accomplir. C'est toujours jouable si la liste est légèrement écrémée. « Faire une bonne action », par exemple ! Elle a dû en réaliser des centaines, voire des milliers dans sa vie ! Ce défi devrait être barré depuis longtemps !

Lisa réfléchit un long moment mais n'arrive pas à se souvenir d'une seule bonne action qu'elle ait accomplie. Au moins une… J'ai déjà dû en faire au moins une…

Je recycle mes déchets ! s'exclame-t-elle dans sa tête. Elle met son stylo dans la bouche, sceptique. Je ne risque pas de concurrencer Mère Thérésa avec ce type de B.A !

Comment, elle, Lisa Mandi, a pu ne pas réaliser une seule bonne action ? Elle s'est toujours considérée comme une âme charitable, portée vers les plus faibles, indignée par toute forme d'injustice. Mais, concrètement, qu'a-t-elle fait ? Rien. Lisa réalise que ses grands principes n'ont été suivis d'aucune véritable action. Ce n'est pas les quelques euros distribués de temps en temps qui risquent de sortir les SDF de la rue, ni même ses dons de vêtements passés de mode…

Lisa remue sur sa chaise, mal à l'aise. Jusqu'à aujourd'hui, elle n'avait pas conscience que sa vie fût tant centrée sur sa propre personne. Que pourrait-elle dorénavant faire pour rendre le monde meilleur ? Je devrais peut-être m'inscrire à Greenpeace ou militer dans une association de défense des droits de l'homme. Mais avec ses horaires de travail, elle abandonnera probablement après deux ou trois réunions… Lisa se fait une raison. Elle n'est pas l'héritière naturelle de l'abbé Pierre ni même une enfant de Don Quichotte. Ma seule possibilité d'aider les autres est de faire des dons ! C'est décidé, elle établira demain un prélèvement automatique mensuel pour Unicef ou Action contre la faim. Et si je peux aider ne serait-ce qu'une personne, c'est déjà très bien ! songe-t-elle en s'apprêtant à barrer le défi de sa liste.

Julien entre dans le couloir le visage fermé. Lisa ne l'a jamais vu avec une telle expression.

— Vous avez appelé Bichat ? dit-il en s'adressant à une infirmière.

— Oui, on les a tous faits. Bichat, Saint-Louis, Saint-Vincent de Paul, Robert Debré… Personne n'en a.

— Téléphonez encore, et dites que c'est prioritaire !

Il marche devant Lisa sans la voir.

— Julien, que se passe-t-il ? demande-t-elle en se levant.

— On a une petite fille…

Il ne finit pas sa phrase.

— Tout va bien, ne t'inquiète pas ! Il se fait vraiment tard et nous avons encore beaucoup de travail. Il vaut mieux que tu rentres chez toi…

Son bipeur sonne et Julien se précipite de l'autre côté du couloir. Lisa s'approche des infirmières.

— Excusez-moi…

– Les toilettes se trouvent dans le deuxième couloir sur votre droite, répond une infirmière aux yeux cernés.

– Merci. Mais, en fait, je voulais savoir… Le docteur Gaillac a l'air préoccupé et je me demandais…

L'infirmière la regarde des pieds à la tête.

– Et vous êtes ?

– Je suis sa…

Dire « petite amie » lui semble encore un peu prématuré.

– Une amie.

– Nous ne discutons pas des affaires de l'hôpital avec… les amies des médecins.

L'infirmière est un brin revêche mais Lisa n'est pas décidée à abandonner.

– Je me disais que je pouvais aider…

L'infirmière la dévisage avec étonnement.

– Je ne vois pas comment ! Mais si vous avez la foi, Mademoiselle, priez pour que nous trouvions à temps des plaquettes pour cette petite fille...

Dans la salle d'attente, Lisa a lu une brochure d'information sur le don de plaquettes, ces petites cellules qui permettent de réguler la coagulation du sang. Elles sont indispensables aux personnes atteintes de maladies du sang ou qui ont suivi un traitement par chimiothérapie car leur corps n'en produit plus. Sans elles, ces patients risquent l'hémorragie. Le fascicule précise également que les plaquettes ne se conservent pas plus de cinq jours et, contrairement aux globules rouges, sont impossibles à stocker.

Lisa a parcouru l'imprimé distraitement sans se sentir concernée. Sa famille et ses amis sont tous en bonne santé et elle n'a jamais été confrontée, ni de près ni de loin, à la maladie. Mais l'expression de Julien, mêlant à la fois tristesse, colère et frustration, est telle ce soir que son cœur prend soudainement conscience que ces petits gestes, ne coûtant rien d'autre qu'un peu de temps, peuvent faire toute la différence…

– Je veux faire un don de plaquettes ! dit Lisa à l'infirmière.

– Pardon ?

– Je veux faire un don de plaquettes ! répète-t-elle d'un ton décidé.

–   Très bien. Venez avec moi. Je vais voir si quelqu'un peut s'occuper de vous.

Après une rapide visite médicale, Lisa suit une infirmière, aussi jolie qu'agréable, dans une petite salle. Elle s'assoit dans un grand fauteuil moelleux et ferme les yeux afin de se préparer mentalement à la douleur de l'aiguille.

–   Voilà, j'ai tout installé ! dit l'adorable infirmière.

–   Déjà ?

Elle n'a absolument rien senti.

–   Le prélèvement durera environ deux heures. Pour passer le temps, nous avons de la lecture ou si vous préférez regarder un film, je peux vous proposer *Love Actually*.

–   Lisa écarquille grand les yeux.

–   Nous avons des films plus récents, si celui-ci ne vous convient pas...

–   Oh non, vous plaisantez, j'adore *Love Actually* !

Donner ses plaquettes est encore mieux que voyager en première classe ! songe-t-elle en s'installant confortablement dans le fauteuil.

Lisa visionne la première demi-heure du film puis, rattrapée par la fatigue, s'endort profondément. Une incroyable sensation de contentement s'empare de ses rêves au point que le bonheur ressenti semble réel. À la fin du générique, un doux baiser effleure ses lèvres. Elle entrouvre les paupières, croyant encore rêver, et aperçoit Julien à ses côtés.

–   L'infirmière m'a dit que tu étais ici. Je te pensais partie... murmure-t-il en lui prenant la main.

Lisa caresse sa joue.

–   Elle m'a raconté pour la petite fille…

–   Tout va bien, ne t'en fais pas. La petite Ania est tirée d'affaire.

–   Et les plaquettes ? demande Lisa en jetant un œil à la poche jaune au-dessus de la machine.

–   Nous en avons trouvées. Mais, rassure-toi, on fera bon usage des tiennes. Nous n'en avons jamais assez. Ce que tu as fait… chuchote Julien avec une émotion de la voix.

Lisa baisse les yeux. L'infirmière au chignon, suivie de la jolie infirmière, s'approche d'eux.

– Docteur Gaillac, on vous appelle en chambre 223.

– J'arrive, déclare Julien en se levant. Occupez-vous bien de ma petite amie ; je vous fais confiance...

– Bien sûr, Docteur ! minaudent en chœur les deux infirmières.

Lisa s'illumine. Julien l'a appelée sa petite amie !

– Je termine dans une demi-heure. Je te rejoins dans la salle de repos, ajoute-t-il avant de quitter la pièce.

– Alors comme ça, vous êtes la petite amie du docteur Gaillac ? Quelle chanceuse ! s'exclame l'adorable infirmière en lui retirant délicatement l'aiguille du pli du coude.

Ses paroles continuent mais Lisa l'écoute à peine : Julien l'a appelée sa petite amie...

En sortant de la pièce, Lisa se dirige vers la salle de repos et passe devant la chambre 223. De la porte entrouverte jaillissent des pleurs d'enfant qui rapidement s'interrompent pour laisser place à un grand éclat de rire. Elle jette discrètement un œil à l'intérieur et aperçoit les oreilles de Julien remuer toutes seules à la plus grande joie d'une petite fille aux grands yeux clairs. Effectivement, son arme fatale marche à tous les coups pour redonner le sourire aux adorables demoiselles ! songe Lisa. Attendrie, elle les regarde un instant puis rejoint la salle de repos.

En chemin, elle renverse par inadvertance son sac dans le couloir. Elle ramasse son contenu éparpillé sur le sol et en apercevant « Faire une bonne action » sur la liste, prend son Bic afin de rayer le défi. Elle réfléchit un instant, plie le bout de papier et range son stylo ; sans barrer « Faire une bonne action ».

Tant que vous n'avez pas été embrassé par un de ces pluvieux après-midi parisiens vous n'avez jamais été embrassé...
Woody Allen

Quelle soirée ! pense Lisa. Julien enlace sa taille et en franchissant la sortie de l'hôpital, une pluie aussi fine que la rosée du matin les accueille. Lisa lève le visage. Les premières lueurs du jour pointent à l'horizon. La nuit s'est écoulée sans dire un mot.

    –   Quelle nuit ! s'exclame Julien. J'imagine que ce n'est pas vraiment le rendez-vous que tu escomptais...
Lisa se colle à lui.

    –   C'était encore mieux !

    –   Ah oui ? Tu n'aurais pas préféré passer toute la soirée en tête à tête avec moi ? demande-t-il en prenant une mine déçue.

    –   J'ai l'impression de te connaître davantage. Tu m'as ouvert à ton univers. J'ai découvert ta passion pour ton métier et vu à quel point tu étais précieux pour tes patients... Tu es vraiment quelqu'un de bien, murmure-t-elle en lui caressant la joue.
Julien lui prend la main et embrasse le creux de sa paume.

    –   Tu sais que je voulais juste t'impressionner ! J'amadoue mes victimes pour mieux les croquer... dit-il en lui baisant le cou.
Lisa est séduite par son humilité. Les artistes qu'elle côtoie, Marc ou certains collectionneurs, veulent à travers la création ou l'achat d'une œuvre d'art dispenser leur regard sur la société, quelques-uns pour la faire avancer. Toutefois, son impression est qu'ils désirent davantage laisser leur empreinte sur le monde que réellement le changer. Julien, lui, est un bâtisseur du réel, qui construit le futur en offrant un avenir à ceux qui pourraient en être dépourvus. C'est un homme rare et elle l'admire pour cela.
Ils montent dans un taxi et s'effondrent sur la banquette.

    –   Oberkampf, s'il vous plaît, indique Julien au chauffeur.

Lisa camoufle sa déception. Elle imaginait qu'ils resteraient ensemble. Mais Julien a raison, tous deux sont dans un piteux état. Lui, doit retourner travailler dans moins de huit heures et elle, n'a jamais été douée pour les nuits blanches. La tête posée contre l'épaule de Julien, elle regarde les rues défiler devant ses yeux. Elle adore ces premiers moments du jour où la ville sort tout juste de la nuit et commence de nouveau à prendre vie. Malgré la pluie qui s'intensifie, quelques Parisiens s'aventurent à marcher sans parapluie. Le murmure de l'eau berce Lisa et lui rappelle les soirées d'hiver de son enfance où, bien au chaud, enveloppée dans une couverture, une tasse de chocolat brûlant entre les mains, elle regardait les grosses gouttes tomber à travers la fenêtre. Des petits moments de bonheur tout simple qu'un jour, elle espère partager avec Julien. Il lui caresse tendrement les cheveux.

— Tu es arrivée... chuchote-t-il.

Lisa se redresse, s'étire comme un chat et remercie le chauffeur.

— Dors bien Docteur Gaillac, murmure-t-elle en effleurant sa bouche d'un baiser.

— Dors bien Lisa. Je t'appelle ce soir...

À peine sort-elle du taxi que la pluie se transforme en torrents d'eau. Au moment de s'apprêter à courir vers son immeuble, Lisa sent une présence derrière elle. Elle se retourne et voit Julien la fixer de ses yeux brillants comme deux perles d'eau. Son visage ruisselle de gouttelettes, sa chemise colle à son torse et ses muscles jaillissent à travers le tissu mouillé. Sans un mot, il se rapproche. Elle attend. Tendrement, doucement, amoureusement, ils laissent la pluie se déverser sur eux, le temps éternel de leur baiser.

En montant se réfugier dans son appartement, Lisa aurait juré voir Marvin Gaye descendre les escaliers. Elle laisse entrer Julien, jette un second coup d'œil dans le couloir et, avec un sourire, ferme la porte derrière elle.

Tout est pour le mieux dans le meilleur des mondes possibles.
Voltaire, *Candide*

Lisa avait prévu de dîner avec Étienne, Marie et Carla chez Momo, afin de fixer les derniers détails de son anniversaire. Mais, en voyant Julien se rhabiller après les deux dernières nuits passées en sa compagnie, elle ne résiste pas à la tentation de lui demander :

    –   Tu es libre ce soir ?

Il répond que non, pas avant Noël mais qu'il peut s'arranger et tous deux rient de bon cœur. Rendez-vous pris, elle prie pour que tout le monde s'apprécie. Marie avait toujours adoré Marc, mais Lisa savait que même si elle sortait avec le pire des schnocks, son amie s'en moquerait totalement pourvu qu'elle la voit heureuse. En revanche, avec Carla, c'était une autre histoire. Julien aurait sûrement droit à un interrogatoire en bonne et due forme avant que celle-ci ne tamponne « Approuvé par Carla » à l'encre indélébile. Alors, quand en revenant des courses, Lisa croise Jean-Philippe dans les escaliers, elle n'hésite pas à l'inviter. Carla ne l'a pas vu depuis longtemps et sa présence permettra de ne pas focaliser l'attention de la soirée uniquement sur Julien.

À huit heures, tous se retrouvent chez Momo et devant un poulet yassa arrosé de jus de bissap, les angoisses de Lisa fondent comme neige au soleil. Julien est tout de suite adopté. Étienne lui propose de jouer au squash et Carla ne cesse de murmurer à son oreille combien il est fantastique. Tout est pour le mieux dans le meilleur des mondes possibles. Même l'imminence de ses 30 ans ne l'effraie plus.

Le lendemain matin, devant le succès de la veille, Lisa est tentée d'inviter Julien au brunch de ses parents. Bon, d'accord, elle s'emballe peut-être un poil. Et alors ! Mais il la prend de cours en lui annonçant s'être engagé auprès de sa sœur à jouer au tonton.

Lisa regrette sa présence toute la journée. Il n'aurait pas pu connaître la famille Mandi sous de meilleurs auspices. Elle ne sait pas s'il s'agit des conséquences de la Foire du Trône mais rarement sa mère n'a été autant aux petits soins pour chacun. Même la nouvelle fiancée de son frère est tombée sous le charme de sa supposée future belle-mère. Si elle savait ! Mais Lisa la comprend, il règne chez les Mandi ce dimanche-là une telle joie de vivre qu'il est difficile de ne pas vouloir faire partie de la famille. Son père, qui n'a pas touché à une casserole depuis des lustres, promets même de cuisiner son plat préféré pour son brunch d'anniversaire. Oui, vraiment, tout est pour le mieux dans le meilleur des mondes...

Le Christ est mort pour nos péchés. Nous devons donc en commettre un de temps en temps. Sinon, il serait mort pour rien.
Jules Feiffer

Ces derniers temps, Carla et Lisa sont inséparables. Elles ont sauté hier en parachute alors que sans son amie, Lisa ne serait même pas montée dans l'avion. Finalement, le saut s'est très bien déroulé et les deux amies ont passé une après-midi mémorable.

Même si l'expression *loin des yeux, loin du cœur* n'a jamais fait partie de leur vocabulaire, Lisa apprécie chaque moment passé en compagnie de son amie. Durant ces trois dernières semaines, elle a eu le sentiment de retrouver la Carla de son adolescence, celle avec qui elle partageait chaque instant. Bien qu'elles aient toujours été très proches, leurs péripéties les ont encore plus soudées et sans Carla, Lisa n'aurait pas accompli la moitié de ses défis.

Marie aussi a joué un rôle non négligeable dans la réalisation de sa liste et a toujours été présente pour la soutenir à chacun de ses découragements, soit à peu près tous les jours. Bien sûr, Lisa aurait aimé que son amie participe davantage à l'aventure mais son état ne le lui a pas permis autant que souhaité. Toutefois, sans ses coups de pied aux fesses, elle serait encore assise sur sa chaise à guetter la victime de son baiser volé…

Sa liste étant aussi d'une certaine manière la leur, Lisa compte bien mettre ses deux amies à contribution dans la rédaction de la « liste des choses à faire avant 40 ans », qu'elle doit écrire avant son anniversaire. Mais, avant de se soucier de l'avenir, il faut déjà s'occuper du présent. Et aujourd'hui, c'est bien ce qu'elle compte faire !

Lisa a rendez-vous avec Carla au pied de la butte Montmartre pour son défi du jour. En attendant son amie sur les marches, la pression commence à se faire ressentir. Son anniversaire est à la fin de la semaine et bien qu'elle n'ait pas chômé, il lui reste encore de gros défis à réaliser.

Lisa s'est habillée spécialement pour le challenge d'aujourd'hui. Sa matinée a été consacrée à faire les boutiques vintage afin de dénicher la tenue idéale : jupe crayon légèrement fendue à l'arrière, col roulé noir à manche longue - moulant, mais elle n'en a pas trouvé d'autre - escarpins noirs avec le minimum légal de talons : trois centimètres, gants de satin et, cerise sur le gâteau, un magnifique bibi à voilette noire afin de conserver son anonymat. Lisa voit son amie s'approcher et fait un petit tour sur elle-même.

    — Quelle élégance ! Tu es sûre de ne pas t'être trompée de défi ? s'exclame Carla.

    — Ce n'est pas la tenue requise pour aller à l'église ? Je voulais être décente pour ma première confession !

    — Tu es parfaite ! Une vraie petite Jacky Kennedy ! ajoute Carla en lui faisant la bise.

Les deux amies échangent les dernières nouvelles, hésitent entre prendre le funiculaire ou gravir la butte à pied, puis optent finalement pour la seconde option. Depuis que Lisa a grimpé les deux étages de la Tour Eiffel, elle n'est plus à 300 marches près...

    — Pourquoi avoir choisi le Sacré-Cœur ? demande Carla en entamant la montée. Il n'y a pas d'église à Oberkampf ?

    — Autant aller se confesser dans la plus belle basilique de Paris ! J'aurais préféré Saint Pierre au Vatican mais bon, on ne peut pas tout avoir dans la vie... En plus, mon frère m'a dit qu'il connaissait personnellement le prêtre !

    — Charles ? Ah oui ? Il me surprendra tous les jours ! Et tu n'as pas honte de te confesser aujourd'hui et arpenter demain les rues de Pigalle ?

    — Pas du tout, au contraire ! Envisage la confession comme une sorte de permis à points. Tu entres à l'église sans points et en sortant, tu as récupéré tous tes points, vierge de péchés !

    — Rien que ça ? Eh bien, j'espère que le prêtre n'a prévu aucun autre rendez-vous. Avec toi, il va en avoir pour toute l'après-midi ! se moque Carla en faisant un clin d'œil.

Lisa lui donne un coup de coude et les deux amies grimpent avec entrain les marches de la butte. Un groupe de garçons d'une dizaine d'années les rattrape et les défie de les devancer. Elles échangent un regard entendu et entrent dans la course mais, au bout d'une trentaine de marches, déposent les armes sous les rires moqueurs et triomphants des enfants.

– Ah, la jeunesse ! s'exclament-elles en cœur.

Arrivée en haut de la butte, Lisa s'arrête pour reprendre son souffle. En se retournant, elle est frappée par le sublime panorama qu'offrent les hauteurs de Montmartre. La tour Montparnasse rivalise avec la Tour Eiffel et les habits rouge et bleu de Beaubourg rompent la grisaille des bâtiments parisiens. Elle aime décidément sa ville et ne la quitterait pour rien au monde.

– Ça fait une éternité que je ne suis pas venue ici. J'avais oublié à quel point j'aimais ce coin de Paris... dit Carla en admirant le panorama.

– Je pensais exactement la même chose ! La vue me fait toujours autant d'effet. C'est beau, tout de même, non ?

– Très beau, répond Carla en s'installant sur les marches.

Lisa s'assied près de son amie et s'amuse à identifier les différents monuments. Contre toute attente, Carla la Londonienne, mène de loin la bataille.

Elles décident ensuite de se balader dans les rues montmartroises en attendant l'heure des confessions, et redécouvrent ensemble ce petit bout de vieux Paris qui donne l'impression d'entrer dans une carte postale vivante. À Montmartre, le temps semble s'être arrêté et, en faisant abstraction des nombreux touristes, elles pourraient se croire dans le Paris du début du XXe siècle.

Malgré son succès, le quartier a su garder le charme et le côté village qui fait sa réputation. Lisa n'est pas dupe de cette authenticité de pacotille, mais se prête au jeu avec plaisir. L'air de la butte est spécial et l'atmosphère joyeuse. Tout le monde a l'air heureux de fouler des pieds cette terre pavée chargée d'histoire, elle y compris.

De retour sur la place du Tertre, Carla repère une place à la terrasse d'un café.

– Je vais t'attendre ici pendant que tu dévoiles tous tes petits secrets au curé, dit-elle en tirant la chaise.

– Oh, je ne vais rien lui dire que tu ne saches déjà ! répond Lisa en rajustant sa voilette. Souhaite-moi bon courage !

– Pourquoi ?

– J'ai l'impression d'aller passer le bac...

– Vraiment ? Quelle impression bizarre ! D'autant plus que tu n'es même pas catholique !

– Justement ! Je commets un péché rien qu'en entrant dans l'église !

– Jure de dire la vérité, toute la vérité, rien que la vérité !

– Je le jure !

– Allez va, jeune pécheresse ! Et regarde où tu mets les pieds, tu pourrais être touchée par la grâce ! dit Carla en pinçant ses petites poignées d'amour.

– Ah ah ah, très drôle !

Lisa vérifie sa tenue et se dirige vers le Sacré-Cœur. En entrant dans la basilique, un frisson la saisit. La fraîcheur du bâtiment contraste avec la douceur de l'air extérieur, à moins que la culpabilité commence à faire effet. Quelle idée a eu Marie de lui imposer ce défi ? Espère-t-elle qu'elle ait une illumination ? Elle en doute. Son amie sait que sa non-croyance est aussi forte et puissante que la foi de n'importe quel croyant.

Lisa se creuse un chemin parmi les nombreux touristes afin de trouver le confessionnal lorsqu'un petit garçon fonce vers ses parents et manque de la faire tomber au passage. La mère s'excuse du bout des lèvres et Lisa lui sourit poliment avant de s'asseoir, le temps de laisser s'écouler le flot de visiteurs. Son regard est rapidement attiré par un homme à la chevelure blanche et frisée assis deux rangs devant elle. Il est le seul, au milieu de cette assemblée, à prier. Elle cherche dans son visage une expression qui pourrait la mettre sur la trace de son histoire mais ne voit rien. Pas de détresse, pas de tristesse, pas d'effusion, non ; rien de passionné, ni de sérénité affichée, juste le visage d'un homme ordinaire dont la vie n'a laissé aucune autre marque que celle du temps. Lisa se demande si ce n'est pas cela le visage de la foi : quelque chose qui ne se voit pas...

En se relevant, elle demande à une charmante vieille dame où se trouve le confessionnal. La petite mamie l'observe des pieds à la tête et sourit. Toutes deux sont habillées de la même manière, à deux exceptions près : le bibi de Lisa fait place à un foulard de coton noir chez la dame et cette dernière a eu la coquetterie d'agrémenter sa toilette d'épais bas de contention.

Lisa se félicite d'avoir choisi le bon look. Elle devrait peut-être se reconvertir dans le stylisme et créer sa propre ligne de vêtements pour jeunes femmes chics et urbaines souhaitant se confesser. Elle l'appellerait... *Modess*. « *Entre mode et confesse : Modess pour les déesses ! »*... Ça pourrait faire un carton ! L'argent récolté serait, bien entendu, reversé aux bonnes œuvres de la paroisse ! J'en parlerai au prêtre pour savoir ce qu'il en pense...

La petite mamie lui prend la main et la conduit au confessionnal. Après l'avoir remerciée mille fois, Lisa prend place sur une banquette. Son tour venu, elle entre dans l'isoloir et s'assoit sur l'étroit petit banc en bois patiné qu'elle trouve un peu bas à son goût.

— Bonjour, murmure-t-elle ne sachant pas où parler.

— Bonjour, mon enfant. Que puis-je faire pour vous ?

Lisa remarque la petite ouverture grillagée et tente d'apercevoir le visage du prêtre derrière les alvéoles.

— J'ai commis les sept péchés capitaux des dizaines voir des centaines de fois. Le pire est que j'y ai éprouvé du plaisir. Pardonnez-moi, Don Patillo, je sais que c'est mal...

— Vous pouvez m'appeler *mon père*, chuchote le prêtre.

— Que j'appelle votre père ? Euh, oui, bien sûr ! Si c'est tout ce que je dois faire pour être absoute !

Il est vraiment sympa ce curé, il n'a pas l'air de voir l'intensité de mes péchés !

— Et comment s'appelle votre père, Don Patillo ? Il est dans l'église ?

— Je veux dire... vous pouvez m'appeler *mon père*.

— Au téléphone ? Vous ne préférez pas que je vous prête mon portable, Don Patillo ? propose-t-elle aimablement

Le prêtre a visiblement des problèmes de famille ! Si son père a le même caractère que ma mère, je comprends qu'il ne souhaite pas lui parler directement ! Après tout, les prêtres sont des hommes comme les autres !

— Mon enfant... chuchote le prêtre.

Lisa se rapproche des petites alvéoles pour mieux l'apercevoir.

— Oui, Don Patillo.

— Appelez-moi *mon père* pas Don Patillo !

— Ah oui, pardon...

Lisa est troublée. Que veut-il dire par là ? Il s'agit peut-être d'un message codé ? On dit souvent que les voix du seigneur sont impénétrables... Mais, oui, bien sûr ! Il veut que je communique directement avec son père mais pas son géniteur, Dieu le père !

    – Pardonnez-moi, Dieu le père, parce que j'ai péché, dit Lisa en regardant la voûte.

    – *Mon père* suffira, répond le prêtre.

    – Pardon ?

La situation devient de plus en plus obscure. Je n'aurais pas imaginé que ce soit si compliqué de se confesser, pense Lisa.

    – « Pardonnez-moi, *mon père,* parce que j'ai péché » ! s'exclame lentement le prêtre.

Lisa reste sans voix. Elle pensait que l'homme caché derrière la petite fenêtre était le prêtre mais, en fait, il s'agit d'un simple pécheur comme elle ! Elle doit éclaircir tout de suite ce malentendu, autrement ce pauvre homme lui confiera des secrets qu'elle ne pourra jamais répéter à ses copines, à cause du fameux serment d'Hippocrate...

    – Je suis désolée, Monsieur, mais je ne suis pas prêtre !

Le prêtre soupire fortement.

    – Non, mais, c'est une blague ? s'écrie-t-il.

    – Ah non, je vous assure ! Je pensais que c'était vous Don Patillo !

Le prêtre fait coulisser brusquement la petite fenêtre de bois et Lisa découvre à travers sa voilette ses beaux yeux bleus. Oh, je comprends qu'il ait commis beaucoup de péchés. Avec un tel regard, aucune femme ne doit lui résister...

    – Je suis le père Alphonse ! s'écrit-il d'une voix de baryton. Je ne m'appelle pas Don Patillo ! Et ce genre de blague, ça fait plus de 20 ans qu'on ne nous en fait plus ! Alors, je vous prie de sortir parce qu'il y a des gens qui veulent vraiment se confesser, ici !

Et le prêtre referme vivement la petite fenêtre.

Lisa sort du confessionnal la tête basse, sans comprendre. Elle prend la rue Azais et longe la basilique. Des touristes lui font de grands coucous du haut du petit train, elle les salue sans arriver à sourire. Devant l'église Saint Pierre de Montmartre, elle tombe nez à nez sur une demi-douzaine de jeunes carmélites joyeuses et chantantes. Elle leur cède le passage et surprend deux d'entre elles en train de s'échanger des macarons au chocolat sous le manteau. Lisa retrouve le sourire.

–   Alors, comment s'est passée ta confession ? demande Carla en la voyant arriver.

Lisa s'assoit et finit le panaché grenadine de son amie.

–   Je n'ai pas eu le temps de me confesser. Il m'a demandé de sortir...

–   Vraiment ? Tes péchés n'étaient pas rémissibles ? se moque Carla.

–   Il était vraiment bizarre... Au début, il a voulu appeler son père donc je lui ai proposé mon portable. Ensuite, il m'a affirmé qu'il ne s'appelait pas Don Patillo mais Père Alphonse...

Carla est prise d'un accès de rire.

–   Tu as appelé le prêtre, Don Patillo ? !

–   Ben oui ! Je pensais qu'il s'agissait de son nom !

–   Mais, qui a bien pu te raconter une chose pareille ?

–   Charles ! Souviens-toi, il m'a dit qu'il le connaissait personnellement !

Carla rit d'autant plus.

–   Sacré Charles ! Il ne t'aurait pas aussi raconté, par hasard, qu'ils ont l'habitude de manger des pâtes ensemble ?

–   Si ! Comment le sais-tu ?

–   Oh, Lisa, Lisa... Si tu n'existais pas, il faudrait t'inventer...

Lisa regarde son amie.

–   Pourquoi dis-tu ça ?

–   Pour rien, pour rien...

Pourquoi ne pas profiter immédiatement des plaisirs. Combien d'instants de bonheur ont été gâchés par trop de préparation ?
Jane Austen

Après leur ballade montmartroise, Lisa et Carla sont allées chez Marie admirer sa dernière échographie. Lisa espérait secrètement pouvoir deviner le sexe du bébé. Elle a bien su discerner la tête du reste du corps mais sa science s'est arrêtée là.
Les filles ont ensuite débouché une bouteille et tenté de saouler Marie afin de lui faire avouer l'identité de la marraine. Malheureusement, même après plusieurs coupes, le Champomy n'a pas eu l'effet escompté.

Le lendemain de sa confession, Lisa se réveille dans les bras de Julien avec les anciennes paroles de Carla en tête : *un jour, un défi*. Pourquoi ne l'a-t-elle pas écoutée ? Dans trois jours, c'est son anniversaire et il lui reste plus de défis à réaliser que de jours…Comment va-t-elle faire maintenant ? Un accès de panique la saisit puis, en regardant Julien endormi, elle se met à relativiser. Après tout, l'important n'est pas de gagner mais de participer ! Encore résolue à gagner la course aux défis, elle cachera tout de même ce nouvel esprit sportif à ses amies. Il s'agit juste d'une petite garantie au cas où... Le tirage du Loto de ce soir - son avant-dernière chance de décrocher la super cagnotte - contredira peut-être le dicton de Pierre de Coubertin. Son cœur frémit d'avance à l'idée de remporter tant de millions. Si elle gagne, sa première résolution sera d'écrire une liste des choses à faire avec ses gains. Elle s'achètera peut-être un appartement ou dévalisera les boutiques du Faubourg Saint-Honoré ou créera avec l'intégralité de sa cagnotte une association caritative afin de promouvoir l'accès à l'art dans les pays les plus défavorisés... Il faudrait qu'elle y réfléchisse sérieusement, et sobre, cette fois-ci !

En quittant Julien, Lisa part réaliser le défi le plus coquin de sa liste : le numéro 30. Elle sait déjà où se diriger. Pigalle est le quartier idéal. C'est l'endroit le plus chaud de la capitale et, en effet, derrière les néons multicolores foisonnent peep-show, vieux cinémas pour adultes et sex-shops. Pourtant, même en plein après-midi, le quartier du sexe est loin d'être sexy.

Lisa arpente le boulevard de Clichy et attire malgré elle l'attention de plusieurs promeneurs venus comme elle chercher quelques plaisirs défendus. Son choix se porte sur une boutique à la devanture particulièrement libertine. La seule chose à faire maintenant est de franchir le rideau rouge et un monde de délices insoupçonnés s'ouvrira à elle... Pour se donner un peu de courage et coller à l'ambiance, Lisa sort une cigarette de son sac. Elle ne fume généralement qu'après l'amour mais considère cette petite infraction comme un préliminaire à ses prochaines félicités. Au moment d'allumer sa cigarette, trois hommes surgissant de nulle part se précipitent vers elle pour lui offrir du feu. Un peu surprise, elle les remercie mais décide d'utiliser son propre briquet. Les trois individus restent plantés devant elle et l'un d'eux la dévisage d'un air concupiscent. Choquée, Lisa se tourne vers les deux autres afin qu'ils réagissent, mais reçoit en retour des mimiques encore plus suggestives. Elle jette alors brutalement sa cigarette, rentre dans le sex-shop où elle est accueillie par une prompte mais perceptible main aux fesses. Bon, d'accord, les bas résilles n'étaient peut-être pas la plus brillante des idées mais il ne faut tout de même pas exagérer ! Elle s'enfuit de la boutique, désormais décidée à acheter son sex-toy rue Saint-Denis. Au moins, là-bas, l'ambiance sera plus gaie !

En se dirigeant vers le métro, une jolie jeune femme en tailleur cintrée l'interpelle :

    –   Mademoiselle !

Lisa fronce les sourcils, méfiante.

    –   Je vous observe depuis un petit moment, je pense pouvoir vous aider…

Lisa la regarde attentivement. Elle n'a ni l'allure d'une péripatéticienne, ni d'une proxénète, mais les apparences peuvent parfois être trompeuses.

    –   Je travaille dans une boutique qui vend des jouets... un peu coquins, juste pour nous les filles. Je me disais que c'était peut-être ce que vous cherchiez.

    –   Oui ! Tout à fait ! Comment l'avez-vous deviné ?

— Oh, juste une question d'habitude... Notre adresse vous plaira. Elle est très bien située et interdite aux hommes, dit la jeune femme en lui tendant une carte de visite rose bonbon parfumée à la fraise tagada.

Lors d'un séjour à Londres, Carla lui avait parlé d'une chaîne de magasins de lingerie qui vendait des sex-toys féminins au sous-sol. Ils étaient aussi répandus que les Starbucks et avaient beaucoup de succès. Elle ne se doutait pas que ce genre de boutique existait aussi à Paris. Lisa lit la carte et découvre que le Gourmandise Shop se trouve non loin de chez Carla. Elle n'hésite pas un instant, compose le numéro de son amie et lui propose de l'accompagner. Sans trop de surprise, Carla saute sur l'occasion.

Au Gourmandise Shop la vie de Lisa bascule. Enfin, la vie telle qu'elle la connaissait auparavant. Celle où la petite souris se faufile sous l'oreiller et y glisse une trébuchante pièce de cinq francs. Celle où le Père Noël passe par la cheminée ou fait un régime express en cas de radiateur, celle où les trousseaux de clés et les stylos font exprès de se cacher juste pour l'embêter et où les chaussettes ont mystérieusement tendance à se retrouver célibataires même après être entrées en couple dans la machine à laver. (Sur ce point, Lisa a toujours pensé qu'elles ont une nette tendance à l'infidélité ; plusieurs fois, elle a surpris des mi-bas rayés batifoler avec des socquettes à poids !). Enfin, un monde où les petits garçons naissent dans les choux et les petites filles dans les roses.

La raison de cette chute brutale est là, posée sur une étagère : des dizaines de petits canards aux joyeuses couleurs de l'arc-en-ciel. Elle a d'abord trouvé un peu déplacé de mettre des jouets pour enfants dans une boutique pour adulte, puis a pensé aux mamans pressées qui peuvent faire d'une pierre deux coups.

— Que penses-tu de celui-ci ? demande Carla en lui présentant un coquet petit canard rose paré d'un boa et d'un petit diamant sur le bec. Il est tout mignon et ferait joli dans ta salle de bain.

— Je ne veux pas faire ma bigote, mais tu ne trouves pas bizarre qu'il y ait ce genre de jouets dans un sex-shop ? chuchote Lisa afin de ne pas se faire entendre des vendeuses.

–   Ben non. Que veux-tu qu'ils vendent d'autres ? C'est leur job !

–   Oui, mais ce canard n'est pas un sex-toy...

–   Bien sûr que si ! Ils ont tourné le jouet phare de notre enfance en vibromasseur. Ça marche du tonnerre à Londres ! Regarde...

Carla enclenche le bouton et immédiatement les poils de Lisa se hérissent au doux son du vrombissement qui lui rappelle un moment… très particulier. Si c'est un vibromasseur, elle comprend mieux pourquoi son canard ne pouvait pas nager…

–   On l'achète ou tu veux voir autre chose ? demande Carla en saisissant une paire de gros dés roses.

Elle lance le jeu et *chatouiller/nombril* s'affiche sur les faces respectives des deux dés. En les jetant à nouveau s'ensuit *caresser/fesses*. Carla hausse un sourcil, intriguée, et les relance : *embrasser/seins*. Elle prend les dés, en lit toutes les faces et attrape une boîte neuve du haut de l'étagère.

–   En fait, Carla, je l'ai déjà réalisé ce défi...

–   Ah oui ? Tu ne dis pas ça pour te dérober ? demande cette dernière en parcourant avec intérêt les rayons de la boutique.

–   Le canard… J'ai le même en jaune, murmure Lisa un peu honteuse.

–   Mais, tu ne savais même pas que c'était un sex-toy !

–   Justement, j'ai cru qu'il s'agissait d'un banal jouet de bain ! Et puis, j'étais dans ma baignoire, le canard s'est approché de moi et puis… et puis... C'est une longue histoire !

Carla détourne les yeux de la couverture d'une BD érotique et fixe Lisa avec un petit sourire.

–   Je vois… Le caneton a fait le coq et tu t'es laissée séduire comme une bécasse. Ah, le vilain petit canard ! J'ai un lapin à la maison qui me fait le même coup à chaque fois ! Et, alors, tu l'as trouvé où cet oiseau-là ? Sur Internet ?

–   C'est Josiane qui me l'a offert. Je croyais qu'il s'agissait d'un jouet pour enfant ! Je ne vois vraiment pas pourquoi elle m'aurait donné un sex-toy. Elle a dû faire une erreur en l'achetant...

–   Qui est cette Josiane ?

    –   Tu sais, l'amie de ma mère que j'ai rencontrée lors de l'après-midi Botox qu'elles ont essayé de camoufler en réunion Tupperware...

Carla prend une cravache rose et fait mine de fouetter l'air.

    –   Hum, hum... Réunion Tupperware, tu dis...

Elle teste de nouveau la souplesse du fouet et prend une paire de menottes en fausse fourrure rose.

    –   Je me demande pourquoi tout est rose dans cette boutique...

    –   Parce que c'est pour les filles ! répond Lisa en regardant la composition d'un baume de massage au chocolat.

    –   Dans les sex-shops de Pigalle, tout était bleu ? Lisa, as-tu réellement vu ces Tupperware ?

    –   Je te dis qu'il s'agissait d'une couverture pour le Botox ! Je pense que par coquetterie, ma mère ne voulait pas que je le sache. Alors, qu'entre nous, ça m'est complètement égal !

    –   Tu as vu le Botox ?

Lisa regarde son amie. Elle porte un masque en plume rose qui lui couvre entièrement les yeux, des menottes accrochées à une main et dans l'autre, la cravache. Elle ressemble à Catwoman au pays de Candy.

    –   Je vois que tu t'amuses bien ! Ça te donne des idées ?

    –   Oui, oui. Je partirais bien avec une ou deux petites choses... dit Carla nonchalamment. Concernant ta mère, ma petite Lisa, je crois qu'elle n'organisait ni de réunion Tupperware ni d'après-midi Botox...

    –   Ah non ? Tu crois que c'était quoi, alors ?

Carla saisit à deux mains un énorme cactus vert pastel et active la puissance maximale.

    –   Je crois que c'était... une sex-toys party !

À ces mots, les yeux de Lisa suivent en rythme la valse incessante du phallus en plastique, sans qu'elle puisse en détacher le regard. Ses picots apparaissent de plus en plus grands, sa rotation de plus en plus rapide, son va-et-vient de plus en plus vigoureux. Le vrombissement du cactus géant laisse place dans sa tête aux violons stridents du film *Psychose*. Elle se cache les oreilles pour cesser de voir, d'imaginer...

    –   Noooooooooooooooooooooooon...

Oui, à cet instant-là, Lisa quitte définitivement le monde des Bisounours.

À 30 ans, une femme doit choisir entre son derrière et son visage.
Coco Chanel

J-1 ! Comment le temps a-t-il pu passer si vite ?
Hier, Lisa n'a pas eu le temps de réaliser un seul défi ! Mine de rien, bien qu'elle ait tenu son administration à jour, beaucoup de retard s'est accumulé à la galerie. Sa réouverture aura lieu dans deux semaines et il lui reste beaucoup de choses à faire avant que tout soit prêt.
Toute la journée et toute la nuit ont été passées à organiser les préparatifs, rassurer les artistes, lancer les invitations, éplucher les CV pour trouver une nouvelle stagiaire pouvant commencer la semaine prochaine…
La semaine prochaine...
La semaine prochaine, elle aura pleinement 30 ans. Fini les défis, Carla retournera à Londres, les travaux seront terminés et sa vie recommencera comme avant.
Lisa est tout d'un coup prise de nostalgie. Ce même sentiment la saisit à la fin des vacances, lorsque l'esprit encore dans l'eau, elle aperçoit les vitrines parisiennes s'habiller des couleurs de l'automne. Les matins, les lundis, les débuts d'année, les rentrées, ces nouveaux départs qui suivent la fin d'une période provoquent en elle une excitation mêlée d'angoisse. Ils annoncent un nouveau chapitre de sa vie où chaque page attend d'être écrite...
Finalement, non, sa vie ne recommencera pas tout à fait comme avant. Ces dernières semaines ont été riches en bouleversements. Elle a rencontré Julien, qui la rend chaque jour un peu plus heureuse et surtout, est enfin devenue la femme qu'elle souhaitait être. Maintenant, pour être entièrement satisfaite, il ne lui reste qu'à accomplir les cinq derniers défis de sa liste et cela en un temps record ! De toute façon, pas question de dormir cette nuit ! L'un de ses derniers défis consiste à passer deux nuits blanches d'affilée et justement entre la galerie, les défis et les préparatifs de son anniversaire, elle n'a pas assez de 24 heures dans une journée !
Sa première action du jour sera de poser nue. Encore faut-il trouver un artiste disponible ! Pourquoi n'a-t-elle pas réalisé ce

défi il y a un mois ? Son carnet d'adresse a beau être bien fourni, question temps, elle s'y prend vraiment à la dernière minute ! Pourtant, les occasions au début de sa carrière n'avaient pas manqué ! Beaucoup de ses propres artistes lui avaient demandé de poser mais elle avait toujours refusé, pensant perdre en crédibilité. Elle sait maintenant qu'il n'en aurait rien été.

D'autant que la nudité ne lui pose aucun problème. Elle pourrait même faire ses courses dans un supermarché naturiste, se balader dans les rayons en tenue d'Ève, choisir des jolies prunes bien croquantes...

> – Ah pardon, Monsieur, j'ai cru que...

Lisa secoue la tête pour chasser cette vision de son esprit. En vérité, elle souhaiterait être peinte par une seule personne. Il est le seul artiste qu'elle connaisse capable de rendre palpable la courbe d'un sein, vivant le velouté d'une peau, capable de capter, derrière la chair, l'intimité de l'âme. Il est le seul artiste qui n'a jamais voulu d'elle comme modèle tant, il fut un temps, il l'aimait et la désirait. Il est le seul artiste, par son regard, à l'avoir rendue plus belle qu'une de ses toiles. Mais, il est hors de question de reparler à Marc !

Depuis leur rencontre fortuite à Palais-Royal, il y a près de deux semaines, Lisa ne l'a pas revu. Il a bien tenté de l'appeler, l'a inondé de fleurs et est passé, selon Jean-Philippe, plusieurs fois chez elle, sans jamais réussir à la rencontrer. Connaissant Marc, il ne s'agit pas d'actes manqués mais d'une volonté de manifester sa présence sans interférer dans sa vie. Tel le loup, il attend, pensant qu'une fois qu'elle aura fini de jouer, elle retournera vers lui. Mais son attente sera longue, Lisa ne reviendra pas.

Sans autres solutions, elle pourrait lui demander de la peindre. Ce qui la retient est de ne pas trahir la confiance de Julien. Et ça, jamais elle ne se le pardonnerait.

Pour Julien, son ex est un sujet tabou. Après leur seconde nuit d'amour, il lui a demandé s'ils se revoyaient toujours et Lisa a dit la vérité : Marc ne faisait plus partie de sa vie. Mais deux ou trois fois, celui-ci l'a appelée lorsqu'elle était avec Julien ; elle n'a bien sûr pas décroché mais a su, au regard livide de Julien, qu'il se doutait de l'auteur de l'appel.

Lisa se dirige vers la cuisine afin de se préparer un chocolat chaud à l'ancienne. Depuis que Madame Pennault lui a transmis le secret de son arrière-grand-mère, il y a quelques jours, elle ne jure que par cette nouvelle recette.

Elle s'assoit sur le canapé, sirote une gorgée et, résolue à trouver un artiste libre cette après-midi, ouvre son carnet d'adresses à la lettre A. Arrivée à Z, elle repose son téléphone, désespérée. Personne n'est disponible avant la semaine prochaine ! Mais demain sera déjà trop tard, elle aura 30 ans !

Il faut trouver une solution ! Le défi ne précise pas qu'il doit absolument s'agir d'une peinture. Elle peut poser pour un photographe ! Jean-Philippe a beaucoup de talent - et de temps libre - il acceptera sans hésiter de lui rendre ce service !

Lisa fait les cent pas, indécise. Oui, mais elle veut une toile ! Elle veut voir les derniers instants de sa vingtaine s'évaporer dans la matière d'une huile, d'une acrylique, à la rigueur d'une aquarelle ou d'un fusain. Elle veut une pièce qu'elle pourra léguer à ses enfants, qu'ils légueront à leurs enfants qui la légueront à leurs enfants...

Poser nu la veille de ses 30 ans pourrait devenir une tradition familiale chez les Mandi-Gaillac ! (Ce nom est pris uniquement à titre d'exemple, bien sûr !). Et si elle veut débuter cette tradition, il ne lui reste qu'une seule option : téléphoner à Mariama, qui donne des cours de dessin dans le 15ème, et lui demander de servir de modèle à sa classe d'amateurs. Ok, ce ne sera pas du grand art mais bon, on fait comme on peut !

Après avoir appelé son amie, Lisa repose le combiné, ravie. Elle est attendue à 17 heures pour le cours des confirmés. Il est près de 11 heures, donc avant minuit, il lui reste plus de 13 heures pour :

- — S'entraîner à siffler avec les doigts,
- — Faire une chose complètement folle,
- — Écrire la liste des choses à faire avant 40 ans,
- — Et finir *La recherche du temps perdu*.

C'est tout à fait jouable !

L'amour est l'histoire de la vie des femmes, c'est un épisode dans la vie des hommes.
Madame de Staël

Lisa saute dans le bus en direction du Jardin des Plantes. Le temps est magnifique, elle pourra écrire sa liste et finir son roman en profitant du soleil. En chemin, elle passera prendre un thé à la mosquée et lézardera quelques instants au milieu des figuiers en dégustant une corne de gazelle. Ravie de son programme, elle sourit et chantonne à tue-tête.

Après sa petite halte gourmande, Lisa cherche l'endroit parfait pour s'installer lorsqu'elle aperçoit dans les allées du jardin une silhouette familière. Tiens, Carla ! Mais, que fait-elle ici ? Sur le point de l'interpeller, elle se retient quand un homme au crâne rasé rejoint son amie, deux glaces à l'italienne à la main. Fraise-Pistache ! Eh bien, quel laisser-aller ! songe Lisa en croquant sa deuxième corne de gazelle prise à emporter. Son nez frétille. Quelque chose ne tourne pas rond. Soit on a le flair de la panthère rose, soit on ne l'a pas et Lisa, elle ne peut rien y faire, est née avec ! Qui est cet homme près de Carla ? Elle n'arrive pas très bien à le voir mais il ne s'agit vraisemblablement pas d'Hubert ! Son mystérieux compagnon lui murmure des mots à l'oreille et Carla rit aux éclats. Hum, ils ont l'air très complices... Lisa, soudain, réalise que son amie lui a dit passer l'après-midi chez le coiffeur. Pourquoi lui aurait-elle menti ? Elle écarquille les yeux. Non ! Ce n'est pas possible... Carla aurait un amant ? Elle tromperait Hubert ?

Lisa est mortifiée. En y repensant, les signes étaient perceptibles ! Carla n'a pas vu son mari depuis plusieurs semaines et ne s'en est jamais plainte, même après qu'il ait annulé son voyage à Paris la semaine passée. Bien que la sachant de nature indépendante, Lisa a été un peu surprise qu'Hubert ne lui manque pas davantage.

Pourtant, aux dernières nouvelles, tout allait bien dans leur couple ! Jamais son amie n'a insinué le contraire. Carla a toujours été très pudique, c'est vrai. Lisa aurait probablement dû creuser davantage, être plus attentive. Il est difficile de confesser l'échec d'une relation, même à sa meilleure amie. Elle s'en veut de ne pas avoir été présente pour Carla alors que celle-ci l'a toujours été pour elle. Ces dernières semaines ont été tellement centrées sur ses défis et l'arrivée de ses 30 ans qu'elle a manqué à tous ses devoirs. Mais Carla sait qu'elle peut tout me dire... Je l'aurais écoutée !

Lisa repense aux deux énormes sacs avec lesquels Carla est ressortie du Gourmandises shop. Elle aurait dû avoir la puce à l'oreille à cet instant ! Les jouets coquins sont pour son amant ! Comment ai-je pu être si aveugle ?

Elle suit le couple du regard et se cache derrière la rangée de platanes pour les observer à loisir. Elle peut lui accorder au moins une chose, Carla a bien choisi son amant ! Il semble jeune - après avoir passé plus d'une décennie avec un mari beaucoup plus âgé, il est normal qu'elle ait envie d'un garçon de son âge - et plutôt grand.

Mais, Hubert est l'homme de sa vie ! Leur couple est aussi mythique que Lauren et Humphrey. Et Carla lui a encore récemment affirmé avoir le Look à chacun de ses regards... Il ne peut s'agir d'une simple aventure, Carla a toujours cru à la fidélité conjugale. Elle est sûrement tombée amoureuse…

Lisa s'approche discrètement du couple afin de mieux distinguer l'amant de son amie. Il a l'air assez bien bâti et a plutôt bonne allure. Il est vêtu d'une chemise bleue comparable à celle que Julien portait lors de leur première rencontre. Sa chevelure est très courte, presque rasée. À y regarder de plus près, excepté la coupe de cheveux, il ressemble trait pour trait à son homme ! Lisa reste bouche bée. Mais, c'est Julien ! Que fait-il avec Carla, dans un parc, à rire et à manger des glaces ? Il était censé travailler toute la journée !

Lisa leur jette un nouveau regard. Mon dieu, ce n'est pas possible ! Une pointe transperce son cœur. Son souffle se fait court. Elle ne voit plus rien, n'entend plus rien. Ses oreilles bourdonnent. Elle s'appuie contre le tronc d'un arbre pour combattre le vertige qui la saisit. La souffrance est telle qu'elle ne semble pas réelle. Tout cela n'est qu'un horrible cauchemar. Je vais me réveiller. Lisa éclate d'un rire hystérique avant de s'effondrer en larme au pied du platane.

Elle reste un long moment appuyée contre l'arbre sans trouver la force de se relever. Elle aurait dû aller les confronter, leur cracher leurs quatre vérités. Comment peuvent-ils lui faire une chose pareille. Comment ? Carla, sa meilleure amie, qu'elle connaît depuis la maternelle, sa sœur ! Comment ? Et Julien... Elle ne s'était jamais sentie aussi bien avec quelqu'un. Elle l'aimait tant... s'avoue-t-elle pour la première fois. Elle aurait dû se douter qu'il n'était pas, lui aussi, l'homme qu'elle pensait. Comment a-t-elle pu être si dupe ? Comment a-t-elle pu croire qu'elle avait également le droit au bonheur ? Elle a tout perdu. Tout.

Si tu veux que quelqu'un n'existe plus, cesse de le regarder.

Proverbe arabe

Lisa erre à travers les rues agitées de la ville, d'Austerlitz à la gare de Lyon, de la gare de Lyon jusqu'à République, sans savoir où ses jambes la portent. De toute façon, cela n'a pas d'importance, plus rien n'a d'importance, désormais.

Elle ne sent plus son corps. Elle ne voit pas les lanières de ses sandales lui cisailler la peau. Elle n'éprouve plus rien. Ses pensées se réduisent à mettre un pied devant l'autre et à marcher le plus loin possible, pour se vider la tête, pour oublier ce qu'elle a vu, pour conjurer la trahison.

Il y a encore quelques heures, le monde s'offrait à elle et maintenant elle n'avait plus personne vers qui se tourner. Ses amies ? L'une d'elles était responsable de son malheur. Comment faire confiance, à qui faire confiance quand on découvre que l'homme que l'on aime vous trompe avec votre meilleure amie ?

Elle grelotte de froid. Même la chaleur du soleil n'arrive pas à réchauffer son cœur. Elle n'a plus goût à rien.

Ses pas la mènent dans le quartier du Marais. Elle prend la rue des Rosiers pour rejoindre le Clos des Blancs-Manteaux, tourne à droite, contourne l'allée du Beauséjour et tombe sur la rue François-Auguste-Perrinon. Elle a fait ce trajet tellement de fois qu'elle n'y réfléchit même plus.

— Lisa ! s'écrie Jean-Philippe du coin de la rue en bondissant vers elle. Tu es sourde ? Ça fait cinq minutes que je te cours après...

— Oh, Salut...

— Eh bien, ma chérie, tu as une sale mine ! Tout va bien ?

— Oui, ça va.

— Tu es sûre ? Tu n'as pas l'air. Viens, on va prendre un café. J'ai une demi-heure avant mon shooting et je n'en peux déjà plus de voir ces modèles de catalogue se prendre pour Naomi Campbell...

— Tu fais un shooting dans le quartier ?

– Oui, dans un entrepôt désaffecté rue Vérone. Le directeur artistique veut une atmosphère apocalyptique, ambiance « la fin du monde approche, les gens vivent dans le chaos le plus total sans espoir de revoir un jour la lumière ». Enfin, tu vois le genre ! Et tout ça pour vendre des maillots de bain ! Ridicule ! Mais, que veux-tu ? Il faut bien payer son loyer...

Lisa et Jean-Philippe s'avancent en silence vers le café à l'angle de la rue et s'assoient près de la baie vitrée. Lisa commande un chocolat chaud, sans y toucher. Elle regarde dans le vide, la tête ailleurs. Jean-Philippe l'observe sans dire un mot.

– Je n'aurais pas imaginé... J'étais contente qu'ils s'entendent bien. Tu sais, c'est important pour moi que les gens que j'aime s'apprécient. Carla n'a jamais raffolé de Marc. Elle ne me l'a jamais dit, mais je le sentais. Ça me faisait de la peine mais on ne peut pas forcer les gens à s'aimer, n'est-ce pas ?

Jean-Philippe lui lance un regard encourageant. Elle poursuit :

– Je n'ai rien vu venir... Comment j'aurais pu imaginer ?
– Que veux-tu dire ?
– Carla et Julien ont une liaison !

Jean-Philippe en renverse son cappuccino et tente maladroitement d'éponger la table avec une serviette en papier.

– Tu me fais marcher ?

Lisa secoue la tête.

– Pourquoi penses-tu une chose pareille ? Si c'est parce qu'ils se sont bien entendu chez Momo, rassure-toi, tout le monde a adoré ton nouveau copain. Carla est ton amie. Et, Julien... Crois-moi, je n'ai jamais rencontré un homme regarder quelqu'un avec autant d'amour. Il t'aime, c'est flagrant ! J'en étais presque jaloux...

– Je les ai surpris tous les deux aux Jardins des Plantes.
– Et qu'as-tu vu exactement ?
– Je ne sais plus... Ils m'ont menti sur où ils étaient, Jean-Philippe ! L'un comme l'autre !
– Tu les as vus s'enlacer ?
– Non...
– S'embrasser ?
– Ils ne pouvaient pas. Ils mangeaient une glace, mais je suis sûre qu'ils l'auraient fait après…

    – Lisa, tu n'as rien vu ! Deux personnes dégustant une glace ensemble ne sont pas pour autant des amants !

    – Mais moi, je le sais, je le sens ! Tu as déjà entendu parler de l'instinct féminin ? Je n'attends pas de toi que tu comprennes... annonce Lisa en se levant.

    – Attends, je pense que tu devrais leur parler afin de savoir de quoi il retourne exactement. Ce n'est sûrement pas ce que tu imagines !

Lisa le regarde sans expression et s'avance vers la sortie du café.

    – Lisa, si tu es ici, je ne crois pas que ce soit par hasard. Ne va pas le voir ! Fais attention à ce que tu t'apprêtes à faire, tu pourrais le regretter...

Elle ignore les paroles de Jean-Philippe, passe la porte et se dirige vers l'atelier de Marc.

Ne pas choisir c'est encore choisir.
Jean-Paul Sartre

Lisa sort de la douche, la chevelure ruisselante. Elle se sent mieux. Marc a été fantastique et une bonne partie de ses tensions se sont évaporées. Elle enfile son mini-kimono de soie aux imprimés japonais et quitte la salle de bain en essuyant ses cheveux.

    –   Marc, je ne trouve pas le lait hydratant. Tu sais où…

Elle interrompt brusquement sa phrase et, de surprise, laisse tomber sa serviette : quatre paires d'yeux la scrutent de haut en bas. Machinalement, elle tente de baisser son kimono trop court pour cacher son anatomie.

    –   Mais... que faites-vous tous ici ?

L'atmosphère est électrique. Ses poils se hérissent. Carla la regarde avec une fureur qu'elle ne lui a jamais vue. Marie a les paupières gonflées, sans doute d'avoir trop pleuré. Lisa tente d'intercepter le regard de Julien mais celui-ci a les yeux rivés sur Marc. Carla se dirige vers elle, tremblante de colère. Lisa est prise d'un mouvement de recul.

    –   Carla…

Elle est interrompue par une énorme gifle.

    –   Petite idiote !

Carla prend sa pochette à deux mains et la frappe violemment.

    –   Petite idiote, petite idiote ! Comment as-tu pu ?

Marie essaie de s'interposer.

    –   Carla, calme-toi !

C'est vrai comment, elle, Lisa, avait-elle pu ? songe-t-elle en recevant les coups sans réagir. Elle regarde avec tristesse Julien les yeux toujours tournés vers Marc.

    –   Julien… murmure-t-elle.

    –   Et si on discutait calmement de tout ça ? dit Marc avec un sourire nonchalant.

Torse nu, il s'avance vers le frigo américain style année 60 trônant en plein milieu de l'atelier.

    –   Bières pour tout le monde ?

À ces mots, Julien bondit sur lui et lui assène un crochet du gauche. Marc, surpris, évite le coup de justesse et réplique par un direct du droit dans le ventre. Julien encaisse le choc et tente d'immobiliser Marc en lui tordant l'avant-bras mais celui-ci pivote et contre son adversaire. Carla et Marie regardent la scène, captivées. Marie, s'imaginant dans un jeu Wii, mime le combat avec ses mains : crochet du gauche, direct du droit, uppercut... Lisa observe la scène horrifiée et tente de s'interposer, mais elle est retenue par Carla.

— Toi, tu as déjà fait assez de dégâts comme ça. Tu ne bouges pas !

Julien atteint Marc au visage et enchaîne avec un deuxième coup droit. Un peu de sang coule de la lèvre de Marc mais il reprend vite son équilibre et lance un puissant uppercut. Julien est projeté au sol. Lisa réessaie de s'approcher des deux hommes mais est une nouvelle fois arrêtée par Carla. Julien, toujours au sol, déséquilibre Marc en lui faisant une balayette. Celui-ci se retrouve à son tour à terre.

— Allez, Julien met lui une bonne raclée !

Carla semble apprécier le spectacle tandis que Lisa, impuissante, des larmes coulant le long de son visage, observe ce qu'elle a provoqué.

Les deux hommes essaient de prendre l'avantage l'un sur l'autre. Julien assène un coup de coude à Marc tandis que celui-ci tente de se relever. Le combat semble sans issue. Tous deux se battent avec la même rage et intensité. Marc enchaîne coups de poing sur coups de poing sur le torse de Julien. Ce dernier réussit à saisir le bras de son adversaire et le projette quelques mètres plus loin. Les deux hommes se relèvent en sueur. Le sang des lèvres de Marc coule le long de son torse tandis qu'une des paupières de Julien peine à rester ouverte. La respiration haletante, les deux hommes s'élancent à nouveau l'un vers l'autre…

— Assez ! Assez ! crie Lisa en leur jetant le premier objet qu'elle trouve à portée de main.

Horrifiée, elle se rend compte de ce qu'elle a lancé, mais il est trop tard pour revenir en arrière. Le petit écrin Tiffany tombe entre les deux hommes et s'ouvre au contact du sol pour dévoiler un magnifique solitaire. Marc et Julien suspendent leur joute et tournent le regard vers le bijou. Marie et Carla se dévisagent, confuses.

— Lisa, Marc t'a demandée... ? bredouille cette dernière.

    – Assez ! dit Lisa plus fébrilement. Je n'en peux plus !

Elle croise les yeux de Julien qui la regarde, totalement décontenancé.

    – Marc n'a rien fait. Tout est de ma faute !

Julien s'agenouille pour ramasser la bague de Marc tandis que celui-ci fait un geste vers Lisa. Elle murmure du bout des lèvres qu'elle est désolée et s'enfuit de l'atelier pieds-nus et en kimono.

Pourquoi suis-je sortie dans cette tenue ? réalise-t-elle une fois dans la rue. Elle ne peut clairement pas remonter se changer ! Par chance, un taxi passe devant elle.

    – Taxi !

La voiture ne s'arrête pas. Elle met les doigts sous sa langue et siffle de toutes ses forces. À sa plus grande surprise, un énorme sifflement jaillit de sa bouche. La berline s'arrête et recule pour se mettre à son niveau.

Lisa ferme la portière quand elle aperçoit Marie, essoufflée, s'élancer vers le taxi.

La vérité de demain se nourrit de l'erreur d'hier.
Antoine de Saint-Exupéry

– … Puis vous êtes arrivés et tu connais la suite. Voilà, je t'ai raconté toute l'histoire, conclut Lisa en s'enfonçant dans son canapé.
Marie hoche la tête.
– Hum hum.
Elle avale une gorgée de jus de cerises et fixe le fond de son verre, l'air gêné.
– Je dois t'avouer quelque chose...
Lisa la regarde attentivement.
– Je savais que Marc allait te demander en mariage.
– Comment ça ?
– Il m'en avait parlé.
– Pourquoi tu ne m'en as rien dit ?
– Une, ce n'est pas à moi de te l'annoncer et deux, tu étais tellement paumée, que ça ne t'aurait pas aidé à sortir de ta confusion. En fait, j'étais persuadée que vous vous remettriez ensemble. Jusqu'à ce que je te voie chez Tatiana... J'ai compris à ce moment-là que tu étais tombée amoureuse de Julien.
Marie pose sa main sur le bras de Lisa.
– Si tu veux récupérer ton homme, il faut lui dire toute la vérité !
– Il ne me croira pas ! J'ai tout gâché. J'ai mérité chacune des baffes de Carla.
– Oui, c'est certain. Je pense même qu'elle ne t'en a pas fichu assez.
– Marie...
– Non, mais c'est vrai ! Comment as-tu pu imaginer que Julien te trompait avec Carla ? Ton esprit a tendance à divaguer, mais là on a gagné le pompon !
– Je sais, je sais... Mais si Jean-Philippe n'avait pas ouvert sa grande bouche, personne n'en aurait rien su !
– Mais, toi, quand tu es allée chez Marc, tu…
– Jamais ! Je t'assure y être allée uniquement pour mon défi. Lorsque je lui ai demandé de me peindre, il a d'abord refusé, criant que je ne me rendais pas compte de ce que ça impliquait, que c'était hors de question, qu'il m'aimait... Puis,

je lui ai dit aimer sincèrement Julien et il s'est effondré. Il m'a dit qu'il accepterait de me peindre à une condition. Et là, il s'est agenouillé et m'a demandé en mariage. J'étais sous le choc ! Sur le coup, je n'ai pas su quoi lui répondre... Marie, notre histoire a été un immense gâchis ! Si je n'avais pas rencontré Julien, peut-être que je me serais remise avec Marc... On ne le saura jamais. Mais sa demande n'a fait que confirmer ce que je savais déjà : je suis vraiment amoureuse de Julien et, désormais, il n'y a que lui qui compte.

Marie finit son jus de cerises.

– Et tu l'as dit à Julien ?

Lisa reste silencieuse un instant et réajuste son kimono.

– On n'a jamais vraiment parlé de ce que l'on ressentait l'un pour l'autre. Et maintenant, il est trop tard pour le lui dire. Tous les signes sont contre moi. J'étais à moitié nue à l'atelier, Marc est mon ex... Forcément, il a cru que l'on avait couché ensemble.

– On l'a tous cru ! Même moi je doute encore.

– Marie...

– Je plaisante, Lisa ! Moi, contrairement à certaines, je fais confiance à mes amies !

– Et pour Carla ?

– Alors là, tu es mal barrée ! Tu sais qu'ils sont venus me chercher jusqu'à la maison ! Elle m'a dit que si je ne venais pas, elle t'arracherait les yeux !

– Je veux bien te croire. Je ne l'ai jamais vue dans un état pareil.

– Tu l'as vraiment blessée, Lisa. Et tu m'as blessée aussi. Tu aurais dû m'appeler. Je t'aurais expliqué qu'ils choisissaient ensemble ton cadeau d'anniversaire et rien de tout cela ne serait arrivé.

– Je sais, Marie. Marc a aussi pensé qu'ils me préparaient une surprise quand je lui en ai parlé. Je ne comprends pas ce qui m'a prise...

Elle se tait un instant.

– As-tu déjà été tellement heureuse, qu'au fond de toi, tu es convaincue que cela ne va pas durer, que quelque chose de terrible va se passer. Et inconsciemment ou non, tu fais tout pour que cela arrive ?

Marie fixe son amie avec un regard plein de tendresse.

– C'est pas facile le bonheur, hein ?

– Si tu savais à quel point je m'en veux. Si j'avais une machine à remonter le temps… Marie prend Lisa dans ses bras.

– Ne t'inquiète pas. Tout va bien se passer. Rien n'est désespéré, tu peux encore changer les choses.

Le bonheur ne vient pas à ceux qui l'attendent assis.
Baden-Powell

Lisa n'aurait jamais imaginé la dernière journée de sa vingtaine ainsi. Ces dernières heures, du Jardin des Plantes à l'atelier de Marc, ont été terriblement éprouvantes. Mais, fini le désespoir, elle fera tout ce qui est possible et imaginable pour sauver la situation.

La nuit blanche passée à la galerie commence à faire effet, mais il est hors de question de céder à l'appel du sommeil. Il est temps d'entamer son opération de reconquête. Tout est en place : un discours intense et émouvant, une paire de Louboutin pour le côté chic, une veste militaire vintage pour le côté choc et comme rouge à lèvres, le Vibration d'Yves Saint-Laurent, parce que ça va secouer !

Parée, elle croque dans un Délichoc, prend une grande rasade de café froid et dévale les escaliers quatre à quatre.

— Bastille, Soldat ! s'écrie-t-elle au chauffeur de taxi en pointant droit devant alors que la bonne direction est à l'opposé. Le chauffeur la reconnaît aussitôt. Il avait bien fait rire sa femme en lui parlant de cette cliente persuadée d'être blonde alors que sa chevelure était aussi brune qu'une gauloise sans filtre, et se demande quelle autre histoire celle-ci va encore inventer. Au moins, contrairement à d'autres, elle laisse de bons pourboires...

— À vos ordres, mon capitaine ! répond-il en jouant le jeu.

— Pas le temps de discuter, matelot. Larguez les amarres et levez les voiles, l'heure tourne et j'ai une mission à accomplir !

Le taxi réprime un sourire, prévoyant une course des plus amusantes, et démarre sur les chapeaux de roues.

Il est 20 h 37. Si tout se déroule comme prévu, Lisa aura le temps de s'expliquer avec Julien avant de passer chez Carla lui présenter ses excuses. Et tout ça avant minuit !

Une boule d'angoisse se forme au fond de sa gorge. Dans moins de quatre heures, elle aura 30 ans. Sa naissance officielle est à 11 h 03 du matin mais symboliquement le passage du vendredi au samedi marque pour elle le début de la trentaine. Et commencer ses premières heures en froid avec Julien et sa meilleure amie est tout simplement inenvisageable !

Quand Marie est partie, Lisa a essayé de joindre Julien au téléphone mais celui-ci n'a pas décroché. De toute façon, elle doit lui parler face à face.

Lisa sort du taxi, compose le code d'entrée de l'immeuble de Julien et sourit en se rappelant que, huit jours auparavant, elle avait pensé qu'il s'agissait d'un restaurant secret. Elle monte les escaliers, nostalgique - Tu es ridicule ! Ce n'était pas il y a si longtemps !- et repense aux baisers échangés sur ces mêmes marches ; à lundi dernier, la première fois qu'ils ont fait l'amour sur le palier, et à la seconde aussi...

Déjà, son cœur est plein de souvenirs qui semblent révolus tant de choses se sont passées depuis. Mais Lisa se refuse à classer ces souvenirs dans l'album photo de ses pensées. Elle souhaite en créer plus encore dans le futur, dans son futur avec Julien.

Elle frappe à la porte, nerveuse. Elle a récité son discours au chauffeur de taxi mais celui-ci l'a trouvé trop mélodramatique et lui a conseillé d'être sincère, tout simplement. Les mots viendront tout seuls...

Lisa frappe une seconde fois, toujours pas de réponse. Et s'il ne voulait plus jamais la revoir ? À moins qu'il ne soit sous la douche... Elle sonne afin de se faire entendre, sans plus de succès, puis cogne bruyamment la porte du poing.

— Julien, ouvre-moi s'il te plaît. Il faut que je te parle. Julien...

La porte d'un des appartements adjacents s'entrebâille.

— Que se passe-t-il ici ? demande une voix à travers la commissure.

— Je suis désolée, Monsieur, je ne voulais pas vous déranger.

Le voisin sort sur le palier et Lisa reconnaît l'homme en beige rencontré lors de sa première tentative de défi shopping.

— Oh, bonsoir ! s'exclame-t-elle surprise. Vous ne vous souvenez sûrement pas de moi mais nous nous sommes croisés dans un bus, il y a environ un mois de cela...

— J'en serais fort étonné. La dernière fois que j'ai pris le bus, je m'en souviens encore, était le 18 septembre 1986. Une très belle journée que ce 18 septembre. Il s'agissait d'un lundi ou peut-être d'un jeudi. Il faisait chaud, très chaud. L'été indien comme on dit.

–   Excusez-moi, j'ai dû me tromper.

–   Je vous en prie, Mademoiselle. Mais, dites-moi, que faites-vous dans ce couloir à frapper aux portes tel un témoin de Jéhovah ?

–   Je voulais voir mon ami mais il ne répond pas.

–   Le Docteur Gaillac ? Mais, il est à l'hôpital !

À l'hôpital, bien sûr ! C'est pour cette raison qu'il ne répond pas à mes appels...

–   Merci bien, Monsieur. Et je suis désolée de vous avoir importuné, s'excuse-t-elle en se précipitant vers les escaliers.

–   Allez, allez, ce n'est rien, ce n'est rien. Et cette fois-ci, regardez du bon côté !

–   Lisa s'arrête brusquement.

–   C'était bien vous !

L'homme en beige fait un mystérieux sourire et ferme la porte derrière lui. Quel étrange bonhomme ! songe Lisa.

21 h 26. Tout est encore jouable. Il faut juste arriver à attraper un taxi rapidement. Elle pourrait marcher jusqu'à la borne mais, vendredi soir, l'attente risque d'être longue.

Lisa voit passer un taxi et a l'idée d'utiliser sa nouvelle arme fatale : le sifflement. Malgré tous ses efforts, la voiture ne s'arrête pas. Au moins, cet après-midi n'aura pas été uniquement un coup de chance, elle sait bel et bien siffler !

Dépitée, elle se dirige vers le métro lorsqu'une voiture klaxonne avec insistance. Lisa se retourne et saute de joie en reconnaissant la Mercedes.

–   Eh bien, j'ai beaucoup de chance de tomber sur vous ! dit-elle en s'installant sur le fauteuil arrière.

Le chauffeur fait minc d'ignorer sa remarque et les yeux brillant de curiosité lui demande :

–   Alors ?

–   Rien. Il n'était pas là. Je dois aller à l'hôpital Necker.

–   Compris sept sur sept, mon capitaine !

Malgré la conduite du chauffeur à une vitesse frôlant l'illégalité, Lisa ne peut s'empêcher d'angoisser : elle a peur de ne pas réussir à temps. Il est 21 h 50. Il ne lui reste que deux heures dix pour sauver son histoire avec Julien et son amitié avec Carla. Tu peux le faire ! se dit-elle en serrant les dents. J'ai confiance en toi !

Arrivée à l'hôpital, son cœur bat aussi vite que le moteur de la voiture qu'elle vient de quitter. Elle s'avance vers l'accueil du service pédiatrique et, en apercevant l'infirmière revêche de la dernière fois, s'arme de son plus beau sourire.

—   Bonsoir, dit-elle d'un ton sirupeux. J'aimerais voir le Docteur Gaillac, s'il vous plaît.

—   Il vous attend ?

—   Non, enfin oui. C'est un peu compliqué, cafouille Lisa embarrassée.

L'infirmière la toise de haut en bas.

—   Je vais voir s'il peut vous recevoir, annonce-t-elle en quittant l'accueil.

Chouette, elle a dû se souvenir de moi ! Lisa s'assoit sur une chaise en attendant son retour. Au bout d'un bon quart d'heure et 18 bâillements, elle regarde la pendule : 22 h 17. Elle en met un temps tout de même ! pense-t-elle en feuilletant nerveusement un exemplaire de *Paris Match* datant de l'année dernière.

22 h 26. Mais que peut-elle bien faire ? Il ne me reste plus beaucoup de temps ! Lisa voit une infirmière marcher dans le couloir et bondit sur elle.

—   Excusez-moi. J'ai parlé à votre collègue, il y a environ une demi-heure. Je suis venue voir le Docteur Gaillac. Elle est partie le chercher, mais n'est jamais revenue…

—   Quelle collègue ?

—   Une dame d'âge moyen, très fine, les cheveux tressés.

—   Ah Nadine ! Mais, son service s'est fini à 22 heures ! Elle est sûrement dans son lit à faire un roupillon, la chanceuse !

Lisa regarde l'infirmière, abasourdie. Tout ce temps perdu pour rien !

—   Elle m'a dit que je pouvais voir le docteur Gaillac…

– Oui, je comprends. Asseyez-vous dans la salle d'attente, je vais essayer de le joindre.

Lisa reprend sa place, remue les jambes d'impatience et s'éclaire quand, quelques instants plus tard, l'infirmière s'approche.

– Je suis désolée. Le docteur Gaillac a une opération prévue dans moins de 20 minutes et j'ai bien peur qu'elle ne se termine pas avant trois bonnes heures.

– Trois bonnes heures ? Mais, ce n'est pas possible !

Dans trois heures, il sera une heure et demie du matin et elle aura déjà 30 ans. Elle ne peut pas entamer sa nouvelle décennie sans s'être au moins expliquée...

– Puis-je au moins le voir une seconde ? demande-t-elle les yeux implorants.

– Je ne crois pas, je suis désolée.

– S'il vous plaît... C'est vraiment important...

Lisa peine à retenir ses larmes. L'infirmière soupire, lève les yeux au ciel, soupire encore, réfléchit un instant, hésite et finalement déclare :

– Bon, on va faire quelque chose de complètement fou ! Mais surtout ne le dites à personne, je risquerais de perdre ma place ! Suivez-moi, dit-elle en lui prenant le bras.

Lisa lui fait une grosse bise.

– Merci !

Elles se pressent vers l'ascenseur, descendent au second étage et se dirigent avec hâte vers le hall opératoire. L'infirmière conduit Lisa jusqu'au vestiaire.

– Vous devez vous préparer. Je ne peux pas vous laisser aller plus loin si vous n'êtes pas en tenue. Déshabillez-vous et mettez ça, dit l'infirmière en lui tendant un pyjama bleu. Je vais vérifier où il en est. S'il est déjà en salle d'opération, c'est malheureusement trop tard...

L'infirmière revient quelques minutcs plus tard, rassurée. Elle attache le masque de Lisa tandis que celle-ci enfile une charlotte.

– Voilà, vous êtes prête !

Mis à part ses escarpins recouverts d'horribles chaussons bleu, Lisa a l'air d'une parfaite petite chirurgienne.

— Il est en salle d'asepsie, informe l'infirmière en pointant la pièce une fois sortie dans le couloir. Vous n'avez que trois minutes ! Redonnez-lui le sourire. Il est venu aujourd'hui avec une tête à tomber par terre. Alors que depuis deux semaines, je n'avais jamais vu le docteur Gaillac aussi heureux...

Lisa la remercie encore et oubliant sa fatigue court vers la petite salle.

— Bonne chance ! lance l'infirmière avant de retourner à son étage.

Lisa passe précautionneusement la porte battante et aperçoit seul dans la pièce, Julien. C'est la première fois qu'elle le voit en tenue de chirurgien et dieu qu'il est sexy ! Elle n'a qu'une envie : le prendre dans ses bras et lui crier son amour.

Elle toussote pour se faire remarquer mais n'obtient de lui qu'un léger mouvement de tête. Concentré, il se lave les mains énergiquement avec un savon orangé.

— Bonsoir, dit-elle en déclenchant le robinet qui se trouve près du sien.

— Bonsoir, répond Julien en croisant rapidement son regard.

Elle n'aperçoit de son visage que ses yeux Nutella qui la font tant craquer.

— Ça va ?

Julien soulève les épaules.

— Oh, vous savez, il y a des journées avec et des journées sans...

Lisa sursaute. Il ne l'a pas reconnue !

— Des problèmes de cœur ? s'enquiert-elle timidement.

Julien arrête de se frotter les mains et s'attarde sur Lisa. Celle-ci baisse les yeux à temps pour ne pas rencontrer son regard et fait mine de se concentrer sur le savon.

— Cela se peut bien. Mais, c'est fini maintenant...

Non, non, notre histoire n'est pas terminée ! Elle vient à peine de commencer. Il faut faire quelque chose ! Improvise, Lisa, improvise !

— Vous avez entendu le bruit qui circule dans les couloirs ? Une infirmière sortait avec un médecin après avoir eu, auparavant, une aventure avec un de ses collègues. Un jour, elle et son ex se retrouvent dans le bureau du médecin pour chercher des dossiers et l'infirmière tache sa blouse avec du café. Son collègue lui propose gentiment la sienne le temps d'en trouver une autre. Et au moment de se déshabiller, le médecin la surprend avec cet autre homme. Bien sûr, il a cru que quelque chose s'était passé entre eux, alors que pas du tout ! Les apparences peuvent parfois être trompeuses, n'est-ce pas ?

Julien continue de se frotter les mains mais plus lentement.

— Peut-être. Je ne sais pas. Que faisait, en premier lieu, cette infirmière avec son collègue, sachant pertinemment que celui-ci avait toujours des sentiments à son égard ? Sans ajouter qu'elle avait juré au médecin ne plus le revoir…

Lisa tourne les yeux vers lui. Il sait que c'est elle.

— Elle avait besoin d'aide pour ses dossiers.

— Et elle n'aurait pas pu demander au médecin ?

— Elle a pensé à ce moment-là qu'il était occupé avec une autre infirmière.

— Et comment a-t-elle pu croire une chose aussi stupide ? Elle avait si peu confiance en lui ?

— Les infirmières ont parfois de drôles d'idées. C'est pour ça qu'elles ont besoin d'un docteur à leur côté.

Lisa croit percevoir un léger sourire au coin de ses yeux. À moins que ce ne soit une ride...

— Et comment s'est finie cette histoire ? demande Julien.

— Eh bien, l'infirmière s'est expliquée avec le médecin et lui a affirmé que ce n'était qu'un énorme malentendu, qu'elle n'avait jamais eu l'intention d'épouser son collègue. Il n'y a qu'une seule personne dans son cœur et c'est toi. Enfin, je veux dire, c'est lui. Elle regrette que son attitude des dernières semaines ait porté à confusion mais, aujourd'hui, elle est certaine d'une chose : elle ne veut pas le perdre. Il est la plus belle chose qu'il lui soit jamais arrivé…

Julien s'essuie les mains avec une serviette stérile. Lisa le fixe droit dans les yeux et enlève son masque.

— Elle lui a dit… qu'elle l'aimait et qu'elle n'aimait que lui.

Ils se regardent un long moment sans rien dire.

— Et qu'a-t-il répondu ?

– Qu'il lui pardonnait et qu'il l'aimait aussi ? demande Lisa en souriant timidement.

Elle tente d'interpréter le regard de Julien mais rien ne transparaît.

– Décidément, on apprend beaucoup de choses dans les couloirs, Docteur... ?

– Julien s'approche de Lisa. Elle s'imprègne de son after-shave. Son visage est si près du sien qu'il suffirait qu'elle s'avance légèrement pour embrasser son masque.

– ... Docteur Litz, souffle-t-elle.

– Ce médecin est bien compréhensif. Je ne suis pas sûr que j'aurais pu en faire autant, conclut Julien en s'éloignant brusquement avant d'entrer dans la salle d'opération.

– Julien..., s'exclame Lisa.

Mais, il est trop tard.

On peut tout prévoir, sauf le sentiment que pourra vous inspirer ce qu'on a prévu.
Alberto Moravia

23 h 04. Lisa sort de la salle, l'air déconfit. Julien ne lui pardonnera jamais ! Dans moins d'une heure, elle aura 30 ans et elle a réussi à gâcher sa vie à cause d'une stupide liste ! Si elle n'avait pas cherché à accomplir ses défis, jamais elle n'aurait posé nue pour Marc, jamais Julien ne se serait senti trahi et jamais elle n'aurait blessé Carla. Cette maudite liste ne lui a apporté que du malheur !

Arrivée au vestiaire, elle cherche la feuille rose au fond de son sac afin d'en faire des confettis. De rage, elle y jette un dernier coup d'œil et se rend compte avoir « Fait quelque chose de fou » sans même l'avoir voulu. Se faire passer pour une chirurgienne dans l'espoir de reconquérir Julien n'est sûrement pas la chose la plus raisonnable qu'elle ait pu faire ! Malgré elle, les défis n'en finissent pas de la poursuivre...

À l'exception de ses trois Jokers : « Se marier », « Avoir un enfant » et « Aller à Venise », la liste est presque entièrement barrée. Lisa fond en sanglots. La fatigue aidant, un trop plein d'émotions la traverse. Bien que la demande en mariage de Marc lui ait confirmé ne pas vouloir faire sa vie, et encore moins un enfant, avec un homme pour lequel la peur de le voir s'enfuir du jour au lendemain sera toujours présente dans son cœur, elle se demande si leur histoire ne l'a pas rendu méfiante envers la gente masculine.

Elle n'est pas sûre d'avoir vraiment pardonné Marc, mais elle est certaine d'une chose : elle ne regrette plus ce qui s'est passé. Elle est désormais consciente que tout arrive pour une raison et que Marc n'était tout simplement pas le bon. Elle ignore encore si Julien est l'homme de sa vie et n'a qu'un souhait le découvrir... Oh Dieu ! Elle donnerait tout de cette liste pour être de nouveau avec lui et regagner l'amitié de Carla !

Lisa déchire la feuille en deux puis s'arrête brusquement. Cette liste est effectivement responsable de tous ses maux mais, sans ces défis, jamais elle n'aurait rencontré Julien, jamais elle n'aurait eu la tête pleine de merveilleux souvenirs et jamais elle n'aurait repoussé ses limites et fait ce qu'elle se croyait incapable de faire. Ses défis lui ont permis de rencontrer des personnes remarquables qui continueront, elle l'espère, de faire partie de sa vie.

Elle sèche ses larmes et remet les morceaux déchirés dans son sac. Elle décidera de son sort plus tard. Pour l'instant, il faut sauver son amitié avec Carla et rapidement, il est déjà 23 h 38 !

Lisa sort de l'hôpital et remonte la rue de Sèvres pour rejoindre la station de taxis. L'appartement de Carla n'est pas très loin et elle y sera largement avant minuit. Elle monte dans le premier taxi se présentant à la borne et entend gémir de l'autoradio la voix brisée d'une héroïne de feuilleton sentimentale.

— Encore vous ! s'exclame-t-elle en voyant le chauffeur. Vous ne m'attendiez pas par hasard ?

— Ben, c'était ma pause... bafouille-t-il tout penaud. Et puis, j'ai envie de connaître la suite ! confesse-t-il en changeant avec hâte la station de radio. Vous lui avez parlé ?

— On peut dire ça. Mais, j'ai bien peur que l'opération reconquête soit un fiasco. J'ai essayé de tâter le terrain mais il est miné en tout point de vue…

— Il n'a pas voulu vous écouter ?

— Si, il m'a écouté, mais…

— Ne vous inquiétez pas. Vous n'avez rien fait d'impardonnable, mais son ego en a sûrement pris un coup. Mine de rien, un homme, c'est sensible ! Donnez-lui quelques jours et vous verrez bien. Je fais toujours ça avec ma femme quand elle m'en veut. Souvent, le temps est le meilleur des alliés et, de toute façon, vous n'êtes pas à la minute près !

Les derniers mots du chauffeur résonnent dans sa tête. Concentrée sur ses conseils, elle en a oublié que la voiture est toujours à l'arrêt.

— Mais, il faut partir !

— Je vous ramène à Oberkampf ? s'enquiert le taxi nonchalamment.

— Non, non, Saint-Sulpice ! s'exclame Lisa prise d'un accès de panique. Je dois au moins me réconcilier avec mon amie avant minuit !

— Avant minuit ? Mais, il n'est que moins cinq, on a largement le temps !

La voiture démarre en trombe. Le taxi roule vite, trop vite mais malgré ses efforts, Lisa n'arrive pas à temps chez Carla. Il est minuit deux quand elle gravit les interminables marches de l'immeuble de son amie.

Voilà ! Son millénium est passé et il est loin d'être joyeux ! Non, elle ne peut pas déjà avoir 30 ans ! Pas dans ces conditions ! Elle les aura à l'heure officielle de sa naissance ! Elle peut encore tirer parti de ces dernières heures !

Il y a quelques semaines, elle avait songé à s'envoler vers Tahiti la veille de son anniversaire afin d'avoir 29 ans douze heures de plus grâce au décalage horaire. De l'autre côté de la planète, à Papeete, il est exactement midi quatre. À cette heure, à Paris, aucun drame ne s'était encore produit. Elle était heureuse, avait un petit ami extraordinaire et une amie exceptionnelle. Sa vie était belle et elle en avait pleinement conscience. Comment, en l'espace d'un seul instant, tout-a-t-il pu basculer ?

Lisa respire un bon coup avant d'appuyer sur la sonnette. Je suis sûre que Carla m'a déjà pardonnée. Nous sommes amies depuis trop longtemps. Elle a connu pire avec moi et n'a pas dû m'en vouloir plus de deux minutes !

Lisa, confiante, réappuie sur la sonnette. Carla ne répond toujours pas mais elle ne s'inquiète pas. Elle n'a pas vu de lumières aux fenêtres et est persuadée que son amie dort.

— Allez, Carla, réveille-toi ! dit-elle en insistant sur le bouton.

— Au bout de cinq bonnes minutes et devant la fatigue de son index droit, elle téléphone à son amie.

— Bonjour, je ne suis plus joignable sur ce numéro. Vous pouvez me laisser un message ou me contacter au 00447817531979.

— Lisa recompose le numéro, elle a sûrement mal entendu.

— Bonjour, je ne suis plus joignable sur ce numéro. Vous pouvez me laisser un message ou me contacter au 00447817531979.

Non, elle n'a pas rêvé ! Carla est retournée à Londres ! Ce n'est pas possible ! Lisa s'effondre au pied de la porte. En plus de Julien, elle a perdu sa meilleure amie ! Elle ne peut imaginer de plus horrible cauchemar pour entamer ces 30 ans.

Lisa descend dans la rue, la tête basse. Son taxi lui faire un appel de phare mais elle réplique par un signe négatif de la main. Elle va marcher. Et puis dormir. Oui, dormir pour tout oublier. Et demain, elle se réveillera et verra que toute cette journée n'a été qu'un mauvais rêve... Oui, un mauvais rêve...

C'est entre 30 et 31 ans que les femmes vivent les dix meilleures années de leur vie.
Sacha Guitry

Allongée sur son canapé, les yeux grands ouverts, Lisa essaie de trouver le sommeil.

En rentrant, hier soir, sa fatigue était telle qu'elle avait pensé s'effondrer d'un seul coup dans son lit mais, dès qu'elle avait tenté de fermer les yeux, un flot de pensées était venu la submerger. Elle avait donc passé la nuit à tourner en rond, ressassant sans répit les événements de la veille, et n'avait réussi à trouver le calme qu'en regardant un passionnant documentaire sur la migration de la grue du Japon.

Même si un autre défi pouvait désormais être rayé de la liste, Lisa se serait passée de cette seconde nuit blanche et, à défaut de ceux de Julien, aurait préféré se perdre dans les bras de Morphée.

Le réveil de son téléphone portable retentit. Par réflexe, elle cache immédiatement sa tête sous un des coussins pour ne pas l'entendre mais, l'alarme sonnant de plus en plus fort, elle se résigne à l'éteindre avant de jeter un œil sur l'écran : il est 11 h 03. Lisa a officiellement 30 ans.

À cette minute, il y a 30 ans exactement, elle poussait son premier cri, sa première ode à la vie et naissait au monde, innocente encore des déceptions de l'existence. Si tu savais, ma petite ! Elle jette violemment son téléphone qui atterrit près d'une bouteille vide de rhum posée sur les restes d'une boîte de chocolat.

Lisa se gratte les fesses, manque de s'asphyxier en respirant son haleine et se dirige au ralenti vers la salle de bain tant son corps lui semble lourd. L'image que lui renvoie le miroir l'effraie plus encore que son odeur. Elle n'avait pas eu la veille le courage de se démaquiller et deux yeux au beurre noir la regardent piteusement. Elle scrute attentivement son visage pour vérifier si quelques rides ne se sont pas sournoisement invitées depuis qu'elle a 30 ans, c'est-à-dire cinq minutes, et ausculte sa chevelure à la recherche du moindre cheveu blanc. Elle a beau s'y préparer depuis un mois, elle a du mal à croire qu'elle fait dorénavant partie de la grande famille des trentenaires.

– 30 ans. J'ai 30 ans.

Son nouvel âge ne sonne pas si mal en fin de compte. Il sonne, important voire... adulte.

– Mon nom est Lisa Mandi et j'ai 30 ans.

Mon dieu ! J'ai l'impression de rentrer aux Trentenaires Anonymes ! songe-t-elle de nouveau dévastée.

Après une douche revigorante aux huiles essentielles de menthe poivrée et de basilic, Lisa reprend forme humaine et surtout est de meilleure humeur. Elle est enfin prête à affronter son ennemie intime, celle par qui tout a commencé : sa boulangère. Depuis le jour où celle-ci l'a appelé « Madame », Lisa endure une cure forcée de Spécial K et regrette ses pains au chocolat au lait, ses croissants aux amandes et ses brioches aux petits morceaux de sucre concassés. Elle se sent prête, du haut de ses 30 ans, à accepter un « bonjour Madame » sans grincer des dents. Le boycott a de toute façon assez duré !

Lisa entre dans la boulangerie et réajuste sa chevelure décoiffée par le vent. La bonne odeur du pain chaud embaume l'établissement et ses papilles. Les vitrines débordent de tartelettes aux fruits, mille-feuilles, saint-honorés, éclairs au chocolat et autres gourmandises. Cette boulangerie devrait être classée au patrimoine culinaire de l'humanité ! songe Lisa en salivant.

– Et pour vous, Mademoiselle, ça sera quoi ?

Oui, oui, elle a bien entendu, la boulangère l'a appelée Mademoiselle ! Lisa pourrait passer par-dessus le comptoir tant son envie de l'embrasser est grande.

– Je voudrais un croissant et un pain au chocolat, s'il vous plaît, répond-elle avec un gigantesque sourire. Et aussi une petite briochette...

La boulangère prépare la commande et rajoute quelques chouquettes.

– Ça fait longtemps qu'on ne vous a pas vu. Vous étiez en vacances ?

Lisa ne peut décemment pas lui avouer son boycott.

– Euh, non... J'étais au régime...

– Ah vraiment ? Mais, vous n'avez que la peau sur les os. Que voulez-vous perdre ? Les os ? Entre nous, nos pâtisseries ne font pas grossir ! On n'utilise que les meilleurs ingrédients. Ce sont tous les produits chimiques qu'ils mettent dans les plats préparés qui ruinent la santé. Chez nous, il n'y a pas de margarine, tout est 100 % pur beurre !

Lisa sourit de bon cœur. Paris sans ses artisans ne serait vraiment plus Paris !

– Voilà, dit la boulangère en lui tendant le paquet. À demain, alors, Mademoiselle.

– Oui, à demain, répond Lisa, réjouie, en sortant de la boulangerie.

Il n'en faut pas beaucoup plus à Lisa pour lui remonter le moral, un « mademoiselle » et une petite remarque sur sa silhouette suffisent à lui faire oublier presque tous ses soucis. Son téléphone sonne, elle décroche le cœur rempli d'espoir. C'est sûrement Julien ! Elle a attendu son coup de fil toute la nuit. Il a sûrement pris conscience que toute cette histoire n'a été qu'un terrible malentendu.

– Vous avez un nouveau message, écoute-t-elle en regrettant de ne pas avoir entendu son portable sonner. Salut la vieille ! Bon anniversaire ! Je ne pourrai pas être chez Momo ce soir. Désolé, empêchement de dernière minute. Mais on se voit demain chez les parents pour souffler tes bougies... Ne te saoule pas trop la gueule. Tu n'as plus vingt ans !

Le sourire de Lisa s'efface. Ce n'est pas Julien, et son premier appel d'anniversaire est pour entendre que son unique frère n'assistera pas à la propre fête de son unique petite sœur ! Lisa ne se laisse pas abattre. Au moins, tous ses amis seront présents. Elle va passer un bon moment, elle en est sûre !

Elle rentre chez elle et pose les viennoiseries sur la table. D'accord, Julien et Carla ne seront pas là, mais la soirée va tout de même être fantastique ! Aujourd'hui est le premier jour d'une nouvelle ère et il est hors de question de la commencer avec des idées négatives plein la tête ! Lisa prend la bouteille de rhum pour vérifier s'il en reste quelques gouttes puis se rabat sur son croissant. Son téléphone sonne. Ah enfin, on pense à moi ! Mais elle décroche trop tardivement.

– Ma chérie, je suis désolée. Je ne pourrai pas venir ce soir. J'ai un cocktail que je ne peux absolument pas manquer. Je sais que tu ne m'en veux pas. Bises bises.

Tatiana, aussi, annule ! Mais, ce n'est pas grave, ça n'a aucune importance ! Quelqu'un frappe à la porte. Lisa retrouve son sourire et se précipite vers l'entrée. C'est sûrement Julien !

– Une livraison pour Lisa Mandi.

Le visage de Lisa se rembrunit avant de s'illuminer de nouveau.

– Pour moi ? dit-elle en regardant le sublime bouquet de fleurs.

Elles doivent venir de Julien ! Il a pensé à elle. Il ne lui en veut plus ! Lisa déchire l'enveloppe avec hâte et lit la carte. *Joyeux anniversaire Lisa ! ! ! ! Nous sommes sincèrement désolés, nous ne pouvons pas venir ce soir. Promis, on se rattrape bientôt ! Christelle et Stanislas.* Ah bon ben, tant pis ! En tout cas, les fleurs sont magnifiques, c'est déjà ça... songe-t-elle en claquant la porte au nez du livreur.

Lisa reçoit un texto. *Bon anniversaire ! Désolée pour ce soir, je ne pourrais pas être là. Problème de baby-sitting. Bois une coupe en mon honneur. Saphia.* Ah bon ben, tant pis ! C'est gentil en tout cas de m'avoir prévenue.

Une dizaine de sms d'annulation s'ensuivent. Ils auraient pu au moins m'appeler au lieu de m'envoyer des textos ! Et moi qui pensais qu'ils étaient tous mes amis ! Elle s'écroule sur son fauteuil. Le téléphone sonne une nouvelle fois. *Marie* s'affiche sur l'écran.

– Joyeux anniversaire, ma chérie !

– Ne me dis pas que, toi aussi, tu annules ?

– Ben non, quelle idée !

Lisa soupire de soulagement.

– Tu vas bien ? Tu as l'air un peu stressée... demande Marie.

– Oui, ça va, j'ai connu meilleur...

– Alors, 30 ans ? Tu vois, ce n'est pas si terrible !

Nouvelle ère, nouvelle ère, pense Lisa, pas de pensées négatives...

– Oui, c'est un peu comme porter une nouvelle paire d'escarpins. Il faut juste un peu de temps pour qu'elle s'ajuste parfaitement... Tu sais, on va être beaucoup moins nombreux que prévu ce soir. Tout le monde annule.

    — Vraiment ? s'exclame Marie. Quoi qu'il en soit, tu peux compter sur Étienne et moi. On ne manquerait ton anniversaire pour rien au monde ! Tu sais déjà ce que tu vas porter ?

Lisa sourit. Marie sait comment lui changer les idées.

    — Bien sûr ! Je te fais la surprise. Et toi ? Tu vas mettre tes espadrilles compensées ?

Marie pousse un grand cri d'enthousiasme.

    — J'ai trop hâte de porter mes bijoux ! Attention aux flashs !

Sa Marie est vraiment unique ! Lisa laisse passer un silence, ne sachant pas comment aborder le sujet, puis finalement s'éclaircit la voix.

    — Dis-moi, Marie, par hasard, tu n'aurais pas des nouvelles de Carl...

    — Lisa, je dois te laisser. Yanis est en train de verser du lait dans le bocal du poisson rouge ! On passera te chercher à 20 heures. Comme ça, on fera le chemin ensemble, d'accord ?

    — Oui, si tu veux.

    — À ce soir, ma puce.

    — À ce soir.

Marie a des idées bizarres parfois. Le restaurant est à cinq minutes de chez elle, elle peut très bien y aller toute seule ! Mais, pourquoi pas ? Au moins, Marie et Étienne seront présents et c'est tout ce qui compte !

Lisa regarde l'heure. Il est deux heures passées. Elle n'a absolu rien à faire de la journée et le pire est qu'elle n'a rien envie de faire. Elle allume la télévision, espérant tomber sur un autre documentaire animalier et se met à réfléchir. Voilà. Elle a 30 ans ! Sa liste est pratiquement accomplie. Mais, au lieu d'en être satisfaite, elle s'en moque. Il lui reste encore à attendre les résultats du tirage du Loto ce soir, finir la *Recherche du temps perdu* et écrire la liste des choses à faire avant 40 ans mais, à ce moment précis, elle n'a ni désir, ni projet de poursuivre sa liste. Son esprit est encore trop préoccupé. Et comment écrire une liste de choses à faire avant 40 ans, quand cet âge lui parait si loin ? Aujourd'hui, elle se sent plus proche de son passé que de son avenir, parsemé de trop de points d'interrogation.

À 30 ans, elle peut affirmer, sans prendre de risque, avoir vécu. Elle n'est pas encore à mi-chemin de son existence - l'espérance de vie ne cessant de s'allonger - mais a tout de même une certaine expérience de la vie. Elle en connaît ses joies et ses peines, ses surprises et ses désillusions... surtout ses désillusions...

À son âge, elle n'est plus en période de construction comme elle pouvait l'être à 15 ans. Adolescente, elle aurait pu devenir n'importe qui. À présent, devenir quelqu'un d'autre lui semble difficilement envisageable. Elle sait ce qu'elle aime, ce qu'elle déteste. Elle a ses croyances, ses opinions et peu de chances de les voir s'inverser avec le temps. La Lisa de dans 15 ans ne sera pas si différente de celle d'aujourd'hui. Cette perspective l'angoisse soudain légèrement. Bien sûr, elle évoluera avec les années mais plus jamais ne se transformera.

En aucun cas, Lisa n'est insatisfaite de ses choix. Elle fait le métier de ses rêves et a, sur de nombreux points, la vie qu'elle souhaitait mais il lui manque quelque chose qui ne lui manquait pas hier. Hier matin, oui, sa vie était complète. Lisa observe son téléphone et vérifie son fonctionnement. Julien n'a toujours pas appelé. Elle devrait peut-être lui passer un coup de fil, puis elle repense aux mots du taxi : il faut lui laisser du temps...

Lisa zappe de chaîne en chaîne pendant plus d'une demi-heure sans trouver de programme intéressant à regarder. Elle se lève, fait les cent pas puis appelle Carla mais tombe une nouvelle fois sur sa messagerie. Elle pose le téléphone sur la table basse et se dirige vers la cuisine pour se servir un verre d'eau gazeuse. La sonnerie de son portable retentit. Elle court vers le salon et, dans la précipitation, fait tomber son verre sur le carrelage avant de cogner son genou contre la porte du frigo.

    – Aïe, crie-t-elle.

Trop tard, le téléphone est déjà passé en mode messagerie.

    – Joyeux anniversaire, Joyeux anniversaire, Joyeux anniversaire Lisa, Joyeux anniversaire, entend-elle chanter.

Lisa sourit en reconnaissant la voix de François, un collègue qui tient une galerie en face de la sienne.

    – La plus belle, je suis désolé. Empêchement de dernière minute pour ce soir. Mais, promis, je te revaudrai ça. Amuse-toi bien et profite de ton anniversaire !

Lisa s'effondre sur le canapé. Elle est maudite. Tout le monde annule, ce n'est pas possible ! C'est mon anniversaire, nom de dieu, et pas n'importe lequel, ce sont mes 30 ans !

Un papillon bleu virevolte dans la pièce, se pose à ses côtés un court instant avant de s'envoler par la fenêtre.

—   Tu as raison, papillon ! Allons prendre l'air. Je ne vais pas passer ma journée d'anniversaire à me morfondre toute seule chez moi !

Lisa se lève et enfile ses sandales. Elle sait parfaitement où aller pour se ressourcer…

Tous les trésors de la terre ne valent pas le bonheur d'être aimé.
Calderòn

Le vent de la matinée est tombé et Lisa, agréablement surprise de la douceur de l'air, ne peut rêver de plus belle journée pour visiter son jardin secret.

Sur le chemin, la tristesse la rattrape. Elle aperçoit à chaque coin de rue tous les garçons et les filles de son âge se promener dans la rue deux par deux. Tous les garçons et les filles de son âge qui savent bien ce que c'est d'être heureux. Et les yeux dans les yeux et la main dans la main, ils s'en vont, amoureux, sans peur du lendemain. Oui mais elle, elle va seule dans les rues, l'âme en peine. Oui mais elle, elle va seule car personne ne l'aime…

Lisa essuie une larme. La chanson de Françoise Hardy traduit parfaitement la désolation de son cœur. Elle fredonne le dernier couplet, le sachant plus heureux, quand un homme aux cheveux ras surgit de l'autre côté de la rue. Son cœur bat la chamade, elle croit reconnaître Julien. Elle court dans sa direction mais, au moment de traverser, se rend compte, une nouvelle fois, que ce n'est pas de lui.

Elle n'aurait jamais imaginé qu'il puisse y avoir autant d'hommes au crâne rasé à Paris. Depuis qu'elle a quitté son appartement, il s'agit au moins du quatorzième sosie de Julien qu'elle rencontre. C'est une épidémie ! Il faut absolument trouver un remède ; parce qu'au rythme de ses palpitations à chacune de ces visions, son trentième anniversaire risque bien d'être le dernier !

Lisa franchit le rideau de lierre cachant l'entrée secrète du jardin et pénètre dans son havre de paix. Il lui suffit de respirer le parfum des roses et du jasmin pour être immédiatement apaisée, comme si les fleurs aspiraient toutes ses angoisses. Elle s'imprègne de tous les effluves et remarque que de nombreux boutons ont éclos depuis son dernier passage. Le printemps va à ravir à ce paradis vert. Chaque fleur rivalise de couleur et de beauté. Des abeilles butinent les iris et, contre toute attente, le cerisier d'habitude précoce est encore en fleurs.

Lisa se sent bien dans ce cocon de verdure. Elle a l'impression de rentrer à la maison, comme après une trop longue absence...

Comptant savourer les derniers chapitres de la vie de Marcel Proust sans penser à rien d'autre, elle s'assoit sur l'étendue d'herbe près de la fontaine. Absorbée par les mots, elle dévore, page après page, le roman et pousse un grognement lorsque son téléphone interrompt sa lecture. Je parie qu'il s'agit d'un autre message d'annulation...

    — Bingo ! s'exclame-t-elle en lisant le texto.

Résignée, elle éteint son portable en se demandant qui sera encore présent à sa fête. Tous ses amis l'abandonnent un à un. Même ses parents ne l'ont pas appelée pour lui souhaiter un bon anniversaire. De toute façon, à ce stade, elle n'en a vraiment plus rien à faire.

Lisa retourne à sa lecture, sans voir les heures défiler, ni le soleil décliner. Elle n'a pas envie que le roman s'achève tant de bons moments ont été passés en sa compagnie. Elle le souhaiterait sans fin et savoure ses dernières pages comme les derniers instants passés avec un ami de longue date.

La dernière page arrive malgré tout et Lisa se résout à fermer le *Temps Retrouvé*. Elle pousse un soupir. Voilà, c'est fini ! Elle aussi, il y a un mois, a été à la recherche du temps perdu. Elle aussi, en finissant ce dernier défi, l'a retrouvé.

Elle se lève pour étirer ses jambes et retourner à la réalité, marche quelques pas puis est attirée par un papillon bleu posé sur un brin de lavande.

    — Tiens, papillon, tu m'as suivie jusqu'ici ?

Elle suit son vol de fleur en fleur. Le papillon se pose sur un petit banc en bois où trône un paquet en papier de soie rose entouré d'un ruban de velours bleu. Intriguée, Lisa s'approche, saisit le paquet et découvre une petite enveloppe où est inscrit *Pour Lisa*. Elle déchire délicatement l'enveloppe et lit la carte. *Joyeux anniversaire*. Lisa sourit. Ils ont, encore une fois, pensé à elle. Comment ont-ils pu savoir qu'elle viendrait justement aujourd'hui ? Elle déballe le papier et sort une édition brochée de la *La femme de 30 ans.* Lisa n'a jamais entendu parler de ce roman de Balzac. Qui était cette femme ? Était-elle différente de Lisa ou avait-elle les mêmes peurs, les mêmes désirs ? Lisa s'allonge sur le banc, bien décidée à le découvrir.

Elle feuillette les premières pages du roman mais la fatigue l'ayant rattrapée, ses yeux peinent à rester ouvert. Elle pose sa tête entre ses bras voulant juste faire un petit somme, une petite sieste très courte afin de se reposer un peu, mais s'endort profondément.

Un bruit sourd provenant de l'avant du jardin la réveille brutalement. Son premier réflexe est de se cacher - après tout, ce n'est pas chez elle - mais elle reprend rapidement ses esprits en se rappelant que les propriétaires sont parfaitement au courant de ses venues régulières.

Elle se dirige discrètement vers le bruissement avec le secret espoir d'apercevoir pour la première fois ses mystérieux bienfaiteurs. Elle les a toujours imaginés d'un certain âge. Elle doit sa première vente à un couple d'Américains installés à Paris depuis près d'un demi-siècle et a souvent pensé qu'il pouvait s'agir d'eux.

Lisa s'avance vers le rideau de lierre et voit un pied en sortir. Oh mon dieu ! Ce ne sont pas les propriétaires ! Jamais, ils ne prendraient le passage secret ! C'est sûrement un cambrioleur ! Elle regarde autour d'elle et cherche un objet pour arrêter les agissements de cet infâme criminel. La cuisse du voleur suit le pied. Il ne lui reste que peu de temps avant son entrée complète dans le jardin. Vite, vite, Lisa ! Pense, pense ! Elle aperçoit un balai à feuilles, le prend entre ses deux mains et s'exclame d'une voix peu assurée.

    – Plus un geste, je suis armée !

Le voleur ne prend pas ses menaces en considération et franchit le rideau de lierre.

    – Aaaaah ! crie-t-elle en précipitant les piques de la fourche vers lui.

    – Lisa, arrête, c'est moi !

    – Julien ?

Lisa, sous le coup de la surprise, lâche le balai à feuilles.

    – Julien ? C'est vraiment toi ? Tu n'es pas un sosie ? répète-t-elle n'en croyant pas ses yeux.

    – Je n'avais encore jamais vu de Lisabalaiafeuilles. C'est une espèce d'insecte assez surprenante ! dit-il avec son petit sourire.

Julien est beau à croquer. Sa nouvelle coupe de cheveux lui va à merveille et Lisa n'a qu'une envie, glisser sa main sur son crâne pour le caresser.

    – C'est vrai que ton jardin est joli, annonce-t-il en jetant un œil autour de lui. Je comprends pourquoi tu t'y sens si bien, il te ressemble…

Julien ne semble pas en colère contre elle. Il lui sourit ! Elle a mille questions à lui poser, mille choses à lui dire…

    – Comment as-tu su que j'étais ici ?

    – Sais-tu l'heure qu'il est ?

    – Non... Cinq ou six heures.

    – Il est 20 h 50 ! Ça fait presque une heure que nous te cherchons partout. Marie et Étienne sont passés chez toi et tu n'y étais pas. Ton téléphone est sur messagerie… On commençait à se faire un sang d'encre...

Les yeux de Lisa s'illuminent.

    – Tu t'inquiétais pour moi ? Comment m'as-tu trouvée ? Personne ne connaît cet endroit, pas même Marie !

    – J'ai mes sources, répond-il mystérieusement.

Mais, oui ! songe Lisa. Son père est conservateur. La maison est sûrement classée…

    – Elles ne porteraient pas des cravates scoubidou pour aller à la pêche, tes sources ?

    – Comment le sais-tu ? demande-t-il surpris.

    – J'ai mes sources… dit-elle en se rapprochant.

Lisa se retient pour ne pas le prendre dans ses bras mais, avant, il faut crever l'abcès. Elle veut être tout à fait franche avec lui.

    – Julien, je voulais te dire pour Marc…

Le visage de Julien se referme.

    – Il ne s'est rien passé, je te le jure !

    – Je sais, Lisa. Marc m'a tout expliqué et bizarrement je l'ai cru... Mais, il va falloir que tu fasses un choix ! Je ne veux pas d'une histoire où, à chaque dispute - parce que l'on se disputera, c'est sûr - dit-il en lui touchant le bout du nez, tu te réfugies chez ton ex. Je ne veux pas d'une histoire où tu doutes de moi en imaginant des scénarios rocambolesques sortis tout droit d'on ne sait où. Je veux que tu me parles au lieu de tout garder pour toi.

Lisa hoche la tête. Julien lui prend la main.

—   Promis ? lui demande-t-il.

—   Promis !

Julien lui relève légèrement le menton et l'embrasse tendrement. Le baiser a la saveur de leur premier baiser. Deux larmes coulent le long des joues de Lisa. Elle a eu tellement peur de le perdre. Il lui a tant manqué ! Plus jamais, elle ne veut être séparée de lui. Sa peau se hérisse, l'amour envahit son cœur…

—   Je t'aime, murmure-t-elle légèrement intimidée.

Julien sourit.

—   Je sais, dit-il en lui essuyant les yeux du pouce.

—   Tu sais ? répète Lisa en lui faisant une pichenette sur l'épaule.

Julien rit et l'embrasse de plus belle.

L'univers est suspendu à un baiser, l'univers tient dans un baiser.
Zalman Chneour, *Avec le coucher du soleil*

– Il faut y aller ! annonce Julien en remettant sa chemise.
– Oh non ! On peut rester encore un peu... De toute façon, tout le monde a annulé, il n'y aura qu'Étienne et Marie à la soirée. Et puis, je ne peux rêver de plus bel anniversaire qu'être avec toi... murmure Lisa en se blottissant contre lui.
Elle lui caresse tendrement le crâne.
– Pourquoi t'es-tu rasé les cheveux ?
– Oh, c'est une longue histoire ! C'est une sorte de pari...
– Un pari ? Sur quoi ?
– Si tu arrives à te rhabiller en moins de 30 secondes, je te le dirai peut-être un jour...
– Tu m'intrigues, Docteur Gaillac ! répond Lisa en s'exécutant.
– En parlant de docteur, j'ai fait hier la connaissance d'une ravissante nouvelle collègue, dit Julien en enfilant son pantalon.
– Ah oui ? demande Lisa les yeux pétillants de jalousie. Ravissante comment ?
– Il faudrait que je te la présente. Je suis sûre que vous avez beaucoup de choses en commun. Les chaussures, par exemple. Je n'avais encore jamais vu de chirurgien opérant en talons aiguilles, mais ça vaut le coup d'œil ! s'exclame Julien en lui faisant un clin d'œil.
Lisa baisse les paupières et rougit légèrement.
– Allez, viens ! dit Julien en l'aidant à se relever. Marie nous attend. Et tu ne veux pas décevoir une autre de tes amies ? ajoute-t-il en la fixant droit dans les yeux.
– Non, bien sûr. Il ne me reste plus qu'elle...
Lisa saisit son sac et sa liste tombe d'une des poches. Julien la ramasse et déplie le papier rose avant qu'elle ne puisse l'en empêcher.
– *Me marier, Avoir un enfant, Aller à Venise…* lit Julien. Qu'est-ce que c'est ? demande-t-il en lui tendant la feuille.

Lisa hésite. Elle ne lui a jamais parlé de sa liste. Elle a souvent été tentée de le faire, notamment lorsqu'il lui demandait ses activités de la journée, mais la peur qu'il ne trouve ce projet enfantin l'a toujours arrêtée. Encore maintenant, l'idée de lui révéler la vérité est légèrement embarrassante, mais elle est décidée de ne plus rien lui cacher.

    – C'est une liste des choses que je devais faire avant d'avoir 30 ans.

Elle s'attend à une réaction de sa part mais Julien ne cille pas d'un sourcil.

    – Allez, Mademoiselle ! Allons célébrer dignement ton anniversaire.

    – Attends, j'ai juste une dernière chose à faire…

Lisa arrache une feuille de son agenda et écrit *merci* avant de courir déposer le mot sur le banc où était posé son cadeau.

    – Voilà, je suis prête !

Julien franchit le rideau de lierre et se retourne.

    – Tu ne m'en veux pas d'avoir découvert ton jardin secret ?

    – Oh non ! Tu es la seule personne avec qui j'aurais voulu le partager… Désormais, ce jardin secret ne sera plus uniquement le mien mais le nôtre, chuchote Lisa en embrassant Julien sous le rideau de feuillage.

Ils se prennent la main et sortent ensemble de leur jardin, sous les battements d'ailes du papillon bleu.

L'amour se passe de cadeaux, mais pas de présence.
Félix Leclerc

Julien et Lisa marchent dans la rue côte à côte, les yeux dans les yeux et la main dans la main. Lisa s'accroche à son homme comme s'il allait s'envoler puis se détend peu à peu : elle n'est plus seule, quelqu'un l'aime. Les lendemains ne lui feront plus peur. Julien s'arrête près d'un scooter et sort un casque du siège.

    — Il est à toi ? Je ne savais pas que tu avais un scooter...

    — Tu ne pensais pas que j'allais tous les jours à l'hôpital en taxi ? Il y a encore beaucoup de choses que tu ne connais pas de moi, répond Julien en lui mettant le casque sur la tête.

Il a raison et son cœur lui dit qu'elle a toute la vie pour le découvrir.

    — Tu es à l'aise sur un deux-roues ? demande Julien. Je ne roulerais pas vite. Il est en rodage…

Lisa, encore traumatisée par son défi moto, n'est pas très rassurée. Elle monte sur le scooter et se serre très fort contre son chéri. À peine ont-ils démarré, que ses peurs s'évaporent : son homme est un excellent conducteur. Lisa pose sa tête contre l'épaule de Julien et regarde défiler tous les garçons et les filles qui se baladent heureux dans les rues, tous les amoureux et les amoureuses qui sirotent un verre en terrasse, et pense que la vie est vraiment belle. Elle sourit de bonheur, comblée.

Dix minutes plus tard, ils arrivent devant son immeuble.

    — Je t'attends ici pendant que tu te changes, annonce Julien.

    — Non, monte ! Tu peux garer ton scooter, le restaurant est à cinq minutes à pied.

Julien réfléchit.

    — Je crois que je préfère l'avoir à porter de vue.

    — J'en ai pour deux minutes alors, dit-elle en franchissant la porte cochère.

Une demi-heure plus tard, Lisa revient transformée. Ses épaules sont vêtues d'une longue robe de soie jaune pâle à fines bretelles, ses cheveux sont ramenés en un chignon sauvage et de longues boucles d'oreilles kabyles, cadeau de sa grand-mère pour ses 20 ans, pendent à ses oreilles. Elle croise le regard de Julien et, mutine, se retourne pour le laisser apprécier le long décolleté plongeant sur ses fesses. Julien siffle et prend l'air du loup de Tex Avery. Lisa se meut vers lui en se déhanchant, le regard aguicheur.

– En fait, elle tient toujours ta proposition de passer ton anniversaire à deux, juste toi et moi ? demande-t-il.

Lisa rit, ravie de l'effet de la robe.

– Et Marie et Étienne alors ? le taquine-t-elle.

– On peut toujours leur passer un petit coup de fil !

– Patience, patience, mon beau prince, tu m'auras toute à toi dans quelques heures !

Julien fait mine de bouder et monte sur le scooter.

– Désolé pour le carrosse, Cendrillon, je ferai mieux la prochaine fois.

– Tu ne veux pas y aller à pied ? Le resto est au coin de la rue. Et puis, je vais me décoiffer avec le casque.

– Il est hors de question que Madame abîme ses jolis petits pieds !

Lisa se résigne et s'assoit sur le deux-roues. Julien démarre, sort de l'impasse et descend le boulevard Oberkampf. Mais, où va-t-il ? songe-t-elle.

– Julien, tu prends la mauvaise direction, crie Lisa à son oreille.

– Ne t'inquiète pas, j'ai une petite course à faire avant !

Elle ne s'inquiète pas le moins du monde. Elle est là où elle souhaite être : à ses côtés. Son seul regret est l'absence de Carla à son anniversaire. Mais elle est certaine que son amie lui pardonnera un jour.

Tiens, songe-t-elle, en regardant aux alentours, nous sommes à deux pas de ma galerie ! Julien s'arrête devant un immeuble.

– Je dois juste prendre quelque chose chez un ami, déclare-t-il en lui montrant le troisième étage.

– C'est une sacrée coïncidence, ma galerie se trouve juste ici ! Si on en profitait pour la visiter ? Les rénovations sont presque finies, elle est encore plus belle qu'avant...

Julien la regarde avec un petit sourire au coin des yeux.

– Étienne et Marie nous attendent depuis trop longtemps. Il vaut mieux que je me dépêche d'aller chercher ce truc...

– Mais, non ! Viens, ça ne prendra que cinq minutes ! insiste Lisa.

– Je préfère la découvrir lors de la réouverture quand les travaux seront entièrement terminés.

– Viens et ne discute pas, dit-elle en lui prenant le bras. Après tout, c'est mon anniversaire !

– Comme tu veux, concède Julien en affichant un très large sourire.

Ils s'avancent vers la galerie et en arrivant devant l'entrée, Julien arrête Lisa avant qu'elle ne mette la clé dans la serrure.

– Lisa ?

– Oui ?

– Joyeux anniversaire, mon amour.

Il l'embrasse tout doucement.

– Je t'aime.

Lisa s'illumine et sourit.

– Je sais.

Elle tourne la clé, glisse son trousseau à l'intérieur de sa pochette, ouvre la porte de la galerie, cherche l'interrupteur puis allume la lumière.

– Surprise ! ! !

Lisa pousse un cri de stupeur. Elle se retourne vers Julien mais celui-ci la pousse à l'intérieur de la pièce. Tout le monde est présent : son frère et ses parents, Marie et Étienne, Jean-Philippe, Tatiana et son mari, Saphia, François, Christelle et Stanislas et encore des dizaines d'autres... Lisa, extatique, écoute sa chanson d'anniversaire :

– Joyeux anniversaire, joyeux anniversaire, joyeux anniversaire, Lisa, joyeux anniversaire...

Elle n'arrive pas à retenir ses larmes. C'est trop de bonheur d'un coup. Elle pensait qu'ils avaient annulé et les voilà tous réunis, pour elle !

– Un discours, un discours ! martèlent-ils tous après avoir fini de chanter.

Encore en larmes, elle ne trouve pas les mots. Après quelques paroles inintelligibles et un « merci » brisé par l'émotion,

Tatiana vient à son secours en demandant au DJ de lancer la musique.

Lisa chuchote quelques mots à l'oreille de Julien puis est rapidement happée par ses amis. Charles et ses parents viennent ensuite l'embrasser et sa mère la complimente sur le choix de sa robe mais glisse, tout de même, une petite remarque sur son chignon un peu trop négligé à son goût. Lysette délaisse toutefois très vite sa fille afin de s'emparer de Julien :

—   Alors, comme ça, vous êtes chirurgien ? lui murmure-t-elle en lui prenant le bras.

Lisa, inquiète, lance un regard à son homme mais celui-ci répond d'un battement d'oreille que tout va bien. Marie arrive finalement à se frayer un passage vers Lisa et enlace cette dernière tendrement.

—   Toi ! Toi... Petite cachottière ! accuse Lisa.

—   Je plaide coupable. Mais, je n'étais pas toute seule... dit Marie en montrant le fond de la pièce.

Lisa regarde dans la direction pointée.

—   Carla ! crie-t-elle en courant la rejoindre.

Les deux amies tombent dans les bras l'une de l'autre.

—   Bon anniversaire, ma chérie !

—   Tu es venue !

—   Tu ne pensais pas que j'allais manquer tes 30 ans ! Par contre, nous, on commençait à avoir un doute sur ta présence. Plus de deux heures et demie de retard à ta propre soirée ! C'est du Lisa tout craché ! Tu ne nous en veux pas de ne pas t'avoir attendue pour le champagne...

—   Et toi, tu ne m'en veux plus ?

—   Je ne t'en ai jamais voulu. Mais tu avais sacrément besoin d'une petite leçon !

—   Je suis désolée. Tu sais bien que je ne l'ai jamais sérieusement pensé...

—   Je sais cocotte, c'est oublié.

—   Je suis passée chez toi hier. Tu n'y étais pas. J'ai cru que tu étais rentrée à Londres...

—   *Yes, indeed.* Je suis allée chercher Hubert de force. Il serait encore à son bureau si je ne lui avais pas fait du chantage...

–   Quel genre de chantage ? Tu ne lui as pas raconté que tu allais le quitter, tout de même ?

–   Mais, non ! Je lui ai montré tous les gadgets du Gourmandise Shop et dis que s'il voulait les essayer, il fallait qu'il m'obéisse au doigt et à l'œil ! Et bien sûr, ça n'a pas manqué !

Les deux amies éclatent de rire et regardent Hubert remuer maladroitement les épaules aux rythmes d'un air de hip-hop.

–   Alors les filles, toujours meilleures amies ? demande Marie en s'approchant d'elles.

–   Plus que jamais ! répondent en cœur Carla et Lisa en la prenant dans leurs bras.

–   À propos, j'ai une annonce à vous faire, déclare Carla. Mais, avant, comme Lisa a maintenant 30 ans, il est l'heure de faire le bilan final de la liste...

Marie et Carla tournent leur tête vers Lisa et attendent le verdict.

–   J'ai le plaisir de vous annoncer... qu'en dehors des trois défis joker et sans compter le tirage du Loto de ce soir que je n'ai pas encore eu le temps de consulter... et bien, j'ai accompli tous les défis de ma liste ! Je ne me lèverai sûrement pas demain gagnante de la super-cagnotte mais certainement dans les bras de Julien, et ce simple fait, et celui que vous soyez mes amies, vaut tous les millions du monde !

Marie et Carla se sèchent les yeux et lèvent leur verre à son succès. Lisa les interrompt avant qu'elles ne trinquent :

–   Il me reste cependant une dernière chose à faire : rédiger la liste des choses à faire avant 40 ans. Je ne pouvais pas me décider à l'écrire sans vous...

–   J'ai une idée ! s'exclame Marie. Plonger parmi les requins, nue, un soir de pleine lune !

Carla et Lisa échangent un regard.

–   Et si on attendait que je sois un petit peu plus saoule pour en reparler, Marie ? Et toi Carla, que voulais-tu nous annoncer ?

Carla toussote pour faire durer le suspense mais son enthousiasme prend le dessus.

    – On rentre à Paris ! Hubert m'a dit hier que depuis mon départ l'idée lui trottait de plus en plus dans la tête. Je serai là pour ton accouchement !

Marie est tellement contente qu'elle s'oublie :

    – C'est une fille !

Les filles poussent un cri de joie et la félicitent. Décidément, cette soirée est pleine de merveilleuses surprises ! pense Lisa.

Les premières notes de *Sexual Healing* retentissent et Lisa est certaine qu'il s'agit d'une requête de Julien. Elle le cherche du regard dans la pièce et le voit de dos. Son cœur se gonfle d'amour. Elle vient d'avoir le Look ! Tout d'un coup, Julien se retourne et leurs yeux se rencontrent. Ils restent quelques instants à se regarder, sans bouger. Il n'y a plus personne autour d'eux. Puis, d'un même élan, ils s'avancent l'un vers l'autre sans se perdre du regard et se serrent fort dans les bras l'un de l'autre pour entamer leur première danse.

    – Merci Julien.

    – Merci ? Pour quoi ?

    – Merci pour tout ! Merci d'être là. Merci pour la surprise. Merci d'exister...

    – Merci à toi, ma petite Lisa. Merci à toi !

Elle pose sa tête contre son épaule et ferme les yeux…

    – Désolée Julien, je t'emprunte Lisa, dit Marie en la prenant par la main alors que la chanson vient à peine de s'achever.

Lisa s'éloigne de son homme à contre cœur pendant que Marie lui montre du menton un très bel homme.

    – Qui est le super beau gosse qui discute avec Jean-Phi ? demande Lisa.

    – Marie s'efforce de contenir son sourire.

    – Devine !

    – J'ai beau chercher, je ne le connais pas...

    – C'est Hector.

    – Hector qui ?

Lisa écarquille les yeux.

    – Hector ? Ton Hector ?

Marie hoche la tête.

    – J'ai réussi à le retrouver sur Facebook. Il est beau, non ?

– Il est sublime, tu veux dire ! Mais, qu'est-ce qui t'a pris de l'inviter ? Ça ne te ressemble pas. Étienne est au courant ?

– Parfaitement. On a eu une grande discussion. Je lui ai dit que bien qu'il m'ait pardonnée, je me sentais encore coupable pour Ibiza. Et que c'était sûrement la raison pour laquelle je commençais de plus en plus à m'enfermer dans cette image de femme modèle et sans reproche. Il suffisait d'un rien pour que j'aie le sentiment de trahir sa confiance... Je lui ai parlé d'Hector et lui ai dit que pour de nouveau être totalement moi-même, j'avais besoin de me prouver que je pouvais voir un ancien amour de jeunesse sans avoir l'impression de tromper mon mari. Bien qu'il ait compris et approuvé ma démarche, il a un peu tiqué en voyant la photo d'Hector mais une fois qu'il l'a rencontré, il a été totalement à l'aise...

– Ah bon ? Heureusement qu'il te connaît bien, parce que n'importe quel autre homme se serait fait du souci ! dit Lisa en regardant Hector et Jean-Philippe discuter avec beaucoup animation.

Elle n'a d'ailleurs jamais vu son voisin l'air si enjoué. Carla se joint à la conversation.

– Vous avez vu l'Apollon avec Jean-Philippe ?

– Oui, on parlait justement de lui !

– Encore un beau gosse totalement perdu pour la cause féminine !

– Que veux-tu dire ? Tu ne veux pas dire... bafouille Marie.

Carla hoche la tête.

– Je crois que Jean-Philippe vient de rencontrer l'homme de sa vie !

Lisa et Marie se regardent et pouffent de rire.

– Qu'est-ce que j'ai dit ? demande Carla.

Les premiers accords de guitare de *Pretty Woman* retentissent et les trois amies poussent un grand cri d'enthousiasme. Elles se regardent de concert puis dansent comme du temps de leur adolescence en chantant les paroles plus fort que Roy Orbison.

La soirée bat son plein. Lisa regarde ses amis danser et rire. Elle voit Carla et Marie discuter avec Jean-Philippe et Hector, et Julien en pleine conversation avec Étienne et Hubert. Ses parents dansent la valse sur un air de dancehall et Charles fait les yeux doux à Saphia. Lisa sourit, tout est parfait !

Les plus beaux yeux sont ceux d'une femme qui reçoit un cadeau.
René Lobstein, *Les Douze Douzains du négoce*

Lisa sirote sa seconde coupe de champagne. Elle en prendra peut-être une troisième plus tard puis s'arrêtera là. Il est hors de question de faire la même erreur qu'il y a dix ans...

La lumière s'éteint et tout le monde se met à chanter *Joyeux anniversaire*. Julien arrive avec un gâteau au chocolat si gros que ses 30 bougies paraissent peu nombreuses.

– N'oublie pas de faire un vœu ! lui murmure-t-il à l'oreille.

Elle lui caresse la joue :

– Il s'est déjà réalisé...

Les 30 bougies sont soufflées d'un seul coup.

– Les cadeaux ! Les cadeaux ! acclament ses amis.

Lisa frappe des mains. C'est son moment préféré et elle a dû mal à cacher son enthousiasme. Elle entrouvre un à un les paquets et, en découvrant ses cadeaux, a le sentiment d'avoir été si sage que le Père Noël lui a apporté tout ce qu'elle avait écrit sur sa liste.

– Ouah ! s'écrie-t-elle en ouvrant un livre d'or où chacun de ses amis a pris le soin d'écrire un message.

Lisa choisit une page au hasard et tombe sur le mot de Jean-Philippe décrivant leur première rencontre. Après l'avoir lu, elle s'approche de lui et l'embrasse. Pour elle aussi, il n'est pas seulement son voisin mais également son ami ! Étienne lui tend un grand cadre et Lisa devine immédiatement qu'il s'agit du *Baiser volé de Ménilmontant*. Elle montre la photographie de leur premier baiser à Julien qui, sans attendre, prouve à l'assemblée que la réalité surpasse en tout point le cliché. Puis Julien prend un petit coffre derrière le buffet et le tend à Lisa.

– Joyeux anniversaire !

– Qu'est-ce que c'est ? demande-t-elle en le regardant.

– Ouvre !

Elle s'exécute et découvre une enveloppe de couleur bordeaux où est inscrit en lettres d'or *Orient-Express*. Lisa, incrédule, regarde encore Julien qui l'invite des yeux à la décacheter. Elle n'en revient pas : deux billets Paris-Venise à bord de l'Orient

Express ! Elle rêve depuis toujours d'aller à Venise et n'aurait jamais imaginé s'y rendre un jour à bord du train mythique. Elle saute dans les bras de Julien.

    — Elle a l'air contente ! s'écrie-t-il en essayant de ne pas tomber.

Lisa lève le pouce vers Carla et Marie les doutant instigatrices de ce magnifique cadeau. Julien la repose au sol et en se penchant, un papier bleu tombe de la poche de son jean. Lisa le ramasse, tandis que Julien s'en va couper le gâteau, et déplie précautionneusement la feuille qui ne semble pas de première jeunesse. Ses yeux s'écarquillent. Il s'agit d'une liste de défis ! Julien a une liste, comme elle ! De nombreux points sont barrés d'autres non. Derrière les rayures les plus récentes se déchiffrent : *Prendre des cours de cuisine, Se raser la tête* ou encore *Conduire un scooter.* Lisa lève la tête vers Julien qui sert les parts de gâteau, et sourit. Elle revient sur la liste et s'attarde sur les points non barrés. Julien ne lui a pas encore dit vouloir visiter le Machu Picchu ou courir le marathon de New York ! Ses yeux parcourent les derniers points écrits d'une couleur différente : *Épouser Lisa.* Elle met la main sur sa bouche pour s'empêcher de crier. Son regard s'embue de larmes à la ligne suivante : *Faire à Lisa un, ~~deux, trois, quatre,~~ cinq enfants.* Elle replie le papier bleu.

Lisa sort de sa pochette sa propre liste et écrit sur le verso : *Liste des choses à faire avant 40 ans.*

    1.   *Me marier avec Julien*

    2.   *Avoir deux ou trois enfants (nombre à négocier avec Julien)*

    3.   *Visiter le Machu Picchu*

Elle hésite un instant et ajoute :

    4.   *Plonger nue parmi les requins un soir de pleine lune.*

Elle rejoint Julien et remet discrètement le papier bleu dans la poche de son jean.

    — Et si on allait au Machu Picchu après Venise ?

Fin

Printed in Great Britain
by Amazon.co.uk, Ltd.,
Marston Gate.